ANDERS DI

THE G

[O JOGO]

LA MOTTE

GAME

VOLUME 1

10:34:56:16
10:34:56:16
10:34:56:16
10:34:56:16
10:34:56:16
10:34:56:16
10:34:56:16
10:34:56:16
10:34:56:16
10:34:56:16
10:34:56:16
10:34:56:16
10:34:56:16
10:34:56:16
10:34:56:16
10:34:56:16
10:34:56:16
10:34:56:16

10:34:56:16
10:34:56:16
10:34:56:16
10:34:56:16
10:34:56:16
10:34:56:16
10:34:56:16
10:34:56:16
10:34:56:16
10:34:56:16
10:34:56:16
10:34:56:16
10:34:56:16
10:34:56:16
10:34:56:16
10:34:56:16
10:34:56:16
10:34:56:16

Diretor Editorial
Christiano Menezes

Diretor de Marketing
Chico de Assis

Editor Assistente
Bruno Dorigatti

Assistente de Marketing
Bruno Mendes

Design
Retina 78

Revisão
Débora Castro
Retina Conteúdo

Impressão e acabamento
RR Donneley

DADOS INTERNACIONAIS DE CATALOGAÇÃO NA PUBLICAÇÃO (CIP)
Angélica Ilacqua CRB-8/7057

De la Motte, Anders
O jogo / Anders De la Motte ; tradução de Alexandre Matias, Mariana Moreira Matias. --
Rio de Janeiro : DarkSide Books, 2015.
284 p. (Trilogia: The game, v.1)

ISBN: 978-85-66636-51-2
Título original: *[geim]*

1. Literaturas nórdicas 2. Ficção policial 4. Jogos de internet - Ficção I. Título II. Matias, Alexandre III. Matias, Mariana Moreira

15-0476 CDD 839.5

Índices para catálogo sistemático:

1. Literaturas nórdicas - Ficção

DarkSide® *Entretenimento LTDA.*
Rua do Russel, 450/501 - 22210-010
Glória - Rio de Janeiro - RJ - Brasil
www.darksidebooks.com

TRILOGIA

THE GAME

ANDERS
DE LA
MOTTE

VOLUME 1

Traduzido
do inglês por

MARIANA
MOREIRA
MATIAS

ALEXANDRE
MATIAS

Para Anette

Jogo [jô.go]

Uma atividade competitiva que envolve habilidade, sorte ou resistência por parte de duas ou mais pessoas que jogam de acordo com um conjunto de regras, geralmente para sua própria diversão ou para a diversão de espectadores.
Uma diversão ou passatempo
Estar disposto a fazer algo
Comportamento evasivo, frívolo ou manipulador
Um animal caçado para alimentação ou esporte
Uma estratégia ou abordagem calculada; uma conspiração
Uma distração ou desvio
Ter ou mostrar habilidade ou coragem
Uma atividade de lazer

wiktionary.org
dictionary.com
urbandictionary.com

"Ganhar não é tudo, é a única coisa!"
Vince Lombardi

Piscar é supostamente o movimento mais rápido que o corpo humano é fisicamente capaz de fazer.

Ainda assim, isso mal se compara às sinapses elétricas do cérebro.

"Agora não!" foi o pensamento que passou pela cabeça dele quando a luz o atingiu. E, do seu ponto de vista, ele estava absolutamente certo. Deveria haver mais tempo, muito tempo — que era o que havia sido prometido. Afinal, ele tinha seguido as instruções ao pé da letra, tinha feito exatamente o que tinha sido pedido.

Então, isso não deveria estar acontecendo.

Agora não!

Absolutamente não!

Sua surpresa era totalmente compreensível, para não dizer lógica. E foi também a última impressão sensorial da sua vida.

Um milésimo de segundo depois, a explosão transformou-o em um quebra-cabeça carbonizado, que a polícia científica demoraria mais de uma semana para montar. Peça por peça, como um jogo de tabuleiro macabro, até que ele estivesse mais ou menos de volta à sua forma original.

Mas aí o Jogo já tinha terminado há muito tempo.

ANDERS DE LA MOTTE THE GAME

Quer jogar? 1

O texto piscou na tela pela enésima vez, e pela enésima vez HP fechou a janela irritado. Não, ele não queria jogar nenhum maldito jogo, tudo que ele queria era descobrir como o telefone celular em sua mão funcionava e se era possível fazer algo tão simples quanto um telefonema com ele.

O trem vindo de Märsta, início de julho, indo em direção à cidade.

Quase trinta graus, a camisa grudando nas suas costas, sua boca já seca. Previsivelmente, ele estava sem cigarros, e seu único consolo era a brisa criada pela velocidade do trem, forçando seu caminho através da patética janela de ventilação sobre sua cabeça.

Ele cheirou sua camiseta algumas vezes, depois verificou seu hálito. Os resultados já eram esperados. Uma partida fora de casa, ressaca e o cheiro de algo apodrecendo em sua boca. Uhu! Uma manhã de domingo quase perfeita, não fosse pelo fato de que na verdade era uma manhã de quinta-feira e que ele deveria estar no trabalho há duas horas. Podia dar adeus à sua liberdade condicional.

Mas e daí?

Era apenas um McEmprego, de qualquer maneira, um bando de derrotados comandados por um punheteiro bem pago.

É importante fazer parte do time, Pettersson. Sim, claro. Como se ele fosse cantarolar Kumbayah e fazer atividades de integração com alguém. A única razão pela qual estava lá era para que pudesse fazer um novo pedido de seguro-desemprego depois.

Chupa, filho da puta!

Ele percebeu logo que o trem saiu de Rosersberg. Um pequeno objeto prateado no assento do outro lado do corredor. Alguém estava sentado lá um minuto antes, mas desceu, e o trem já estava em movimento novamente. Então não tinha por que acenar e gritar agora, se estivesse pensando seriamente em Fazer a Coisa Certa.

Como se...!

De qualquer forma, todo mundo tinha a responsabilidade de cuidar da porra das suas próprias coisas, não é?

Então olhou rapidamente ao redor, com o olho treinado em busca de câmeras de segurança, e quando concluiu que o vagão era velho demais para ter alguma, mudou de lugar para que pudesse examinar seu achado com calma.

Como tinha pensado, um telefone celular, e sua manhã de repente ficou um pouco melhor.

Um modelo novo, touchscreen. Demais!

Era estranho, mas não conseguiu encontrar o nome do fabricante em nenhum lugar; talvez o telefone fosse tão exclusivo que não havia necessidade disso. A menos que os números estampados na parte de trás fossem realmente o nome da marca.

128, estava escrito numa fonte cinza-claro com um pouco menos de um centímetro de altura.

Ele não conseguia se lembrar de ter ouvido falar de uma empresa de telefonia com esse nome.

Mas, e daí...

Devia valer quinhentas coroas ou mais no Grego que vendia celulares roubados. A alternativa era gastar umas duzentas para desabilitar o código IMEI,[I] assim o proprietário não seria capaz de fazer a coisa parar de funcionar, então ele poderia ficar com o celular pra ele.

Mas isso não era uma opção...

A noite anterior havia criado um rombo definitivo nas suas já sobrecarregadas finanças. Ele não tinha nada em sua conta há muito tempo e já tinha esgotado todas as outras fontes de renda. Mas, com alguns golpes aqui e ali, logo estaria recuperado...

Você nunca poderia manter alguém como ele para baixo por muito tempo, o celular era a prova viva disso. Segurou o telefone para examiná-lo mais de perto.

Era pequeno e elegante, pouco maior que a palma da sua mão, com acabamento em aço escovado. Um pequeno furo na parte de trás indicava que estava equipado com uma câmera, e na parte de cima tinha um grampo preto desengonçado, provavelmente para prendê-lo em suas roupas. O grampo contrastava de maneira marcante com o desenho minimalista do aparelho, e ele estava prestes a ver se conseguia tirá-lo quando a tela de repente ganhou vida.

```
Quer jogar?
```

I International Mobile Equipment Identity, identidade de equipamento móvel internacional, um número de quinze dígitos que permite identificar qualquer aparelho móvel e desligá-lo a distância pela operadora, por exemplo. [As notas são do Editor] apareceu a pergunta, mostrando dois ícones para Sim e Não.

HP foi pego de surpresa. Em seu estado comatoso, de ressaca, ainda não tinha verificado se o telefone estava ligado.

Descuidado!

Tocou o dedo no ícone de Não e em seguida tentou descobrir como fazer com que o menu aparecesse. Se tivesse sorte, poderia usar o telefone por alguns dias até que o proprietário conseguisse bloqueá-lo.

Mas, em vez de um menu normal, o telefone não parava de repetir a pergunta, e agora, enquanto ele tocava a tela, cada vez mais irritado, só Deus sabe quantas vezes, ele estava prestes a desistir.

Porra de telefone de merda!

Engoliu algumas vezes numa tentativa de segurar o vômito. Caralho de ressaca, ele sabia que não deveria misturar bebidas e estava tão desesperado por um cigarro que sentia que ia explodir.

Quanto àquela garota, Christ, ela era o cão chupando manga, mas o que você podia esperar ao sair pra pegar mulher no subúrbio? Ele foi embora rapidamente quando a luz da manhã, sem a menor piedade, revelou os defeitos dela, dando uma desculpa esfarrapada sobre um jogo de futebol que tinha prometido a um amigo que ia aparecer. A julgar pela falta de reação dela, a sensação tinha sido mútua. *Corra, Forrest, corra!*

Mas ele não estava realmente com pressa para voltar para Maria Trappgränd. Uma parada para ver o Grego, um dinheiro fácil que deveria ser o suficiente para uma pizza cura-ressaca e depois algumas cervejas no Kvarnen.

Sempre havia espaço para isso na agenda.

Se tivesse sorte, restaria o suficiente para um pouco de maconha, porque o celular não tinha um design meia-boca como os que ele geralmente "achava por acidente". Um lucro de quinhentas a mil coroas, no fim não era um mau dia, apesar da ressaca e do calor tropical.

A tela piscou novamente, e seu dedo tinha ido quase automaticamente para o ícone de Não quando ele percebeu que aquela mensagem era diferente.

```
Quer jogar, Henrik Pettersson?
Sim
Não
```

HP ficou paralisado em seu assento.

Que porra é essa...?

Olhou ao redor rapidamente algumas vezes. Alguém o estava zoando?

Havia talvez dez, doze outros passageiros espalhados no vagão, e, tirando uma mãe com duas crianças hiperativas, quase todos eles pareciam estar no mesmo coma lento matinal que ele. Cabeças penduradas, olhos vidrados, suor, superaquecimento. Nenhum deles nem sequer olhou de relance na sua direção.

Verificou a tela novamente. O mesmo texto. Como diabos o telefone poderia saber seu nome?

Olhou em volta, mas ficou na mesma. Depois clicou no botão de Não.

Uma nova mensagem apareceu imediatamente, dessa vez em sueco.

`Você tem certeza de que não quer jogar, HP?`

Ele quase voou para fora do seu assento. Que porra estava acontecendo aqui?

Fechou os olhos com força, respirou fundo algumas vezes e recuperou o controle de sua galopante ansiedade de ressaca.

Fique calmo, pensou. Você é um cara esperto. E isso não é o *Além da Imaginação*, caralho.

Ou é um programa de pegadinhas ou algum de seus amigos está zoando você. Provavelmente isso...

O Manga estava no topo da lista de suspeitos. Um velho amigo da escola, bom em coisas de tecnologia, dono de uma loja de informática, tinha ficado furioso com alguém fazendo piada sobre o seu recém-descoberto deus árabe, e ele tinha um senso de humor doentio.

Sim, não há dúvida sobre isso. Essa foi uma das piadas doentes do Manga!

O alívio se espalhou por seu corpo.

Então é isso, Mangalito.

Fazia séculos. Ele tinha até pensado que o casamento e a nova religião tinham deixado o Manga mais tranquilo, mas o desgraçado devia estar esperando o momento certo para esse golpe de mestre.

Primeiro, ele tinha que entender como tudo funcionava e, em seguida, encontrar uma maneira de devolver a brincadeira para o Manga.

Tudo tinha sido incrivelmente bem pensado até agora, ele tinha que admitir ao beijador de chão.

HP olhou em volta mais uma vez.

Nove pessoas no total no vagão, doze se contasse as crianças.

Três garotas, um bêbado, dois típicos rapazes suecos, que deviam ter a mesma idade que ele, por volta dos 30. Um menino mais velho com um pedaço de pau, uma menina bonitinha de mais ou menos 25 anos, com um rabo de cavalo e vestindo roupa de corrida (deve ter sido a ressaca que o impediu de prestar atenção nela antes) e, por fim, a mulher com as crianças.

Qualquer um deles que o Manga, o Muçulmano, tenha conseguido recrutar deveria ter algum tipo de dispositivo para conseguir enviar as mensagens. Infelizmente, isso não diminuía a lista. Cinco deles estavam clicando em algum tipo de aparelho eletrônico, e, se você contasse os fones de ouvido que o bêbado estava usando, a lista de suspeitos aumentava para seis.

Seu cérebro cansado chegou à conclusão de que era mais a regra do que a exceção mexer em um telefone no trem, não só para enviar textos, mas para matar alguns minutos com um daqueles jogos estúpidos de celular.

Isso, Einstein — não era realmente muito esperto.

Sua cabeça latejava pelo esforço inesperado e sua boca ainda estava completamente seca. Estranhamente, porém, ele se sentia um pouco mais alerta.

Então o que aconteceria agora?

Como ele conseguiria sua revanche?

Decidiu continuar com a brincadeira por um tempo, então primeiro apertou o ícone de Não, e quando a pergunta foi repetida, o ícone de Sim.

Ah, sim, ele iria jogar por um tempo e fingir que estava sendo enganado, e quanto mais pensava nisso, mais ele percebia que isso era realmente muito legal. Uma boa maneira de passar o tempo em uma viagem chata de trem.

"Maldito Manga", sorriu, antes que uma nova mensagem aparecesse na tela.

`Bem-vindo ao Jogo, HP!`

Obrigado!, pensou ele, inclinando-se para trás.

Isso ia ser interessante, afinal de contas.

Antes mesmo que as rodas do pesado veículo tivessem parado, Rebecca Normén estava na calçada. O calor que a atingia era tão intenso que ela queria voltar logo para o friozinho do carro.

Três meses de pleno verão na Suécia tinham deixado as ruas tão quentes que o asfalto começava a grudar nos sapatos, e o colete à prova de balas que ela usava sob sua camisa e jaqueta não ajudavam em nada.

Depois de observar rapidamente o cenário e decidir que não havia perigo, abriu a porta e deixou sua protegida, que estava esperando obedientemente no banco de trás, sair.

O guarda na porta do prédio principal do governo em Rosenbad estava milagrosamente acordado o suficiente para abrir a porta imediatamente, e em alguns instantes a ministra da Integração da Suécia estava em segurança dentro das grossas paredes do edifício.

Rebecca teve tempo para um rápido café na cantina e uma passada no banheiro antes de verificar com o motorista se eles estavam prontos para a próxima etapa.

Ela olhou as horas. Mais catorze minutos de espera, depois uma caminhada curta ao longo do cais até o ministério das Relações Exteriores com o ministro que, ao contrário de sua própria protegida, tinha uma equipe completa de guarda-costas. Pelo menos dois, geralmente mais. Uma equipe inteira, como deveria ser.

"Coordenadora de proteção pessoal" era seu cargo, provavelmente porque "unidade de um só guarda-costas" não passava muita confiança. Proteger a ministra da Integração era considerado um trabalho exigente o suficiente para alguém com menos de um ano de experiência como guarda-costas, pelo menos na opinião de seu chefe. Nível de ameaça de médio a baixo, de acordo com as últimas análises. Além disso, e isto deve ter sido mais significativo, nenhum de seus colegas mais velhos queria a vaga de coordenador de proteção pessoal...

Quando ela saiu da entrada principal, flagrou o motorista jogando o cigarro na sarjeta ao lado do carro.

Antiprofissional, pensou com irritação, mas o que mais ela poderia esperar?

Ao contrário dela, ele não era um guarda-costas profissional, mas uma versão menos qualificada com o objetivo de economizar dinheiro para o governo. Um motorista com um pouco de treinamento extra e um colete à prova de balas mal-ajustado, contratado pelo departamento de transportes do Gabinete do Governo, em vez do Gabinete de Segurança Institucional. Vinte anos mais velho que ela e com problemas óbvios em receber ordens de alguém mais jovem, ainda mais uma mulher.

"Dez minutos", disse ela secamente. "Fique aqui com o carro até chegarmos lá."

"Não seria melhor se eu fosse para o Ministério das Relações Exteriores agora? Geralmente é um inferno encontrar um lugar para estacionar lá."

Sua resposta era previsível. O motorista, Bengt era seu nome, tinha decidido por princípio ter opinião sobre tudo o que ela dizia. Dava pra ouvir um "Olha, mocinha..." a cada frase que ele pronunciava.

Como se a idade e o sexo o transformassem automaticamente em um especialista em proteger pessoas.

Claramente uma semana de treinamento não lhe ensinara que para trás era seguro, mas que para frente era território desconhecido e, portanto, com maior risco. Idiota!

"Você vai esperar aqui até que eu diga para sair!", ela vociferou, sem se preocupar em explicar sua decisão. "Alguma dúvida?"

"Não, chefe", ele respondeu, sem fazer muito esforço para esconder sua irritação.

Por que diabos era tão difícil fazer com que certos tipos de homens aceitassem uma mulher como sua chefe? Ou eles tentavam tirar vantagem de você e assumir o controle, como o Bengt aqui, ou pior, faziam insinuações e comentários sobre sua vida sexual, ou a falta dela.

Oferecendo seus serviços, fossem eles casados ou não... E se fosse estúpida o suficiente para reclamar com seu próprio chefe, você logo seria excluída. Ela tinha visto muitos exemplos disso.

Ela nunca namorava colegas, por princípio. Misturar trabalho com vida pessoal logo se tornava muito complicado. Simplificando: onde se ganha o pão não se come a carne.

O fato era que ela nunca realmente namorava ninguém. Talvez namorar em si fosse muito complicado?

Deu de ombros para se livrar do pensamento indesejável. Nesse momento, o trabalho era sua prioridade.

Todo o resto podia esperar.

Mal tinham contornado o prédio do governo quando ela percebeu que havia algo errado. Um minuto antes, quando checara a rota que fariam, havia três homens encostados na grade ao lado das águas do rio Norrström. Dois segurando varas de pesca, e o terceiro vestindo roupa de pesca também, apesar de ela não ter visto uma vara. Nenhum deles parecia representar qualquer grande ameaça.

Mas, quando Rebecca e sua protegida, junto com o assistente tagarela da ministra, se aproximaram do lugar onde os três homens estavam, ela notou uma mudança na linguagem corporal deles. Deslizou automaticamente sua mão direita para dentro da jaqueta, colocando o polegar sobre o cano da arma, e os dedos sobre o bastão retrátil e o rádio da polícia presos a seu cinto. Só teve tempo de colocar a mão sobre o ombro direito da protegida quando tudo aconteceu.

Dois dos homens se viraram e começaram a andar rapidamente em sua direção. Um deles desdobrou um tipo de cartaz em sua frente, enquanto o outro levantou a mão para jogar alguma coisa.

"A Suécia protege assassinos! A Suécia protege assassinos!", os homens gritavam enquanto corriam em direção à ministra.

Rebecca reagiu instantaneamente. Apertou o botão de alarme em seu rádio e em um só gesto puxou o bastão de seu cinto, abriu-o por inteiro e golpeou o cartaz. Sentiu o bastão bater em algo duro e viu os agressores darem um passo para trás, perdendo o equilíbrio por alguns instantes.

"Volte para o carro", gritou para a ministra da Integração, enquanto puxava a mulher para trás. Com o bastão erguido por cima do ombro, voltou rapidamente em direção ao carro, ainda apertando o braço da ministra.

"Victor cinco, estamos sendo atacados, repetindo, estamos sendo atacados, apronte o carro!", gritou no pequeno microfone em sua gola: ele tinha começado a transmitir automaticamente quando ela apertou o alarme.

Seriam pelo menos três minutos até que os reforços chegassem, provavelmente mais perto de cinco, calculou rapidamente. Ela só podia esperar que Bengt não tivesse cochilado atrás da direção para que eles pudessem fugir rapidamente.

Antes que voltassem para a esquina do edifício, seus agressores fizeram uma nova tentativa de alcançar Rebecca e sua protegida. Algo veio voando pelo ar, e ela deu um golpe automaticamente com seu bastão.

"Pedra, garrafa, granada de mão?", conseguiu pensar enquanto o líquido morno encharcava seu rosto e seu tronco. "Santo Deus, por favor, não deixe que seja gasolina!"

Finalmente, eles chegaram à esquina de novo e ela olhou rapidamente para trás procurando por Bengt, esperando que ele se lembrasse o suficiente de seu curto treinamento para deixar as portas do carro abertas para eles.

Mas a rotatória onde o carro tinha estacionado estava vazia.

"Merda!", sussurrou, mas sua voz foi abafada pelo grito do assistente.

"Sangue!", ele berrou, quase em falsete. "Jesus, eu estou sangrando!"

Rebecca virou a cabeça novamente, mas de repente começou a ter dificuldade para enxergar. Uma névoa vermelha descia sobre seus olhos, e ela esfregou a mão que segurava o bastão na tentativa de limpá-los.

Sem o carro, sem Bengt, e seus agressores logo atrás deles. O que fazer?

"Tome uma decisão, Normén, tome uma decisão agora!", seu cérebro ordenou.

Para trás era conhecido e seguro; para frente, desconhecido e perigoso. Mas o que fazer se sua rota de fuga for interrompida de repente? Eles não ensinam isso no curso de guarda-costas. E improvisação nunca tinha sido seu ponto forte. Estava quase entrando em pânico.

"Aqui!", gritou uma voz.

O guarda abriu a porta e tomou posição no meio do caminho entre a porta e ela. Ele tinha sacado seu bastão e estava olhando para a esquina, onde seus agressores já deveriam ter aparecido.

Em alguns poucos passos rápidos, Rebecca meio puxou e meio empurrou a ministra da Integração pela porta que eles haviam deixado apenas alguns minutos antes. Ela ainda podia ouvir os soluços histéricos do assistente atrás dela, mas não lhe deu atenção, concentrando-se em deixar sua protegida em segurança.

Somente vários minutos mais tarde, depois que os reforços tinham chegado e que a situação se acalmou, foi que ela percebeu que toda a parte superior de seu corpo estava coberta de sangue.

Teste 2

```
Caro HP
Esta é uma tarefa de teste valendo 100 pontos.
Experimente e, se você gostar, decida se quer
continuar jogando.
Esta é sua tarefa: na próxima estação um homem de
jaqueta vai entrar no trem.
Ele estará carregando um guarda-chuva vermelho.
Por 100 pontos, você deve pegar o guarda-chuva antes
que o trem chegue à estação Central de Estocolmo.
Se conseguir, vou desbloquear o telefone e ele será
seu para participar do Jogo. Entendeu?
Sim
Não
```

Isso é legal pra caralho, HP sorriu para si mesmo enquanto clicava o Sim. Muito *Missão Impossível* — tudo o que faltava era a voz seca e o telefone virando fumaça.

Esta mensagem se autodestruirá em dez segundos...

Ele ainda não tinha conseguido descobrir qual dos outros passageiros estava trabalhando para o Manga, mas isso não importava realmente. Achou que tinha uma boa ideia do que estava acontecendo. Ou esperavam que ele amarelasse, e aí teria de aturar semanas ouvindo merda sobre como ele era um covarde, ou então — e isso era o mais provável, agora que estava pensando nisso — haveria alguma armadilha no guarda-chuva. Deveria estar colado, ou iria esguichar água, ou daria um choque elétrico quando tentasse pegá-lo, e um ou outro passageiro iria filmar tudo para que ele pudesse desfrutar de sua humilhação no YouTube nos próximos meses. Era uma bela armação realmente, e agora já era tarde demais para voltar atrás.

```
Excelente!
Quando receber o aviso para começar a jogar, prenda
o telefone em sua roupa com a câmera virada para
```

```
fora para que possamos ver como você vai se sair com
a sua tarefa.
Entendeu?
```

Sim, ele entendeu. Prender o telefone na parte da frente, câmera virada para fora.

YouTube, aqui vou eu!

HP sorriu novamente. Deus, Manga era um cara esperto. Isso estabelecia um padrão totalmente novo. Quando clicou o Sim mais uma vez, percebeu, para sua surpresa, que a ressaca tinha quase passado.

```
Bom, HP!
Você pode começar sua tarefa.
Boa sorte!
```

A tela ficou escura.

Ok, melhor seguir as regras mais um pouco, pensou, e prendeu o telefone em seu cinto, com a câmera virada para fora, de acordo com as instruções.

À medida que o trem ia parando vagarosamente na estação Sollentuna, sentia que seu coração começava a bater mais rápido.

O homem de jaqueta entrou no outro lado do vagão, e demorou alguns instantes até que HP o visse. Um sueco de aparência comum, cerca de 40 anos, um metro e oitenta ou mais, igual a ele. Óculos de aros escuros, cabelo penteado para trás, uma calça de verão e jaqueta, observou enquanto o trem partia da plataforma. Isso ia ser demais.

A parte de baixo do homem estava escondida, então HP não podia ver se ele realmente estava carregando um guarda-chuva. Havia apenas uma maneira de descobrir.

Ele se levantou e começou a se mover lentamente no vagão em direção ao homem. Por algum motivo, ele suava, sua camiseta estava colando no peito e as palmas das mãos coçavam, mas dessa vez era mais do que apenas a ressaca.

Ao passar pelas adolescentes, uma delas de repente desatou a rir, e o som o fez pular de susto. Controle-se, isto é apenas um jogo, uma brincadeira complexa, não é pra ficar ansioso. Roubar um guarda-chuva sujo não era um grande desafio para ele. Ele já havia roubado coisas consideravelmente melhores do que isso.

Agora ele conseguia ver que o homem estava carregando uma sacola de papel preta e branca, uma daqueles com design, com alças de corda e um grande logotipo para mostrar ao mundo que podia se dar ao luxo de fazer compras nas lojas mais bacanas. Um objeto cilíndrico estava saindo de um lado da sacola. O guarda-chuva!

HP sentiu seu pulso disparar. Tinha de admitir que tudo isso era muito empolgante. Roubar alguma coisa enquanto tudo estava sendo filmado...

Ok, então o homem de jaqueta estava por dentro de tudo, mas mesmo assim. Havia algo entusiasmante no desdobramento da situação que ele não conseguia explicar. Mas ele realmente não queria fazer papel de bobo.

"Próxima estação, Karlberg. Karlberg, próxima estação", o alto-falante no teto anunciou, e ele sentiu o trem começar a diminuir a velocidade. Deu alguns passos mais cautelosos em direção ao homem, que não tinha sequer olhado para ele.

Então, o trem chacoalhou algumas vezes e parou na plataforma. As portas se abriram, deixando entrar um cheiro de asfalto e freios quentes. HP deu mais um passo para a frente. Aqui vamos nós!

"Sangue de porco", disse o superintendente Runeberg de trás de sua mesa, inclinando-se para trás na cadeira.

Embora várias horas tivessem se passado desde os acontecimentos em Rosenbad, e apesar de o escritório ter ar-condicionado, Rebecca ainda estava suando. Seu cabelo estava molhado do banho, e na ausência de coisa melhor ela tinha colocado suas roupas de ginástica, as únicas limpas que tinha em seu armário.

"Eles jogaram sangue de porco em você e no Lessmark", seu chefe continuou. Ele era um homem atarracado, em seus 40 e poucos anos, com um olhar de aço, cabelos loiros espetados e um bronzeado que ia até o couro cabeludo.

Um exemplo perfeito de um guarda-costas. Boa aparência também, se você gosta do tipo bombado, ela pensou.

Mas esses dias estavam muito longe agora.

Estranhamente, considerando-se o que tinha acontecido, ela se sentia muito bem, com exceção de uma pequena tremedeira alimentada pela adrenalina, que ela estava fazendo de tudo para esconder. Tinha feito seu trabalho e sua protegida estava bem, isso era o principal. Ela poderia pensar melhor nos detalhes mais tarde.

"De acordo com a Polícia Científica, um dos homens jogou um balão cheio de sangue de porco na ministra da Integração, mas você o estourou com seu bastão e a maior parte do conteúdo caiu em você. A ministra escapou com algumas gotas em seu casaco e uma contusão no braço, onde você a segurava."

Ele fez uma pausa, mas antes que ela pudesse decidir se ele esperava que ela dissesse algo, continuou:

"Parece que um dos jornais da noite já tem fotos, o que explicaria por que o terceiro homem não se envolveu no ataque. Aparentemente, ele estava ocupado tirando as fotos. O livre mercado e a imprensa livre em perfeita harmonia. A propósito, a ministra mandou seus agradecimentos e desejos de felicidades. Eu duvido que o mesmo possa ser dito dos criminosos", disse Runeberg.

Rebecca respondeu balançando a cabeça com um sinal de sim.

"De acordo com testemunhas, os homens fugiram a pé, atravessaram a praça Gustav Adolf e entraram pela parte de trás do shopping Galeria. Nossos colegas uniformizados da polícia pararam o metrô, mas, antes que eles conseguissem encontrar um responsável para que a ordem fosse dada, pelo menos quatro trens diferentes saíram da estação Central de Estocolmo, e um da Kungsträdgården, ali perto, por isso, se eles foram estúpidos o suficiente para não se misturarem às multidões da praça Sergels, tiveram várias oportunidades para fugir de metrô."

Runeberg encolheu os ombros, resignado.

"Uma das vantagens de fazer esse tipo de coisa em plena luz do dia, no centro da cidade, é que fugir é muito mais fácil do que a maioria das pessoas imagina", concluiu.

"Enquanto você se limpava, tive uma conversa rápida com o motorista, o sr. Göransson. Ele afirma que você disse para ele que fosse antes de vocês para o Ministério das Relações Exteriores e que esperasse lá, e que por isso você não tinha uma rota de fuga", Runeberg continuou com uma voz profissional. Rebecca se remexeu em sua cadeira.

Bengt não só tinha desobedecido às suas ordens e colocado ela e sua protegida em perigo, mas o gordo maldito ainda mentiu para salvar a própria pele. Tentando culpá-la por tudo, que atrevido do caralho! Se tivesse feito seu trabalho e o carro estivesse onde deveria estar, teria dado tudo certo, e ela teria dado conta de tudo sem ajuda.

Ela abriu a boca para reclamar, mas seu chefe levantou a mão para impedi-la.

"Se acalme, Normén. Você não tem que dizer nada, eu sei que o filho da puta está mentindo. Nos dez meses em que você está aqui, ninguém seguiu as regras mais que você. Você não faz nada sem considerar todos os ângulos, e seus colegas só elogiam seu esforço. Outro dia um deles disse que você era cento e dez por cento profissional, e eu não discordo dessa avaliação. Você é uma ótima guarda-costas, Normén. Para uma novata, de qualquer maneira...", ele sorriu. "Além disso, o Göransson é um mentiroso inútil. Ele suava como um porco e estava quase em lágrimas no final da nossa conversa. Então, há cerca de uma hora, seus serviços estão à disposição do mercado de trabalho. Eu não dou a mínima para o que o sindicato vai dizer. Eu mesmo o empurrei pela porta dos fundos", concluiu Runeberg com um sorriso, balançando alegremente a cabeça para confirmar para Rebecca que havia feito exatamente o que estava dizendo.

"Meninos", ela suspirou antes de se dar conta de que ele tinha elogiado seu trabalho, então abaixou os olhos com respeito para reforçar sua condição de subordinada agradecida. Como é habitual nesse tipo de sistema, você tem de tirar o melhor de cada coisa e não fazer um escândalo.

O fato de que o guarda na porta teve de ajudar ainda a incomodava, mas Runeberg acabou de chamá-la de boa guarda-costas, o que não é mau para uma novata com menos de um ano de experiência.

Não é mau mesmo!

HP contou até dez em sua cabeça e olhou para a plataforma uma última vez antes de andar até o homem de jaqueta. O homem olhou para ele surpreso, segurando o jornal que tinha acabado de tirar do bolso.

"Fala pro Manga que ele ainda é um maldito lambedor de tapete!", gritou HP no ouvido do homem, enquanto pegava o guarda-chuva da sacola de papel, e, assim que as portas começaram a fechar, saltou para a plataforma. Caiu com tanta força que quase perdeu o equilíbrio e teve de dar alguns passos cambaleantes para evitar que caísse de rosto no chão.

Merda!, pensou, enquanto corria em direção à escada no final da plataforma. Não era bem a saída estilosa que tinha planejado, mas foda-se. Estava com o guarda-chuva, a tarefa fora cumprida e nenhuma das cenas de pesadelo que ele tinha imaginando tinha se tornado realidade. Não houve nenhum problema com o guarda-chuva, nenhuma explosão, nenhum esguicho de água e nenhum apresentador de TV sorridente dizendo que era uma pegadinha.

Fora o tropeço ao sair do trem, tudo tinha ido de acordo com o plano, e ele podia relaxar e aproveitar a adrenalina correndo por seu corpo e levando embora os últimos vestígios da ressaca.

Não foi mau mesmo! E o cara não pareceu nenhum pouco surpreso quando ele lhe disse para dizer oi para o Manga.

Ainda ofegante, subiu as escadas em cinco longos passos. Seu impulso levou-o pela estação até a saída da Rörstrandsgatan, e quando chegou correndo à St Eriksplan, estava encharcado de suor, apesar de não estar sem fôlego.

Sempre foi bom em corrida, desde a escola. Não era muito bom na maioria das outras coisas, mas tinha uma velocidade bem decente.

Não havia seguranças no metrô, então pulou a catraca para entrar. Nem pensou duas vezes. Nunca pagava para usar os trens ou o metrô, nem quando tinha dinheiro para pagar. Era uma questão de princípio. Poder para o povo!

Somente quando estava sentado no vagão percebeu que o telefone ainda estava preso ao cinto. Arrancou-o e olhou para a tela.

```
Parabéns, HP!
Você concluiu com sucesso sua tarefa de teste e 100
pontos foram creditados na sua conta do jogo.
O telefone agora está desbloqueado e no ícone do
Jogo você vai encontrar mais informações sobre como
continuar jogando.
Recomendamos que você leia a seção sobre as Regras
do Jogo e reflita cuidadosamente sobre se quer
continuar a jogar.
Se preferir parar, vamos trilhar caminhos diferentes
e pedimos para deixar o telefone na caixa de correio
na rua Bellmansgatan, 7.
Felicidades,
O Mestre do Jogo
```

"Eu estava pensando em te promover", disse Runeberg.

"O Alfa precisa de novos recrutas antes que a Suécia assuma a presidência da UE. Você na verdade não está trabalhando aqui há tempo suficiente, mas após os acontecimentos de hoje, Vahtola e eu concordamos que você está pronta. Você começa na segunda-feira, desde que o dr. Anderberg não tenha nenhuma objeção relacionada com sua saúde mental. Alguma pergunta?"

Ela apenas balançou a cabeça.

"Muito bem, Normén, se você continuar assim, vai se sair bem aqui", concluiu ele, afastando sua cadeira da mesa.

"O Anderberg vai pegar seu depoimento daqui a dez minutos. Quando tirar isso da frente, pode folgar o resto da semana. Isso é tudo. Certo? Eu vou para a academia."

Ele se levantou para indicar que a conversa tinha acabado, e Rebecca seguiu o exemplo. Sua cabeça estava girando e ela não conseguiu deixar escapar um sorriso nada profissional.

O grupo Alfa, a equipe de reforço, a elite do esquadrão de proteção pessoal. A partir de segunda-feira, ela seria um deles. Sem mais tarefas para iniciantes, apenas trabalho sério, para seguranças qualificados.

Muito bem, Normén — menina esperta!

Quando bateu na porta do psicólogo nove minutos e cinquenta segundos depois, ainda tentava segurar o irritante impulso de sorrir.

Tem certeza de que quer entrar? 3

Quando a campainha da porta da lojinha abafada começou a tocar as notas da abertura de *Star Wars*, Magnus Sandström — ou Farook Al-Hassan, como ele agora se chamava — não deu nenhum sinal de ter ouvido. Ele apenas continuou lendo o exemplar amassado do *Metro* espalhado no balcão em sua frente, nenhum pouco preocupado em olhar para o visitante.

"Salaam-Aleikum, irmão HP", ele murmurou do canto da boca.

"Oi, Manga", sorriu HP, enquanto caminhava em direção ao balcão. "Alguma coisa interessante no jornal de hoje? Deixa eu adivinhar: a recessão está piorando, o Hammarby perdeu novamente, e alguns malucos explodiram alguma coisa em algum lugar, provavelmente em Bagdá, Mumbai ou talvez Timbuktu?"

"Portugal", suspirou Manga, olhando para cima com relutância.

"Hein?"

"Os malucos explodiram uma coisa em Lisboa — um iate de luxo vazio, para ser exato. Ninguém sabe por quê. Mas você acertou duas em três. O Hammarby é um maldito time imprestável hoje em dia."

Ele dobrou o jornal e endireitou-se com cara de mau humor.

"E você sabe muito bem que eu quero ser chamado de Farook agora", acrescentou, sem rodeios.

"Claro que sei, Manga! Se você insiste em se transformar num vendedor de tapetes de segunda, essa é uma decisão sua."

E balançou a cabeça para as calças orientais de Farook, o colete de seda e a camisa comprida.

"Só não espere que eu entre nessa bobagem. Você era Manga quando entramos na escola, quando a gente costumava fumar as guimbas da sua mãe atrás do supermercado, e quando você perdeu sua virgindade com aquela gorda finlandesa em uma barraca em Hultsfred. Então é isso que você é para mim, independentemente do que você, sua esposa ou o seu mais recente deus pensam, ok?"

Manga/Farook suspirou novamente. Não tinha por que discutir com HP quando ele estava nesse estado de espírito, ele sabia disso por experiência própria. Melhor mudar de assunto, isso normalmente funcionava. HP se distraía facilmente.

"E a que minha humilde lojinha deve a honra desta visita, jovem Padawan?", perguntou, estendendo as mãos para indicar o espaço apertado.

A loja consistia em cerca de trinta metros quadrados de painéis de cortiça desgastados, além de mais algumas escondidas atrás de uma cortina de miçangas surrada atrás do balcão. Praticamente todas as superfícies disponíveis, assim como outras que não estavam, do chão ao teto, estavam lotadas de coisas, basicamente computadores, componentes eletrônicos e acessórios. Capas, discos rígidos, cabos, cartuchos de impressão e vários dispositivos USB empilhados com cartazes impressos de vários jogos e diversos tipos de produtos descontinuados. Um ar-condicionado velho acima da porta travava uma barulhenta batalha perdida tanto contra o calor do verão do lado de fora quanto com o calor gerado pelas inúmeras máquinas dentro da loja.

No fundo da loja, dois computadores faziam barulho, obviamente para fins de demonstração, mas na prática essa área era utilizada como uma lan house, como indicava o cartaz torto pendurado acima da máquina encardida de café. A máquina tinha outro cartaz que oferecia café gratuito para os clientes, mas no momento havia uma distinta falta deles.

Como de costume, a iluminação era fraca, fornecida principalmente pelos diversos monitores espalhados pela loja. Junto com a fraca lâmpada fluorescente em cima do balcão, eles faziam a única oposição às folhas de papel coladas nas janelas com grade que bloqueavam toda a luz do sol.

HP tirou o celular do bolso interno. Com um gesto triunfante, deu um tapa no balcão na frente de Manga.

O jogo acabou, filho da puta!

Mas, em vez de desistir e admitir tudo, o Manga apenas ajeitou os óculos de armação escura e inclinou-se para frente com interesse.

"Um celular novo... design muito legal. Nunca tinha visto um desses antes. Achou ou comprou?", perguntou, enquanto olhava para cima novamente.

"Você me diz, Manga", sorriu HP, mas sem conseguir o grau de vitória que esperava tanto com o comentário quanto com o sorriso.

A confiança que tinha sentido quando bateu o telefone no balcão havia desaparecido. Isso não estava acontecendo como esperava. Manga nunca tinha sido capaz de manter uma cara séria, mesmo quando isso não importava de verdade. Quando eram mais jovens, tinha decepcionado HP e os outros mais de uma vez, e ele esperava que ele confessasse tudo de uma vez, ou que fizesse uma tentativa patética e constrangedora de negar tudo. Mas nada disso aconteceu, e seu improvisado Plano B, que envolvia olhar com raiva para o Mangalito, encontrou a mesma reação.

Nenhuma pista, nenhum piscar de olhos ou contração do olho — nenhuma das coisas que normalmente acontecem a um nerd quando algo sai do seu controle. E sua voz passou no teste também...

"Hein... do que você está falando, irmão?"

HP inclinou a cabeça e fez uma última, tímida tentativa.

"Então você está me dizendo que não sabe nada sobre a peça que alguém pregou em mim no trem de Märsta há cerca de meia hora atrás?"

"Não, não faço ideia, palavra de escoteiro", disse Manga, levantando dois dedos até a testa, onde uma vez tinha existido cabelo.

"Você gostaria de me iniciar nos mistérios do trem de Märsta enquanto tomamos uma xícara de Java?", perguntou, dando outra olhada no celular, evidentemente ansioso para conhecê-lo melhor.

"Claro", murmurou HP.

Então, que diabos estava acontecendo?

"Bem, se você não tem nenhuma dúvida, nós acabamos aqui."

Rebecca balançou a cabeça e saiu do sofá antes que o psicólogo tivesse tempo de se levantar. Ela sabia que prestar depoimento era importante e que era apenas um procedimento-padrão depois de um incidente como o que tinha se envolvido mais cedo, mas isso não significava que tinha de gostar.

Ela não gostava de conversas particulares com estranhos, já tinha tido mais do que suficiente quando era pequena. Apesar de que não poderia ter mais de 6 ou 7 anos de idade quando começou, não demorou muito para que aprendesse as respostas "certas". Olhos bem abertos, um sorriso de criança e confiança suficiente para que as mentiras parecessem sinceras. Tinha funcionado bem na época, e foi surpreendentemente fácil usar a mesma técnica, com apenas alguns ajustes, no mundo adulto.

"Obrigada, dr. Anderberg, estou um pouco abalada, mas, em geral eu estou bem", e mais alguns clichês. O mesmo sorriso vacilante e olhar tímido que geralmente funcionavam. Mas hoje parecia extraordinariamente difícil. Suas palavras soaram um pouco falsas, e o desempenho não foi tão convincente como de costume. Ela estava tendo problemas para manter o controle de seus pensamentos e sua concentração.

A sensação de calma que tinha sentido no escritório de Runeberg desapareceu de repente, sem deixar vestígios.

Seus pensamentos voavam, e ela estava tendo dificuldade em manter o foco. Os sons ainda ecoavam em sua cabeça. Assim que ela os libertou, seu pulso acelerou e ela viu tudo acontecer novamente. Os gritos dos homens que os atacaram, o alarme, o balão cheio de sangue estourando. E o grito de Lessmark... Em retrospecto, o falsete de pânico soou distorcido em sua cabeça. Mais jovem, mais estridente. Como algo que ela tinha ouvido antes.

Sua boca parecia apertada, e ela engoliu em seco algumas vezes para lubrificá-la. Concentre-se, Normén!

Olhou furtivamente para Anderberg algumas vezes, tentando ver suas anotações, mas, se o psicólogo tinha notado qualquer coisa, tinha escondido muito bem. Ele se concentrou nas perguntas-padrão, passando pelo roteiro habitual e fazendo algumas tentativas de ir um pouco mais fundo, mas felizmente desistiu rapidamente de tentar uma análise mais incisiva e aceitou as respostas concisas que ela lhe dava. A performance dela pareceu segura, apesar de algumas deficiências; foi bom o suficiente, mais uma vez. E a conversa terminou finalmente.

Eles apertaram as mãos, e foi só quando ela tinha atravessado metade do pátio da delegacia de polícia em direção à garagem que percebeu que sua camiseta estava encharcada de suor.

De sua janela, Anderberg observou-a ir embora. Respirou fundo, segurou o ar por alguns segundos e soltou um suspiro profundo.

"Inspetora de polícia Rebecca Normén, 34 anos, treze anos de serviço", disse baixinho para si mesmo. A carreira dela tinha sido bastante convencional. Alguns anos em carros de patrulha após se formar na academia de polícia, prendendo bêbados e ladrões, separando brigas. Depois, uma temporada no departamento de investigações criminais, fazendo serviços internos. Em seguida, o de costume — monitorando, investigando e capturando agressores de mulheres, ladrões e assaltantes, até que tivesse experiência suficiente para entrar na Polícia de Segurança[1] e na equipe de segurança pessoal. Boas referências, mas nada excepcional. Nenhuma das declarações superefusivas que eram bastante comuns quando você queria se livrar de um colega difícil.

Ela provavelmente poderia ter se candidatado à equipe de segurança pessoal alguns anos antes. Depois que o ministro das Relações Exteriores foi assassinado, o grupo havia expandido consideravelmente, e tinha sido particularmente difícil encontrar candidatos do sexo feminino — que eram, portanto, bem-vindas.

Mas Rebecca Normén não se precipitou. Parecia que ela queria ganhar experiência na polícia comum antes de deixar a realidade para trás e entrar no mundo secreto da Polícia de Segurança. Ele mesmo tinha lhe dado um "muito adequado", o segundo nível mais alto dos quatro usados no recrutamento.

1 Polícia de Segurança é como é conhecido o Serviço de Segurança Sueco, a agência de inteligência do país. Entre suas atribuições estão contraespionagem, contraterrorismo, proteção da Constituição da Suécia e proteção de membros da família real e da área diplomática.

"Focada e ambiciosa, talvez um pouco reservada", foi como ele tinha resumido a personalidade dela em suas anotações naquela ocasião, e nada que ele tinha visto na conversa de hoje tinha lhe dado qualquer motivo real para mudar esse julgamento.

"E ela também pode ser considerada bastante atraente", ele acrescentou com um pouco de culpa, ciente de quão pouco profissional o comentário era. Como que para compensar esse deslize, acrescentou "se você gosta do tipo alto e atlético", que não era seu caso.

Rebecca Normén tinha olhos escuros, as maçãs do rosto definidas e um nariz ligeiramente pontudo que, na opinião dele, deixava seu rosto mais interessante do que propriamente bonito. Seus traços fortes ficavam ainda mais realçados por ela sempre usar um pequeno rabo de cavalo apertado, descendo sobre o pescoço.

Mas a inspetora Normén não era o tipo que chamava a atenção por sua aparência. Pouca ou quase nenhuma maquiagem, unhas curtas e roupas estritamente práticas — com a possível exceção de hoje, embora ele supusesse que isso era por causa do incidente algumas horas mais cedo.

Embora ela tenha feito esforços óbvios para ser prestativa, seu jeito era reservado, quase defensivo, oferecendo nenhuma abertura para uma conversa particular. A julgar por seu arquivo pessoal, Rebecca era discreta em seu grupo, fazia seu trabalho e evitava cuidadosamente engatar um romance com algum colega de trabalho, algo tão comum na força. Mais da metade de seus colegas do sexo masculino provavelmente achavam que ela era lésbica, e os mais espertos tinham o bom senso de não passar do limite entre a vida pessoal e profissional que Normén mantinha com cuidado.

Ele duvidava que qualquer outro oficial tivesse sido particularmente próximo a ela. Uma jogada inteligente se você quisesse se dar bem na força, e Rebecca Normén era definitivamente inteligente e ambiciosa. O fato de não querer compartilhar seus pensamentos e segredos particulares com um psicólogo não a tornava diferente na força, muito pelo contrário.

Apesar disso, havia algo sobre ela que o inquietava. Uma vaga sensação de que não conseguia colocar o dedo na ferida. Como se houvesse algo lá, algo que ela escondia atrás de uma rígida fachada e que estava desesperada para não revelar.

Ele não tinha feito nenhuma anotação sobre isso no recrutamento dela, então ou isso tinha se tornado mais evidente, ou ele estava simplesmente mais atento do que tinha estado no ano anterior. Mas teve a impressão de ter percebido uma fratura minúscula, quase imperceptível, em sua aparência normalmente polida e profissional.

Não conseguia afastar a sensação de que tudo era apenas uma fachada, uma espécie de jogo em que a embalagem não combinava com o conteúdo.

Mas, por outro lado, poderia estar errado. Psicologia não era uma ciência exata, afinal.

Pegou uma caneca de café e sentou-se no computador. Na hora H, Rebecca Normén demonstrou que era mais do que capaz de administrar todos os aspectos de uma situação crítica, então o que mais ele podia dizer?

Agora ela era a favorita dos chefes, e seria necessário mais do que algumas vagas suspeitas de sua parte para fazer com que eles mudassem de ideia. Se não podia embasar suas suspeitas em fatos, tinha de esquecê-las. Afinal, isso se tratava da carreira de outra pessoa, e ele entre todas as pessoas deveria saber que instintos estavam no final da lista de prioridades do serviço policial.

Todo mundo tem seus segredos, então por que Rebecca Normén deveria ser diferente?, pensou, enquanto se acomodava para escrever seu relatório.

```
Bem-vindo ao Jogo, HP!
Nesta página você será informado sobre as regras
básicas e o regulamento para os participantes.
Recomendo que leia com atenção e reflita antes de
decidir se deseja ou não continuar.
Entendeu?

Sim
Não
```

Sim, ele entendeu tudo certo, regras, blá-blá-blá, porém — mais importante — mais informações. Exatamente do que ele precisava.

Assim que chegou a seu pequeno apartamento de dois quartos no íngreme beco da Maria Trappgränd, abriu todas as janelas em uma vã tentativa de agitar o ar parado. O café amargo da loja de computadores ainda estava borbulhando em seu estômago, e ele percebeu que não tinha comido nada desde o hambúrguer que engolira quando estava bêbado na noite anterior. E estava desesperado por um cigarro. Um maço de Marlboro amassado e pela metade que encontrou debaixo do sofá depois de procurar um pouco resolveu esse problema, e ele deu algumas tragadas profundas para relaxar. Demais!

Com o cigarro pendurado no canto da boca, fez uma incursão à geladeira, mas sem grandes expectativas. Além de algumas latas de cerveja, a safra estava fraca, mas o congelador coberto de gelo conseguiu produzir uma torta Gorby congelada. Colocou a iguaria no micro-ondas e sentou-se à mesa da cozinha, brincando com o celular e tentando não queimar a boca no queijo derretido.

Era tudo muito simples. Mesmo que a tela fosse bastante grande, havia apenas cinco ícones. Telefone, calendário, e-mail, internet, e do que ele estava atrás — "O Jogo".

Clicou em "Sim" e um novo texto apareceu instantaneamente.

```
Bem-vindo a uma nova dimensão de jogo, um mundo onde
a realidade é um jogo, e o Jogo, realidade.
Bem-vindo à experiência de jogo mais intensa do
mundo!

Bem-vindo ao Jogo!
```

Não pôde deixar de sorrir com o tom bombástico; em seguida, correu seu dedo na tela para descer para o próximo pedaço de texto.

Definições
Os participantes do **Jogo** são conhecidos como **Jogadores** e são escolhidos a dedo depois de um cuidadoso processo de seleção.
Cada **Jogador** recebe diversas **Missões** do **Mestre do Jogo**, que é a pessoa que dirige o **Jogo**.
As **Missões**, se realizadas corretamente, resultam em certo número de **Pontos**, bem como numa quantidade correspondente de dólares norte-americanos, que será depositada numa conta à qual o **Jogador** tem total acesso.
Todas as **Missões** são documentadas pelos próprios **Jogadores** com a ajuda do telefone celular e, em casos específicos, também por **Funcionários** ou outros **Jogadores**.
Todo o material visual é de propriedade exclusiva do **Jogo** e será apresentado em intervalos regulares de forma editada, juntamente com a tabela de classificação, na **Página de Pontuação**.
No final de cada rodada do **Jogo**, um **Vencedor** será declarado e receberá um **Prêmio**.

HP fez uma careta. Se isso era uma brincadeira, era bem convincente.

Então, tinha sido selecionado para participar de um... jogo ao vivo ou algo assim? Era tudo muito parecido com aquelas ridículas recriações históricas, pessoas na Gotlândia dançando em trajes caseiros feitos de cota de malha. Ou crianças se fantasiando de vampiros com dentes de plástico e capas. Como diabos tinha se envolvido em algo assim?

A página tinha dois links. Clicou o primeiro, chamado **Regras do Jogo**:

Regras do Jogo
Para garantir uma experiência satisfatória para todas as partes, deve haver um conjunto de **Regras**, como em todos os jogos.
Essas **Regras** são absolutas e não devem ser quebradas em nenhuma circunstância.

Regra 1: Nunca fale com ninguém fora da **Comunidade do Jogo** sobre **o Jogo**.
Regra 2: O **Mestre do Jogo** dirige **o Jogo**, distribui missões, prêmios e — se necessário — punições.
A autoridade do Mestre do Jogo é absoluta, todas as decisões devem ser obedecidas e não há direito de recurso.

Consequências
Quebrar ou desobedecer às **Regras do Jogo** resultará na imediata **Desclassificação e Expulsão.**

HP suspirou e puxou outro Marlboro, acendeu-o e deu uma tragada profunda. Até agora não sabia mais do que quando começou. Estava claramente sendo convidado a participar de um tipo de jogo estranho que parecia acontecer no mundo real. Mas, por que ele?

Não que ele não gostasse de jogar, tinha o *Counterstrike* e o *World of Warcraft* em seu computador e, obviamente, o *Guitar Hero* em seu Playstation. Mas eles não fazem você correr pela cidade como um maldito coelho da Duracell. Mas, por outro lado, tinha aquela parte sobre dinheiro e prêmios...

Ser pago para jogar, ele definitivamente poderia viver assim. Jogador profissional era na realidade algo em que tinha pensado antes. Mas como diabos eles poderiam saber disso?

Clicou o segundo link. Assim como o título dizia, havia algo que parecia uma tabela de pontuação. Na margem esquerda, havia uma série de números, que deveriam representar os diferentes jogadores. No topo estava alguém chamado "58", que tinha evidentemente conseguido acumular mais de cinco mil pontos ao completar sete tarefas.

Se cada ponto era o equivalente a um dólar americano, como a página anterior sugeria, então o número cinquenta e oito tinha ganhado algo como 40 mil coroas suecas, provavelmente livres de impostos, apenas jogando um jogo. Não era mau, não era mau mesmo! Seu interesse foi definitivamente aguçado.

Então o que tinha que fazer para obter sua parte da grana? Desceu a página com a lista de pontuações mais altas até o fim, onde, rodeado por outros jogadores com cem pontos, achou o número um-dois-oito. O mesmo número da parte de trás de seu telefone. Clicou o pequeno ícone de um rolo de filme ao lado do número. Uma nova janela se abriu, mostrando um filme tremido, e ele ouviu sua própria voz estalando através do pequeno alto-falante do telefone:

"Fala pro Manga... um maldito lambedor... tapete!"

A imagem pulava para cima e para baixo. Portas do trem, asfalto e em seguida uma sequência tremida de alguns degraus e um pouco da Rörstrandsgatan. Depois, toda a sequência de novo, mas dessa vez filmada de lado, com um foco consideravelmente melhor e menos tremida, e mais uma vez se viu roubar o guarda-chuva e saltar do vagão. Pelo ângulo da filmagem, ela tinha sido gravada ou pela atraente jovem com roupa de academia, ou por um dos caras de 30 e poucos anos. Jesus, o olhar de surpresa no rosto do homem quando ele pegou o guarda-chuva era impagável! Clicou para repetir o filme e assistir novamente.

Primeiro, sua própria gravação; depois, a que foi filmada em segredo. Era quase como reviver aquilo, mas com todos os detalhes mais bem definidos. O olhar de surpresa nos rostos das meninas, o bêbado pulando quando HP começou a gritar, a reação chocada do homem de jaqueta, que parecia sugerir que não tinha ideia do que estava acontecendo. Aquilo era incrível, simplesmente incrível!

HP tinha roubado coisas antes, não era isso... Era realmente foda pra caralho poder assistir a tudo novamente, mesmo que não parecesse tão liso como tinha imaginado. Era como receber de novo uma injeção de adrenalina, só que com mais tempo para apreciar as nuanças mais sutis.

Depois de um tempo, apertou um botão escrito "juntar" e, para seu divertimento, descobriu que poderia assistir às duas sequências de clipes uma ao lado da outra, sua própria no lado esquerdo e a outra à direita, perfeitamente sincronizadas, todo o evento visto de dois ângulos diferentes.

Quando assistiu ao filme pela quinta vez, percebeu que seu coração batia com entusiasmo.

4 Jogar com cautela ou apostar tudo?

Ela precisava de roupas novas. Mesmo que o sangue fosse provavelmente sair se fossem lavadas a seco, jogou sua jaqueta e a calça na lixeira mais próxima assim que as recebeu de volta da perícia.

Runeberg tinha entendido.

"Não deixe de pegar um recibo e nós resolvemos isso, Normén", ele havia dito. Assim, ela tinha acabado de passar praticamente a última hora inteira nas lojas de Östermalm que forneciam seus uniformes. Tirar medidas e provar roupas, marcas em giz branco e alfinetes. Parecia um luxo poder experimentar roupas assim, ainda mais no horário de trabalho.

O vendedor sabia o que ela estava fazendo. Um tamanho maior do que o normal deixava espaço suficiente para o colete à prova de balas e o equipamento que ela levaria em seu cinto. Só precisava encurtar as mangas um pouco e ajustar os ombros.

O uniforme tinha de cair bem, sem atrapalhar. Não era para parecer com uma doação.

Runeberg podia ter dito a ela para tirar o resto do dia de folga, mas, de acordo com a escala, ela deveria trabalhar naquela tarde. Não tinha outros planos, por isso fazia sentido resolver logo a história do uniforme.

Runeberg era ok. Se você ignorasse seu jeito insensível, ele era um chefe decente, possivelmente até um dos melhores que já tivera. E chefes decentes não cresciam em árvores na força. Tempo de serviço e conexões eram muitas vezes mais importantes do que a competência.

Mesmo assim, ela gostava de ser uma policial, realmente gostava. A sensação de estar fazendo algo importante, significativo. Fazer algo para a sociedade.

Mas "Proteger, ajudar, fazer com que a justiça seja feita" era apenas um dos motivos que a haviam atraído para trabalhar na polícia. Outro fator importante foi a sensação de ser escolhida. Alguém que tinha sido selecionada a dedo mais de uma vez ao longo de sua carreira, que já tinha passado em inúmeros testes e exames e havia demonstrado que era feita pra isso.

Por ser uma mulher dentro da força, não era suficiente passar no exame admissional. Você também tinha de provar que não era uma TU

— uma testemunha uniformizada que não servia para nada quando o bicho pegava. Você tinha de provar que conseguia lidar sozinha com situações críticas.

Era por isso que o episódio com o guarda de segurança em Rosenbad ainda a incomodava. Sem o carro, ela tinha ficado presa, sentindo-se quase paralisada, e se seus agressores tivessem escolhido continuar, eles estariam em uma situação complicada. Ela não conseguia afastar o pensamento traiçoeiro de que foi o guarda na porta que salvou o dia, em vez dela. Que ela não merecia realmente seu lugar no grupo Alfa.

Talvez isso soasse como algo da Idade da Pedra, mas a força policial ainda era em grande medida regida de acordo com regras masculinas. Independentemente de qualquer coisa que a legislação sobre igualdade de direitos pudesse dizer sobre o percentual de mulheres na força, noventa e cinco por cento de todos os criminosos eram homens. E, se uma mulher quisesse participar de forma adequada e não se esconder em alguma cadeira de escritório confortável no momento em que a oportunidade surgisse, você tinha de mostrar que era competente. Que você não se importava em ficar imunda ou ser espancada. Ela não tinha problema algum com isso, mas tinha sido difícil aprender a assumir o controle da situação e bater de volta. Mas alguns anos na patrulha certamente ajudaram.

Tinha lido em algum lugar que o corpo substitui praticamente todas as suas células ao longo de um período de sete anos. Mesmo que isso parecesse inventado, lhe atraia a ideia de que ela era literalmente uma nova pessoa depois de tudo o que tinha acontecido. Que ela era uma pessoa diferente e muito melhor do que tinha sido até então.

A identidade que tinha assumido com o trabalho desempenhava grande parte nessa mudança.

Tinha orgulho de seu trabalho e do distintivo policial retangular que levava para todos os lugares, não importava aonde fosse. Seu formato de metal tinha até deixado uma marca no lado de fora do bolso de sua calça jeans, assim como os tubinhos de mascar tabaco faziam com os rapazes de hóquei no gelo. Não conseguia explicar realmente o sentimento que tinha quando o mostrava e se apresentava como "Normén, Polícia". Não podia imaginar a vida sem ele. Então, por que não se sentia completamente feliz?

`Você tem certeza de que quer jogar, HP?`

Porra, claro que tinha certeza. Certeza absoluta! Não precisava nem pensar. Ser pago para correr pela cidade e passar o tempo — quem não gostaria de fazer parte de algo assim?

E depois tinha toda a coisa de ser filmado.

Ele não conseguia explicar por quê, mas se ver em um filme como aquele era... excitante, na falta de uma palavra melhor. Não excitante de uma forma sexual, não, esse era um sentimento completamente diferente. Ou não?

Mas, na verdade, não era o fato de se ver fazendo coisas legais de diferentes ângulos que o encantava mais. Mesmo que ainda gostasse da ideia, a carga de adrenalina que recebeu quando reviveu o roubo tinha tido tempo de desaparecer um pouco. Claro, não ia negar que seu pulso ainda acelerava quando assistia a tudo outra vez, mas isso já não era o principal.

Não, o que o atraía ainda mais era a descoberta de que havia outras pessoas por aí que podiam ver o que ele estava fazendo, assistir a seus clipes e até mesmo dar uma nota para seu desempenho.

Ele realmente não tinha sacado o que estava acontecendo da primeira vez que fora ao site, mas, depois de alguns dias mexendo e testando as várias funções, tinha uma melhor compreensão do que se tratava.

Para começar, o Jogo não era ao vivo da maneira que tinha pensado a princípio; era mais como um jogo de realidade alternada. Uma espécie de mistura de jogo de computador e realidade onde os dois mundos se mesclavam, de acordo com a definição da Wikipédia, e até agora essa descrição parecia se encaixar muito bem.

Mas, fora os participantes, havia várias outras pessoas assistindo. Um público que, se tinha entendido corretamente, até pagava para ser autorizado a assistir!

Era muito lógico, realmente, pois por que mais você criaria algo tão avançado se não fosse ganhar algum dinheiro com isso? Onde mais eles iriam arrumar todos os dólares para pagar os prêmios em dinheiro e pagar por pelo menos 128 telefones celulares bastante avançados, com câmeras embutidas?

Seja como for, esses espectadores podiam assistir, avaliar e comentar tudo o que os participantes estavam fazendo. Ele mesmo já tinha recebido alguns comentários: *"Legal, cara!"*, *"Curti o grito!"* e *"Bom começo, estou te colocando nos meus favoritos"* tinham sido publicados na pequena área de comentários que aparecia ao lado da pontuação de cada jogador. Seus espectadores lhe deram uma média de três estrelas, de um máximo de cinco. Desconhecidos que o tinham clicado, assistido e gostado do que viram. Reconhecendo o que ele tinha feito. Era tão legal, porra!

Os comentários que recebeu não eram nada em comparação com o que as pessoas tinham escrito sobre o número 58, que ainda estava no topo da lista. *"58 vai ganhar!"*, *"Você é demais"* e *"58 é foda!!!"*, assim como uma porrada de emoticons e outras coisas, o que fazia com que a área de comentários do cinquenta e oito tivesse várias páginas. Cinco estrelas de cinco, nota máxima, em outras palavras. Reconhecimento e amor de um mundo cibernético todo, que sensação fodida isso devia ser!

Mas HP não sabia o que o sr. Cinco Oito tinha feito para merecer todos os elogios. Por ser um Jogador, ele só podia ver seus próprios clipes. Uma pena, mas talvez houvesse outra maneira mais pra frente... Mas havia uma exceção. No topo da página, logo acima da tabela de classificação, tinha um link para algo chamado de "Missão da Semana", onde eles postavam uma tarefa bem-sucedida para que todos pudessem ver.

Esta semana, o clipe era do Jogador 27, que estava atualmente em quarto lugar. HP já tinha assistido umas vinte vezes pelo menos. O clipe mostrava um cara de balaclava quebrando o para-brisas do que parecia ser um carro da polícia americana e depois esvaziando um extintor de incêndio dentro do veículo. A coisa toda foi filmada no celular preso ao peito do vinte e sete, mas também por outro cinegrafista que estava mais longe. O que deixou a missão mais legal foi que aconteceu em plena luz do dia, no meio de uma cidade grande não identificada com um monte de pedestres passando pelo carro. O clipe também tinha sido editado profissionalmente e tinha sua própria trilha sonora, "Fight the Power", do Public Enemy.

"Got to give us what we want
Gotta give us what we need...
We got to fight the powers that be!"

A cereja do bolo foi quando os policiais voltaram da loja de rosquinhas ou de onde quer que estavam e descobriram que sua viatura tinha sido destruída. Tudo cuidadosamente documentado pelo cinegrafista, que ainda conseguiu pegar um pouco dos xingamentos antes de escapar correndo para sobreviver.

Os elogios choviam na área de comentários do 27, e HP só podia concordar. Foi legal pra caralho, e ele mostrou que tinha colhões também! Talvez um pouco aventureiro demais para ele, mas e daí? Por outro lado, devia ser menos arriscado foder com os policiais na Suécia do que nos EUA. Lá você poderia facilmente acabar com sua cabeça estourada se não tivesse sorte, e esse tipo de coisa não acontecia muito por aqui, pelo menos não frequentemente.

"Do you feel lucky, punk? Well, do you?" Bang, bang!

Terminou sua imitação de Dirty Harry na frente do espelho embaçado do banheiro, guardou o dedo como se fosse um revólver, depois passou um pente meticulosamente algumas vezes em seu cabelo comprido e oleoso, e verificou o resultado com satisfação enquanto piscava para seu reflexo.

"Looking good, Louis!

Feeling good, Billy-Ray!"[1]

Checou rapidamente os bolsos. Dinheiro — ok, cigarro — ok, chaves — ok. Pegou o celular no caminho para a porta. Estava na hora de jogar. Começa o jogo!

Ela pegou um café na Galeria Sture, passou rapidamente pelos jovens de 20 anos com cartão de crédito do papai que se aglomeravam em volta das butiques ao longo da Biblioteksgatan e em seguida virou para pegar a Hamngatan em direção à estação principal de metrô em T-Centralen. Apesar de ser o auge da temporada de férias, o trânsito da hora do rush de sexta-feira estava quase parado, e a fumaça que saía dos escapamentos se misturava com os cheiros de verão de asfalto, fumaça de cigarro e comida.

Era quase noite, mas seu turno ainda duraria algumas horas. Ela tinha planejado ir à academia, mas não estava com vontade. Apesar de o incidente no cais ter acontecido há mais de vinte e quatro horas, seu corpo ainda estava cansado. Quase como se a carga de adrenalina a tivesse deixado com ressaca. Mas se esses eram os efeitos posteriores que Anderberg tinha falado, ela com certeza conseguiria aguentar.

Decidiu ir em direção ao quarteirão do batalhão de polícia de qualquer maneira. Seu formulário de acidente de trabalho deveria estar esperando em seu escaninho e fazia sentido tirar isso da frente antes de começar no grupo Alfa. Então, a linha azul do metrô até Rådhuset.

Atravessou a Sergels torg na diagonal em direção à entrada para a estação de metrô.

Apesar de todas as ações da polícia e do serviço social, percebeu que os vendedores de drogas ainda estavam fazendo seu trabalho direitinho perto das portas. Nem a última reforma de iluminação os afastou, e ultimamente a presença deles já não surpreendia ninguém, até os turistas os ignoravam.

Era como se os coitados tivessem se tornado um elemento fixo do cenário urbano. Seja como for, era bom entrar no saguão fresco da estação.

Mostrou seu distintivo policial na catraca e pegou a escada rolante em direção à linha azul.

A escada rolante em direção à T-Centralen. Ele juntou-se a uma mãe com crianças pequenas e se esgueirou pela porta de deficientes, assim como tinha feito na entrada. Em seguida, atravessou rapidamente o saguão da estação e saiu pelas portas em direção à Sergels torg.

1 "Está parecendo bem, Louis! Estou me sentindo bem, Billy-Ray!", diálogo do filme *Trocando as bolas* (*Trading places*, 1983), dirigido por John Landis, com Dan Aykroyd e Eddie Murphy.

Apesar de ser noite, o calor castigava. Alguns usuários de drogas dormiam sob o abrigo do telhado, parecia que o dia não tinha sido bom para eles. Será que os traficantes haviam saído de férias também? HP pensou ter reconhecido um deles e o cumprimentou com a cabeça quando passou, mas o olhar do rapaz era tão vítreo que provavelmente não conseguia enxergar além da ponta de seu nariz. A heroína era uma grande merda, não há dúvida sobre isso. Ele estava mais do que feliz com a srta. Maria Joana. Era uma piada ridícula a lei não fazer nenhuma distinção. Ninguém nunca teve uma overdose de maconha, até onde sabia.

Atravessou a parte descoberta da praça, desceu a rampa para o andar de lojas subterrâneo e, alguns minutos depois, estava em pé na frente das portas com maçanetas douradas.

Uma checada rápida no relógio. 18h43. Estava dois minutos adiantado. Não estava acostumado a usar relógio.

Quando recebeu suas instruções e percebeu que precisaria de um relógio, passou pelo menos meia hora vasculhando suas caixas. Finalmente, conseguiu desenterrar um pobre Casio antigo que devia ter pelo menos 10 anos de idade, mas que de alguma forma ainda estava funcionando. Testou o comando de voz e, para sua surpresa, a função funcionou: "No terceiro toque serão precisamente dezoito horas e quarenta e cinco minutos..."

A luz de LED piscando no celular interrompeu seus pensamentos. Abriu a mensagem ansioso.

```
Bem-vindo à sua segunda missão, HP!
A missão de hoje, se optar por aceitá-la,
vale 400 pontos.
Quer continuar?
```

Clicou o "Sim" imediatamente.

Quatrocentos pontos, quase 3 mil coroas, e um grande salto do pântano do final da lista dos jogadores com cem pontos.

```
Excelente!
Pegue o elevador até a livraria.
Não se esqueça de deixar o telefone com a câmera
virada para fora.
Aperte o botão abaixo quando estiver em posição.
```

Um ícone escrito "Pronto" apareceu na parte inferior da tela.

HP descobriu que as palmas das suas mãos já estavam úmidas de entusiasmo. Aquilo era legal pra caralho!

Ele era um agente secreto, um homem numa missão. "Pettersson, Henrik Pettersson."

Abriu as portas, desceu pela escada rolante, passou pelos meros mortais que olhavam para máquinas de café expresso e chocolate quente ridiculamente caros, virou a esquina para o átrio onde ficavam os elevadores e apertou o botão para subir. Alguns minutos depois, desceu no 3º andar, escondendo seu rosto da câmera de segurança por força do hábito e deslizando por entre as estantes de livros.

Clicou "Pronto".

A resposta veio de imediato.

```
Siga o coelho branco!
```

Primeiro, apenas olhou para a tela sem entender, mas depois de alguns segundos a ficha caiu.

Claro! Um pouco brega, talvez, mas ainda assim muito legal! Quem quer que fosse que planejava as missões, pelo menos parecia ter senso de humor...

Sorrindo, começou a procurar nas estantes, passando seus dedos pelos livros até encontrar o que estava procurando. *As Aventuras de Alice no País das Maravilhas*, a bíblia de referência para todos os cinéfilos. Pegou o livro e folheou as páginas. Estava tão emocionado que, quando fez a descoberta, quase deixou cair o cartão de plástico branco no chão. "5º andar, 18h55" estava escrito a tinta, mas fora isso o cartão estava em branco.

HP fez uma careta. Conhecia a loja de departamentos de cima a baixo, era imbatível para os turistas distraídos, ou se você apenas queria matar algumas horas observando as pessoas. Tinha cem por cento de certeza de que havia apenas quatro andares. Uma olhada rápida no Casio mostrou que tinha três minutos para resolver o mistério.

A escada ficava em frente aos elevadores, e mais uma vez ele se escondeu do olho no teto, só para garantir. Mármore e bronze, mais elegante que qualquer outra coisa. Trip trap, trip trap. "Lá vai o cabritinho travesso atravessando a ponte...", riu.[2]

Sim, tinha razão. O quarto andar era o último, pelo menos para meros mortais.

A placa deixava isso muito claro. Mas, por trás de uma porta fechada, as escadas levavam a pelo menos mais um andar acima.

2 No original: *Trip trap, trip trap. "Clever billy goat Gruff, trip-trapping over the troll's bridge..."*, do livro *The Three Billy Goats Gruff*, um conto infantil norueguês. A versão do livro em português se chama *Os Três Cabritinhos* ou *O Lobo e os Três Cabritinhos*.

Pegou o cartão de plástico, encostou-o no leitor de cartões ao lado da porta e ouviu um bipe. Mas a porta continuou trancada. Então, viu o pequeno adesivo.

"Cartão + senha" dizia, e seu humor desmoronou como uma pedra.

Que porra de senha?

Depois de alguns instantes, no entanto, tentou digitar 1855 no teclado, que respondeu de imediato com um bipe duplo nervoso. Olhou ansiosamente ao redor, mas estava tudo bem. O andar parecia completamente deserto.

E agora?

Tirou o celular do cinto, mas a tela estava em branco. Nenhuma ajuda do telefone, então.

A menos que... Valia a pena tentar.

Encostou o cartão no leitor mais uma vez, digitou o número 128 e acrescentou um zero depois de um momento de hesitação.

Um bipe único e simples, e em seguida a fechadura fez um barulho.

Com o coração batendo forte, abriu a porta e continuou até o quinto andar.

Uma porta de metal e outro leitor de cartões o esperavam lá.

Uma rápida olhada por cima do ombro, um bipe do leitor e ele estava dentro. Seus sentidos estavam em alerta máximo, podia sentir o gosto da adrenalina em sua boca. Tudo o que estava faltando eram algumas cordas dramáticas, do contrário estava perfeito!

Um corredor estreito com o teto inclinado, luzes piscando e mais uma série de portas de metal de um lado. Muito menos elegante que os andares abaixo. E o que aconteceria agora?

Assim que pensou isso, o celular começou a piscar novamente — quase como se estivesse lendo sua mente. Meio assustador!

Tirou o celular do cinto e estava prestes a ler a mensagem quando uma voz o fez saltar e ele derrubou o telefone no chão de concreto.

> *"Senhoras e senhores, a loja vai fechar em cinco minutos. Obrigado por fazer suas compras aqui. Abriremos novamente amanhã às dez horas. A praça de alimentação continuará aberta até às oito horas."*

Deus, aquilo o assustou! Ele devia estar parado debaixo de um dos alto-falantes. Quase precisou trocar a cueca.

Murmurando, pegou o celular e leu a mensagem.

```
Terceira porta à esquerda.
```

O coelho branco trabalhou pela terceira vez, e de repente ele estava de pé em uma sala de concreto cheia de caixas de metal, feixes de cabos e outros equipamentos. Havia um cheiro de energia elétrica e metal quente.

Parede oposta, caixa preta,
aperte Pronto quando estiver em posição.

Havia um monte de caixas, mas por sorte só uma preta. Uma coisa velha feita de baquelite que se sobressaía em meio às outras caixas de metal cinza anônimas. Dois botões cobertos de plástico na frente, um azul, um vermelho.

Ele apertou "Pronto".

Muito bem, HP!
Na missão de hoje você pode escolher um dos botões.
Quando a contagem regressiva chegar ao zero, quero que aperte um deles.
Se escolher o azul, tudo continuará normalmente, você receberá seu dinheiro e outras tarefas do tipo mais simples. Uma renda segura e constante, temperada com emoção suficiente.
Mas, se escolher o botão vermelho, o relógio irá parar em sua vida antiga e você entrará em uma experiência totalmente nova, como nunca sequer se atreveu a sonhar.
Os riscos são maiores aqui, mas os prêmios também são, é claro. Apenas um número muito pequeno de pessoas é qualificado para esse nível. A pergunta é: você tem o que é preciso?
A escolha é sua, nenhuma das opções é errada, e, independentemente de qual opção escolher, você terá passado na missão desta noite.
Entendeu?

Ele clicou "Sim".

Excelente, HP!
Pense com cuidado e tome sua decisão.
Você tem 25 segundos a partir de agora.
Boa sorte!
O Mestre do Jogo

A mensagem desapareceu e foi substituída por uma contagem regressiva.

24
23
22

Isso era absolutamente superfoda pra caralho! Era disso que gostava! Então, qual deveria escolher, o botão azul ou o vermelho?

Evidentemente, os dois eram certos, mas parecia que só um deles teria algum tipo de efeito real?

```
12
11
10
```

Conseguia sentir seu batimento cardíaco em suas têmporas.

Jogar com cautela ou apostar tudo?

```
6
5
```

Obviamente, havia apenas uma resposta.

Aventura sem risco era a merda da Disneylândia! Era hora de descobrir exatamente até que profundidade essa toca do coelho ia!

```
2
1
```

Apertou o botão vermelho.

A caixa fez um clique e em seguida houve um leve rumor. As luzes no teto piscaram.

HP prendeu a respiração.

Quando terminou seu relatório, ela foi até a Unidade de Investigações Criminais para ver se algum de seus antigos colegas estavam de plantão. Seu papel na unidade de proteção pessoal era apenas um destacamento, por isso ainda tinha seu posto básico. Mas o corredor estava vazio, o que não era tão surpreendente, já que eram quase sete horas da noite. Os poucos coitados que não estavam de férias deveriam pelo menos ter o bom senso de terminar o trabalho a tempo.

Depois de seu depoimento para Anderberg, foi levada para casa por um carro de patrulha e deixou sua bicicleta no estacionamento da delegacia. O caminho mais rápido para chegar lá era pelo elevador da carceragem, então foi de escada até o "corredor bege", como alguma mente brilhante havia batizado o longo corredor.

Lá embaixo tudo estava em pleno vapor, como era normal em uma noite de sexta-feira. Todas as celas já estavam cheias, e alguns detetives cansados corriam entre as várias salas onde os policiais faziam seus relatos. Um bêbado particularmente problemático, escoltado por dois grandes policiais uniformizados, ocupava a maior parte do espaço disponível em frente ao cubículo de vidro do delegado de plantão.

As noites de sexta, com toda a bebida e as brigas, tinham sido, sem dúvida, uma experiência útil, mas ela não tinha exatamente saudades...

Um dos policiais uniformizados balançou a cabeça ao reconhecê-la quando ela passou, e ela devolveu o cumprimento. No caminho para o elevador, ouviu o rádio da polícia dar sinal de vida:

"Controle para todas as unidades!
Carros de patrulha para Hamngatan e a loja de departamentos NK..."

Não aconteceu nada. Não que ele soubesse exatamente o que estava esperando, mas ainda assim? Com certeza deveria ter havido algum tipo de resposta. Após todo o drama, seguramente algumas luzes de advertência piscando ou sirenes eram o mínimo que ele poderia esperar? Pessoas correndo pelo corredor, talvez alguns nervosos batendo na porta.

Mas isso...? Um grande monte de nada.

Desapontado pra caramba.

Esperou um pouco mais de um minuto e saiu da sala desanimado, desceu as escadas encurvado e somente após ter atravessado a rua e chegado às árvores do Kungsträdgården que lentamente começou a entender.

"...simplesmente parou", alguém estava dizendo em tom surpreso para outro pedestre, apontando para o prédio de que HP tinha acabado de sair.

"Ele não fica iluminado normalmente também?", ouviu algumas vozes perguntando.

Então, viu pessoas segurando seus celulares, e logo havia uma multidão tirando fotos. Olhou para cima na mesma direção, acima do telhado de cobre, para ver o que chamava a atenção deles, e na mesma hora seu desapontamento desapareceu e foi substituído por um sentimento totalmente novo e indescritível, algo que nunca tinha nem chegado perto de sentir antes.

Seu coração dava saltos mortais duplos para trás dentro do peito. Seus pés quase saíam do chão, e ele sentiu sua calça jeans apertar sobre a virilha.

Essa porra era totalmente genial! Isso é que é missão cumprida!

O enorme relógio iluminado da NK, que tinha girado no alto da cidade por cinquenta anos quase sem interrupção, estava escuro e parado.

Os ponteiros do sombrio mostrador apontavam para precisamente as sete horas. E ele entendeu as palavras do Mestre do Jogo: "o relógio irá parar em sua vida antiga". Uma nova era acabava de começar!

Jogando o jogo 5

Às vezes, geralmente quando estava sonhando, ela ainda podia ver o rosto dele em sua frente, exatamente como da última vez em que seus olhares se cruzaram. Primeiro, a fúria, depois a surpresa e, finalmente, o terror em seus olhos quando percebeu o que estava acontecendo — ele estava prestes a morrer.

Ela sempre reviveu o momento como um filme passando em câmera cada vez mais lenta. A maneira como ficou quase sem peso entre o céu e a terra, entre a vida e a morte, enquanto seus braços se moviam lentamente em círculos, batendo, inicialmente para recuperar o equilíbrio, depois para tentar se salvar. Mas, por um curto espaço de tempo, a física parecia ter feito uma exceção e permitido que ele se equilibrasse na borda, embora já devesse ter caído. Como se a lei da gravidade tivesse sido suspensa tempo suficiente para que Rebecca pudesse ver seu olhar de terror e acusação. Ela no chão, a apenas um metro e pouco dos pés dele, perto o suficiente para ser capaz de alcançá-lo, para estender a mão para resgatá-lo.

Como tantas vezes antes, a sequência de eventos foi passando cada vez mais lentamente, até que finalmente tudo ficasse inteiramente parado, quase como se alguém tivesse apertado um botão de pausa. E por um único e intenso momento estava lá, de verdade, a chance de ela esticar a mão e tentar desfazer o que tinha sido feito. Salvá-lo. Se quisesse.

Mas, apesar de que tivesse tentado se convencer de que o amava, que se arrependia e que, com certeza, não queria que ele se machucasse, isso não ajudava. Porque, no fundo, dentro dela, em um lugar que a razão não conseguia alcançar, nem acordada nem sonhando, ela ainda queria — apesar de mais de treze anos terem se passado desde aquela noite — nada menos que ele caísse. Que seu rosto fosse esmagado até que não pudesse ser reconhecido, que seus braços e pernas se quebrassem como palitos de fósforo, e que suas mãos, as suaves mãos que ela tinha amado e temido mais do que qualquer outra coisa em todo o mundo, fossem esmagadas até virarem fragmentos sangrentos contra o chão firme lá embaixo.

E no momento em que o ódio novamente se libertou dentro dela, alguém apertou o play e seus desejos se tornaram realidade.

Muitas vezes, era aí que ela acordava, no momento em que ele desaparecia, e ela evitava ter de ouvir o som de seu corpo batendo no chão cinco andares abaixo.

Mas nem sempre.

Não hoje.

O som abafado e suave ainda ecoava em seus ouvidos enquanto engolia um rápido café da manhã na pia da cozinha. Ele quase foi abafado pelo som do trânsito enquanto ela pedalava com rapidez pela Rålambsvägen, mas ainda ecoava fraco no fundo de sua mente quando fez a mountain bike subir no meio-fio na Drottningholmsvägen, e ainda não tinha desaparecido completamente no momento em que parou sem fôlego ao lado da cabine do guarda na entrada do subsolo na Fridhemsplan.

Parou na barreira, mostrou seu distintivo policial para o guarda dentro da cabine que, distraído, fez um sinal para que ela passasse, evidentemente mais interessado em mexer em seu telefone celular do que se concentrar em seu trabalho.

Mais outro idiota incompetente, ela pensou com raiva antes de descer pelo túnel sob o complexo de Kronoberg, com sua escuridão fresca barrando o mundo exterior e todos os seus sons.

"Vamos, se esforcem um pouco, pelo amor de Deus! Esta não é uma aula de ginástica para donas de casa!"

O suor escorria dos seis guarda-costas. Cinco homens, uma mulher. No chão, dez flexões, rapidamente de pé novamente, pronto, chute, soco, soco. Em seguida, para o chão novamente. Vinte abdominais e de volta à posição inicial novamente. Dez repetições no total e, depois, trocar de lugar com o parceiro. Um aperto firme em volta da cintura, chute, soco, soco.

Seu parceiro de treino era forte e seus golpes quase penetravam o protetor acolchoado nos braços de Rebecca.

Bang, bang, bang.

Mais três, depois trocar de novo.

O instrutor de defesa pessoal estava fazendo jus a seu nome hoje. Peter Pain[1] não tinha ganho esse apelido simplesmente por ser britânico.

Primeira aula de treinamento para os novatos do grupo Alfa. Evidentemente, Vahtola tinha solicitado uma sessão forte para desafiar os

1 Trocadilho com o personagem britânico Peter Pan. Além disso, *pain*, em português, significa dor.

recém-chegados ao grupo. Rebecca conseguia ver sua chefe assistindo à aula do corredor de vidro acima da sala de defesa pessoal.

Cerca de quarenta e cinco minutos se passaram e o ritmo tinha sido implacável até o momento. Embora todos estivessem em boa forma, mais de um deles começava a perder a resistência.

"Ok, parem, se reúnam à minha volta."

Peter Pain chamou todos. Houve um suspiro de alívio coletivo, e Rebecca percebeu, para sua alegria, que vários de seus colegas do sexo masculino tiveram de descansar as mãos no joelho para recuperar o fôlego. Ela estava cansada, mas não tão cansada como o maior dos homens.

"Essa é a vantagem de ter um pouco menos de músculos, meninos, é preciso menos oxigênio para se manter funcionando", sorriu em silêncio antes que as novas ordens de Pain a interrompessem.

"Imobilizar e soltar, grupos de três, dois segurando, um tentando se soltar. Dúvidas? Ok, comecem, e eu quero ver velocidade! Vai, vai, vai!"

Ela acabou ficando com dois rapazes grandes que já conhecia um pouco. Stefan e Dejan. O primeiro, um cara marombado de cerca de um metro e noventa de altura, o segundo apenas um pouco menor.

"Eu começo", disse Dejan, e fez um gesto para que Rebecca o pegasse por trás, enquanto Stefan tomava posição para prender os braços de Dejan pela frente.

"Uff!" Dejan se contorceu e se soltou facilmente com algum tipo de técnica avançada de artes marciais, enquanto gritou alto.

"Bom, Savic, mas larga essa besteira de Karate Kid!", disse o instrutor ao lado do colchonete.

Rebecca olhou para o corredor de vidro. Vahtola continuava observando, e parecia que a chefe da unidade tinha um interesse particular em seu trio.

"Uff!" Dejan estava livre de novo, dessa vez com ainda mais facilidade.

Merda, ela tinha perdido a concentração e Pain não era do tipo que deixava passar.

"Se liga, Normén! Se você quer pertencer à elite, precisa evoluir!"

A terceira tentativa, e agora já ela sabia muito bem como as táticas dele funcionavam. Dejan dava um passo rápido para o lado antes de se contorcer para se soltar, então o que aconteceria se ela desse uma joelhada na parte de trás de seu joelho no meio do passo?

A conclusão foi que ele caiu para trás em seus braços, e ela e Stefan conseguiram facilmente virá-lo de lado e deitá-lo fora do colchonete.

"Bom, Normén, é assim que deve ser!" Pain bateu palmas, e Rebecca não pôde deixar de lançar um olhar presunçoso para a passagem de vidro. A expressão de Vahtola não havia mudado.

“Vamos trocar!”, disse Dejan, laconicamente. Ele estava com o rosto vermelho e claramente nada feliz por ter sido derrotado na frente de sua nova chefe.

“Eu fico atrás.”

Antes que Rebecca tivesse tempo de reagir, ele tinha tomado posição atrás dela e lhe aplicou um tipo de chave de braço. Os dois braços em volta do pescoço dela, seu braço direito sobre a garganta segurando o outro braço, a mão esquerda segurando a parte de trás de seu pescoço.

Ela sentiu como se estivesse presa em um torno de serralheiro.

Rapidamente tentou pegar o braço sobre sua garganta, mas Stefan, de pé em sua frente, pegou seus pulsos e segurou firme seus braços. Ela lutou e empurrou, tentando se libertar, mas Dejan, evidentemente, não estava disposto a deixar que isso acontecesse.

Era hora da vingança, e, em vez de afrouxar o aperto para lhe dar uma chance, ele apertou ainda mais. Os pés dela estavam quase saindo do chão.

“Vamos, Normén”, ele rosnou em seu ouvido. “Mostre pra gente o que você pode fazer!”

Rebecca começou a sentir seus olhos tremerem. O aperto era tão forte que tanto sua respiração quanto sua circulação sanguínea estavam sendo interrompidas. Tentou se libertar de novo, dessa vez mais freneticamente, mas Stefan ainda segurava seus pulsos com força, não parecendo perceber que tudo estava a ponto de sair de controle.

Seu campo de visão diminuía e ela sentia que estava à beira do pânico. Estava presa, não podia respirar, não podia se mover; estava imóvel e sob o poder de outra pessoa, alguém que queria que ela se machucasse. Exposta. Desamparada. E, de repente, já não estava em um ginásio em Kronoberg, mas em um apartamento em um dos subúrbios ao sul, e o homem que a segurava não era mais um colega com o orgulho ferido.

“Eu vou te matar, sua vagabunda”, o homem rosnou em seu ouvido, e ela sabia, a partir do tom de voz que tanto a aterrorizava, que ele falava sério. Dessa vez ela iria morrer com certeza!

O pânico que geralmente conseguia controlar brotou e encheu sua cabeça, bombeando adrenalina para seus músculos enfraquecidos e assumindo o controle de seu corpo. E, de repente, sentiu uma nova explosão de vida.

Ela se deixou cair no chão como um saco, e quando o aperto em seu pescoço relaxou alguns milímetros, levantou-se com os dois pés e deu um impulso tão forte para trás e para cima que quase fez com que todos três caíssem.

Rebecca sentiu a parte de trás de sua cabeça bater em algo duro, sentiu algo se quebrar e, quando deu um chute para frente para atacar um alvo diferente, a força do chute alterou seu centro de gravidade e eles caíram no colchonete.

Por um momento, tudo ficou escuro, mas sua visão gradualmente voltou.

Ela estava sentada no chão, com as costas contra o derrotado Dejan, e as pernas dele de cada lado dela. Poucos metros à frente, Stefan estava enrolado com as mãos na barriga. Num piscar de olhos, ela estava em pé, virando-se para Dejan, que ainda estava deitado. As mãos dele sobre o rosto, mas, a julgar pelos filetes correndo por entre seus dedos, mais do que aquilo seria necessário para conter o fluxo de sangue.

"Que porra é essa, você é louca ou o quê, Normén?", ele grunhiu enquanto a encarava, em um tom simultaneamente desconfiado e acusador.

Ela não sabia bem o que dizer.

"'Eu...", ela começou hesitante, mas Peter Pain a interrompeu.

"Que do caralho, Normén, esse é o jeito de acabar com eles! Savic, você estava pedindo por isso, então é melhor ir para a enfermaria para se costurar. Wikström, você precisa ir também?"

Stefan acenou com as mãos com desdém, enquanto se levantava com força. "Só perdi o fôlego, bom golpe, Normén." E balançou a cabeça na direção dela.

Rebecca ficou vermelha, sentindo-se ao mesmo tempo culpada e satisfeita. Talvez o nariz de Dejan não tenha tido muita sorte, mas, por outro lado, ele havia pedido por isso com sua postura machista idiota.

Ela tinha feito seu trabalho, conseguido se libertar por conta própria. Não tinha sido uma vítima indefesa.

Não como antes.

Absolutamente não como antes!

Era diferente agora, mais forte, melhor, mais corajosa. Uma pessoa completamente diferente.

Quando finalmente se atreveu a olhar para Vahtola lá em cima, viu um leve sorriso no rosto da outra mulher.

`Birkagatan, 32, esteja lá às 18h.`

Não era exatamente uma instrução difícil, mas dessa vez ele pelo menos se preparou melhor. Apesar do calor, havia desenterrado um casaco velho do exército que alguém, não conseguia se lembrar quem, havia deixado em seu apartamento depois de uma festa há muito tempo. O casaco tinha um monte de bolsos, que ele recheou com várias coisas úteis, e tinha alças na parte da frente que seriam perfeitas para prender o telefone.

O clipe do número 27 fez com que ele finalmente percebesse onde a câmera deveria estar para filmar os melhores ângulos. Sem mais aquele lixo de imagens tremidas na altura da cintura como no trem ou na NK, a partir de agora somente imagens de rostos.

Os espectadores, ou fãs, como ele os chamava com cada vez mais frequência, tinham ficado impressionado com a façanha da NK.

Mesmo que não soubesse quem eles eram, sentia cada vez mais que eram seu tipo de gente, uns caras legais com quem ficaria feliz em dividir uma cerveja gelada se a oportunidade surgisse.

Até tentou achar uma maneira de entrar na comunidade. Tentou encontrar um portal de entrada onde você pudesse se registrar como um membro e jogar, assistir e talvez até conversar com os fãs. Descobrir um pouco mais sobre quem eram e por que gostavam dele em especial.

Mas falhou. Os termos de busca que tinha usado não traziam nenhum link que funcionasse, então parecia que a única maneira de se associar era recebendo um convite. O que era uma merda, porque ver os clipes de outros jogadores teria sido legal pra caralho, para não falar sobre o contato direto com os fãs, mas não havia muito o que pudesse fazer sobre isso.

O Jogo era mais imparcial dessa forma, ele relutantemente aceitou.

Depois de sua segunda tarefa, intencionalmente caminhou lentamente ao longo do cais de Skeppsbron, andando para trás por pelo menos metade do caminho para que pudesse desfrutar de sua obra o maior tempo possível. Quando ele chegou à sua casa na Maria Trappgränd o Jogo já tinha publicado uma montagem profissional. Primeiro, sua própria filmagem tremida da parte de dentro intercalada com tomadas externas do relógio. Em seguida, uma tela dividida com a contagem regressiva no meio. Sua mão e os botões de um lado, o relógio do outro. Três, dois, um, clique, e o tempo parou sobre o centro de Estocolmo.

Quinhentos adoráveis pontos, uma mensagem pessoal de parabéns do Mestre do Jogo e um monte de novos comentários, bem como uma subida de alguns degraus na lista de pontuação.

Dizer que tinha sido legal não chegava nem perto! Teve de se masturbar não uma, mas duas vezes antes que conseguisse pegar no sono.

Sair do metrô em St Eriksplan, em direção a Tomtebogatan, e depois à direita na esquina. Conforme ia se aproximando do endereço, sentia sua pulsação acelerar. Decidiu atravessar Birkagatan para observar seu alvo em paz de uma porta quase em frente, e para fumar uma guimba bem merecida.

Não havia nada de estranho com o endereço.

Um edifício residencial perfeitamente comum construído em algum momento no início do século xx, mais ou menos, se tivesse de adivinhar. Quatro fileiras de janelas mais as claraboias no telhado davam cinco andares no total. Pela aparência, o térreo parecia ser principalmente de lojas e escritórios e, provavelmente, o piso superior era uma espécie de apartamento luxuoso do tipo loft.

E agora?

Puxou o telefone da alça no ombro esquerdo, onde, depois de muito pensar, tinha decidido prendê-lo, e filmou todo o prédio, dando zoom na porta da frente, e depois um ângulo maior para ver todo o contexto novamente. Quando terminou, percebeu que a luzinha vermelha tinha começado a piscar.

`Atrás da cabine telefônica ao lado do supermercado`

era tudo o que dizia, e HP franziu a testa com tristeza quando um minuto depois pegou um saco plástico que tinha sido deixado atrás da caixa cinza de distribuição telefônica do outro lado da rua.

Tinha vindo até Birkastan para pegar uma porcaria de pacote?

Que merda de missão era essa?

Mas, antes que tivesse tempo de olhar dentro do saco, a luz piscou novamente, e, quando terminou de ler a terceira mensagem da noite, sentiu seu coração começar a palpitar de ansiedade novamente.

Era isso que esperava!

Verificou se a câmera estava funcionando e prendeu o telefone em seu lugar.

Em seguida, digitou a senha da porta que tinha acabado de receber e ouviu a fechadura fazer um clique.

Luzes, câmera, ação!, pensou animadamente, enquanto abria a porta e deslizava para dentro.

O primeiro alvo girou com muita rapidez!

“Para a direita”, registrou seu cérebro, enquanto seus instintos faziam o resto. Ela abriu sua jaqueta com a mão direita, sacou a pistola do coldre e, assim que o cano estava livre, apontou para frente.

Levou a mão esquerda até a arma, colocou-a sobre o carregador, enquanto continuava a levantar a outra mão, o que fez com que o mecanismo carregasse uma bala no tambor. Quando seu braço direito estava totalmente estendido, com a mão esquerda apoiando os três dedos sobre o cabo, disparou dois tiros rápidos no centro do alvo.

Todo o movimento não demorou muito mais do que um segundo.

Rebecca se afastou lentamente, ainda com a Sig Sauer pronta para disparar, fazendo uma varredura com os olhos em ambas as direções acima do cano. Quando tinha recuado dez metros de sua posição, o próximo alvo apareceu de repente, dessa vez bem para a esquerda.

Ela se virou rapidamente e, sem sequer pensar, disparou mais dois tiros no meio do movimento.

Bang, bang!

Outro recuo de cinco metros e o último alvo surgiu, baixo e no centro, não muito maior do que uma cabeça. Meio segundo depois esse alvo também tinha dois buracos perfeitos de nove milímetros aceitavelmente perto do centro.

“Pare, cessar-fogo, sem munição!”

"Cessar-fogo, sem munição!", ela repetiu para o instrutor de tiro, tirou o dedo do gatilho, tirou o carregador e soltou a sétima bala, que já estava no tambor.

Assim que terminou, colocou a arma de volta no coldre e tirou os protetores de ouvido e os óculos de proteção para aguardar a avaliação.

"Boa pontaria, Normén, você precisa melhorar um pouco o ritmo na primeira série e puxar menos na segunda, mas em geral, como disse, boa pontaria!", disse o instrutor.

Rebecca agradeceu à crítica com a cabeça, ela tinha se atrapalhado um pouco com a jaqueta, perdeu uma fração de segundo e depois tentou compensar o tempo na segunda série.

"Aperte o gatilho, não puxe!", disse a si mesma, enquanto colava adesivos sobre os buracos do segundo alvo, pouco mais de dez centímetros acima do que pretendia.

Teve dificuldade em atirar quando começou na Academia de Polícia. A arma e, acima de tudo, os estampidos a assustavam, e no início ela tinha de fechar os olhos antes de disparar. Felizmente, a Academia oferecia uma aula extra para qualquer um que não estivesse acostumado com armas, e depois de algumas noites de prática intensiva seu medo havia se transformado em algo inteiramente diferente. Uma vez que havia superado sua aversão e dominado a técnica básica, a pistola a fazia se sentir segura. Como se ninguém no mundo pudesse pegá-la, desde que tivesse a Sig na mão. O tamanho e a força de qualquer oponente de uma hora para outra não importavam mais para alguém segurando uma arma de fogo.

E se os dois estivessem armados, você tinha de atirar primeiro e atirar melhor. Então, ela tinha praticado, de maneira apropriada, no estande de tiro no porão, mas também em casa com a réplica autêntica de sua pistola de serviço que tinha comprado em uma loja de modelismo.

Sacar, destravar, atirar.

Sacar, destravar, atirar.

Cinquenta vezes a cada manhã, e novamente a cada noite.

Aperte o gatilho, não puxe. De novo e de novo, até que o movimento estivesse profundamente enraizado em sua alma e não houvesse ninguém em sua classe ou até mesmo em seu ano que fosse mais rápido. Ela havia usado até estragar duas réplicas de pistolas até agora, mas tinha valido a pena!

Mesmo em sua unidade atual, ela estava entre os mais rápidos, e quando seu instrutor de tiro verificou os resultados do dia em relação a precisão e velocidade, ela ficou em segundo lugar, derrotada apenas por um homem do Distrito Ocidental.

Pouco tempo depois, ligou para sua secretária eletrônica para deixar uma mensagem lembrando a si mesma que aumentasse o treinamento naquela mesma noite.

A escada era larga, feito de mármore cinzento, razoavelmente desgastada depois de um século ou mais de uso. O corrimão era de teca polida, e um pequeno elevador, mais moderno, com capacidade para no máximo duas pessoas, havia sido espremido no centro da escadaria.

Ele verificou a escada com cuidado antes de começar a subir. Estava indo para o segundo andar. O edifício evidentemente tinha outra ala construída no pátio dos fundos, já que havia portas voltadas para aquela direção depois de cada lance de escada. Portas simples para os apartamentos de frente para o pátio, portas duplas para aqueles voltados para a rua, observou quando chegou ao terceiro andar.

Quatro portas, todas com enfeites simples de cobre, e uma delas, a segunda da esquerda, com o nome certo. Por enquanto, tudo bem. A essa altura, seu coração batia acelerado no peito, e não somente por causa das escadas.

Ele olhou em volta da escada e no corredor inteiro mais uma vez antes de continuar.

Primeiro, colocou uma antiga touca de lã azul na cabeça — já tinha cortado buracos para os olhos e a boca, exatamente como o número 27. Depois, tirou as coisas que tinham sido deixadas no saco. Primeiro, um pequeno calço de borracha, que empurrou por baixo da porta que era seu alvo, chutando para ter certeza de que tinha sido devidamente inserido. Então, respirou profundamente e apertou a campainha. Quando a maçaneta foi empurrada para baixo pela parte de dentro, pegou a lata de spray de tinta vermelha que estava no saco junto com o calço de borracha e começou a trabalhar.

Demorou alguns segundos para que o homem no apartamento percebesse o que estava acontecendo, e HP tinha chegado quase na metade do texto quando o homem começou a tentar abrir a porta de verdade.

De repente, a maçaneta parou de se mexer e logo em seguida a porta inteira tremeu, como se o homem que estava dentro tivesse dado um forte empurrão. HP percebeu, para seu horror, que o calço tinha deslizado um pouco no chão de pedra escorregadia e que agora havia uma fresta de um centímetro entre as portas duplas. Conseguiu ver um rosto vermelho furioso e ouviu o homem gritar com ele, mas era tarde demais para parar agora. Em vez disso, deu um pontapé no calço, esperando que isso fizesse com que ele ficasse no lugar por mais alguns segundos, tempo suficiente para que completasse sua tarefa.

"Eu vou pegar você, seu maldito, eu vou te pegar, seu covarde filho da puta!", berrou o homem do lado de dentro, enquanto continuava empurrando a porta.

A fresta estava aumentando, e HP sentiu que começava a entrar em pânico. Mas não podia parar agora, só faltavam algumas letras para terminar. Ninguém gosta de gente que desiste, e com certeza não os fãs.

De repente, ouviu uma porta à sua direita se abrir e, quando virou a cabeça, viu uma moça de cerca de 20 anos o encarando. Assim que seus olhos se cruzaram, ela fechou a porta novamente desesperada, e ele ouviu o barulho da corrente de segurança sendo colocada.

Merda, ele tinha quase esquecido que estava com a balaclava na cabeça!

Outro empurrão na porta e dessa vez HP viu o calço deslizar pelo chão de pedra. Tudo o que o alvo tinha de fazer era empurrar a porta e ele se soltaria. Um braço tatuado e musculoso e uma cabeça raspada ficaram visíveis pelo espaço entre as portas, e, num súbito lampejo de inspiração, ele levantou a lata de spray e disparou um jorro de tinta no rosto furioso. Foi recompensado com um grito de resposta quando a porta se fechou novamente.

Impacto direto!

Com dois gestos rápidos, completou sua obra de arte e tinha acabado de se virar para as escadas quando o inferno explodiu atrás dele. Sem olhar para trás, jogou-se pelas escadas.

Desceu o primeiro lance em dois passos e, quando alcançou o piso na metade do caminho, ouviu o homem lá em cima urrar e começar a persegui-lo. Mais dois passos, primeiro andar, mais dois para o andar seguinte, depois apenas mais um lance de escadas para a liberdade. Ele podia ouvir batidas e uma respiração pesada atrás dele, mas não perto o suficiente para impedi-lo de fugir. Mas, quando virou para descer o último lance até a saída, viu que sua rota de fuga estava bloqueada. Uma mulher tentava passar um carrinho de bebê enorme pela porta da frente e não havia nenhuma maneira de ele passar por ali. O gorila atrás dele parecia ter percebido o que estava acontecendo, porque soltou um grito triunfante de algum lugar logo atrás de HP.

"Te peguei, seu merda!"

O pânico brotou de dentro dele, mas, em vez de correr para frente e ficar preso como um rato pelo carrinho de bebê, contornou o elevador, continuou em direção à porta dos fundos e saiu para o pátio.

Correu para o quintal murado, sem diminuir a velocidade, e mirou no varal de bater tapetes em um dos cantos. O gorila estava se aproximando, literalmente em seus calcanhares, tão perto que conseguia ouvir sua respiração ofegante.

HP pulou para cima do varal e de lá para o topo do muro. Conseguiu agarrar na borda com as duas mãos e chutou violentamente a parede com as pernas para levantar a parte superior do corpo até em cima.

Funcionou!

Lutou muito para chegar à faixa de estanho acima do muro e conseguiu cruzar uma das pernas. Mas, quando estava prestes a puxar a outra para cima, sentiu alguém agarrar sua calça e ficou pendurado na parede, segurando-se para sobreviver.

Pelo canto do olho, podia ver seu perseguidor e sentia que o homem tentava segurar melhor seu tornozelo.

Em pânico, HP começou a chutar loucamente a perna esquerda em um esforço para se libertar. De repente, seu pé bateu em algo sólido e ele ouviu um grunhido, e a mão que apertava seu tornozelo se soltou. Foi um choque tão grande que HP perdeu o equilíbrio e caiu desamparadamente no canteiro de flores do outro lado do muro.

Aterrissou com o rosto no chão e engoliu um bocado de terra.

Quando se levantou alguns segundos depois e começou a cambalear em direção a uma porta que imaginou que saísse em St Eriksgatan, ainda conseguiu ouvir o gorila berrando do outro lado do muro.

Assim que chegou à rua, não entrou na estação de metrô mais próxima, mas saiu correndo pela Karlbergsvägen em direção a Odenplan. Quando alcançou a entrada quatro minutos depois e reduziu a velocidade, percebeu que todo o seu corpo tremia.

```
Parabéns, HP!
```

a tela disse quando ele se sentou em um vagão subterrâneo e conseguiu controlar suas mãos trêmulas.

```
Você concluiu com sucesso sua terceira missão, que
valia 700 pontos. Eu também decidi premiá-lo com 100
pontos extras por seu desempenho genial.
Seu clipe deve ficar pronto em 23 minutos.
Saudações do
Mestre do Jogo
```

Portanto, em outras palavras, ele apenas teria tempo de chegar à sua casa para assistir a tudo repetidamente e chafurdar no amor dos fãs. Que foda, isso era legal pra caralho!

Quando a porta do apartamento se fechou atrás de Rebecca, ela estava quase cansada demais para encarar sua nova rotina. Por um momento, brincou com a ideia de não se preocupar dessa vez, tudo estava bom o suficiente do jeito que era. Mas aí sua ansiedade assumiu e ela passou quase três minutos trancando, destrancando e trancando novamente as quatro fechaduras da porta.

Quando finalmente ficou feliz, convencida o suficiente de que tudo estava funcionando e que o apartamento estava seguro, jogou suas roupas de ginástica molhadas na pequena máquina de lavar, cambaleou até a sala e desabou no sofá.

"Alô!", disse na direção do quarto, mas ninguém respondeu.

Fazia muito tempo que não havia mais ninguém lá.

Ainda assim, não conseguia deixar de dizer algo, qualquer coisa, só para não se sentir tão sozinha.

"Alô...", uma voz de repente respondeu, e seu coração pulou uma batida antes que ela ouvisse a continuação e percebesse que estava ouvindo sua própria voz.

"...você ligou para a Rebecca. Eu não estou em casa agora, mas deixe uma mensagem e eu te ligo de volta."

Ela se atirou para o telefone e pegou o fone antes que a secretária eletrônica fizesse qualquer barulho, mas quem quer que tivesse ligado já tinha desligado.

Inferno! Colocou o telefone no mudo, enquanto fazia ioga na noite anterior, e devia ter esquecido de voltar ao normal.

Ah, bem, ligariam de volta se fosse importante.

As chances eram bem pequenas de que seria uma ligação do trabalho para que ela fizesse horas extras, algo que pela primeira vez não se sentia inclinada a fazer.

O treinamento intenso dos últimos dias a tinha deixado desgastada, e essa noite ela só queria dormir. Poderia fazer um treino curto na academia amanhã, mas estava planejando passar o resto do dia de folga colocando em dia um pouco do merecido descanso.

Ouviu suas mensagens. Todas eram lembretes para si mesma:

"Rebecca, lembre-se de agendar um horário na lavanderia e pagar a conta da Nespresso, que vence dia 25."

"Acelere a rotina de treinamento com a Sig, Normén."

"Esta noite vai passar aquele documentário sobre assassinos em série que você deve assistir. Discovery, oito horas."

Ela deu um sorriso irônico para suas próprias ordens, enquanto apagava as mensagens. Era estranho como sua voz soava diferente quando ouvia uma gravação. Quase como se fosse outra pessoa na fita. Um parente distante com algumas características comuns, porém mais severo e frio. Mas também a qualidade do som não era muito boa. Ela até achava que era um hábito besta usar a máquina dessa maneira. Talvez fosse hora de comprar um celular novo? Aí, poderia digitar seus lembretes em vez de continuar com todas essas mensagens sem fim. Um projeto adequado para a próxima vez que tivesse alguns dias de folga.

Pegou o telefone e aumentou o volume novamente, e lutou contra o súbito impulso de ligar para Henke. Tinha saudade dele, mais do que gostaria de admitir. Mas isso teria de ser amanhã, ou em algum momento nos próximos dias, prometeu a si mesma antes de colocar o telefone no gancho e ligar a televisão.

Poucos minutos depois, tinha caído em um sono profundo e sem sonhos.

O clipe superou todas as expectativas! Parecia que alguém tinha montado uma câmera no andar, porque ele não conseguia ver um único movimento que sugerisse uma mão humana por trás das imagens que foram postadas junto com as suas em seu perfil. Embora os acontecimentos só tivessem ocorrido uma hora e pouco antes, a coisa toda parecia ainda mais dramática do que ele se lembrava.

A porta que tremia com os empurrões do gorila, a menina apavorada colocando o rosto para fora e, não menos importante, sua própria figura mascarada pichando toda a porta. Ele parecia pelo menos tão legal quanto o 27 quando cuidou daquele carro de polícia!

E o texto na porta parecia bom pra caralho:

LEMBRE-SE
DA REGRA
NÚMERO
UM!

Essa era uma mensagem que o caguete lá de dentro certamente nunca iria esquecer. Um pequeno lembrete do Mestre do Jogo sobre quais eram as regras, basicamente. O silêncio é de ouro...

Maldição, ele era um fisiculturista ou algo assim, porque parecia enorme pra caralho quando saiu com raiva do apartamento.

A sequência do quintal era quase tão boa quanto. Como só estava meio deitado em cima do muro, a câmera apontava para a direção certa e ele pôde ter uma ideia melhor dos resultados de seus chutes.

Você podia ver um braço poderoso e partes de um rosto furioso entrando e saindo de cena, e depois seu próprio Nike tamanho 43 pousando no meio do rosto do gorila antes que tudo virasse uma bagunça de céu e terra quando caiu do outro lado do muro.

Se pudesse adivinhar, o orc tinha tomado muita bomba de esteroides para ser capaz de subir o muro.

Que pena, otário!

Hora de parar com os anabolizantes.

Deu um largo sorriso e apertou repetir mais uma vez.

Os fãs gostavam quando você fritava ratos. Os comentários já tinham começado a aparecer, e sua classificação média tinha rastejado para mais perto das quatro estrelas. Com um pouco mais de exposição, teria ultrapassado a fronteira do "bom" pela manhã.

E por que não? Afinal, tinha praticamente nascido para isso. Um assassino profissional a serviço do Mestre do Jogo!

O casaco tinha sido um golpe de mestre, o novo clipe era muito melhor do que os anteriores. Você podia até mesmo assistir à corrida por Karlbergsvägen sem sentir enjoo, e ele fez uma nota mental para se lembrar de retirar a balaclava mais cedo da próxima vez. Foi somente quando duas idosas gritaram de medo em algum lugar perto de Hälsingegatan que se lembrou que seu rosto ainda estava coberto.

Tinha certeza de que faria melhor da próxima vez.

Porque definitivamente haveria uma próxima vez!

ANDERS DE LA MOTTE THE GAME

Todos os cavalos do rei... 6

De: Aquisição de Talentos
Para: Mestre do Jogo
Assunto: Avaliação do Candidato 128

Nome: Henrik Pettersson
Apelido: HP
Idade: 31
Altura: 179 cm
Peso: 72 kg
Porte: Esguio
Cabelo: Louro médio
Olhos: Azuis (veja fotografia do passaporte em anexo)
Estado civil: Solteiro
Família: Uma irmã (com quem apenas mantém contato esporádico)
Ambos os pais falecidos
Profissão: Várias, atualmente desempregado
Endereço: Maria Trappgränd, 7, Södermalm, Estocolmo, um apartamento de dois cômodos que herdou da mãe
Número de tarefas concluídas: 5
Total de pontos: 2.200
Classificação atual: 23
Nível atual: 3
Forma de recrutamento: Recomendação
Educação: 9 anos de ensino sueco básico, notas irregulares

Começou mas não concluiu um curso de 3 anos de economia numa escola sueca de ensino médio

Iniciou por duas vezes, mas nunca terminou cursos adultos de educação

Outras qualificações: Nenhuma
Lazer e interesses: O candidato passa a maior parte do tempo assistindo a filmes e televisão, principalmente seriados norte-americanos de

TV, filmes de ação, comédias e pornografia. Joga *Counterstrike* frequentemente, mas não pertence a nenhum grupo ou clã em particular. Joga menos *World of Warcraft*, em que seus avatares são geralmente foras da lei que pertencem à Horda.

Hábitos na internet: thefragarena.com, vários sites de compartilhamento de arquivos para download de filmes e música, o Block (site de comércio sueco frequentemente utilizado para o descarte de produtos roubados), YouTube, vários sites pornográficos. Usa muito o MSN. Abriu recentemente uma conta do Hotmail com o nome de Badboy.128

Histórico médico: Um braço e duas costelas quebradas em sucessão relativamente rápida durante os anos 1980. O caso foi repassado para os serviços sociais, sob suspeita de abuso infantil. Apêndice removido, 1992. Último exame médico, 2007 (realizado antes da liberdade condicional), não mostrou anormalidades além de THC no sangue (substância ativa relacionada com drogas como haxixe e maconha). Sem histórico de alergias, problemas cardíacos, debilidade no sistema imunológico ou intolerância a medicamentos.

Registros no serviço social: Após o encaminhamento do serviço de saúde (veja acima), as crianças foram colocadas sob custódia durante inquérito. Essa decisão foi revogada pouco tempo depois e o caso foi arquivado. Outros casos de suspeita de abuso infantil se seguiram, mas o único resultado foi uma série de visitas feitas pelos assistentes sociais. Uma notificação no registro refere-se a um relatório da polícia, mas isso não pode ser identificado.
Pai falecido, 1995 (derrame), mãe, 1997 (câncer).
Os registros também mencionam o uso que o candidato faz de narcóticos (haxixe e maconha), bem como evasão escolar e comportamento delinquente na escola.
Há também um plano de saúde estabelecido após um julgamento no tribunal distrital (veja abaixo).

Registo policial e criminal: A primeira condenação do candidato ocorreu pouco depois de seu aniversário de 17 anos e envolveu inúmeros casos de pequenas ofensas de narcóticos e roubo de veículo: recebeu uma pena de liberdade condicional sob a supervisão do serviço social.

Pouco depois de seu décimo oitavo aniversário, foi condenado por homicídio culposo e sentenciado a dez meses em uma instituição de alta segurança para jovens infratores. Registros posteriores na vigilância policial apontam ofensas menores envolvendo narcóticos, suspeita de tráfico de bens roubados e pequenos furtos.

Sua condenação mais recente foi há quase dois anos, quando esteve envolvido em um caso de negociação de bens roubados, uma situação em que foi pego conduzindo ilegalmente, e outra situação envolvendo delitos relacionados com narcóticos. Como resultado, recebeu uma pena branda e uma multa.

Outros registros oficiais: O candidato tem cinco notificações registradas no serviço público por falta de pagamento, principalmente em contas domésticas de luz e telefone, bem como encargos não pagos relacionados com o prédio em que vive. Vale ressaltar que todos os casos foram resolvidos sem a necessidade de acionar oficiais de justiça, porque sua irmã liquidou as dívidas.

Características pessoais: Todas as fontes descrevem o candidato de forma semelhante. Ele é inteligente, de pensamento rápido e criativo, mas também é descrito como preguiçoso, não confiável e egoísta. Geralmente prefere soluções simples a compromissos de longo prazo, tem óbvios problemas com a autoridade e poucas amizades ou relações familiares significativas.

Missões: Além da missão de teste (cenário 12a), o candidato realizou com sucesso quatro missões (até o nível de dificuldade C3).

Assiste a seus próprios clipes regularmente, checa os comentários com frequência e é rápido em responder positivamente aos convites para novas missões. Até agora, o candidato não mostrou nenhum sinal de dúvida ou ansiedade sobre possíveis consequências, sejam as de sua própria conta ou as geradas pelas missões.

Recomendação: O candidato 128 demonstra quase todas as qualidades exigidas por um Jogador de sucesso. É impulsivo, inteligente e dinâmico, enquanto exibe pouca ou nenhuma empatia por outros candidatos.

O candidato parece se considerar uma vítima infeliz ou um intruso. Alguém que, por razões desconhecidas, está sempre sendo tratado injustamente ou simplesmente não tem sorte. Portanto, acredita que tem o direito de fazer o que é melhor para si próprio em todas as circunstâncias, geralmente em detrimento dos outros ou da sociedade, e pela mesma razão sem ter de assumir qualquer responsabilidade por seus atos.
O candidato não tem família para se apoiar, tem problemas com relacionamentos de longo prazo e intimidade, bem como de confiar ou ter a confiança dos outros.

Mesmo que o dinheiro desempenhe um papel em sua motivação, seu principal incentivo é o reconhecimento e a atenção (chamados "cred") de seus pares. Para alguém que detesta autoridade, 128 é surpreendentemente fácil de ser conduzido, mas somente sob a condição de que perceba que todas as escolhas e decisões sejam suas, e que tudo o que está acontecendo em seus termos.

À luz disso, o abaixo-assinado recomenda que o candidato seja elevado para o nível dois e que uma avaliação mais aprofundada ocorra após uma missão de nível de dificuldade D1.

Atenciosamente,
Donovan
Aquisição de Talentos

HP fodia como se estivesse em transe.

Ele era Rocco Sifredi, Paul Thomas e, obviamente, o lendário Ron "Porco-Espinho" Jeremy, todos num só. Essa noite ele era o Imperador da Foda, e torceu e virou sua disposta mas ainda surpresa parceira a fim de explorar todas as variações imagináveis de cópula.

A terceira foda em duas horas ou mais, muito além de sua média habitual. Eles já tinham dado uma cavalgada rápida no sofá, depois um papai e mamãe de pé na mesa da cozinha com as longas pernas dela descansando nos ombros dele e agora ele estava ocupado freneticamente penetrando por trás a senhora em questão com tanta força que a cama inteira parecia prestes a entrar em colapso.

Suas mãos apertavam firme seus amplos quadris. Peitos e bundas, saltando no ritmo dos gemidos de prazer dela, enquanto ele lhe fincava cada vez mais firme com seu pau duro de pop star pornô.

"Mais, mais, quase", ela gemia, sem fôlego. Mas ele não estava nem aí. Porque ele era o Rei da Foda, o Príncipe da Penetração, o Aiatolá do Fode-e-Rola! Mas, mais importante do que isso, ele também foi o Senhor Clipe da Semana, o líder da corrida e o número 128, porra! O cara mais legal do Jogo, e pensar nisso lhe deixou mais duro do que jamais sua parceira e seus indiscutíveis encantos femininos poderiam ter feito.

Com um par de golpes finais poderosos, concluiu sua obra-prima, e na hora tirou e despejou uma cascata gosmenta de amor pelas costas suadas dela com apenas um pensamento em mente: ele deveria ter ligado a câmera!

Ela se deitou a seu lado no escuro e observou sua silhueta a dormir. Talvez não fosse propriamente o cara mais esperto do mundo, mas pelo menos ele era bem bom de cama e naquela noite parecia inspirado de forma incomum.

Haviam se conhecido há uns seis meses num bar qualquer do centro da cidade, e como ela se sentia particularmente solitária e com necessidade de intimidade física, foi, contra todos os seus princípios habituais, para o apartamento dele naquela mesma noite. O sexo tinha sido bom desde o começo e depois ficou difícil de parar.

Havia algo nele que a atraía, que a havia fisgado. Não que ele fosse especialmente bonito ou exageradamente sexy, ele provavelmente estava em algum lugar no meio de ambas as escalas. Talvez fosse o simples o fato de que ele não era um policial, mas apenas um cara completamente normal que vivia no mundo completamente normal que mais a atraía. De qualquer maneira, eles se encontravam de vez em quando, geralmente quando ela estava a fim. Ela não queria um relacionamento e ele nunca havia se manifestado contra o acordo que haviam feito. Mas ela ainda não conseguia afastar a sensação de que o estava usando. Rebecca suspeitava, ou possivelmente esperava, que ele já estivesse em um relacionamento de fato, mas optou por não perguntar, e ele nunca havia se sentido obrigado a lhe dizer qualquer coisa sobre si mesmo. Fosse o que fosse, não havia sentimentos envolvidos, apenas atração física, e aquilo não exigia nenhum detalhe ou ao menos era o que ela gostava de pensar.

Mas, bem, provavelmente não importava. Ele era um pau-amigo, sendo bem franco, mesmo que ela não gostasse daquela expressão em particular. Acariciou suas costas com culpa e o ouviu murmurar algo enquanto dormia.

O Mestre do Jogo havia lhe prometido um mundo inteiramente novo e até agora ele não estava nem um pouco decepcionado! Podia ver os clipes quantas vezes quisesse e já havia feito isso o quanto queria.

A missão número quatro era bem rápida. Ele havia tirado as porcas de uma das rodas de uma Ferrari que pertencia a um advogado desprezível, enquanto a vítima sentava-se a dez metros de distância bebendo um drinque pós-trabalho com seus amigos bacanudos num café na calçada de Sturehof. É claro que o carro estava estacionado na vaga de carga e descarga do lado do cogumelo de concreto no meio da Stureplan, para que todos pudessem ver sua escandalosa extensão peniana, mas, apesar disso, ninguém havia notado nada.

As ferramentas estavam à sua espera, adequadamente embrulhadas em um saco plástico, dentro da caixa d'água de uma das privadas num dos banheiros da Galeria Sture. E, uma vez que HP as tinha em mãos, levou menos de três minutos para remover as porcas nas rodas que ficavam de frente para a rua.

Mesmo que fosse sexta à noite e o lugar estivesse lotado, ninguém reagiu ao que estava fazendo, nem mesmo o policial que passeava a apenas meio metro de suas costas. Era verdadeiramente bizarro o fato de que ninguém se importava com o que os outros estivessem fazendo, até que o senhor Advogado Desprezível tentou fazer um retorno cantando pneu para voltar a Kungsgatan.

Ambas as rodas voaram mais ou menos instantaneamente, e de repente o burro idiota ganhou bem mais atenção do que estava esperando. Além dos cento e poucos que riam e apontavam para ele numa tempestade em escárnio, HP contou pelo menos outras cinco pessoas além dele que estavam filmando o belo carro, enquanto ele estava parado na Sturegatan. Os discos de freio brilhantes e presumivelmente absurdamente caros estavam afundados no asfalto e, de acordo com a reportagem no *Dagens Nyheter* do dia seguinte, foi preciso mais do que uma hora para que o caminhão-guincho retirasse o veículo do caminho.

Mas então HP já tinha sumido fazia tempo. Ele odiava Stureplan, principalmente nos fins de semana, e não queria passar mais tempo do que o necessário ali.

A última vez que viu o dono do carro ele estava de pé chorando como uma menina, inclinando-se sobre os pés de seu arruinado carro querido, mas HP não sentia a menor pena de sua vítima. O senhor Desprezível deve ter merecido esse castigo, dava pra dizer só de olhar em seu rosto arrogante, seu cabelo penteado para trás todo sebento de Gumex em seu terno chama-atenção. Com um carro daqueles, você praticamente pedia para ter problemas, e isso foi exatamente o que HP lhe forneceu.

Fora que HP nunca havia gostado de advogados. A única vez que havia sido burro o suficiente para contratar um entortador de leis, ele não propriamente o ajudou. O idiota mostrou-se completamente incompetente, não havia feito seu dever de casa, continuava chamando-o de Håkan e fedia a bebida disfarçada com balas de menta no próprio tribunal. HP devia ter pensado melhor antes de aceitar o primeiro nome sugerido pelo tribunal, mas havia acabado de completar 18 anos, e mesmo que já reconhecesse todos os sinais de bebedeira naquela época, demoraria mais tempo antes que desenvolvesse um entendimento parecido em relação ao sistema judiciário.

Tudo era uma puta zona naquela época.

Dez meses numa instituição para jovens delinquentes — esse foi o resultado.

Defensor público o caralho! Estava mais para "profanador público", como se lembrava.

E agora ele tinha a chance de devolver algum troco para aqueles nojentos seguidores de ambulância, e a sensação era ótima.

Chupa meu pau, seus punheteiros de Stureplan!

E bandidos, pensou consigo mesmo, a julgar pelo carro ridiculamente caro do senhor Bebê-Chorão.

Seguindo suas instruções, enviou as porcas da roda anonimamente para o escritório de advocacia na semana seguinte, e pela primeira vez ficou claro para ele que tudo, todo o lance com o Jogo, era bem maior do que havia imaginado.

Porque, qual era o ponto de enviar as porcas da roda de volta ao senhor Desprezível? Era quase como lhe fazer um favor, fazendo-o economizar algumas milhares de coroas na conta do conserto. Por que não jogá-las nas águas do Nybroviken e terminar com aquilo?

A única resposta em que conseguia pensar era que alguém queria ver a cara do advogado quando ele recebesse o pacote. Foi aí que a ficha finalmente caiu. Que talvez houvesse outros jogadores como ele por aí, não só nos EUA, mas aqui na Suécia, e provavelmente em outros países também.

Ele já havia entendido que provavelmente o gorila de Birkagatan estava envolvido de alguma forma, e que o filho da puta idiota não tinha mantido sua boca calada e abriu o bico sobre o Jogo. Era sobre aquilo, obviamente, o texto que havia escrito com spray na porta. E provavelmente não era o próprio Lewis Carroll que havia deixado o cartão de acesso no livro ou que entendeu como desligar o relógio no teto da NK...

Mas o panorama completo só foi entendido antes que ele percebesse que alguém havia sido selecionado para concluir a missão com o advogado. Esse alguém estaria ali filmando quando o pequeno punheteiro leitor da GQ abriu o pacote e ficou vermelho ao descobrir suas próprias porcas das rodas que haviam sumido. Alguém como ele, com uma missão a cumprir, uma câmera para registrar — e o mesmo a ser dito sobre quem quer que tivesse conseguido arrumar uma chave de boca de porcas de uma roda Ferrari e escondê-la na caixa d'água de um dos banheiros da Galeria Sture. Eram três tarefas pequenas e igual número de Jogadores, tudo o que a organização precisava para dar ao Senhor Desprezível um fim de semana que ele nunca esqueceria.

O pensamento envolvido era refinado pra caralho, e ele tinha de tirar o chapéu para quem fosse a pessoa que tinha organizado tudo aquilo.

A missão havia lhe conseguido mil pontos, e na manhã seguinte ele encontrou um cartão de crédito estrangeiro no capacho em frente à porta. Dessa vez, acertou a senha logo de cara.

No total, sua conta tinha 2.300 dólares americanos, que equivalia ao número de pontos que tinha na lista. Ele só tinha de enfiar o cartão no caixa eletrônico mais próximo e retirar o quanto quisesse.

Era mais do que precisava para comprar tanto o *box-set* dos *Sopranos* que estava morrendo de vontade de conseguir e um pacote tamanho família do melhor marroquino vendido pelo simpático traficante da vizinhança. Em seguida, desabou no sofá, fez uma fumaça e explodiu os miolos de alguns novatos no *Counterstrike*. Depois, aquele disque-pizza e um pouco de vínculo masculino com os carinhas da máfia de Jersey. A vida era ótima!

E, mesmo com isso tudo, a quinta missão era a verdadeiramente legal. Foi ela que transformou o senhor Clipe da Semana em vice-campeão e, algumas horas depois, no Papa Onipotente em Todas as Bocetas.

Além de tê-lo deixado de pau duro direto, a tarefa número cinco lhe deixou com 2.500 novos e agradáveis dólares em sua conta, mas para sua surpresa o dinheiro se tornava cada vez mais um subproduto agradável. Bem mais importante que o dinheiro era todo o amor que ele recebia em sua seção de comentários: "128 já ganhou!", "nem os cavalos do rei conseguiram te parar ;-)" ou "AÊ UM-DOIS-OITO!!!", apenas para listar alguns. Ele tinha uma classificação média de 4,8 estrelas e havia recebido uma mensagem de congratulações do próprio Mestre do Jogo.

Nada mal para um novato!

Ele era o sabor do mês!

Ele estava na área!

Ele estava indo rumo ao topo!

Ela acordou cedo, deslizou para fora da cama e, sem acordá-lo, silenciosamente recolheu suas roupas e as vestiu. Realmente não gostava de passar a noite, mas havia adormecido de uma vez, exausta por todo o treino e pelas atividades anteriores da noite.

Isso desde aquela primeira noite em que foram ao apartamento dele, o que, para ela, estava tudo bem. Ela gostava dele, com certeza, mas não se sentia bem em deixá-lo vir a seu apartamento. Seria como enviar os sinais errados, dando-lhe uma falsa esperança. Era muito mais fácil se encontrar assim, fazer e terminar e depois ir pra casa. Culpe ter de acordar cedo, como ela sempre fez.

Ele era um cara decente de verdade. Talvez meio desarrumado, com um apartamento que precisava de uma faxina, e um corte de cabelo não lhe faria mal.

Mas era fundamentalmente um bom sujeito, consideravelmente melhor do que ela merecia.

Ela realmente não devia ter adormecido.

Ele se moveu dormindo e por poucos momentos de pânico achou que ele fosse acordar. O que ela diria se isso acontecesse? Como ela explicaria que estava para fugir feito um ladrão na noite, sem mesmo dizer adeus? Ou, pior, o que aconteceria se ele tentasse puxá-la de volta pra cama para os dois amanhecerem agarradinhos? Dormir de conchinha e trocar segredos?

Ela sentiu sua pulsação disparar.

Acalme-se, pelo amor de Deus, Normén!

Então ele ficou quieto, e pelo som de sua respiração ela pode perceber que dormia profundamente.

Graças a Deus!

Hora de ir. Estava levando tudo?

Checou rapidamente os bolsos de seus jeans.

Chave — sim, distintivo policial — sim, celular — não...

Procurou rapidamente pelo quarto mal iluminado, com pressa de ir. Lá estava ele, na escrivaninha. Aliviada, ela o pegou, percebendo que o celular dele estava ao lado. Design esperto, fino e de aço escovado, menor do que a palma de sua mão, exibindo apenas uma tela sensível ao toque. Uma pequena luzinha vermelha era a única coisa que indicava que estava ligado. Não conseguia lembrar de ter visto um daquele modelo antes, ou mesmo aquele especificamente. Ele deveria ter acabado de pegá-lo. Provavelmente, custava uma fortuna, pensou ao cuidadosamente fechar a porta às suas costas.

Quando HP abriu o armário de bagagem na Estação Central, a princípio não entendeu o que era aquilo que estava olhando. O objeto cilíndrico verde lembrava-lhe uma lata de aerossol e por um momento ele quase se sentiu decepcionado. Havia outro rato que precisava de um lembrete sobre a regra número um? Ele esperava algo melhor.

Enfiou o objeto dentro da bolsa que havia trazido e, como o metrô estava cheio de gente, não pôde olhar direito até fechar a porta de seu apartamento às suas costas. Sentiu-se como se tivesse sido levado para um passeio, a missão começando de forma tão promissora com a chave do armário presa debaixo de uma mesa numa filial do Wayne's Coffee, na parte alta da Götgatan. Sentado entre incautos sorvedores de café com leite, era uma cena clássica de filmes de espionagem, a ansiedade sentida sob a mesa, a excitação quando seus dedos tocaram em algo duro.

Ele já tinha uma ideia sobre para que servia a chave antes que seu celular dissesse onde encontrar o armário em que ela se encaixava.

E aí todo esse movimento de capa e espada de James Bond só para uma lata de spray?

Mas agora que tinha a oportunidade de inspecionar seu achado, tudo de repente passava a ficar mais excitante. Percebeu de cara que não era um aerossol. Era de fato um pouco ridículo que estivesse pensando nisso ao ver aquelas linhas. Bastava ver a manivela que acompanhava a lateral e o pino no topo para perceber que aquilo era bem mais perigoso do que uma lata de tinta. De repente, seu pulso começou a acelerar com a antecipação.

"Granada de atordoamento M84", dizia em tipografia militar, e uma rápida visita à Wikipédia foi suficiente para confirmar para o que algo como aquilo era utilizado. A granada, que também era conhecida como Flash & Bang, era chamada de "arma não letal". Para qualquer um que não entendesse aquele linguajar fresco militar ou não jogasse *Counterstrike*, era uma arma que não era utilizada para matar pessoas.

Diferente das granadas de mão comuns, a M84 não estourava estilhaços que mutilam e matam quem estiver por perto, mas em vez disso produzia um estrondo infernal e um brilho tão intenso que fazia o sol parecer uma lâmpada de 15 watts. A função da granada era nocautear o inimigo, cegando-o, ensurdecendo-o e fazendo-o cagar nas calças por tempo suficiente para ser pego vivo. A maioria das forças policiais e antiterroristas no mundo civilizado parece carregar M84s em seus arsenais, e as descrições sobre a eficácia da granada são esmagadoramente positivas: "muito forte", "extremamente útil" ou "altamente eficiente" eram algumas das críticas brilhantes que vários usuários haviam dado para a M84, e agora HP de repente tinha uma só para ele.

Uma de verdade!

A única questão era: o que o Mestre do Jogo queria que ele fizesse com aquilo?

De: Controle do Jogo
Para: Mestre do Jogo
Assunto: Extratos do relatório da polícia 0201-K246459-10 (candidato 128, missão 1006-009)

Na data acima, o carro patrulha 1054, que levava o inspetor de polícia Janson e o policial Modéer, foi enviado para a esquina das ruas Kungsträdgårdsgatan e Arsenalgatan, como resultado de um incidente ainda não classificado que envolveu a polícia montada. Um número de patrulheiros e ambulâncias foi enviado simultaneamente para o mesmo local, e o inspetor de polícia Janson foi denominado o chefe interino da operação policial.

No local, a patrulha encontrou o tenente Arne Wolff do batalhão de dragões salva-vidas de Svea, que lhes contou o seguinte:

Woff foi designado para formar uma escolta montada composta por doze oficiais que totalizavam quarenta recrutas que acompanhavam um cortejo dos Estábulos Reais ao Palácio Real. Era um evento oficial em razão da visita do governo grego.

O cortejo era composto pelo presidente da Grécia e sua esposa, bem como por vossas majestades, o rei e a rainha.

Wolff registra que, ao sair dos Estábulos Reais, eles estavam na seguinte formação:

Primeiro, havia dois policiais montados que eram primeiramente responsáveis por lidar com questões de trânsito. Em seguida, vinha a cúpula da escolta com sua guarda adjunta e colorida (2 + 4 homens), seguidos da primeira tropa da escolta (2 + 20 homens), que Wolff agia como comandante interino de uma posição ao final.

Atrás do tenente Wolff, seguiam a primeira carruagem do cortejo, levando o presidente e vossa majestade o rei, enquanto a segunda carruagem levava a esposa do presidente e vossa majestade a rainha. Atrás das carruagens reais, vinham ainda mais dois policiais da guarda montada e só então a segunda tropa de escolta, que consistia em dois oficiais e vinte soldados.

Normalmente, a rota seguiria por Nybroplan, Hamngatan, Regeringsgatan, chegaria à ponte Norrbro pela praça Gustav Adolfs, então pela Skeppsbron até o Palácio. Mas, como a ponte estava fechada para reparos, uma rota alternativa foi escolhida, passando por Kungsträdgårdsgatan e atravessando o rio por Strömbron dessa vez.

Quando HP finalmente recebeu suas instruções, soube na hora que aquela missão era mais difícil em magnitude do que qualquer outra que havia realizado anteriormente. Tinha o risco de ser pego, e se isso acontecesse ele estaria em problemas consideravelmente maiores com o sistema judiciário do que desligar um relógio, pichar uma porta ou remover algumas porcas de uma roda de carro. Aquilo era coisa séria, e ele não tinha uma ficha criminal propriamente imaculada em que se apoiar. E provavelmente acabaria atrás das grades se algo desse errado...

Isso deveria realmente lhe fazer desistir, mas já conseguia sentir a emoção borbulhando por dentro. Isso proporcionaria fotos fodaças. Material de primeira classe, talvez fosse material para o clipe da semana! Ele nunca havia ouvido falar de alguém fazendo algo desse tipo, então talvez devesse ser o primeiro. E não conseguia dar para trás de um desafio desses.

Uma oferta que você não pode recusar...

Seria importante planejar a operação cuidadosamente. Completar a missão, tirar boas fotos e encontrar uma forma de escapar sem que ninguém descobrisse quem havia sido. Achou que tinha uma boa ideia sobre como aquilo poderia funcionar, mas precisaria fazer algumas coisas trabalharem juntas.

```
Quando a primeira tropa de escolta estava à
altura de Wahrendorffsgatan, Wolff notou de sua
posição na procissão que um objeto veio rolando
como se tivesse sido atirado em sua direção de
algum lugar do meio da multidão de curiosos que
se juntavam na calçada do lado esquerdo. O objeto
parecia ser uma espécie de cilindro de metal, algo
que parecia uma lata de spray, e parou no meio
da parte da frente da tropa, quando então alguns
cavalos começaram a se sacudir e a causar alguma
ansiedade nas fileiras.
```

A mobilete do Bode era um golpe de gênio. HP a havia tomado emprestado anteriormente, e seu amável vizinho e fornecedor legal nunca tiveram nenhum interesse no que ele queria.

"Pode pegar, sem problemas, olha aqui a chave", era a resposta que sempre recebia, e em menos de meia hora ele afanou um capacete preto decente com um visor escuro de uma moto que estava estacionada na praça abaixo do Medborgarplatsen.

Checou a rota do cortejo na internet e então desceu para fazer o reconhecimento e chegou à conclusão que no final do Wahrendorffsgatan era o melhor lugar para colocar em prática uma missão.

Todo o cortejo chegaria até Kungsträdgårdsgatan por aquela hora, e com um pouco de sorte tanto o *reu* quanto a vossa *maionesa* a rainha iriam começar a desfrutar de um bom passeio de parque de diversões quando seu novo amigo M84 fosse disparado. Então, poderia voltar para Wahrendorff, estar em Nybroplan antes que soubesse para, em seguida, ir até Birger Jarlsgatan e depois virar à esquerda no túnel Klara — e de lá teria muitas opções.

Ele estaria de volta no território seguro de Södermalm antes que os detalhes sobre os suspeitos começassem a aparecer, e até então já teria se livrado do capacete negro na água, tiraria sua jaqueta e usaria apenas uma camiseta branca com o capacete vermelho básico que o Bode usava para andar de mobilete.

Não havia como alguém o vincular à descrição do suspeito — e mesmo que isso acontecesse, e daí?

Quantas provas eles tinham?

> *De repente, houve uma forte explosão e uma luz ofuscante que juntas causaram o caos no cortejo. A maioria dos cavalos na primeira tropa, incluindo o de Wolff, ergueu suas patas ao mesmo tempo, tanto os que estavam na Kungsträdgårdsgatan quanto os que estavam diretamente em Kungsträdgården.*
>
> *Wolff se descreve como um cavaleiro muito habilidoso, mas o flash de luz e a explosão o deixaram tão atordoado que, junto com a maioria dos dragões, ele foi derrubado de seu cavalo de uma vez só e ficou deitado na calçada de Kungsträdgården.*
>
> *Quando voltou a si alguns momentos depois, percebeu que os cavalos que puxavam a carruagem de vossa majestade o rei estavam andando para trás e começavam a refugar. Instintivamente, segurou o bridão de um dos cavalos para ajudá-lo a se acalmar. Isso, contudo, não funcionou, e a carruagem andou uns vinte metros pela Kungsträdgårdsgatan com Wolff pendurado nos estribos.*

Jesus, que porra de explosão gigante! Mesmo que tivesse atirado vários *flashbangs* no *Counterstrike*, lido sobre os efeitos dele na internet ou mesmo tendo visto vídeos no YouTube com a M84 em ação, nada fazia justiça ao estrago feito por aquela pequena lata maldita.

Ergueu a manivela, retirou o pino e deixou-a rolar entre os cavalos. Ok, um pouco mais difícil na Vida Real do que na On-line, mas não tão difícil. Mesmo que estivesse usando seus fones de ouvido, óculos de sol e o visor puxado para baixo, a explosão e a luz ainda tiravam o fôlego. Era como se alguém tivesse apertado o botão de pause na TV e a imagem congelasse enquanto o som e o próprio programa continuassem passando.

Teve de piscar algumas vezes para apagar o efeito de suas retinas e fazer seus olhos voltarem à realidade. O que havia visto excedeu todas as expectativas! A rua virou uma porra de um campo de batalha! Cavaleiros derrubados por toda parte, cavalos fora de controle, andando para trás e refugando. Um cavalo atravessou um vidro de um desses cafés ao ar livre, outros dois ceifaram árvores recém-plantadas na avenida em Kungsträdgården e continuaram cegamente por um parque, passando por cima de algumas bicicletas que estavam estacionadas. Quem passeava no sábado à tarde no parque teve de pular para fora do caminho daquelas criaturas em pânico para não ser atropelado ou levar um coice na cabeça. As pessoas berravam, os cavalos relinchavam, as crianças choravam, e no meio daquilo tudo uma das carruagens reais veio correndo rua abaixo, com um sujeito pendurado de um dos lados dos cavalos. Era como um filme de Hollywood, só que melhor.

Bem, bem melhor.

HP não conseguia parar de observar a destruição, e isso deve ter lhe tomado uns bons trinta segundos antes que lembrasse que era o responsável por aquilo e provavelmente estava atrasado para ir embora.

Após alguns minutos de caos entre os dragões, cavalos e transeuntes feridos, foi apurado que a explosão havia sido causada por uma chamada "arma não letal" e que os casais presidencial e real não haviam sido atingidos, apesar de abalados, e que não parecia ter sido um ataque que mirasse diretamente neles.

Ver depoimentos de diferentes testemunhas registrados por Wolff para mais informações.

Quando a patrulha 1054 chegou à cena, uma dúzia de cavalos ainda estava correndo livremente ao redor. Pelo menos quinze integrantes da tropa de escolta e outros sete transeuntes foram considerados pelos paramédicos como tendo ferimentos que requeriam tratamento médico imediato, por isso a Kungsträdgårdsgatan foi fechada em ambas as direções e uma operação de evacuação foi colocada em ação com um batalhão extra.

O superintendente Nilsson assumiu o papel de chefe da operação policial às 12h04. Seguindo o conselho da polícia de segurança, veículos foram chamados dos Estábulos Reais, e estes, sob escolta de viaturas que datavam de 1920 e 1917 – bem como membros da unidade de proteção pessoal –, assumiram o transporte da comitiva real rumo ao Palácio de Estocolmo.

As fotos ficaram incríveis! Até mesmo as suas, agora afiadas e quase sem borrões de movimentos — graças principalmente à nova correia que ele havia feito a partir de uma velha mochila —, o que fez o Mestre do Jogo posicionar apenas dois outros câmeras em Kungsträdgården.

Como diabos eles sabiam exatamente de onde HP iria atacar ele não tinha a menor ideia, mas desde então havia parado de se surpreender com o Jogo. Talvez alguém o tivesse seguido quando fez a sondagem de reconhecimento, ou talvez o celular tenha um rastreador GPS embutido. O que quer que fosse, os resultados excederam todas as expectativas, e em algumas horas mais tarde ele seria o Senhor Clipe da Semana, o Senhor Número Um e o Aiatolá do Fode-e-Rola.

As TVs e os jornais ficariam ocupados por pelo menos uma semana, e ele ria sozinho, quase sempre cerrando os lábios, enquanto os chamados peritos teorizavam sobre o autor e os motivos que estariam por trás daquele que, rapidamente, se tornou conhecido como "o incidente de Kungsträdgården".

De acordo com um dos tabloides noturnos, tinha sido um extremista de extrema direita; de acordo com outro, ele era um ativista de esquerda. Tudo dependia da posição ideológica do jornal em questão.

As emissoras de TV, por outro lado, abordaram a partir do ângulo do terrorismo internacional. A estação mais comercial que havia contratado o especialista mais caro chegou até mesmo a se atrever a identificar uma nova rede sueca com "ligações com a Al-Qaeda".

O único problema é que esses espertinhos sabe-tudo com suas milhões de notas altas no segundo grau tinham uma coisa em comum — todos estavam errados!

Total e completamente errados pra porra, na real!

Não havia conspiração, rede de terror, agenda política. Era só ele.

Um atirador solitário. Um homem com uma missão.

Henrik HP Pettersson, o homem, o mito, a lenda — e ele havia humilhado todos eles! Entre milhares de outros vagabundos, o Jogo o havia selecionado especificamente. Todos haviam visto seu potencial, avaliaram seus talentos e o colocaram em ação.

E, como agradecimento, ele partiu para cima e fez a porra de um golaço!

Só de pensar nisso, já havia ficava excitado de novo!

ANDERS DE LA MOTTE THE GAME

7 Jogo justo

SUA VACA ASSASSINA!
ALGUÉM COMO VOCÊ
NÃO DEVERIA ESTAR NA POLÍCIA!

O bilhete estava esperando quando ela abriu seu armário, e por um momento quase se surpreendeu. Mas logo caiu na real. Um pequeno post-it branco com o logotipo da polícia no canto superior direito, exatamente como os outros, e preso na borda da pequena prateleira na parte superior do armário.

Ela o tocou com as pontas dos dedos e em silêncio repetiu as palavras que haviam sido escritas em tinta vermelha. Uma letra arredondada, quase infantil, mas a mensagem podia ser qualquer coisa, menos inocente. O que ela deveria fazer, na verdade, era pegá-lo, amassá-lo e livrar-se dele. Mas sabia que, se fizesse isso, ele só seria substituído por um novo. E por que não, para falar a verdade? O bilhete estava basicamente certo.

Uma "vaca assassina", foi assim que a irmã de Dag a tinha chamado no enterro. Pálida como um defunto, abraçando a mãe que soluçava, Nilla apontou e gritou essas palavras tão alto que ninguém perdeu uma única sílaba.

"É tudo culpa sua, sua vaca assassina. Você matou ele, você e o maldito do seu irmão! Como você tem coragem de aparecer aqui?"

A igreja caiu no mais completo silêncio. Até o padre parecia estar olhando para ela, parada sozinha no meio do corredor, entre todas as pessoas sentadas em volta, vestidas de preto.

E ela sabia que Nilla estava certa.

Ela não pertencia àquele lugar, não tinha nada em comum com as pessoas que lamentavam a morte de Dag. Com pessoas que gostariam que ele ainda estivesse vivo, em vez de no caixão lá na frente, no altar. Porque ela não era uma delas. Ela estava feliz, sim, realmente feliz, porque Dag estava morto, porque ele não podia mais tornar sua vida um inferno. Por um momento, esteve a ponto de gritar isso para eles. Que o seu amado filho, irmão, neto, parente ou grande amigo não era nada mais que um maldito psicopata. Que ele era violento com as mulheres, um estuprador, um brutamontes — enfim, um ser humano escroto —, e que ela estava aliviada, não, extremamente radiante por ser o corpo quebrado dele na caixa de madeira lá na frente, em vez do dela.

Mas é claro que não disse nada. Em vez disso, apenas balançou a cabeça para Nilla, girou nos calcanhares e, com todos os olhares sobre si, saiu da igreja e de sua antiga vida.

Dois meses depois, candidatou-se à Academia de Polícia. Pegou o touro pelos chifres e confrontou seus medos, sob um sobrenome diferente como uma fina proteção para sua nova e frágil identidade. E enquanto o tempo foi passando seu novo eu foi ficando cada vez mais forte. Tão forte que tinha começado a pensar que já não precisava de qualquer proteção.

Pelo menos, acreditou nisso até agora.

Mas Nilla estava errada sobre uma coisa.

Rebecca era a responsável, não seu irmão mais novo. Henke era inocente, mas ele ainda era o único que tinha sido punido.

"Fui eu quem fez isso", ele havia dito à polícia quando eles vieram, e eles acreditaram nele. Ela quis reclamar, mandá-lo calar a boca, ou simplesmente explicar com calma o que realmente tinha acontecido. Mas era como se suas entranhas tivessem congelado em torno de um coração incrivelmente frio. Aquela imagem pausada dos últimos segundos de Dag vivo tinha criado raízes dentro de sua cabeça e a impedia de pensar, falar ou até mesmo se mexer. E depois continuou paralisando-a durante os interrogatórios e, posteriormente, durante o julgamento, enquanto aquele advogado inútil estragava tudo. E, apesar de ter sido sempre a pessoa que o protegeu, ela apenas assistiu seu irmão mais novo assumir a responsabilidade de tudo. Como ele a protegeu e como ela o deixou fazer isso sem levantar um dedo.

Ela o deixou jogar fora sua vida, seu futuro, todas as oportunidades, tudo para o bem dela.

Aquele bilhetinho branco estava certo. Alguém como ela não deveria estar na polícia. Foi por isso que o deixou onde estava.

Nilla era uma funcionária civil na polícia de Södertälje na época. Ela ainda devia estar lá, e é claro que conhecia alguém que conhecia alguém... E a história deve ter se espalhado. Era sempre assim. A força policial era grande, mas não tão grande, e oficiais de polícia adoravam falar merda sobre outras pessoas, assim como qualquer um. Ela realmente devia telefonar para Nilla e lhe explicar exatamente que tipo de pessoa seu maravilhoso irmão mais velho tinha sido. Colocar um fim em toda aquela falação e nas pessoas olhando por cima de seus ombros para ela. Limpar o ar de uma vez por todas e dizer o que realmente aconteceu naquela noite, e por quê.

Ela tinha pensado nisso antes, mas sempre imaginava alguma razão para não fazê-lo. Talvez a hora fosse agora?

Iria pensar sobre isso, pensar nisso da maneira correta, prometeu a si mesma, enquanto vestia o colete à prova de balas e abotoava a camisa.

Quando fechou seu armário pouco depois, o bilhete ainda estava no mesmo lugar.

Ok, ele tinha de admitir. Estava desapontado, seriamente desapontado, mesmo! Depois de seu grande momento e sua promoção a vice-campeão, esperava mais desafios do mesmo nível que o que tinha acabado de cumprir. Mais chances de acabar no centro das atenções, de ganhar pontos, amor e credibilidade em seu caminho para o topo.

Mas, em vez disso, tinha ganhado algumas poucas tarefas de merda. Coisas estúpidas, que qualquer joão-ninguém com algumas células cerebrais funcionando e um pequeno par de bolas poderia ter feito.

Primeiro, teve de criar uma conta de internet anônima e esvaziar alguns baldes de bile na página inicial de uma blogueira popular, o que, em retrospecto, acabou por ser desnecessário, já que mais de cinquenta outros *trolls* já tinham feito a mesma coisa. A mulher em questão tinha evidentemente pisado no calo de alguém, ela fazia isso quase que diariamente, mas por que desperdiçar seu talento em uma merda dessas?

A missão número dois estava no mesmo nível, uma ligação telefônica para um canal de televisão para ameaçar um apresentador famoso. Brincadeira de criança, e no total ele só ganhou 400 pontos e como resultado caiu duas posições na lista. A maré de amor que havia jorrado sobre ele depois do trabalho em Kungsträdgården havia se reduzido rapidamente para a porra do Manneken Pis. Uma gotinha patética que machucou mais do que fez qualquer coisa de bom. E alguém pareceu tê-lo substituído como clipe da semana, um palhaço que jogou uma torta em algum líder de negócios mundialmente famoso de quem HP nunca tinha sequer ouvido falar. Ridículo, uma moleza, e não chegava perto de seu próprio feito.

Para piorar as coisas, ele estava ficando sem dinheiro.

Logo, logo teria de aceitar a oferta de fazer alguns bicos para o Manga na loja de computadores para pagar as contas.

Precisava de uma nova missão.

Uma tarefa que o desafiasse, algo mais na linha do que ele era capaz. E precisava logo, porque agora essa merda era inútil pra caralho!

"Ok, atenção, Alfa Um!"

Vahtola entrou na sala e a conversa entre os seis guarda-costas morreu imediatamente.

"Bem-vindos à missão de hoje", ela começou bruscamente. "Vocês serão distribuídos da seguinte forma: um mais três reforçarão o grupo do primeiro-ministro, ele deve aterrissar às 20h45 em Bromma, e, como todos sabem, depois de Kungsträdgården estamos dobrando as equipes."

Sinais de concordância de todo o grupo, ninguém poderia opor-se a essa lógica depois do tiro de aviso que a comitiva real tinha literalmente recebido cerca de uma semana antes.

"Bengtsson, você pode ficar com Kruse, Savic e Normén. Pegue dois carros comuns, o primeiro-ministro tem seu veículo blindado mais um, então você terá um total de quatro veículos. Canal 28 como de costume. Dúvidas?"

Bengtsson, um homem magro em algum lugar na casa dos 40 anos e com queda de cabelo, o segundo no comando depois de Vahtola, apenas balançou a cabeça rapidamente.

"Bom, você pode ir andando de uma vez", concluiu Vahtola, e poucos minutos depois eles estavam sentados nos carros.

Bengtsson tinha facilitado para eles, permitindo-lhes que se dividissem entre si antes de partir, e Rebecca tinha intencionalmente ficado perto de Kruse, um homem robusto de Gotemburgo que estava no Alfa desde que o grupo fora formado. Ela não tinha falado com Dejan desde o incidente na aula de defesa pessoal, mesmo sabendo que provavelmente deveria lhe pedir desculpas. Afinal, foi ele quem acabou se machucando, não ela. Mas, por alguma razão, isso não tinha acontecido, e agora muito tempo tinha se passado.

O machucado ainda era visível pelo gesso que apoiava o dorso do nariz de Dejan, e ele dava olhares taciturnos em sua direção sempre que tinha a chance.

Machão idiota!

Kruse, por outro lado, era mais como um tio bondoso, ele realmente não lhe dava quaisquer tipos de olhares, geralmente falava sobre sua esposa e seus filhos quase adultos que estavam em casa em Gotemburgo, a quem só via quando tinha algum tempo livre. Ela perguntou por que ele não tinha tentado conseguir um posto mais perto de casa, mas ele só riu: "Uma vez guarda-costas, sempre um guarda-costas, Normén. Você vai perceber isso em breve. Além disso, a Irene não me quer bagunçando o lugar durante a semana".

Eles pegaram um Volvo S60 preto comum e partiram atrás do Suburban de Bengtsson e Dejan. Quinze minutos depois estavam no aeroporto de Bromma.

Finalmente, tinha chegado!

Ele tinha quase perdido a esperança e estava pensando em desistir de tudo e dar o celular para o Grego, quando a luz finalmente começou a piscar.

Três dias na loja do Manga tinham até sido bons. Lavar o chão, passar cabos e jogar *World of Warcraft* sempre que tinha a chance. E 500 coroas livres de impostos em sua mão se o caixa lhe pagasse, então não tinha sido nada mau.

Os clientes eram bem legais também. Na maioria um bando de nerds que queriam conselhos sobre vários aparelhos e pareciam admirar o Manga, como se ele fosse algum tipo de guru sagrado.

Em qualquer outro lugar, o Mangalito era peixe pequeno, completamente perdido, mas na lojinha escura era claramente o Chefe, o Poderoso Chefão dos Geeks, e parecia gostar do papel.

Era realmente muito legal, e ele tinha de admitir que talvez tivesse de reconsiderar sua opinião sobre o Mangster. Conseguiu de verdade montar uma boa estrutura com seu emprego e sua família.

Mas ele próprio não era o tipo das nove às cinco. Não era o típico fracassado que ficaria feliz com qualquer merda de McEmprego. Precisava de algo mais, algo que todos os seus esforços até agora não tinham conseguido lhe dar. Um desafio, alguma emoção e um pouco de ação!

"Na verdade, eu deveria ter sido um policial", sorriu para si mesmo, enquanto se dirigia para o oeste na mobilete do Cabra e o sentimento familiar começava a crescer dentro de si. Isso poderia acabar sendo muito legal.

O avião oficial do governo pousou no horário e tudo correu conforme o planejado. Eles tiveram tempo para um café rápido com duas pessoas da equipe regular de segurança do primeiro-ministro que haviam conhecido em Bromma e tinham ajustado a rota e a formação antes que fosse hora de deslizar pelos portões e cruzar em direção ao hangar.

O primeiro-ministro, sua assistente e dois guarda-costas chegaram com o avião. Trocaram rapidamente para um BMW preto blindado e estavam prontos para seguir para sua residência oficial no Palácio Sagerska. Rebecca e Kruse foram na frente no Volvo, em seguida os dois guardas regulares em um carro semelhante, depois o veículo do primeiro-ministro, com Bengtsson e Dejan na retaguarda em sua Suburban.

Luzes piscando e velocidade máxima em direção ao centro da cidade.

Hornsgatan, em direção ao oeste, costurando um pouco perto das luzes vermelhas do semáforo de Hornstull, depois sair cruzando a ponte Ocidental. Em contraste com seu triunfo anterior, por enquanto tinha muito poucos detalhes sobre essa missão. Mas não estava muito preocupado com isso. NK e Birkagatan também tinha sido no esquema saiba-o-que-precisa até as coisas começarem a estourar. Tudo o que ele precisava saber era para onde estava indo e que o que quer que fosse que o esperava lá ia lhe dar 3 mil pontos, porra!

Se você adicionasse isso aos 5.200 que já tinha juntado, era o suficiente para que passasse o número 58 e fosse para a liderança naquela mesma noite!

O pensamento deixou-o tão em êxtase que por um momento quase bateu na grade da ponte.

"Senhoras e senhores, temos um novo líder, número 128!"

Sua seção de comentários seria facilmente esticada para mais de dez páginas.

HP, Mestre do Jogo.

Tudo o que ele precisava fazer era chegar a Lindhagensplan e esperar por novas instruções.

Seu pênis já estava a meio mastro.

Ele mal podia esperar!

Ulvsundavägen estava atrás deles agora, depois de Kruse ziguezaguear um pouco perto do semáforo vermelho no cruzamento com a Drottningholmsvägen, onde os Svensson comuns cumpridores da lei tiravam seus carros do caminho de suas luzes intermitentes azuis. Eles se dirigiram para a ponte Traneberg e em seguida para Lindhagensplan.

Ela olhou o relógio, 21h12. Se tudo continuasse daquele jeito, fariam sua entrega em Sagerska e teriam terminado às 21h30. Isso lhe daria tempo suficiente para uma sessão no ginásio assim que o relatório estivesse pronto. Os rapazes provavelmente iriam querer jogar hóquei indoor, como sempre. Provavelmente, era melhor juntar-se a eles, mesmo que não gostasse de verdade de jogos com bola. Importante fazer parte do time.

Ok, ele estava na posição certa na hora designada, 21h12.

O lado ocidental do Lindhagensplan, na ponte que cruza Drottningholmsvägen, exatamente de acordo com as instruções.

Havia até mesmo um pequeno mapa anexo, que foi útil, já que havia vários viadutos para escolher, e ele tinha rodado um pouco antes de encontrar o lugar certo.

A mobilete era perfeita para esse tipo de coisa, você podia simplesmente dar a volta e voltar pelo acostamento contra o fluxo de tráfego se cometesse um erro. Ok, então os Svensson cumpridores da lei em suas caixinhas socialistas buzinaram e piscaram as luzes para ele, mas você tinha de ignorar isso.

Ele estava sentado na mobilete esperando por instruções. A poucos metros abaixo, os carros voavam em direção à cidade. Na frente dele, acima de sua cabeça, dependuravam-se as pontes duplas da autoestrada Essinge. O ruído do tráfego praticamente abafava o motor da mobilete quando estava em ponto morto.

Então, o que aconteceria agora?

A luz de LED começou a piscar.

Eles estavam se aproximando do final da ponte. Kruse estava dirigindo, já que estava no serviço há muito mais tempo e, portanto, tinha preferência sobre os postos de trabalho.

Rebecca estava sentada a seu lado no banco do passageiro. Ela olhou para o espelho retrovisor extra em seu lado. Todo o comboio estava dirigindo em formação cerrada pela faixa da esquerda, a uma velocidade de cerca de cem, exatamente como combinado. Sem problemas.

"Atravessando Traneberg, indo para Lindhagen", reportou para o controle pelo rádio.

Se olhasse para a direita e tentasse ver além das árvores, em breve seria capaz de ver sua própria casinha à frente, à direita.

Os viadutos da autoestrada Essinge estavam cada vez mais perto. Ela olhou de soslaio para suas silhuetas escuras em camadas. Quase parecia que havia alguém em pé lá em cima em uma das pontes mais baixas.

Puxe o saco, dizia a mensagem.

Assim ele fez.

Um saco de academia azul listrado. Amarrado no exterior da grade, e quase exatamente o mesmo que ele tinha feito há muitos anos antes na aula de costura. Até a cor do fio era a mesma.

Era uma ótima coincidência, realmente. Ele parecia se lembrar de que o seu estava pendurado em seu guarda-roupa em casa. Suas chuteiras de futebol antigas não estavam ainda nele? Elas deviam estar lá já fazia alguns anos, ele mal podia se lembrar da última vez que as tinha usado. Talvez no verão retrasado, algo assim?

Sentiu o saco. Era pesado. Ele o desfez, cheio de expectativa.

Sim, definitivamente havia alguém de pé em uma das pontes mais baixas, e certamente não deveria haver ninguém lá!

Eram somente autoestradas lá em cima, sem permissão para os pedestres. Kruse não parecia ter notado nada, mas estava se concentrando principalmente no tráfego da faixa da direita. Ela levou o microfone à boca, mas parou no meio do caminho. A ponte estava se aproximando rapidamente e ela podia ver que a pessoa lá em cima se movimentava. Seus instintos lhe gritavam para que soasse o alarme, pedisse para o comboio parar e voltar para trás.

Mas e se ela estivesse errada?

Uma pedra, grande, talvez três ou quatro quilos. Pontas afiadas também. Preta, com uma superfície ligeiramente rugosa, que ainda parecia quente contra a palma de sua mão. Um pedaço de algo pegajoso quase fez seus dedos escorregarem. Ele trocou a pedra para a mão esquerda e limpou o que quer que fosse aquilo em sua calça jeans.

Seu coração batia no peito. O que aconteceria agora?

Quando viu as luzes azuis vindo em sua direção ao longo de Drottningholmsvägen, sentiu em suas entranhas que aquilo era o alvo de sua tarefa. Com a pedra de volta em sua mão direita, apoiou-se com cautela sobre a grade.

A luz piscou novamente. Ele tinha acertado.

Luzes, câmera, ação, pensou animadamente antes de derrubar a pedra da ponte.

Ou Kruse não a ouviu, ou então o aviso veio tão tarde que ele simplesmente não teve tempo de reagir. Porque de repente houve um estrondo, como se um raio tivesse atingido o para-brisas, e o mundo à frente deles ficou branco da cor do leite.

Vidro pulverizado para dentro do carro, e ela sentiu o rosto arder.

"Merda!", ela ouviu Kruse gritar. "Que merda!"

Ele enfiou o pé pesado instintivamente no pedal do freio e desviou o carro para a direita para que não fossem atingidos pelo veículo de escolta atrás deles.

O carro os ultrapassou pela menor margem possível, mas a guinada de Kruse foi tão repentina que eles bateram na barreira de concreto do lado direito. O Volvo voltou para a pista da esquerda, onde o BMW do primeiro-ministro estava manobrando para passar. O motorista desviou violentamente para a esquerda para escapar do que parecia ser uma colisão inevitável.

"Merda", Rebecca conseguiu repetir antes que Kruse fizesse o que qualquer guarda-costas em sua posição teria feito. Tirou o pé do freio, pisou no acelerador e puxou o volante para a direita. As rodas dianteiras recuperaram a aderência à estrada e fugiram do carro do primeiro-ministro como uma flecha, esquivando-se por um triz da placa de metal de proibido virar para Lindhagensplan, e avançou direto para as grades de frente para o parque.

Uma batida violenta, seguida por uma sensação de flutuar. Um segundo de leveza quando tudo o que podia ser ouvido era o barulho do motor.

Então, tudo ficou escuro.

Caralho, que circo!

A pedra atingiu perfeitamente o meio do para-brisas, e, quando ele olhou para o outro lado da ponte, viu o Volvo se desviando violentamente por entre as pistas, suas luzes azuis parecendo uma galinha atravessando a rua. Ele quase bateu em outro carro com luzes azuis piscando na faixa da esquerda, mas de repente virou bruscamente para a direita antes de disparar pela proteção lateral e continuar, rodando descontroladamente, para o parque, onde finalmente parou de cabeça para baixo.

Ele rapidamente engatou a marcha da mobilete e cruzou a pista; depois, parando do outro lado da ponte, tirou a câmera e deu um zoom nos destroços enfumaçados no meio das árvores. O Volvo estava completamente imóvel agora e não havia absolutamente nenhum sinal de movimento nele.

Mas quem diabos se importava com isso!

Porque agora ele era o novo número um, o Mestre do Jogo!

Missão cumprida, pensou em êxtase. Três mil pontos e quase 25 mil lindas novas coroas em sua conta, além de tudo. Ele se perguntou quem diabos estava no carro? Num palpite, algum pica-grossa, mas quem? Ah, bem, provavelmente descobriria assim que ligasse o computador. Agora, tinha de chegar à sua casa e aceitar com gratidão a adoração das massas!

Engatou a marcha da mobilete, olhou rapidamente por cima do ombro e saiu rasgando para a pista.

O carro veio derrapando das sombras. A colisão foi tão forte que ele foi jogado de volta na grade, então a roda dianteira da mobilete, que num instante tinha sido esmagada até virar algo disforme, travou instantaneamente, e ele só teve tempo de colocar as mãos para cima para se proteger, enquanto voava com a cabeça em direção ao asfalto.

Sentiu as palmas das mãos raspando a superfície da estrada, e uma dor dilacerante atingiu um braço antes que o resto do corpo batesse no chão. O capacete fez um estalo enquanto se espatifava, e ele perdeu todo o ar em um só golpe.

Mas não perdeu a consciência, pelo menos não da maneira certa. Podia ouvir vozes e gritos, provavelmente do idiota filho da puta que o tinha atropelado. De onde ele veio, afinal, caralho?

Tenho que me levantar, pensou. Tenho que sair daqui.

Mas seu corpo não obedecia. Não conseguia sequer levantar a cabeça do asfalto. De repente, seu crânio parecia cheio de cimento, impossível de se mover ou até mesmo se virar. Ele estava paralisado? Um aleijado?

Merda, merda, merda!!!

Lentamente, tentou abrir a boca para pegar um pouco de ar. Era como tentar respirar mingau, e tudo parecia acontecer em um período ultrarrápido. As vozes se aproximavam, ficando mais claras.

"... filho da puta... jogou alguma coisa... o Volvo lá embaixo... chamou a polícia."

De repente, sua paralisia deu uma aliviada e ele conseguiu respirar profundamente.

A dor veio de todos os lugares ao mesmo tempo. Sua cabeça, suas pernas e as mãos mais do que tudo doíam pra caralho, mas a agonia, surpreendentemente, o fazia se sentir melhor. Se você podia sentir as coisas, não estava paralisado, isso parecia bastante lógico.

Sua visão clareou um pouco e com o canto do olho ele conseguia ver várias silhuetas escuras inclinadas sobre ele, enquanto estava com o rosto enterrado no asfalto.

De algum lugar ao longe vinha o som de sirenes.

Tentou se levantar e dessa vez foi um pouco melhor. Levantou uma mão em direção aos homens para conseguir ajuda, mas nenhum deles se moveu. Então, uma luz azul piscando estava a seu lado.

"Foi ele!", gritou uma das figuras sombrias, mas HP ainda estava tendo dificuldade para se concentrar o suficiente para ver qual delas. Com esforço, ergueu-se até ficar de joelhos. Então, alguém de repente agarrou seus braços e um segundo depois ele estava deitado no capô do carro.

"Acalme-se, rapaz", disse a voz da autoridade em seu ouvido.

"Você está preso por suspeita de tentativa de homicídio."

E por alguns segundos ele pensou que tinha 18 anos novamente.

ANDERS DE LA MOTTE THE GAME

8 Jogo duro

Luzes azuis piscando, ela se lembrava. Mas isso era praticamente tudo.

Rebecca tinha apenas vagas lembranças da operação de resgate. Quase não lembrava da primeira parte, quando os bombeiros desviraram o carro e cortaram o teto para retirá-los. Ela lembrava de pedaços de uma viagem em uma ambulância, provavelmente para o hospital St Göran. Uma máscara de oxigênio sobre o nariz e a boca, um colar cervical de plástico em volta do pescoço. Dor na cabeça, peito e rosto. Pessoas em jalecos brancos e verdes. Os sons de corrida e gritos urgentes. Ocasionalmente, pensava que ouvia vozes familiares entre todos os estranhos, mas não estava completamente certa. Fez um esforço para ouvir o que eles diziam, mas não importava o quanto ela tentasse, as palavras se juntavam em um único murmúrio monótono. O mundo só começou a clarear depois que ela foi levada para um quarto no hospital, qualquer que fosse ele, e que o médico começou a examiná-la.

"Sorte" foi uma das primeiras coisas que entendeu corretamente. "Você teve sorte, Rebecca."

Ela não entendeu realmente o que ele quis dizer.

O que ele quis dizer com sorte?

Alguém havia esmagado seu para-brisas, e foi somente graças à ação decisiva de Kruse que eles não colidiram com o carro do primeiro-ministro e tudo tinha ido completamente para o inferno.

Depois, bateram na proteção e o carro ficou tão destruído que tiveram de cortá-lo para que conseguissem sair.

Então, o que exatamente esse idiota queria dizer quando falou que ela teve sorte?

"Uma concussão, mas bastante leve, alguns pequenos cortes no couro cabeludo e no rosto que vão precisar de pontos, e algumas costelas quebradas. Mas isso é praticamente tudo. Considerando o que aconteceu, você teve sorte", ele concluiu, ao mesmo tempo respondendo à sua pergunta.

"E meu parceiro?", ela conseguiu dizer, embora parecesse que sua cabeça e boca estavam cheias de algodão. "Como está Kruse?"

"Infelizmente, ele não teve tanta sorte. Às vezes, nem sempre é uma coisa boa ser grande e pesado, e acidentes automobilísticos são exatamente uma dessas ocasiões."

O médico ajeitou os óculos e lançou um olhar condescendente. Sua cabeça de repente parecia que estava prestes a estourar, e por um momento ela considerou pegar a Sig e lhe perguntar de novo, com bem menos educação dessa vez. Mas mordeu a língua e esperou pacientemente pela resposta.

Ele folheou suas anotações.

"Lesões na cabeça, braços e costelas quebrados são o que nós temos até agora. Seu parceiro ainda está na UTI. Parece que o teto amassou principalmente do lado dele."

Ele olhou para cima e sorriu.

"Como eu disse, você teve..."

"Sorte", ela o interrompeu, e suprimiu outro impulso de sacar sua arma, dessa vez para estourar a cabeça dele.

Luzes azuis piscando, algemas, depois os paisanos chegaram e o banco traseiro de um carro de polícia sem identificação. Eles deviam estar muito perto.

Ele se lembrou de repente que muitos policiais costumavam tomar café na garagem da Shell não muito longe dali.

Típico de sua porra de sorte miserável!

Ambos os detetives eram homens atarracados, com as cabeças raspadas e pescoços grossos. Um ao lado dele, o outro ao volante.

"Então, você é do tipo que joga pedras em carros da polícia, é?", o gorila ao lado dele disse assim que saíram.

HP não respondeu; agora, mais do que nunca, era hora de ficar quieto. Sua cabeça doía e ele sentia como se fosse passar mal. A dor no braço não era ajudada nem um pouco pelo fato de que suas mãos tinham sido dobradas para cima atrás das costas.

Os policiais sorriram e trocaram olhares pelo espelho retrovisor. Saíram da autoestrada e se dirigiram para Kungsholmen. Próxima parada, sede da polícia em Kronoberg.

Saco!

Tudo tinha ido completamente para o inferno. Ele tinha sido descuidado e não olhou em volta devidamente. E não tinha reparado no maldito idiota que o atropelou. Como podia ser tão estúpido?

Engoliu algumas vezes para suprimir o desejo de vomitar. Agora, tinha de manter a calma e pedir um advogado o mais rápido possível. Conhecia o roteiro. Não tinha por que conversar com os ogros no carro, eles não apitavam nada.

"Qual é o problema, você não consegue falar?", o mesmo gorila disse em um tom zombeteiro que por algum motivo fez HP se sentir ainda mais desconfortável.

Ele seguiu sua estratégia e manteve o silêncio.

"Não tem problema, rapaz", o policial riu, dando outro olhar pelo espelho para seu colega no banco do motorista.

O golpe veio do nada, deve ter sido um gancho de esquerda, e ele não teve como se defender. Pou, direto na maçã do rosto, e sua cabeça bateu na janela lateral.

"Que p...!", ele conseguiu dizer antes que o próximo golpe fosse desferido. Um gancho de direita dessa vez, bem no meio do rosto, e ele sentiu o nariz quebrar.

"Isso não pode estar acontecendo, isso só acontece nos filmes!", conseguiu pensar antes que o terceiro soco turvasse sua visão.

Quando acordou, eles já estavam na garagem e o arrastavam para fora do carro. Portas de metal, elevador, algumas camisas azuis passando apressadas, depois um longo corredor, bem-iluminado, com piso de plástico bege. Portas, vozes, muita correria e, finalmente, uma pequena sala de depoimentos.

As algemas foram retiradas e os pertences que eles tinham tirado dele quando foi preso foram esvaziados em cima da mesa. Chaves de casa, carteira de identidade e notas de 20 coroas amassadas, bem como o celular, é claro.

O sangue escorria de seu nariz, e um dos gorilas atirou-lhe um maço de lenços de papel antes de se sentar em uma cadeira à sua frente.

HP conseguiu se recompor e recuperar um pouco de sua devastada autoconfiança.

"Eu quero um advogado", disse ele, mas a última palavra soava mais como "adbogado" por causa de seu nariz inchado.

O gorila sorriu.

"Você não ouviu, eu quero um advogado." Dessa vez, um pouco menos nasal, enquanto esfregava as marcas vermelhas em seus pulsos.

O gorila levantou-se rapidamente, e HP se contraiu instintivamente em sua cadeira. O policial viu seu medo e sorriu. Ele abanou um dedo indicador gordo e cabeludo para HP.

"Eu acho que você deveria calar a boca, meu amigo", disse ele exageradamente devagar, e não havia dúvida sobre a ameaça subliminar.

HP decidiu acatar o conselho e voltar a seu plano inicial. Além disso, o investigador principal deveria se juntar em breve, então toda essa merda terminaria.

De fato, a porta se abriu alguns minutos depois e outro homem entrou, também à paisana. Esse era mais baixo, usava óculos e era consideravelmente mais magro do que os dois gorilas, e ficou imediatamente óbvio quem estava no comando.

Ele olhou para o rosto inchado de HP e deu um olhar de desdém para o macaco mais peludo.

"Você pode ir agora, Wiklander. Você e Molnar não têm um relatório para escrever?"

O gorila murmurou algo, mas saiu de uma vez, dando um olhar maligno para HP no caminho.

HP balançou a cabeça alegremente. Esse cara fazia mais seu estilo.

"Bolin, oficial em serviço", disse ele como apresentação. "E você é Henrik Pettersson, conhecido como HP, não é mesmo?"

HP assentiu novamente.

"Eu vou ligar o gravador agora e nós vamos fazer as apresentações mais uma vez, mas dessa vez eu quero que você responda verbalmente, entendeu?"

HP deu de ombros. Ele não estava pensando em dizer nada além do que uma única frase.

Bolin ligou o gravador que estava sobre a mesa na frente deles.

"Depoimento de Henrik HP Pettersson sobre suspeita de tentativa de homicídio e lesão corporal grave contra um funcionário público no cruzamento da Drottningholmsvägen e da autoestrada Essinge. Investigador principal detetive inspetor Bolin, depoimento iniciado às 23h12. Certo, Henrik, você pode me dizer a sua resposta para as nossas suspeitas?"

HP suspirou. Agora que os macacos tinham sido expulsos, a ordem normal havia sido restaurada e ele estava de volta a território familiar. Sua cabeça estava começando a limpar e a dor aguda em seu braço tinha mudado para uma dor pulsante.

"Eu sou inocente e quero a presença de um advogado", disse ele o mais claramente que conseguiu, inclinando-se em direção ao gravador para se certificar de que não perderia uma única sílaba. "Eu quero um advogado, e quero informar que fui espancado por aquele gorila, o que você chamou de Wiklander."

Ele tocou seu nariz inchado com suavidade, para demonstrar. Ele ainda tinha um pouco de lenço de papel enfiado em uma narina. Bolin não deu nenhum sinal de ter entendido o pedido de HP.

"Um advogado, eu disse", esclareceu HP mais uma vez, já que o que havia dito, evidentemente, não tinha sido compreendido. Será que todos os policiais eram tão lerdos?

O espertão do Bolin ainda olhava para ele do outro lado da mesa. Então, o policial sorriu lentamente e algo reptiliano naquele sorriso assustou HP consideravelmente mais do que os dois ogros no carro tinham conseguido. Lembrou-se de repente de um documentário que tinha visto no Discovery sobre cobras venenosas. Como elas às vezes param com bastante frieza para esperar após morderem sua presa, enquanto ela usa toda a energia que lhe resta em uma tentativa inútil de escapar.

Ele tremeu. Bolin se inclinou lentamente e desligou o gravador.

"Ouça com atenção agora, Pettersson", disse ele em voz baixa. "Você não parece apreciar exatamente o quão ruim sua situação é, então me deixe explicar. Você dirigiu uma mobilete para Lindhagensplan, parou no viaduto acima da Drottningholmsvägen e de um saco de academia claramente marcado com seu nome você tirou uma pedra que então jogou no para-brisas de um carro da polícia que passava abaixo. Os dois policiais estão agora no St Göran, um deles num estado muito ruim, então com um pouco de sorte você pode se tornar um assassino de policiais antes da noite acabar", concluiu com outro de seus irritantes sorrisos de cobra.

HP estava pálido, mas continuou quieto.

Ah, sim, ele sabia que tinha atingido num carro da polícia, a luz azul piscando tinha dado a dica antes mesmo de ele jogar a pedra. Que diabo, eles achavam que ele era idiota ou algo assim? Era verdade, por outro lado, que não tinha realmente dado muita atenção às consequências. Mas e daí?

Se você fosse um policial, tinha de aturar alguns riscos, isso era óbvio pelas notícias. Além disso, dificilmente era culpa dele que eles estavam dirigindo tão rápido, não é? De qualquer forma, o limite de velocidade não era de setenta lá? O Volvo devia estar a milhão, então de certo modo a culpa por as coisas terem corrido tão mal era dos próprios policiais, não era? Ele olhou para o celular sobre a mesa à sua frente. A tela estava virada para cima e ele estava bem ciente do que havia gravado no outro lado. Número 128, um dos escolhidos, era quem ele era, e a regra número um se aplicava, não importava em que mundo você tivesse entrado.

Mas o que foi aquilo que Bolin tinha dito sobre o saco de academia, ele tinha quase perdido isso? O nome dele? Bolin deve ter lido sua mente, porque do nada ele conjurou o saco listrado e jogou em cima da mesa.

Por alguns segundos, HP apenas olhou, então a curiosidade levou a melhor sobre ele. Ele abriu o saco. Estava vazio, fora um pouco de sujeira.

De repente, sentiu os cabelos na parte de trás de seu pescoço ouriçarem. Ali, no interior do revestimento, havia um pedaço de tecido que ele tinha quase esquecido. Um retalho de pano que sua mãe tinha costurado durante o curto período em que ela foi realmente sua mãe e não apenas Maj-Britt, a inválida e bêbada. Uma etiqueta impressa que você podia encomendar pela escola para alguma empresa, o tipo que todas as mães bem-intencionadas costuravam nas coisas de seus filhos para que não se perdessem. Todas as mães exceto a sua, porque mamãe tinha sido substituída cada vez mais por Maj-Britt, e esse saco foi a única coisa em que ela conseguiu costurar uma etiqueta com seu nome, o saco que ele próprio tinha feito na aula de costura.

Propriedade de Henrik Pettersson 08-6636615, dizia em letras azuis.

HP ficou gelado. Na última vez que tinha visto o saco, ele estava pendurado no guarda-roupa em seu quarto, tinha certeza absoluta disso.

"Em outras palavras, você não é exatamente o criminoso mais inteligente que eu já vi", declarou Bolin, interrompendo sua linha de pensamento. "Além disso, temos a pedra, que contém duas impressões digitais perfeitas em óleo de dois tempos, e estamos convencidos de que elas coincidem com as suas."

Ele se inclinou para frente em direção a HP, pálido como um defunto.

"Então, da maneira que vejo, você será enquadrado por isso, meu caro Henrik. Há algo que gostaria de dizer sobre isso?", concluiu ele, e em seguida ligou o gravador novamente.

A cabeça de HP estava girando.

Quem foi o filho da puta que tinha estado em seu apartamento?

Por que alguém tinha roubado o saco e pendurado na ponte?

O carro que bateu nele tinha aparecido do nada, quase como se estivesse parado na curva esperando por ele. E ele tinha atingido a mobilete com uma força somente o suficiente para a polícia ser capaz de pegá-lo.

Mas quem iria querer enquadrá-lo tanto assim? Ok, ele tinha alguns inimigos, mas ninguém tão profissional. Então, quem poderia ser? O número 58?

E se o sr. Cinco Oito fosse sueco e tivesse conseguido descobrir quem estava chegando rápido atrás dele na tabela de classificação? E sabotado a missão de propósito?

Não, isso soava muito ridículo...

Sua cabeça estava doendo da batida, dos socos e de toda a merda que girava dentro dela. Ele não conseguia achar um sentido em nada disso, pelo menos não agora.

Olhou para o celular novamente e decidiu manter a regra número um, ficar quieto.

"Não tenho nenhum comentário a fazer, e, como eu disse alguns momentos atrás, eu quero um advogado", repetiu, mas dessa vez sua voz não soava tão confiante.

Bolin suspirou e lentamente desligou o gravador novamente.

"Se você quer, Pettersson, obviamente você está no seu direito. O telefone está ali, com a lista telefônica do lado. Volto em dez minutos."

Ele fez um gesto em direção a uma mesinha de telefone no canto da sala e levantou-se para ir.

"Você tem muita sorte que a oficial Normén sofreu apenas ferimentos leves", acrescentou quando chegou à porta. "Só há uma coisa que os policiais odeiam mais do que um assassino de policiais: alguém que mata policiais do sexo feminino."

Algo de repente estalou dentro de HP e ele quase podia sentir o sangue deixando sua cabeça.

"Espere!", gritou para Bolin, que estava quase fechando a porta.

"Como você disse que era o nome da policial, a mulher... a que se machucou?"

"Normén", disse Bolin secamente. "Rebecca Normén."

Merda, merda, merda!, gritou uma vozinha no crânio de HP.

Doze pontos no total. Quatro em um corte, cinco no outro, e alguns simples em seu rosto.

Rebecca olhou-se no pequeno espelho acima da pia na sala de exame. Dois curativos brancos na cabeça. Alguns pedaços de esparadrapo em outro lugar, um leve hematoma no rosto e olhos vermelhos do pó de dentro do airbag.

Adicione um pouco de náusea, uma dor de cabeça e uma dor torturante no peito e o retrato de seus ferimentos estaria completo.

Kruse estava num estado pior. Ele permanecia na UTI, de acordo com Vahtola, que havia aparecido pouco antes, e eles trariam a esposa dele de avião no dia seguinte.

E tudo por causa dela. Ela estava sentada no banco do passageiro — e devia ter dado o alarme. Ela devia ter ouvido seus instintos e ordenado que o comboio parasse imediatamente e voltasse. Mas em vez disso hesitou. Desperdiçou alguns segundos absolutamente vitais se preocupando em cometer um erro, em vez de concentrar-se em fazer a coisa certa. Kruse tinha conseguido salvar o dia por suas próprias ações, mas ele também tinha de pagar o preço pelo erro dela.

Rebecca juntou mecanicamente suas coisas, o colete à prova de balas azul que, provavelmente, tinha salvado suas costelas, o bastão e o rádio que eles tomaram dela antes que fosse colocada na maca.

Um carro de patrulha estava esperando do lado de fora para levá-la para casa. O depoimento podia esperar até de manhã, Runeberg tinha decidido. Isso lhe convinha bem. Ela queria ir para casa, tomar alguns comprimidos para dormir que lhe haviam dado e dormir por um dia ou dois.

Bem, quando ela dava uma última olhada pela sala para se certificar de que tinha pegado tudo, seu celular tocou. Número restrito, observou ela com uma careta.

"Aqui é a Rebecca", disse, com uma mão na maçaneta.

"Becca?", disse a voz do outro lado, e ela parou.

"Becca, sou eu..."

"Eu não posso falar agora", disse ela de uma maneira desnecessariamente abrupta. "Posso te ligar amanhã?" Tentou compensar soando mais amigável.

"Er, com certeza, eu só queria verificar que você está... bem?"

"O que você quer dizer?", ela respondeu, e em algum lugar dentro dela o tom de voz dele desencadeou sirenes de alarme.

"Er..." Alguns momentos de silêncio se seguiram, mas ela escolheu não preenchê-los. "...realmente não sei como dizer isso."

"Mas?", ela o interrompeu, enquanto suas suspeitas ficavam cada vez mais fortes.

"Aquele negócio... em Lindhagensplan... Bem... não era para acontecer, ou, bem... era, mas... eu não sabia que era você, Becca!"

As palavras vieram em rajadas e a voz dele subiu para um falsete no final. De repente, ela se sentiu exausta, como se suas pernas já não pudessem segurá-la. Lentamente, voltou para a sala de exame e afundou no carrinho do qual tinha acabado de se levantar.

"Ok, vamos começar do início, por favor", ela disse o mais calmamente que podia, enquanto tentava assimilar o que ele tinha acabado de dizer.

"Não era realmente sério, uma espécie de jogo, eu acho. Um jogo que deu um pouco errado."

"Um jogo, você diz."

A voz dela soava cansada, mas, apesar disso, ele não podia deixar de perceber o quão brava estava.

"É...", ele respondeu, ciente de como soava deprimente.

"Então, você estava jogando um jogo, e é por isso que o meu parceiro está na UTI, esse é um resumo razoável da situação?"

Ela parecia mais irritada agora, como se já tivesse passado o choque inicial.

"Bem, isso não era para acontecer, como eu disse. Alguém se machucar, quero dizer... É como uma espécie de piada complexa, eu acho."

Sua voz implorava, quase chorando.

"Uma piada? Você está louco? Você é um completo estúpido? Pelo amor de Deus, você tem mais de 30 anos e ainda não dá a mínima, você leva tudo na brincadeira e deixa os outros pagarem por isso! Só que dessa vez tudo foi à merda, ou eu entendi errado?"

Ele não respondeu. Nas raras ocasiões em que ela falava palavrões, ele tinha aprendido que era melhor ficar calado.

"Onde você está agora?"

A pergunta era desnecessária, na verdade. Ela já sabia a resposta. Por que outra razão ele teria ligado para ela?

Toda aquela baboseira sobre se ela estava bem era apenas uma de suas cortinas de fumaça habituais. A cavalaria ao resgate, apesar de que o que ela mais tinha vontade de fazer era cortar a maldita cabeça idiota dele fora.

"Kronoberg", ele murmurou.

Ela apoiou a cabeça em sua mão livre.

"Ok", suspirou depois de se acalmar por alguns segundos. "O que vamos fazer é..."

Bolin voltou depois de exatamente dez minutos.

"Bem, um advogado está vindo?"

HP balançou a cabeça.

"Eu pensei nisso, mas não preciso de um", ele murmurou, olhando para a mesa.

"Esplêndido", assentiu Bolin, e ligou o gravador.

"O depoimento recomeçou às 23h43 depois de Pettersson recusar a oferta de um advogado. Isso está correto, Pettersson?"

HP murmurou em acordo, mas Bolin obrigou-o a repetir.

"Sim, isso está correto."

"Ok, Pettersson, que tal começar desde o início?"

HP respirou fundo e olhou para o telefone celular.

"Conte tudo a eles", ela havia dito, e ela geralmente estava certa.

Para o inferno com a regra número um, em outras palavras. Sangue era mais grosso do que água, afinal.

"Tudo começou quando eu encontrei um telefone celular no trem..."

"Detenção."

"Alô, aqui é a inspetora da polícia Rebecca Normén. Eu e meu parceiro, Kruse, fomos os que saíram da estrada Drottningholm hoje um pouco mais cedo", disse ela o mais calmamente que podia.

"Inspetora Normén, que bom ouvir sua voz. Nós estávamos muito preocupados com você, devo dizer. Você está bem?"

Rebecca sorriu. Ela não tinha reconhecido a voz do outro lado da linha, mas agora não restava qualquer dúvida. Seu antigo chefe estava de plantão em Kronoberg esta noite, o que era uma notícia positiva.

"Oi, Mulle. Obrigada, estou bem, algumas contusões e uma dor de cabeça do inferno, mas é só isso. Infelizmente, o Kruse não teve tanta sorte."

"Sim, foi o que soube, nós tínhamos três carros lá quando o resgate estava soltando vocês, e os rapazes disseram que Kruse não parecia muito bem", respondeu ele num tom mais sério. "Vamos manter os dedos cruzados por ele. Você queria alguma coisa em particular, ou estava ligando apenas para tranquilizar seu antigo chefe?"

"Bem, tem algo que eu preciso de ajuda sim, Mulle, e é um pouco delicado."

"Ok, diga!", respondeu ele, encorajando-a, e ela respirou fundo antes de continuar.

"O cara que você prendeu, Henrik Pettersson... Ele é meu irmão mais novo."

Ele fez exatamente o que ela disse. Contou tudo para Bolin. Ou quase tudo...

Por razões óbvias, decidiu deixar de fora o lance dos fogos de artifício M84 em Kungsträdgården, mas fora isso ele explicou tudo, até mesmo a porta em Birkagatan.

Sentiu-se muito bem, era uma grande história.

Bolin na maior parte do tempo apenas balançou a cabeça, interrompendo de vez em quando para fazer uma pergunta, mas se manteve principalmente calado.

Quando terminaram, já passava de uma hora da manhã.

Bolin leu as horas para o gravador, depois o desligou.

"Essa é uma grande história, Pettersson", disse ele, enquanto se levantava. "Nós vamos ter que checar algumas coisas, então vamos precisar falar novamente amanhã. Alguém virá em breve para levá-lo para uma cela."

HP apenas balançou a cabeça em resposta. Ele podia lidar com uma noite nas celas, sem problema.

Experiência comprovada no assunto...

Mas, agora, quinze minutos tinham se passado desde que Bolin havia saído, e ele estava começando a ficar impaciente.

Onde diabos estava o oficial de detenção?

Ele estava cansado, a cabeça e o nariz doíam, e sua boca estava completamente seca.

Mais dois minutos, ele pensou, aí iria colocar a cabeça pra fora no corredor e fazer algum barulho.

Percebeu quase por acidente que o celular ainda estava em cima da mesa entre os seus outros pertences.

A luzinha de LED estava vermelha e piscava.

"Ok, você me confundiu agora, Normén. Você disse que prendemos seu irmão?"

"Temo que sim, Mulle. Henrik é um rapaz decente, mas ele é incrivelmente imaturo, e é uma espécie de ímã de problemas, se você entende o que quero dizer?"

Ele riu em resposta.

"A ovelha negra da família, então?"

"Exatamente", ela mentiu.

"Você sabe por que ele foi preso? Temos alguns ímãs de problemas imaturos para escolher aqui esta noite."

Ela franziu a testa. Mulle podia estar chegando perto da aposentadoria, mas normalmente não havia nada de errado com sua memória.

"O nome dele é Henrik Pettersson e ele foi preso por jogar aquela pedra em mim e no Kruse."

A linha ficou em silêncio por alguns instantes.

"Eu sinto muito, Normén, mas até onde eu sei ninguém foi preso pelo ataque a vocês dois. Todo carro de patrulha do distrito está procurando o filho da puta, eles ainda estão falando sobre isso no canal 16, então eu certamente saberia se eles o pegassem. E não temos ninguém com o nome de Pettersson de acordo com o livro, então seu irmão deve estar fazendo algum tipo de brincadeira com você, eu acho."

De repente, ela não conseguia pensar em nada, então sentiu uma onda de fúria surgindo dentro dela.

Que porra Henke estava fazendo?

Dois minutos. A luz ainda estava piscando com raiva para ele e, por algum motivo, quando ele se levantou para ir até a porta e começar a bater, pegou o celular e seus outros pertences.

Enquanto respirava fundo, pronto para gritar, girou a maçaneta.

A porta estava destrancada.

Ele a abriu e, para sua surpresa, encontrou-se olhando para um corredor escuro.

"Alô!"

Nenhuma resposta.

Perguntou com a voz trêmula: "Tem alguém aí?".

De repente, estava na porra do *Além da Imaginação*! Isso era ainda pior do que o gorila ou o sorriso reptiliano de Bolin.

O corredor estava completamente deserto, nenhum som, e tudo o que ele podia ver era uma fileira de portas fechadas iguais à que ele tinha acabado de abrir. No final, um aviso de saída de emergência piscava de forma irregular. Ele se lembrou do vermelho piscando no celular em sua mão e tocou a tela. Apesar de que já tivesse uma vaga suspeita do que a mensagem diria, seu estômago ainda se contorceu de terror.

```
Jogador 128
Você quebrou a Regra Número Um e está, portanto,
expulso do Jogo com efeito imediato!
Seus pontos e qualquer recompensa pecuniária
remanescente estão revogados.
Por favor, deixe o telefone no local e se abstenha
de falar com qualquer pessoa sobre o Jogo no futuro.
A contínua violação da Regra Número Um trará sérias
consequências!

O Mestre do Jogo
```

Com um sonoro clique, a luz da sala atrás dele se apagou.

Para casa, ela pensou.

Ela só queria ir para casa. Tirar a roupa, tomar um banho rápido para se livrar do suor e sangue. Um punhado de pílulas e depois dormir, um sono maravilhoso do caralho.

Mas não foi tão fácil. E é claro que a culpa era do Henke.

Tentou ligar para o número de sua casa, mas a linha tinha sido cortada. A mesma coisa com os dois mais recentes números de celulares que ele lhe dera. Ela não conseguia falar com seu irmãozinho idiota, o que só a deixou mais irritada.

O que ele tinha dito realmente?

Tentou se lembrar quais foram suas palavras exatas, mas era praticamente impossível. Ele tinha, de qualquer modo, confessado que atirou a pedra. Mas como diabos ele poderia saber que ela estava no carro? Essa era alguma espécie de vingança complexa atrasada?

Não, isso parecia loucura, ela percebeu assim que pensou. Não importa o quão confusa sua relação com Henke fosse, ele nunca iria machucá-la de propósito. Então, o que era tudo isso?

Por que ele deixou cair uma pedra em seu carro de uma ponte, ou, pelo menos, alegou ter feito isso?

"Kronoberg", ele havia dito, mas isso acabou por não ser verdade. Só para ter certeza, ela ligou para Södermalm e para o Distrito Ocidental também, mas nenhum deles tinha um Henrik HP Pettersson sob custódia.

Ele tinha mentido para ela?

Ele poderia muito bem, isso tinha acontecido muitas vezes no passado. Mas havia algo em sua voz, alguma coisa... parecia idiota usar essa palavra quando você estava falando sobre Henke, mas mesmo assim... algo honesto. Como se ele realmente acreditasse que tinha sido preso. A única maneira que ela conseguiria alguma resposta para qualquer uma de suas perguntas era entrando em contato com seu irmão mais novo.

A pergunta era: onde diabos ele estava?

Ele correu. Primeiro em puro pânico. Pelo corredor escuro, em direção à porta — embora estivesse preparado para apostar que ela estava trancada. Depois o alívio quando ela se abriu para uma escadaria.

Degraus de pedra para dentro da escuridão, mais corredores apagados pelo caminho. Seus passos ecoavam nas paredes de concreto. Finalmente, enfim, uma saída.

O ar úmido da noite bateu nele enquanto atravessava a rua para ficar o mais longe possível do corredor. Um rápido olhar sobre o ombro, depois mais um só para ter certeza.

De repente, sentiu grama macia sob seus pés e levou alguns segundos para se orientar. Grandes árvores negras espalmadas para o céu noturno sobre ele, e na sua frente uma grade de ferro e algumas lápides malcuidadas.

Parque de Kronoberg, perto do Cemitério Judaico. Apenas um quarteirão mais ou menos de onde ele achava que estava.

Suas pernas estavam trabalhando sozinhas. Subiu o morro, atravessou o parque e, finalmente, saiu em Polhemsgatan. A mais ocidental das três torres de cor de cobre da polícia à sua frente. Por alguns instantes, considerou continuar até a entrada em Kungsholmsgatan, bater na porta de cobre e se entregar. Mas, antes que tivesse tempo para tomar uma decisão, suas pernas já o carregavam para Fleminggatan, depois à direita, em direção ao centro da cidade.

Sua cabeça girava, enquanto seus pés tamborilavam no asfalto.

Tramp, tramp, tramp.

O som monótono o acalmou um pouco. O redemoinho em sua cabeça foi ficando mais lento gradualmente, e o pânico lentamente foi soltando sua mão de ferro de seu peito.

Tramp, tramp, tramp.

Uma cilada!

Tramp, tramp, tramp.

A coisa toda tinha sido uma porra de uma cilada!

Tramp, tramp, tramp.

Quanto mais pensava sobre isso, mais conseguia enxergar como tudo se encaixava. Ele tinha pensado que 3 mil pontos eram um pouco demais para só jogar uma pedra em um carro, mesmo que fosse um carro da polícia.

E ele estava certo!

A pedra, o carro, os policiais — tudo isso tinha sido secundário, ou uma espécie de prólogo. A missão, a verdadeira missão, tinha sido sobre ele. Uma espécie de avaliação, na verdade.

Ou um teste...

Apenas um número muito pequeno de pessoas é qualificado para esse nível...

Eles o haviam testado para ver se ele faria o que fosse preciso. Se ele conseguiria lidar com as tempestades em cima da cúpula.

E o resultado, senhoras e senhores?

Ele havia fodido tudo.

Muito.

ANDERS DE LA MOTTE THE GAME

Eu perdi o Jogo 9

"Ok, Rebecca, nós já passamos pelos detalhes algumas vezes, mas você poderia falar um pouco mais sobre como se sente?"

Ela teve de se impedir de olhar para o teto.

Como ela se sentia?

Psicopapinho sobre um tema-padrão do tipo que ela tinha ouvido tantas vezes antes e que nunca levou a nada de positivo.

Será que ele realmente queria ouvir a verdade?

Que ela se sentia uma merda?

E mesmo se ela fosse totalmente honesta e contasse toda a sua história, e virasse seus sentimentos, pensamentos e reflexões de dentro para fora — isso iria ajudar? Isso poderia desfazer tudo? Dificilmente, então ela teria de colocar a velha máscara.

"Obrigada, mas eu me sinto bem comigo mesma", ela conseguiu dizer, com algo que era para ser um sorriso complacente.

Ela olhou para o relógio, haviam se passado vinte minutos mais ou menos desde que começaram o depoimento, e ela teria sorte se conseguisse fugir em menos de meia hora.

Tinha sido Rebecca quem havia insistido na sessão das oito horas. Ela queria tirar da frente a conversa com Anderberg, para que pudesse ir até Maria Trappgränd antes que o vagabundo de seu irmão tivesse sequer aberto os olhos...

Anderberg suspirou e folheou as anotações.

"Você já teve a oportunidade de falar com alguém sobre o que aconteceu? Amigos, família, colegas, talvez?"

Ele a olhou por cima dos óculos estreitos.

"Não", ela disse, de maneira um pouco abrupta demais, mas logo percebeu seu erro e tentou se corrigir. "Não, ainda não tive tempo de falar com ninguém, além do que, aconteceu ontem à noite, e eu queria ver você primeiro."

Um sorrisinho no final da mentira valeria o truque?

Boa jogada! Anderberg estava pensando.

Uma menina esperta, essa aqui, mas não esperta o suficiente para enganá-lo, pelo menos não no dia seguinte a uma experiência tão traumática como a que ela tinha acabado de passar. Um acidente de carro e seu parceiro na UTI, isso não era o tipo de coisa que você poderia simplesmente esquecer.

Essa foi a segunda vez em apenas duas semanas que eles se encontraram, e suas preocupações anteriores sobre Rebecca Normén não tinham exatamente diminuído. Tanto quanto ele entendia, ela tinha mais uma vez agido de forma irrepreensível, mas dessa vez não parecia nem de longe tão calma.

Em contraste com a conversa anterior, dessa vez ela soava mais como um robô, como se estivesse em piloto automático. Isso não era um bom sinal. Se ele não conseguisse fazer com que ela se abrisse e falasse sobre seus sentimentos agora, as coisas seriam muito diferentes, e seu relatório seria consideravelmente mais fácil de escrever. Ele tinha visto oficiais mais durões do que ela se destruírem como resultado de experiências não processadas, e ele não tinha nenhum desejo de adicionar o nome de Rebecca a essa lista trágica.

"Mas você tem alguém com quem possa falar se precisar? Às vezes, pode levar alguns dias depois de uma experiência assim, e de repente todas as coisas vêm à tona borbulhando. Você pode ficar com meu número, é claro, mas é importante poder falar com outras pessoas, acima de tudo família e amigos", continuou.

Ela balançou a cabeça em silêncio.

"Mas você não tem nenhum problema nessa frente?"

Ele olhou para ela novamente por cima do aro dos óculos.

Ela respirou fundo e fez um esforço para parecer calma.

"Não, não tenho."

Anderberg assentiu e folheou suas anotações novamente.

"Você tem um Henrik Pettersson listado como seu parente mais próximo. Ele é seu parceiro?"

Ela estava a ponto de saltar de sua cadeira! Anderberg não era estúpido, isso estava claro.

Um pouco de bate-papo inofensivo e, em seguida, bang, direto em seu ponto fraco. Evidentemente, sua defesa habitual não estava funcionando, então ela tinha de escolher as palavras com cuidado...

Outra respiração profunda. Cuidado agora, Normén!

"Henrik é meu irmão. Normén era o nome de solteira de mamãe, eu passei a usar depois que..." Ela mordeu o lábio involuntariamente.

"... ela faleceu", concluiu ela, com o que esperava que fosse um sorriso triste.

O psicólogo assentiu.

"Então você é próxima de seu irmão?"

"Não mais," escorregou de sua boca.

Merda, a falta de sono e a dor de cabeça estavam lhe fazendo mal, e Anderberg não era qualquer um. Hoje estava extraordinariamente difícil manter a guarda levantada, principalmente porque em sua mente ela já estava batendo na porta de Henrik. Ela tinha de reagrupar e tentar uma nova tática.

"Você gostaria de falar sobre isso?"

Evidentemente, Anderberg tinha sentido algo no ar. Ela tinha de pisar com cuidado agora.

Deu de ombros para se dar mais alguns segundos para pensar. Que diabos poderia dizer?

Não, querido psiquiatra, eu não gostaria de falar com você sobre o inútil do meu irmãozinho criminoso que não dá a mínima sobre qualquer coisa e destrói tudo o que toca, mas com quem eu vou estar em dívida para o resto da minha vida.

"As coisas eram muito difíceis quando estávamos crescendo", ela disse em vez disso, na esperança de que algumas confissões graves, mas inofensivas, iriam tirá-lo do caminho.

Anderberg assentiu, encorajando-a, evidentemente interessado.

"Bem, para começar era, principalmente, papai, eu acho. Mas depois de um tempo ele arrastou mamãe com ele, pode-se dizer. Especialmente depois que ela ficou doente."

Ela respirou fundo antes de continuar.

"Papai era bastante incomum. Ele era um pouco mais velho do que mamãe quando eles se casaram. Era seu apartamento e ele já tinha suas rotinas estabelecidas. Tudo tinha que ser exatamente do jeito que ele queria, até os mínimos detalhes, e papai ficava furioso com as coisas mais ínfimas. Um molho de chaves no lugar errado ou uma marca no espelho do banheiro eram o suficiente para deixá-lo fora de si. Quando ele estava em casa, o resto de nós tinha que andar na ponta dos pés para não deixá-lo irritado ou perturbado", disse ela. "Henke, meu irmão, é três anos mais novo que eu. Quando as coisas estavam ruins, pelo menos, tínhamos um ao outro. Eu costumava protegê-lo, confortá-lo e levá-lo para fora até que as coisas se acalmassem. Acho que dá pra dizer que nós dávamos um ao outro um pouco de estabilidade."

Ela sorriu inconscientemente.

"Eu costumava levá-lo comigo sempre que podia, não queria que ele ficasse em casa sozinho com papai. Você nunca sabia o que poderia acontecer, e se alguma coisa acontecesse, por alguma razão, meu irmão mais novo sempre era o culpado, talvez porque fosse menor e mais fraco. Papai não se segurava, exatamente, especialmente depois de beber um pouco, e, mesmo que mamãe fizesse o seu melhor, ela nunca ousou enfrentá-lo e tomar o nosso lado quando havia problemas. Provavelmente, já era demais pra ela ter que lidar com os humores dele. Mas papai nunca encostou um dedo em mim, por outro lado. Eu estava segura, de alguma forma, os homens de sua geração não batiam em meninas, então talvez foi por isso que eu comecei a tentar proteger o Henke." Ela deu de ombros e pegou o aceno de encorajamento de Anderberg.

Ele evidentemente havia mordido a isca. Mas, para sua surpresa, ela também descobriu que não tinha qualquer problema em continuar...

"Henke era muito paciente, estava sempre junto, nunca reclamava, mesmo que na maioria das vezes tivesse que brincar de coisas de meninas. Às vezes, ele tinha que ser a boneca, enquanto eu e as outras meninas do quarteirão o fantasiávamos. Mamãe, papai, bebê e tudo aquilo... Todas as coisas que não tínhamos em casa."

Ela sorriu novamente e olhou para suas coxas, pensativa.

O psicólogo não a forçou; na verdade, ele parecia bastante satisfeito.

Era irônico, realmente, que tudo o que ela havia tentado esconder até agora tinha se transformado em uma cortina de fumaça perfeita. Uma nova linha de defesa, agora que a antiga parecia ter esfacelado. Ela não falava sobre isso há... bem, devia fazer treze anos agora, e ela se sentiu muito bem em se abrir.

Um rápido olhar no relógio, vinte e cinco minutos tinham se passado. Agora, ela só tinha de acabar com isso e pegar o metrô no sentido sul. Como antigamente.

"Mas vocês tiveram menos contato desde que cresceram?"

Seu tom era amigável, mais favorável do que interrogatório.

Ela balançou a cabeça, confirmando.

"Sim, infelizmente perdemos um pouco da nossa proximidade quando eu saí de casa. Papai tinha morrido subitamente no ano anterior e Henke tinha 16 anos na época, por isso me senti bastante segura em deixá-lo com mamãe. É verdade que ela também estava bastante doente e passava a maior parte do tempo na cama. Mas eu conheci um rapaz e nós fomos morar juntos. Primeiro amor e tal."

Ela encolheu os ombros, em um esforço para parecer indiferente.

"Eu vinha cuidando da casa praticamente sozinha, e cuidando da mamãe também, então pensei que era a vez do Henke assumir mais responsabilidade agora que o papai estava fora da jogada... Meu namorado e eu arrumamos um apartamento para eles em Södermalm, perto de Mariatorget. Menos espaçoso e mais perto do hospital. E visitas de uma faxineira para tornar as coisas mais fáceis. Eu estava apaixonada e tinha pressa para ir embora, me livrar da responsabilidade de uma vez por todas. No lugar dela, eu me prendi ao meu relacionamento com Dag, e Henke provavelmente se sentiu um pouco abandonado. Afinal, ele estava acostumado comigo lá, nós dois contra o mundo. E ele não se dava exatamente bem com o meu namorado, por isso..."

Ela parou. Esse era um território perigoso, melhor não se perder no meio de um monte de mentiras desnecessárias.

"De qualquer forma, só durou uns dois anos, então mamãe morreu de câncer. Henke ainda mora no apartamento, mas o nosso relacionamento nunca se recuperou... Pode-se dizer que estamos trabalhando nisso...", ela concluiu, com uma expressão resoluta.

Grande parte do que disse era realmente verdade. De um ponto de vista puramente técnico, não mentiu, apenas omitiu certos detalhes. A questão era se a história se sustentaria.

Anderberg assentiu com empatia, evidentemente feliz com as confidências que tinha conseguido extrair.

"Então vocês ainda se veem, você e Henrik?"

"É claro", respondeu ela, com um sorriso de alívio. "Na verdade, vou vê-lo assim que terminarmos aqui."

...e vou torcer seu maldito pescoço!, acrescentou silenciosamente para si mesma.

Quem estava tocando sua campainha era um maldito teimoso. Ele tentou puxar o travesseiro sobre a cabeça, fingindo que não estava em casa para que o filho da puta fosse embora. Mas, ah, não. O idiota lá fora era pior que qualquer testemunha de Jeová. Ele ou ela apertava a campainha em intervalos dolorosos, quase tortuosos, e estava fazendo isso há pelo menos dez minutos já. HP tinha tido muito tempo para acompanhar.

Primeiro, dez segundos de toque insistente, trrrrrriiiiiiiiiiiiimmmmm mmmmmmmmmmm!

Depois, uma pausa de dez segundos.

E aí, mais uma vez, trrrrrriiiiiiiiiiiiiiiiiimmmmmmmmmmmmmmmm!

Aquilo o estava deixando louco. No final, não teve outra escolha a não ser ir lá e abrir.

Com o rosto vermelho e vestindo apenas um par de calças de moletom que pescou de uma cadeira no caminho, abriu a porta com raiva para dizer poucas e boas ao filho da puta. E, um segundo depois, sem que entendesse o que tinha acontecido, estava deitado de costas no tapete da sala.

Anderberg tinha comprado sua nova tática defensiva, mordido a isca completamente... Nada funcionava melhor com psiquiatras do que uma infância trágica. O médico tinha ficado muito feliz com o rumo inesperado que a conversa tomara. Ele elogiou sua honestidade, chamou-a de pessoa forte e concordou em deixá-la voltar ao trabalho na semana seguinte. Alguns dias de descanso seriam bons pra ela, daria tempo para que conseguisse resolver algumas coisinhas...

Ela levou quase dez minutos para tirá-lo da cama. Foi o suficiente para abrir a caixa de correio e ouvir os barulhos do apartamento para saber que ele estava em casa. Mesmo que o quarto ficasse do outro lado do apartamento, não era longe o suficiente para confundir o som de um ronco.

Usou a conhecida tática da polícia com a campainha: um toque de dez segundos, dez de silêncio, depois outro toque.

Ninguém aguentava isso por muito tempo.

Ela ouviu-o vindo pelo corredor e se mexeu para o lado para escapar do olho mágico. Como tinha imaginado, ele planejou abrir a porta de uma vez, e como ela já estava segurando a maçaneta do lado de fora, não foi difícil deixá-lo começar a abrir, depois empurrar a porta com força pelo seu lado e fazê-lo cambalear até a escada. Então, enquanto ele ainda estava em choque e tentando recuperar o equilíbrio, tudo o que ela tinha a fazer era empurrá-lo suavemente no peito para fazê-lo voar de volta para o tapete da sala.

Um passo rápido e ela fechou a porta atrás de si.

Táticas policiais básicas, exercício 1A.

"Que porra você está fazendo, Becca?", ele gemeu quando se levantou e descobriu quem era o intruso.

"Eu poderia te perguntar a mesma coisa", disse ela secamente, e apontou para a cozinha.

"Você tem algum café no apartamento ou você gasta todo o seu dinheiro em outros produtos vegetais?"

Ela já tinha sentido o doce cheiro de haxixe no apartamento que exalava da caixa de correio na porta.

Ele não respondeu, apenas entrou na cozinha antes dela e começou a remexer na pia.

"Serve Nescafé?", murmurou, acenando com um pote de vidro marrom.

"Na verdade, não, mas tudo bem", respondeu ela, empurrando uma pilha de jornais *Metro* velhos de uma das cadeiras da cozinha.

Ela viu que o apartamento estava uma bagunça completa. Roupas e diversos tipos de outras coisas empilhados em montes. Jornais antigos, cinzeiros cheios e copos sujos praticamente em todos os lugares em que ela olhou. As paredes e o teto eram amarelos de fumaça de cigarro, e a vasilha de plástico gordurosa e transbordante na pia lhe dizia que fazia um bom tempo que qualquer louça tinha sido lavada. Estava alguns níveis pior, até, que nos últimos dias de mamãe. Parecia o muquifo de um drogado, tirando a televisão de tela plana e o computador que ela tinha visto na sala.

Como diabos ele poderia viver nesse tipo de sujeira?

"Então... como vai você, mana?", ele perguntou, alguns minutos depois, de um jeito mais calmo e menos ranzinza, enquanto servia o café instantâneo em canecas diferentes.

"Depende do que você quer dizer", ela respondeu bruscamente. "A vida em geral ou o meu atual estado de saúde?"

"'Er... você sabe", ele balançou a cabeça apontando os curativos na cabeça dela. "Após o acidente, eu quero dizer."

Ela suspirou.

"Ah, eu estou bem, obrigada por perguntar. Um pouco de dor de cabeça, alguns hematomas menores e alguns dias de folga, mas isso é praticamente tudo."

"E seu parceiro?"

Os olhos dela apertaram, mas não deixou de perceber o tom constrangido da pergunta. Ele com certeza parecia preocupado, quase de verdade.

"Um pouco melhor, obrigada, eu liguei esta manhã e ele está progredindo. Parece que vai sobreviver."

"Graças a Deus!"

Tanto sua linguagem corporal quanto seu tom de voz davam a entender que ele realmente queria dizer isso.

A questão era: por quem ele estava mais aliviado? Ela tinha certeza de que não era por Kruse.

"Ok, agora que já fizemos as cortesias, talvez você gostaria de me explicar o que diabos aconteceu ontem? Liguei para três unidades de detenção diferentes por sua causa e praticamente todos riram da minha cara."

Ele olhou para baixo imediatamente.

"Nada", murmurou.

"Nada?", ela repetiu da maneira mais severa que pôde.

"Só uma brincadeira de bêbado, eu tomei umas cervejas em Kvarnen e depois fumei um na casa de um amigo. Eu vi tudo no noticiário e ouvi que era você. Quando os outros descobriram que minha irmã era uma policial, eles me fizeram te ligar e dizer que fui eu quem jogou a pedra e tal... Eles provavelmente não achavam que eu realmente iria ligar. E não deveria mesmo."

"Desculpe!", acrescentou, olhando para cima com um sorriso bobo. "Foi realmente estúpido e imaturo, eu sei."

Ele jogou os braços em um gesto de desarmamento.

Ela não respondeu, apenas olhou para ele por alguns segundos.

Henke sempre foi bom em esticar a verdade, inventando coisas, contando mentiras inofensivas, ou simplesmente mentindo descaradamente. Primeiro para seus pais quando eram pequenos, na maior parte das vezes para papai, claro: *Não, pai, eu não tenho ideia de onde você deixou sua carteira*. Depois para seus professores na escola, e finalmente para o resto do mundo, com uma exceção. Foi somente depois de tudo o que aconteceu e ele saiu da prisão que começou a mentir para ela também, o que provavelmente não era tão estranho, pensando bem. Na maior parte do tempo, ele era muito bom nisso, tão bom que, geralmente, levava alguns dias para ela perceber que tinha caído em uma de suas mentiras novamente. Mas não hoje.

Hoje havia algo faltando.

Para começar, a mentira não tinha os detalhes certos e era muito fácil de ser derrubada com alguns fatos, como o de que a Polícia de Segurança nunca divulgaria seu nome para a imprensa, por isso ele não poderia saber que ela estava envolvida se ele tivesse visto algo sobre o acidente na televisão. E ela duvidava seriamente que um bando de maconheiros estaria sentado assistindo ao noticiário...

Curiosamente, a história patética dele só a deixava mais irritada. Como se ele estivesse tentando livrar-se dela e dizer que ela era uma idiota ao mesmo tempo. Mas então percebeu que os detalhes tinham uma importância secundária.

A principal coisa que estava faltando era seu habitual sorriso convincente e o brilho em seus olhos que sempre fazia com que acreditasse nele. Seu olhar de irmão mais novo, ela chamava. Henke estava longe de parecer tão autoconfiante como sempre, ela podia ver isso claramente. E não era apenas o cansaço da manhã visível em seu rosto. Ele também tinha um olho roxo e um curativo no nariz que ela tinha visto, mas não tinha se ligado de verdade até que começou a olhá-lo corretamente.

Ele tinha sido espancado, seus instintos policiais lhe disseram, mas a irmã mais velha dentro dela esperava que tivesse apenas caído da escada. Mas, qualquer que tenha sido a causa, Henke parecia desgastado, abalado, quase como se estivesse seriamente preocupado com alguma coisa, o que era incomum para ele, para dizer o mínimo. Se ela não o conhecesse tão bem, quase poderia dizer que ele estava com... medo?

"Não minta para mim, Henrik", disse ela com calma, tentando prender seu olhar errante.

"O que você quer dizer, eu não estou mentindo!" Ele ergueu as mãos e passou por seu roteiro habitual. Mas não era nem de perto tão convincente como normalmente.

Ele podia entender como tudo parecia tão inacreditável. Mas que porra ele deveria fazer? Dizer a verdade?

Já tinha quebrado a regra número um uma vez, e duas vezes em 24 horas definitivamente não seria uma boa ideia.

Além disso, quais eram as chances de ela acreditar nele?

Eu estava jogando um reality game, *eles me testaram e eu perdi. Me desculpe por ter metido você no meio, foi mal!*

Até parece!

Era uma má sorte do caralho ele ter acertado ela. De todos os carros de polícia da cidade, ele tinha que bater bem no da irmã! Quais eram as chances disso?

Na verdade...

Merda, como ele era estúpido! Que completo idiota da porra por não perceber...! A sorte não tinha nada a ver com isso!

Ele voou da cadeira, agarrou o braço dela e tentou arrastá-la em direção à porta.

"Você tem que ir embora!", murmurou com firmeza, enquanto ela o empurrava.

"Me solta, Henke, o que você tem agora?"

"Por favor!", implorou, quando percebeu que ela era muito forte e ele nunca conseguiria expulsá-la à força.

"Por favor, Becca, você tem que ir embora. Agora mesmo!"

Ela se soltou do aperto dele com bastante facilidade. Que diabos ele estava fazendo agora? De repente, parecia ter enlouquecido. Quanta maconha estava fumando hoje em dia, a menos que tivesse mudado para algo mais pesado?

"Por favor, Becca, eu estou te implorando. Você tem que sair. Eu estou com um problema, mas vou resolvê-lo, eu prometo. Mas, se você não for... eles têm pessoas... Você tem que sair, imediatamente!"

Ele podia ouvir como parecia assustado, mas não fez nenhum esforço para fazer algo sobre isso. Realmente estava apavorado. Eles a tinham usado para testá-lo. Eles o manipularam para ferir a própria irmã, a única pessoa com quem ele... bem... se importava.

E só por diversão!

Quanto mais pensava nisso, mais óbvio parecia. Ontem, tudo parecia muito confuso, mas agora que tinha tido tempo de pensar melhor, entendeu o que tinha acontecido. O que ele realmente era. Um peão no Jogo, nada mais, nada menos. Uma porra de peão!

E lá estava ele, imaginando que era uma espécie de superastro, quando era apenas um na multidão. Um peãozinho patético que poderia facilmente ser sacrificado para que o jogo pudesse seguir em frente. E isso foi exatamente o que eles tinham feito. As imagens dele confessando tudo para Bolin, o policial de mentira, provavelmente já estavam por aí.

Nós fizemos esse idiota quase matar a irmã e depois confessar tudo para os meninos de azul! Malditos sem coração.

Então, o que não seriam capazes de fazer se ele continuasse a quebrar as regras? Se, apesar do aviso, ele não respeitasse a regra número um?

"Por favor, Becca, por favor! Você tem que ir, agora!", ele gritou.

Ok, pelo menos ele estava sendo honesto agora, ela podia perceber. E estava absolutamente aterrorizado, mas a pergunta era: por quê? Com quem ele tinha problemas? Ela abriu a boca para perguntar, mas ele foi mais rápido.

"Você me deve, Becca", disse ele, mais calmo agora, de repente encarando-a diretamente.

"Você sabe por quê", acrescentou, seu coração afundando como uma pedra sobre o limite que ele tinha cruzado.

Poucos segundos depois, ouviu a porta da frente fechar com uma batida. Pela primeira vez em anos, ele quase...

Lágrimas! Era o que parecia, como se ela estivesse prestes a chorar. Ela não chorava desde o enterro de mamãe.

Maldito Henke do caralho!

Mesmo antes, quando tudo estava acontecendo, ela não havia derramado uma única lágrima, mas agora podia senti-las queimando atrás de seus olhos. e piscou com força para se recompor. Ela não iria começar a chorar agora, isso era certo!

Eles nunca tinham conversado devidamente sobre tudo o que aconteceu em Bagarmossen, os dois sempre andando na ponta dos pés em torno do assunto, mas agora, do nada, ele subitamente jogou tudo na sua cara. Fazendo com que se lembrasse que sua dívida não tinha de modo algum sido esquecida e que treze anos não eram nem de perto suficientes para que as coisas se resolvessem.

Como ela podia ser estúpida o suficiente para pensar o contrário?

Ele estava certo, é claro, tinha sido culpa dela, mas ele tinha sofrido as consequências. Ela tinha uma dívida com ele, e sempre teria.

Porque ela era uma *putinha assassina*.

Apesar de serem 10 horas, HP voltou para a cama e colocou a cabeça entre os travesseiros. Estava cansado, enfraquecido, totalmente exausto, mas ainda assim não conseguia voltar a dormir.

Os pensamentos giravam em sua cabeça como se estivessem naquela secadora enorme da lavanderia.

Dando voltas e voltas lentamente.

O Jogo, as missões, a lista, o dinheiro, o negócio em Lindhagensplan, os policiais falsos, sua irmã, e o tambor completou seu ciclo, e ele estava de volta onde tinha começado.

O Jogo.

Eles o tinham enganado, fizeram-no pensar que era alguém apenas para puxar o tapete de debaixo dele. Bolin e os macacos eram provavelmente atores contratados que deviam seguir um roteiro. Ou, pior ainda: outros jogadores que tinham recebido a tarefa de fazê-lo confessar! E eles tinham feito um trabalho bom pra caralho... Jesus, em que merda de armadilha monumental tinha caído!

A coisa mais doente era que, mesmo que ele soubesse que tinha sido regiamente fodido no cu, que ele era a putinha particular do Jogo, ainda não conseguia parar de pensar que...

E se tudo pudesse ser corrigido? Pedir desculpas, fazer as pazes e restabelecer o número 128?

Voltar para o Jogo.

Até mesmo quando estava no corredor do *Além da Imaginação* e tinha quase se mijado, parte dele ainda se recusava a aceitar que estava acabado, que tinha fodido com tudo. Provavelmente, foi por isso que não havia deixado o celular lá.

Porque ele ainda estava com ele, não estava?

Ele tinha de se levantar e verificar.

Sim, o pequeno retângulo prata ainda estava na mesa da sala onde o havia deixado. A luz do LED estava apagada, o que era de se esperar. Ele agora era uma não pessoa.

Fredo Corleone do caralho.

Caçou irritado por vários bolsos de casacos e finalmente desenterrou um maço amassado de Marlboro.

Sentado à mesa da cozinha, fumou três, um após o outro, enquanto a secadora em sua cabeça continuava girando.

Então que diabos ia fazer agora?

Foi acordado por um barulho na caixa de correio.

Que horas eram, porra?

O rádio-relógio na mesa de cabeceira dizia 15h36. Ele estivera dormindo a maior parte do dia.

A secadora finalmente diminuiu a velocidade o suficiente para que ele voltasse para a cama e aproveitasse mais algumas horas de um mais que necessário sono.

Um barulho ainda vinha da caixa de correio.

Ou ele estava recebendo um monte de contas, ou então o novo catálogo da Ikea não cabia.

Ele se virou e puxou o travesseiro sobre a cabeça. O barulho continuou por mais alguns segundos, então tudo ficou em silêncio.

Ele se perguntou se devia se levantar, mas não conseguia pensar em uma boa razão para isso. Sua cabeça e braço ainda doíam após o tratamento do dia anterior, ele não tinha dinheiro, e como o Jogo tinha acabado, não havia nenhuma razão para se rastejar para fora da cama.

Que vida maravilhosa!

Era tudo muito trágico, na verdade...

Então, notou o cheiro. Um fraco, mas inconfundível cheiro de queimado. Algo ferveu até secar, pensou. Ele tinha deixado o fogão aceso quando ferveu a água para o café? Não seria a primeira vez.

Ok, filho da puta, você queria um motivo para se levantar e agora tem um!

Ele rolou relutantemente para fora da cama, coçou a barba por fazer e outros lugares estratégicos antes de cambalear para a cozinha. O fogão estava vazio, nenhuma das bocas estava ligada.

Franziu a testa.

O cheiro estava ficando mais forte, então o que diabos estava queimando?

Alguns instantes depois, as sinapses em seu cérebro fizeram a conexão certa, e ele saiu correndo para a sala.

Uma fumaça grossa e acre o atingiu quando se virou para o canto.

O tapete de plástico gasto em que tinha se encontrado deitado algumas horas mais cedo estava completamente aceso, e as altas chamas já lambiam as paredes e a parte interna da porta da frente. Seus olhos ardiam, e ele instintivamente deu alguns passos para trás.

Saia!, seu cérebro gritava para ele.

O apartamento está em chamas, pelo amor de Deus, saia, discar um-um-dois[1] *é fácil, saia já!*

Mas ele estava paralisado pelas chamas, que cresciam cada vez mais à medida que se espalhavam pelo piso de madeira.

Mesmo que percebesse o perigo, havia algo de bonito, quase encantador, nele. As chamas alaranjadas, a fumaça preta e o som crepitante de fogo se apossando de seus bens davam uma sensação quase libertadora.

Como se, no fundo, ele desejasse essa destruição...

De repente, escutou o som de batidas na porta.

"Fogo!", ele ouviu alguém gritar do corredor. "Você pode me ouvir, seu apartamento está pegando fogo, pelo amor de Deus!"

O feitiço foi quebrado imediatamente, e seu cérebro e corpo estavam novamente em sincronia.

"Se proteja, soe o alarme, apague-o", uma voz infantil ecoou em sua cabeça.

Ok, se proteger já era impossível, não havia para onde ir se não quisesse saltar da janela do segundo andar para a rua.

Próxima!

Correr através das chamas estava fora de questão, e, de qualquer maneira, a porta estava trancada e ele estaria frito antes que conseguisse abri-la.

Próxima!

Soar o alarme?

1 112 é o número de emergência de vários países europeus.

Inútil, já que não tinha um telefone.

A menos que...

Ele correu de volta para a cozinha, pegou o celular e tocou a tela.

Voltou à vida imediatamente.

"Apenas chamadas de emergência", dizia a tela.

"Não é essa a verdade?", rosnou com os dentes cerrados, enquanto fazia a ligação.

"Serviço de emergência, qual é sua emergência?"

"Meu apartamento está pegando fogo, Maria Trappgränd, 7, uma pessoa presa dentro", conseguiu dizer antes que a chamada fosse cortada.

Estava prestes a ligar novamente, quando a luz de LED começou a piscar.

Com um dedo trêmulo, tocou a tela e ela voltou à vida mais uma vez.

Lembre-se da regra número um, HP!
O Mestre do Jogo

Olhou para o telefone por alguns segundos, como se estivesse tendo dificuldade para entender o que estava acontecendo.

Então, lembrou-se de onde estava e atirou o celular de lado, pegou a vasilha da pia com as duas mãos e, com alguns passos largos, voltou à sala, onde esvaziou-a na direção do fogo.

"Apague, apague, apague", a vozinha animadora em sua cabeça cantava, e com um estrondo uma semana de sujeira de molho e alguns litros de água suja caíram no chão da sala.

O fogo chiou e cuspiu uma nuvem de fumaça branca, mas HP não viu nada.

Ele já estava de volta à cozinha, desesperadamente enchendo a vasilha vazia com mais água.

Depois, esvaziou-a, então, novamente, e novamente, e agora podia ver claramente o fogo diminuindo.

Seus olhos ardiam, seus pulmões queimavam e sua respiração estava ficando difícil, mas não estava disposto a desistir agora.

Quando estava esvaziando a vasilha pela quinta vez, a porta da frente foi escancarada com um estrondo e instantes depois uma nuvem de espuma e fumaça branca tomou conta dele, antes mesmo que pudesse colocar as mãos sobre o rosto.

Tossindo loucamente, cambaleou para trás em direção à cozinha e piscou para conter as lágrimas o suficiente para conseguir abrir uma janela antes de cair no chão. Estava arfando desesperadamente para respirar, mas sua garganta tinha encolhido até ficar do tamanho de um canudo.

Tudo estava começando a ficar preto.

Da rua, dava para ouvir o som de sirenes e pessoas dando ordens.

"Discar um-um-dois é fácil", a voz de criança dentro de sua cabeça cantava pouco antes de ele perder a consciência.

"Você teve sorte, Henrik", disse o médico, sem saber que estava repetindo o que seu colega em St Göran tinha dito na noite anterior.

"Você inalou um pouco de fumaça e tem uma pequena queimadura na mão esquerda, mas é mais ou menos isso."

Ele balançou a cabeça, em silêncio, da maca. Era consideravelmente mais fácil respirar agora, provavelmente graças à máscara de oxigênio.

"Nós vamos lavar seus olhos mais uma vez, você ficou coberto com um bom tanto de espuma, mas não há nenhum perigo real. Sua visão pode ficar um pouco embaçada por alguns dias, mas vai passar."

Ele balançou a cabeça novamente.

Não havia por que tentar falar com a máscara, e, além disso, o que diria?

"Bem, então", disse o médico, enquanto se levantava. "Se você não tem nenhuma dúvida, eu preciso ir. Mesmo que se sinta bem, fique com a máscara até que a enfermeira tenha lavado os seus olhos. Você precisa respirar oxigênio puro para expulsar o monóxido de carbono que inalou. Cuide-se, Henrik!"

Ele acenou com a cabeça uma terceira vez, para concordar e se despedir.

Então estava finalmente sozinho.

A secadora começou novamente, dessa vez em uma configuração avançada. Mas, antes que tivesse tempo para se concentrar nisso, bateram na porta e dois policiais uniformizados entraram. Perfeito, exatamente do que ele precisava.

King of the Mounties, o Cling e o Clang estão aqui para arruinar seu dia. Merda!

Seus nomes eram Paulsson e Wöhl, e, depois que ele pediu para ver seus distintivos e os examinou cuidadosamente, apesar de estarem de uniforme completo, eles tinham algumas perguntas para ele.

Por acaso ele tinha inimigos? Não, senhor, ele não tinha.

Conseguia pensar em qualquer outra razão para que alguém quisesse derramar parafina através de sua caixa de correio e atear fogo em sua sala?

Sim, ele certamente conseguia pensar em uma razão, mas não tinha nenhuma intenção de compartilhá-la com dois policiais de pés chatos, ou com qualquer outra pessoa. Ele não precisava de mais nenhuma lembrança das regras, muito obrigado!

"Não, senhor, infelizmente não", respondeu ele em vez daquilo, com a cabeça inclinada para um lado e seu olhar honesto no rosto. Nenhum deles pareceu acreditar, mas que diabos!

Além do que ele lhes tinha dito sobre o início do fogo, havia qualquer outra coisa que pudesse lhes dizer que poderia ser relevante para a investigação?

A mesma resposta novamente, pela terceira vez: Não, nada!

Os policiais trocaram um olhar de cumplicidade, segurando suas anotações, e depois de algumas pérolas finais de sabedoria finalmente desistiram.

"O caso será investigado pela polícia de Södermalm." Ótimo, muito obrigado!

Ele já sabia qual seria o resultado. Absolutamente nada.

"Oi, sou eu... Micke...", acrescentou ele, caso ela não reconhecesse sua voz.

"Oi", ela disse secamente, então percebeu que, na verdade, estava feliz que ele tinha ligado.

"Como você está?"

Ele parecia um pouco inseguro, como se não soubesse realmente o que dizer. Geralmente, era ela quem telefonava.

"Bem, obrigada, apenas um pouco cansada. Tenho estado um pouco ocupada com o trabalho", ela se percebeu dizendo, surpresa com sua honestidade.

"Ah, entendo... Você provavelmente não quer me encontrar, então?"

Ela ficou em silêncio por alguns segundos. A dor de cabeça não tinha passado, suas costelas ainda estavam doloridas, e as últimas palavras de Henke ainda ecoavam em sua cabeça. Então, não, realmente não!

"Claro, eu consigo chegar aí em meia hora", respondeu ela, e pela segunda vez na conversa, ela se surpreendeu.

"Eu pensei que talvez pudéssemos sair... conversar um pouco?", ele continuou rapidamente.

Seu cérebro disse que era hora de puxar o freio de mão.

Transar, sim, conversar, não! Não temos tempo para esse tipo de coisa, Normén!

"Claro!", sua boca respondeu desobedientemente, e quarenta e cinco minutos depois eles estavam sentados em um pequeno tailandês em Vasastan, e, para sua surpresa, ela descobriu que era muito, muito bom apenas conversar um pouco por um tempo.

10 Risco

Ok, então o que diabos ele ia fazer agora?

Sem emprego, sem dinheiro, brigou com sua irmã, seu apartamento estava inabitável e, talvez o pior de tudo, tinha sido excluído do Jogo!

O Bode o tinha deixado dormir em seu sofá por uns dias, mas todo aquele entra e sai e os porras dos maconheiros sem noção que pareciam ficar no apartamento o tempo todo o estavam deixando louco. Os malditos não tinham de ir trabalhar?

Ele precisava de tempo para pensar, para analisar suas opções e planejar seus próximos passos. Não que tivesse muitos, exatamente...

Como de costume, Manga foi quem se prontificou. Sua velha esposa não estava particularmente feliz, mas, evidentemente, sua religião dizia que eles tinham de ser hospitaleiros e generosos para com os pobres, então ela não tinha muita escolha. Mas isso não queria dizer que Betul perdia qualquer oportunidade de fazer cara feia para ele, não, ela não se segurava realmente. Mas HP a ignorava de sua confortável posição, deitado no melhor sofá da Ikea deles.

HP/Islamismo 1, bruxa miserável 0.

Algo que o satisfazia, pelo menos. Isso e o fato de que ele agora tinha muito tempo para pensar. Betul não gostava de computadores, o que era muito absurdo quando se considerava o que seu marido fazia da vida. Mas como ela era a chefe da família Al-Hassan, não havia Playstation, nenhum PC, nem quaisquer canais de filmes para perturbar sua concentração, deixando HP com tempo para pensar, afinal.

Um emprego podia esperar, ele ainda tinha mais alguns dias de seguro-desemprego e algo devia aparecer. O apartamento estaria consertado em uma semana, mais ou menos. Nova pintura, novo piso e uma nova porta da frente, tudo pago pelo seguro. Sorte do caralho que Becca tinha pago as contas mais importantes quando ele estava sem dinheiro.

Então, como poderia compensá-la?

Infelizmente, não havia uma boa resposta para essa pergunta.

Becca estava furiosa com ele, e por boas razões. Ele tinha passado dos limites no outro dia, foi com tudo sobre ela. Mas realmente não tinha tido qualquer escolha. Ela não podia entrar nisso, pelo menos não mais do que já tinha entrado.

Mas parecia que já era tarde. Eles o deviam estar observando de alguma forma. E viram que ela foi visitá-lo, e pensaram que ele estava contando tudo de novo. Em algum lugar, um telefone celular tinha piscado e um jogador, talvez até mesmo algum maldito novato, tinha recebido a tarefa de ensinar uma lição ao traidor, da mesma forma que ele havia feito com a porta em Birkastan.

Uma entrega em domicílio, à la Mestre do Jogo.

De acordo com a polícia, ele não foi o primeiro a ligar para o serviço de emergência. Alguém tinha ligado alguns minutos antes, provavelmente na mesma hora em que o fogo começou, então provavelmente eles não queriam matá-lo. Não dessa vez, pelo menos.

O que o levou de volta à pergunta original. O que iria fazer agora? Será que eles realmente esperavam que ele apenas esquecesse tudo, mantivesse a boca fechada e nunca mais pensasse sobre o Jogo? Ele conseguiria fazer isso, mesmo se quisesse?

Além do negócio com a pedra e sua irmã, ele tinha sido atropelado, espancado, interrogado, se assustado pra caralho e seu apartamento ainda tinha sido incendiado.

Portanto, em outras palavras, tinha motivos de sobra para ficar puto.

Mas a coisa mais doente nessa confusão toda foi que, apesar de tudo o que tinham feito com ele, ele ainda sonhava em voltar, em ser perdoado e ganhar permissão para continuar jogando.

Voltar à cena para os aplausos dos espectadores.

Sabia que era errado, que era completamente insano, na verdade, mas ainda assim não conseguia afastar o pensamento.

E se pudesse entrar em contato com alguém, o próprio Mestre do Jogo talvez? Dizer que estava arrependido e talvez ganhar outra chance? A questão era apenas como fazer isso?

Não havia lista de contatos, infelizmente, e ele imaginava que não teria sorte com as páginas amarelas ou o Google.

Ok, ainda tinha o telefone celular, mas estava morto desde o incêndio. A bateria devia ter acabado por agora. Mas todas aquelas horas no sofá tinham pelo menos lhe dado uma ideia. Todo celular moderno era uma espécie de computadorzinho. Eles tinham pelo menos dois tipos diferentes de memória, de onde deveria ser possível desenterrar algo útil se você soubesse o que estava fazendo.

Felizmente, ele tinha o homem certo para o trabalho. Direto das *Mil e Uma Noites*: seu próprio anfitrião relutante, o marido mais receoso do mundo, o artista anteriormente conhecido como... Manga!

"Eu sei que você está ansioso para dar uma olhada nisso, Mangalito", ele disse mais ou menos uma hora depois, jogando o celular no balcão da loja. "É todo seu. Tudo o que eu preciso saber é quem tem me enviado mensagens e como posso virar a mesa e entrar em contato com eles."

Manga olhou para ele preguiçosamente sobre uma cópia do *Metro* do dia, sem mover um dedo, mas não conseguia enganar HP. Este podia ver o canto de um dos olhos do amigo literalmente começar a se contorcer. E, assim como quando eles jogavam pôquer, tudo o que tinha a fazer era esperar.

Mamão com açúcar!

"Com uma condição", disse Manga, depois de alguns segundos tentando parecer desinteressado.

"O que você quiser...!"

Desde que ela não quebre a regra número um, HP pensou consigo mesmo.

Manga sorriu.

"Que a partir de agora você me chame de Farook!'"

"Fechado!", disse HP aliviado, antes de perceber com o que tinha concordado.

Ah, mas se isso faria o cabeça de toalha feliz...

Tinha sido uma boa refeição. Comida muito boa e um clima agradável. Tailandês, mas sem ser brega como os restaurantes asiáticos normalmente eram. Não houve nenhum sinal de "Love me Tender" em tailandês, ou lanternas chinesas com palavras de sabedoria budista. Não, tudo tinha sido muito bom, de fato.

Eles conversaram o tanto certo, ficaram em silêncio enquanto comiam, e ele nem tinha levantado a sobrancelha quando ela recusou o vinho, assim como não tinha questionado a explicação dela sobre um pequeno acidente de trânsito ter sido a razão de seus ferimentos. Depois, trocaram um rápido beijo e cada um voltou para casa sozinho.

Ela percebeu que era a primeira vez que isso tinha acontecido.

Então, o que isso significava? Eles estavam a caminho de um relacionamento sério?

Absolutamente não, ela decidiu, interrompendo firmemente essa linha de pensamento.

Eles simplesmente tiveram uma boa refeição, conversaram sobre diversos assuntos, nada de grande importância. Ele falou sobre a fazenda de seus pais em Södermanland, e como tinha se mudado para a cidade para estudar em vez de cuidar da fazenda, e como tentava não interferir da melhor maneira possível.

"Consciência culpada", ele havia dito com um sorriso irônico. Não ser capaz de viver à altura das expectativas.

Ela entendia perfeitamente o que ele queria dizer. Ouviu com interesse e ocasionalmente fez um comentário, embora sem mostrar o mesmo nível de confiança em si mesma. Mas ele lidou com aquilo com bastante rapidez e não a empurrou naquela direção.

Ele era realmente um cara legal. Melhor do que ela merecia.

"Eu te ligo mais para o fim da semana", ele havia dito, e ela não reclamou.

Ela percebeu que estava esperando que ele ligasse, na verdade.

"Como uma história em uma maldita revista feminina", bufou.

Ela se perguntou como Henke estava indo.

Mas, novamente, por que ela deveria se importar?

HP estava impressionado. Após mexer um pouco, Manga — não, Farook — conseguiu abrir um compartimento no telefone que ele nunca tinha sequer notado e ligou um cabo USB na tomadinha escondida na parte de dentro. Obviamente, ele deveria saber que tinha de haver um jeito de entrar lá, mas estava tão absorvido pelo que acontecia na tela que não pensou nem um pouco no básico, como em como recarregar o aparelho quando a bateria se esgotasse.

Assim que Manga ligou o cabo em um dos computadores na parte de trás da loja, uma luzinha acendeu, mostrando que o telefone estava recarregando, então, evidentemente, ele funcionaria em qualquer fonte de energia com entrada USB.

Digitou alguma coisa e um monte de símbolos começou a rolar na tela de um dos computadores.

HP não era de maneira alguma um novato em se tratando de computadores, mas isso estava além de sua capacidade, sem dúvida. Manga era um gênio dos computadores e talvez seria capaz de descobrir algo útil.

"Isso vai demorar um pouco", ele murmurou, e HP concordou sem reclamar em fazer algumas coisas na cidade. Num acesso de generosidade, ainda trouxe copos de café com leite para a loja para que não tivessem de beber o café amargo da cafeteira.

Mas, quando voltou, algo havia mudado. Manga parecia estar praticamente esperando por ele do lado da porta. Agarrou o braço de HP e arrastou-o para dentro da loja, quase derramando os cafés com leite.

"Que porra você está fazendo, vai com calma!"

Mas Manga não estava escutando. Em vez disso, fechou a porta, trancou-a e mudou a placa para "fechado".

Sem uma palavra, puxou HP para o canto onde o computador estava.

As três telas mostravam uma série de vídeos.

HP desparafusando as porcas da roda de uma Ferrari.

HP explodindo os cavalos da guarda em Kungsträdgården.

HP derrubando uma pedra sobre uma grade em Lindhagensplan e, em seguida, um carro com luzes azuis capotando até parar com a fumaça saindo do motor...

Seu estômago apertou.

“Que porra você está realmente fazendo?”, chiou Manga, com um olhar acusador.

Melhor esquecer a regra número um, então...

Sua terceira transgressão em vinte e quatro horas, isso realmente não era bom.

Mega não era bom, caralho!

“Essa coisa pode nos ouvir?”, ele disse ansiosamente, apontando para o celular.

“O quê? Não, claro que não pode!”, rosnou Manga. “Que porra é essa, HP?”

HP deu outro olhar rápido para o telefone e, apenas para ter certeza, puxou Manga para o pequeno cubículo atrás do balcão. Lambeu os lábios nervosamente enquanto tentava reunir seus pensamentos.

Tecnicamente falando, ele só tinha quebrado as regras uma vez. Não tinha realmente aberto o bico para sua irmã, apesar de que o Jogo parecia acreditar que tinha e por isso o tinha punido. Então, na verdade, ele tinha sido punido por algo que não tinha feito, o que significava que eles lhe deviam uma. Além disso, precisava do Manga, perdão, Farook. Sem ele, não seria capaz de entrar em contato com o Jogo.

Então, podia-se dizer que todo mundo saía ganhando com a violação das regras que ele estava planejando. Não esperava que Manga fosse capaz de tirar quaisquer imagens do celular. Um endereço IP, talvez um *host* do servidor em algum lugar, era tudo de que ele precisava para continuar. Mas, quando se tratava de tecnologia, seu velho amigo era esperto demais para seu próprio bem. Então, como poderia fazer com que Manga seguisse seu plano?

“Ok, é assim... Farook”, disse ele, testando o nome estranho com cautela.

Tinha de jogar nos termos do Manga...

“Como eu te disse, achei o celular no trem de Märsta na outra semana, mas o que eu não te disse é que ele me convidou para jogar um jogo. Um jogo muito especial, na verdade...”

Em retrospecto, ela percebeu que já sabia que aquilo estaria lá. Estava com uma sensação desconfortável desde que entrara no vestiário, e quando abriu o armário percebeu por quê.

DEVERIA TER SIDO VOCÊ!

Outro bilhete escrito em vermelho num post-it oficial branco, cuidadosamente preso à borda da prateleira, assim como o anterior.

E, assim como o último, percebeu que o bilhete estava certo. Deveria ter sido ela. Teria sido mais justo de alguma forma se fosse seu corpo, em vez do de Kruse, que tivesse se machucado no carro. Olho por olho, quase se podia dizer. Então ela teria sido capaz de seguir em frente, afinal. Deixado tudo para trás. Talvez, de qualquer maneira.

Mas isso não podia continuar assim.

Primeiro, haviam sido os bilhetes, que foram aparecendo cada vez mais frequentemente, então o Henke ficando louco, e depois Micke, que de repente quebrou seu padrão normal, sem aviso. Ela tinha de conseguir cuidar das coisas, recuperar o controle sobre sua própria vida. Não podia deixar pra lá por mais tempo, tinha de fazer isso agora. E tinha de começar com Nilla.

HP realmente se prendeu à verdade. Ou quase, de qualquer maneira. A única coisa que deixou de fora foi o pequeno fato de que sua irmã estava no carro policial que ele atingiu em Lindhagens. Mas, fora isso, não tinha praticamente sido nada mais que a verdade... Possivelmente, com uma ou duas pequenas exceções. Manga nunca acreditaria no fato de que ele queria continuar jogando. O que não era tão estranho. Ele mal podia acreditar em si mesmo, que estava mesmo considerando qualquer coisa assim. E Manga já não era o tipo que jogava. Além de sessões ocasionais de *World of Warcraft*, em que mantinha Paladino, seu personagem velho e cansado, hoje em dia ele só apostava no que era seguro. Esposa e filho, apartamento nos subúrbios e tudo isso.

Ele tinha esquecido da emoção que você tem quando joga, a adrenalina correndo em seu corpo e, o mais importante, Manga não tinha ideia de como era se sentir escolhido, valorizado e ganhar o reconhecimento da porra do mundo todo!

Por isso, acabou cobrindo seus motivos com uma mentirinha branca...

Disse que queria saber quem estava por trás do Jogo, talvez fazer uma denúncia anônima a um dos jornais da noite, ou um programa policial ou algo assim? Uma pequena vingança por toda a merda por que ele tinha passado. Manga acreditou sem perguntar nada, e por que não? Poderia muito bem ser verdade.

Conseguiu descobrir um endereço de servidor mais ou menos rápido, mas depois disso as coisas estacionaram completamente. HP ficou um pouco desanimado, mas Manga não era do tipo que desistia assim. A partir do que puderam descobrir, o servidor parecia estar na Suécia, e, se estivesse, isso significava que em algum lugar no ciberespaço havia alguém que o tinha vendido, instalado e configurado. As chances de que essa pessoa estivesse em algum lugar na rede de contatos de Manga eram muito grandes.

Ele fez algumas sondagens preliminares, e eles teriam de esperar para ver se havia alguma resposta. Isso não era muito o cenário que HP estava esperando. Paciência e espera definitivamente não eram com ele, mas por outro lado realmente não tinha muita escolha.

Ele só tinha de sorrir e aguentar.

Uma mensagem no GroupWise[I] foi tudo o que realmente foi preciso para continuar. Ela logo descobriu o endereço de e-mail de Nilla na lista de contatos interna, embora ela tivesse um sobrenome diferente, mas já fazia treze anos e ela quase contava com que Nilla estivesse casada agora.

Então, qual era a melhor maneira de dizer?

Rebecca demorou mais de uma hora para escrever o e-mail, e no final, percebeu que, se algum dia fosse enviá-lo, teria de mantê-lo curto.

Mas, quando mexeu o cursor para o botão enviar, de repente se sentiu hesitante. Seu dedo indicador ficou pendurado no ar, sobre o botão do mouse. Essa era realmente uma boa ideia?

Que tipo de resposta estava esperando? Claro, eu adoraria conversar com você, Rebecca. Vamos nos encontrar para tomar um café e falar sobre os velhos tempos. Talvez você pudesse me dizer o que aconteceu na noite em que meu irmão foi assassinado?

Ela afastou o mouse. Teria de deixar isso para outro dia, quando tivesse tido tempo de pensar mais sobre o assunto. Treze anos já haviam se passado, então alguns dias a mais não fariam qualquer diferença.

Quando o telefone tocou, HP sentou-se de uma vez. Levou alguns segundos para que percebesse onde estava e o que aquela musiquinha estúpida ecoando pelo apartamento significava de verdade.

Apartamento do Manga, correção, Farook, com ele no sofá, a sala ainda escura. Piscou algumas vezes para ver o relógio na televisão. Quem diabos estava ligando para a residência de Al-Hassan às 2h10 da madrugada?

O toque parou, eles devem ter atendido no quarto. Em seguida, o bebê começou a gritar. Alguns minutos depois, um Manga com os olhos turvos apareceu na sala de estar usando um daqueles camisolões brancos que parecia usar o tempo todo hoje em dia.

"O alarme de segurança disparou na loja. Você pode vir comigo para a cidade?", falou com a voz arrastada, enquanto abotoava as calças-harém.

"A empresa de segurança e os policiais já estão lá, então é um pouco urgente. Coloque suas roupas, enquanto vou ao banheiro..."

HP se arrastou para fora do sofá e colocou a calça jeans e o tênis sem reclamar.

I Segundo a Wikipédia, GroupWise é uma plataforma para troca de mensagens e colaboração da empresa Novell que agrega e-mail, agenda, gerenciamento de informações pessoais, mensagens instantâneas e gerenciamento de documentos.

Pouco antes de partirem, a bruxa Betul colocou a cabeça para fora do quarto do bebê e o encarou com um olhar malévolo, mas esse não foi o motivo de HP sentir um nó desconfortável no estômago.

"Isso já aconteceu antes?", perguntou, com falsa indiferença, enquanto Manga maltratava seu pequeno Polo enquanto atravessavam a ponte Liljeholmen.

"Algumas vezes ao longo dos anos", murmurou através dos dentes, enquanto fazia uma curva com o semáforo vermelho. "Mas não desde que colocamos grades nas janelas e instalamos uma câmera na parte de dentro. De acordo com a empresa de segurança, os ladrões não entraram, mas aparentemente os policiais querem que eu vá para lá imediatamente. Queria saber por quê."

HP manteve o silêncio e segurou na alça de teto acima da porta. O nó em seu estômago crescia exponencialmente.

Quatro minutos depois, Manga parou bruscamente na frente da loja. O carro da empresa de segurança e dois carros de polícia estavam estacionados em frente e um pouco mais longe havia um caminhão de bombeiros.

Para alívio de HP, a loja parecia estar intacta.

"Olá", disse um dos policiais assim que eles chegaram. "Selini, Polícia de Södermalm." Ele puxou um bloco de notas do bolso de sua calça e acenou com a cabeça para HP. "Você é o proprietário?"

"Não, sou eu, Farook Al-Hassan."

O policial deu uma longa olhada para Manga e sua aparência do Oriente Médio, mas não disse nada.

"Ok, vamos precisar de alguns dados pessoais e coisas assim daqui a pouco, mas gostaria de te mostrar isso antes."

Ele os levou em direção à entrada. A porta da loja estava aberta, e o policial explicou que os seguranças a tinham aberto, assim como a persiana, para verificar a existência de danos no interior.

"Nós estávamos na esquina quando o alarme disparou", ele continuou falando, "então quase os pegamos em flagrante. Dois caras em uma mobilete. Meu parceiro acha que um deles estava vigiando, enquanto o outro quebrou a janela, possivelmente filmando a ação. Vídeos de crimes como esse estão ficando cada vez mais comuns, *happy slapping*[2] e tal..."

HP congelou de repente. Abriu a boca para dizer algo, mas o policial o interrompeu.

"De qualquer maneira, não houve muita ação, eles correram e nós os perseguimos até que eles entraram numa ciclovia em Tantolunden."

2 Segundo a Wikipédia, *happy slapping* é uma prática que começou no Reino Unido em que uma ou mais pessoas atacam uma vítima com o propósito de filmar a agressão (geralmente com o celular).

Chegaram à porta da frente, e o policial mostrou um buraco do tamanho de um punho na janela ao lado. "Devem ter usado um martelo de emergência ou algo parecido para quebrar o vidro."

A janela estava cheia de algo que parecia neve, como uma vitrine de Natal. Tudo o que faltava eram algumas renas de plástico e um Papai Noel de chocolate, HP observou, quase achando graça.

"Eu esvaziei nosso extintor pelo buraco para que ele não pegasse de fato. Será preciso fazer uma pequena limpeza, mas isso é melhor do que a alternativa..." O policial encolheu os ombros.

O estômago de HP tinha se tornado sólido e ele estava tendo dificuldade para respirar. A voz do policial parecia que tinha ficado mais lenta.

"Alguns trapos encharcados e, provavelmente, um pouco mais de parafina pelo buraco. Não parece que eles estavam planejando um assalto, só queriam iniciar um incêndio. Não suponho que você tenha feito algum inimigo recentemente, senhor, ahm... Al-Hassan?"

"Não, até onde eu sei", respondeu Manga, lançando um longo olhar para HP.

Ambos ficaram em silêncio no caminho para casa. Pensamentos giravam na cabeça de HP, ele estava desesperado por um cigarro, mas sabia que se tornaria ainda menos popular se acendesse um no carro.

Essa era a segunda advertência, embora um pouco falha, mas ainda assim. Se a polícia não estivesse na esquina na hora, a loja de informática não estaria lá agora. A coisa toda teria virado fumaça, simplesmente assim, do nada!

E tudo porque ele tinha decidido quebrar a regra número um de novo.

Tinha arrastado Manga e ele quase perdeu sua loja por isso. Em outras palavras, eles deviam os estar observando de alguma forma, ou eletronicamente, ou então havia pessoas o seguindo.

O pensamento fez HP arrepiar. Não conseguia parar de olhar pelo espelho retrovisor. Havia um carro atrás deles, um Ford, a julgar pelas luzes. Mantinha distância, parecia não ter pressa.

"A irmã da minha mãe tem um pequeno chalé em um loteamento em Tanto", disse Manga secamente, e HP demorou alguns segundos para entender o que o Manga queria dizer.

"Eu me mudo amanhã."

O silêncio encheu o carro novamente.

Outra olhada no espelho, o Ford ainda estava lá. O farol dianteiro do lado mais próximo era mais amarelo do que o outro. Um substituto, não o original, HP pensou.

Agora Manga parecia ter notado que algo estava acontecendo, porque também lançava longos olhares para o retrovisor.

"Eu preciso fazer algumas ligações", murmurou, apertando a direção. "Precisamos descobrir quem são esses filhos da puta, HP, e, assim que fizermos isso, você tem que me prometer que vai se vingar por mim. Cair na porrada, você me entende?"

HP sorriu e acenou com a cabeça.

"Eu prometo, Manga", e dessa vez Manga não o corrigiu.

Eles ficaram em silêncio novamente.

Tentou pensar. Será que ele realmente podia prometer a Manga que daria uma surra no Mestre do Jogo? Claro, ele estava bravo pra caralho pela forma como o estavam tratando, e essa última ação contra seu amigo tinha definitivamente passado dos limites.

Mas ainda assim. Que dupla de amadores eles devem ter enviado para fazer o trabalho! Dois cretinos que nem sequer verificaram a área antes de começar a trabalhar. Ele tinha visto uma lata de tinta spray na sarjeta a poucos metros de distância. Os policiais pareciam não ter notado, ou, se tinham, não tinham feito a ligação com o arrombamento.

Mas HP recebeu a mensagem, alta e clara. Primeiro, colocar fogo na loja; em seguida, escrever a mensagem. Tudo filmado. Esse tipo de tarefa devia valer uns mil pontos, talvez mais. Não é um trabalho para iniciantes, em outras palavras.

Dê o trabalho para Luca Brasi.[3]

E ainda assim ele tinha conseguido foder com tudo, apesar de que havia dois deles! Ele poderia ter lidado com algo assim sozinho, mas as pessoas boas são difíceis de encontrar, até para um Mestre do Jogo, aparentemente.

Afinal, tinha sido vice-campeão por uma razão, número 128, o homem que nem todos os cavalos do rei podiam parar. Se pudesse apenas falar com o Mestre do Jogo, ter a chance de se explicar.

Viu Manga lançar outro olhar ansioso para o espelho retrovisor e decidiu estacionar qualquer pensamento daquela natureza por enquanto. Manga parecia completamente paranoico agora, como se fosse explodir a qualquer segundo, e seu pé estava no chão do acabado Polo, embora já tivesse tido de trabalhar duro no caminho para a cidade. Tremia como se tivesse Parkinson, e HP rapidamente colocou o cinto de segurança, mesmo que não o fizesse realmente se sentir mais seguro.

O Ford ainda estava cerca de cinquenta metros atrás deles.

Sua saída estava se aproximando, mas Manga não mostrava nenhum sinal de que iria pegá-la.

3 Luca Brasi é o mais leal e temido dos soldados de Don Vito Corleone, protagonista de *O Poderoso Chefão* (*The Godfather*, 1972).

Em vez disso, manteve-se na faixa da direita, desacelerando um pouco para que o Ford quase os alcançasse.

Quando estavam prestes a passar a saída, engatou uma marcha mais lenta e de repente puxou o volante para a direita, fazendo HP agarrar a maçaneta da porta horrorizado para impedir que voasse para fora do banco. Os pneus do Polo protestaram alto, e eles não bateram na barreira no final da estrada por muito pouco, derrapando pela estrada e voando por um semáforo vermelho, tudo isso sem que Manga sequer tocasse o pedal do freio.

"Se acalme, pelo amor de Deus!", gritou HP, tentando se fazer ouvir por cima do uivo de dor do Polo, mas Manga não parecia estar ouvindo. Os nós dos dedos segurando a direção estavam brancos, e ele apertava a mandíbula como se tivesse tomado um ácido.

HP virou a cabeça para procurar o Ford, mas a estrada atrás deles estava completamente vazia.

"Você pode se acalmar, Manga", disse ele num tom de voz mais suave. "Não tem ninguém atrás da gente."

Dessa vez Manga pareceu ouvi-lo e, depois de verificar e verificar novamente pelo espelho retrovisor, deu uma leve aliviada no acelerador.

HP sentou-se em seu banco e respirou profundamente, aliviado. Manga não era um bom motorista na maioria das vezes, e a manobra de Jason Bourne[4] que tinha acabado de fazer poderia ter terminado muito mal.

O Ford parecia ter sido completamente *halal*,[5] o motorista nem sequer desviou em uma tentativa de segui-los, mas Manga parecia não ter notado isso. Em vez disso, parecia procurar novos perseguidores para fugir. Eles ainda tinham uma distância a percorrer, e HP tinha de encontrar uma maneira de tirar Manga dessa paranoia se não quisessem terminar no hospital Huddinge.

"Escute, há algo que eu queria perguntar...", conseguiu balbuciar.

"Diga", Manga murmurou, sem tirar os olhos do espelho retrovisor.

"Essa sua rotina de vendedor de tapete."

"Hmm..."

"Bem, acho que quero saber o porquê, de verdade. Quero dizer... você já tentou um monte de coisas diferentes ao longo dos anos. A coisa vegana, a política local, a Anistia.... Nunca ficou preso a qualquer coisa por muito tempo. Como aquele protetor de tela que você usa na loja: *Se você não muda...?*"

4 Jason Charles Bourne, protagonista de uma série de dez romances do escritor norte-americano Robert Ludlum (1927-2001), apareceu pela primeira vez no livro *A Identidade Bourne* (1980), adaptado para a TV em 1988 e para os cinemas em 2002, no filme de mesmo nome, protagonizado por Matt Damon, que também estrelou *A Supremacia Bourne* (2004) e *O Ultimato Bourne* (2007).

5 Dispersado ou despistado, segundo as leis islâmicas.

"...então de que adianta qualquer coisa acontecer com você?", concluiu Manga, e de repente deixou de olhar no espelho. "Porra, HP, às vezes você realmente ouve o que eu digo!"

O truque funcionou, a mandíbula de Manga parou de trincar e sua pegada rígida na direção relaxou um pouco. Um pouco de filosofia prática e alguns couplandismos,[6] essa era a praia do Manga, ele era consideravelmente melhor nisso do que tirando racha nos subúrbios. Melhor mantê-lo em sua zona de conforto...

"Então, por que você escolheu o islamismo em particular?", deixou escapar e percebeu, para sua própria surpresa, que estava realmente curioso para saber a resposta. Não tinha mesmo a menor ideia de por que Manga havia se convertido. Caramba, que tipo de melhor amigo era ele, ele nunca nem mesmo tinha perguntado...!

"Quero dizer, existem tantas religiões por aí para escolher...", continuou vagamente.

"Bem, dar aos pobres, colocar as preocupações espirituais acima das mundanas, ajudar um irmão em necessidade... como não gostar?", Manga sorriu ironicamente, enquanto a velocidade do Polo diminuía para um nível mais normal.

"Mulheres cobertas, homens-bomba, guerra santa são alguns bons motivos, não...?"

Manga suspirou.

"A maior parte disso tem muito pouco a ver com religião, se você olhar abaixo da superfície... Há fanáticos em todos os lugares, mas aqui no Ocidente ficamos muito mais irritados com homens de barba queimando bandeiras em Damasco do que com esquisitos bem barbeados com cortes de cabelo ruins explodindo clínicas de aborto em Detroit."

"Então quer dizer que toda essa coisa de jihad é basicamente uma questão de publicidade negativa?"

"Algo assim", sorriu Manga, quase voltando a seu estado normal novamente. "Assim como a Bíblia, o Alcorão é noventa por cento sobre viver sua vida de uma maneira decente, concentrando-se no amor, na misericórdia e em ser uma boa pessoa. Os outros dez por cento são coisas que podem ter sido importantes para a sobrevivência da tribo no deserto uma porrada de tempo atrás, mas que hoje em dia são basicamente um disparate. Infelizmente, nem todo mundo parece ter percebido que estamos vivendo no século XXI, ou então eles escolhem não perceber por uma variedade de razões. Isso não

6 Referência a Douglas Coupland (1961), escritor canadense que popularizou a "geração X" em seu romance *Generation X: Tales for an Accelerated Culture* (1991), sobre os jovens do final dos anos 1980 e seu estilo de vida.

é exclusivo do islamismo. Somos bons em nos concentrar nas coisas erradas aqui no Ocidente também. Basta olhar para a guerra contra o terror..."

Ele balançou a cabeça com tristeza.

"O medo é um instrumento de poder muito forte, irmão, extremamente forte, na verdade. Se você manipular as cordas certas, a população permanece dócil, concentra-se em lixo idiota e não se queixa sobre as coisas que são realmente importantes, como liberdade de expressão e pensamento e outros direitos humanos fundamentais. Funciona em ambos os sentidos."

"Então, grande parte da nossa falta de confiança é um tipo de viagem de poder de duas vias? O Big Brother de cada país ganha se ficarmos com medo uns dos outros?"

"Exatamente, irmão, você acertou na mosca!", Manga bateu na direção com uma mão.

HP deu de ombros. Caramba, talvez o Mangster realmente tivesse razão!

"...e o nome? Quero dizer, eu entendo o Al-Hassan, já que o nome do seu pai é Hasse, mas por que Farook?"

"Bem, como eu tenho certeza que você sabe, Magnus significa 'grande', que não se aplica exatamente a mim..."

HP não pode deixar de sorrir.

Manga era pequeno e magro, com óculos de lentes grossas, e a linha limite de seu cabelo já estava a meio caminho do polo Norte. Em termos puramente físicos, não era o tipo que você chamaria de grande.

"Eu nunca me senti realmente como um Magnus, e Manga soa tão anos 1980. Então parecia fazer sentido quando me converti. Farook é alguém que pode diferenciar o bem e o mal. Alguém que ajuda os outros a encontrar o caminho certo. A religião me ajudou a resolver um monte de coisas, e eu esperava que pudesse ser capaz de fazer o mesmo para outras pessoas."

"Então é por isso que você não desistiu até de um caso perdido como eu? Você é o meu guia espiritual?"

"Algo assim, irmão, algo assim", sorriu Manga, depois ligou o rádio do carro.

Todas as leituras de volta ao normal, HP pensou feliz e escorregou ligeiramente no banco. Mas ele não conseguia deixar de dar olhadas furtivas ocasionais para o retrovisor.

Rebecca estava sentada do lado de fora de uma sala de conferências anônima no prédio do parlamento com uma xícara de café da máquina de venda automática na mão. Era realmente muito cedo para estar de volta ao trabalho, mas insistiu e ninguém reclamou, nem mesmo Anderberg. Além disso, a unidade de proteção pessoal estava de joelhos esperando a presidência da UE, e cada homem ou mulher que fosse capaz de trabalhar era bem-vindo. Todos os reservistas tinham sido convocados, o que significava que tinham um adicional de vinte e cinco pessoas que haviam servido à unidade anteriormente. Mas ainda tinham dificuldades para cobrir todas as suas funções.

O protegido de Rebecca estava atrás da porta da sala de conferências e, de acordo com o cronograma, ficaria lá por pelo menos mais duas horas. Wikström, com quem ela estava dividindo a missão, tinha acabado de ir até a cantina para um almoço rápido, e em meia hora, quando voltasse, ela faria o mesmo.

Cenários como esse era no que consistia basicamente o trabalho de guarda-costas. Espera, mais espera, e então mudar para um local diferente, onde a espera iria começar novamente. Não havia nenhuma maneira de passar o tempo além de dar pequenas caminhadas pelo corredor ou conversar com seus colegas. Livros e tocadores de MP3, as coisas que as outras pessoas usavam para passar o tempo, eram obviamente proibidos em sua linha de trabalho. Quase tudo era pura rotina misturada com tédio. A dificuldade era se manter alerta e pronto para os breves períodos que não eram de rotina. Ela já tinha experimentado isso mais do que deveria...

Ainda tinha quatro anos de substituição temporária na Polícia de Segurança e já tinha visto mais ação do que a maioria dos guarda-costas em toda a sua carreira.

Apesar disso, ainda gostava do trabalho, todo o negócio de ser uma protetora, responsável por uma situação. Planejamento detalhado, verificar rotas e planos de fuga, pensar em todos os cenários possíveis com os outros na unidade. *Se acontecer X, eu vou fazer Y e você faz Z.*

O esquema era basicamente o mesmo para cada trabalho, independentemente de quem estava sendo protegido. Você só incluía mais pessoas e equipamentos se o nível de ameaça fosse superior. Também tinha de planejar os requisitos básicos, refeições, intervalos para banheiro, esse tipo de coisa. Os horários e cronogramas estavam sempre mudando, e almoço e jantar poderiam de repente cair no esquecimento. *Sempre tenha algumas barras de proteína com você.* Ela tinha sido grata por esse conselho de um colega mais velho em mais de uma ocasião, quando seus níveis de açúcar no sangue tinham quase chegado ao chão.

Guarda-costas eram importantes para a democracia, ainda mais nos últimos anos, desde que os ataques contra os políticos haviam se tornado mais comuns. Os indivíduos que ela tinha encontrado até agora eram agradáveis, quase gratos por sua proteção e tinham sido cuidadosos ao seguir todas as instruções. Mas ela ainda não tinha tido a "honra" de trabalhar na unidade de proteção real...

Sua majestade geralmente queria os policiais o mais longe possível de sua pessoa real. Idealmente, eles deveriam ser invisíveis, ou pelo menos ficar fora de vista. Aquele negócio com a explosão em Kungsträdgården parecia ter mudado seu tom, no entanto.

Aquilo tinha sido completamente louco. Na época, sua alteza real tinha ficado absolutamente furioso com o que tinha acontecido e não tinha poupado palavras a seus guarda-costas. Evidentemente, eles não estavam perto o suficiente para protegê-lo, o que, vindo dele, era um pouco irônico.

Mas, após os primeiros dias de histeria, a imprensa se acalmou. A explosão tinha assustado os cavalos, mas ninguém havia sido morto, e já fazia um tempo desde que ela leu pela última vez um artigo que identificava com confiança o propósito do ataque.

Porque o ataque tinha como alvo o chefe de Estado, a Polícia de Segurança estava encarregada da investigação, mas a julgar pelos comentários de Vahtola e Runeberg, eles não tinham exatamente qualquer pista quente. "Autor solitário em uma mobilete, em direção a Birger Jarlsgatan." Essa tinha sido a primeira descrição que circulou, e ela suspeitava que sua única frase praticamente resumia as conclusões da investigação até agora.

A porta da sala de conferência abriu e Rebecca se levantou de imediato. Mas era apenas um dos assistentes saindo para buscar mais garrafas de água.

Ela viu as horas e se sentou em sua cadeira para esperar um pouco mais. Ainda faltavam três horas para o início do próximo turno.

O chalé não era uma ideia tão má! Ele tinha eletricidade e água corrente. E Manga havia lhe emprestado um laptop com recepção de televisão que podia desbloquear todos os canais. Ok, ele teria de cagar em uma casinha no canto do loteamento, mas isso não era um problema. Enquanto tivesse HBO, podia escorregar um em algum canteiro de flores se fosse preciso.

Tinha sido muito cuidadoso quando veio para cá. Empacotou apenas algumas coisas em uma mochila, travesseiro, saco de dormir e um pouco de comida, bem como o saco de maconha que tinha comprado com os 500 que Manga lhe dera por se sentir culpado por sua hospitalidade falha. A bruxa maldita parecia satisfeita quando HP saiu, mas ele não se importou. Agora, pelo menos, ele era seu próprio homem.

Pegou o metrô para Slussen, em seguida mudou para a linha verde e foi até Fridhemsplan. Quando chegou lá, usou um velho truque de espiões, esperando até as portas estarem prestes a fechar e aí pulando direto para um trem de volta para a cidade.

Só para ter certeza, repetiu o feito na estação central antes de prosseguir para Zinkensdamm, onde roubou a bicicleta caindo aos pedaços de uma mulher e seguiu seu caminho até Tantolunden.

Encontrar o lugar certo tinha sido fácil, painéis de madeira amarela com janelas brancas e duas grandes árvores de maçã no lote. Ele não tinha estado aqui desde que era um adolescente e sua turma costumava passar o tempo no campo de minigolfe para observar as meninas e fumar os cigarros mentolados que ele roubava de sua mãe. Dias felizes...

Naquela época, achava que loteamentos de chalés eram patéticos, mas agora que estava crescido tinha de admitir que ter uma casa em miniatura não era uma ideia tão estúpida, especialmente se você precisava de um lugar para se esconder do resto do mundo. Se o Jogo fosse encontrá-lo aqui, eles teriam de se esforçar um pouco; ele sorriu, dando um trago profundo num baseado grosso.

Bem legal viver assim, perto da natureza, o canto dos pássaros e um cortador de grama solitário como os únicos sons. Se ele se concentrasse, podia até ouvir o trânsito distante, de Hornstull e Ringvägen, mas parecia enfraquecer de alguma forma.

Vadiou por um tempo no sofá, no que deveria ser a cozinha, mas que, além do sofá e da mesa, consistia em um armário e uma pequena pia. O sol brilhava através da janela, e ele se sentiu muito mais relaxado do que no apartamento do Manga no subúrbio.

Demais!

Um som vindo do laptop o acordou de sua letargia. Ele tinha deixado o celular na loja e não tinha tido tempo de comprar um novo, então o Messenger era seu único contato com o mundo exterior, e a única pessoa que tinha seu endereço era o Mangster, também conhecido como Farook.

Farook diz: Salaam-Aleikum, irmão HP!
Badboy.128 diz: Oi Manga.
Farook diz: Como estão as coisas na aldeia modelo?
Badboy.128 diz: Muito bem, na verdade, agradeça à sua tia!
Farook diz: pode deixar!
Farook diz: Falei com alguns amigos e um deles conhece um cara que pode nos ajudar.
Badboy.128 diz: Legal, eu devo ligar?
Farook diz: Não, você não pode entrar em contato, o único jeito é se encontrar com ele. Parece ser um pouco estranho. Inteligente pra caralho, mas um pouco estranho, né?
Badboy.128 diz: Nerd de computador? ☺
Farook diz: Sim e não, um verdadeiro gênio alguns anos atrás, eu até ouvi falar dele, mas hoje em dia ele vive num lugar totalmente isolado, parece que é alérgico a eletricidade, é por isso que ninguém pode ligar pra ele.
Badboy.128 diz: Não me parece muito promissor...

Farook diz: Meu amigo diz que esse cara estava envolvido com aquele servidor que encontrei no celular, que ele configurou e organizou tudo.
Badboy.128 diz: Ok, eu fecho!
Badboy.128 diz: Então, o que vamos fazer?
Farook diz: Meu amigo vai entrar em contato com o cara e combinar algo, ele é um pouco recluso também, mas meu amigo acha que vai rolar. Eu te mando as instruções pelo MSN quando estiver tudo certo.
Badboy.128 diz: Ok, legal.
Farook diz: mais uma coisa…
Badboy.128 diz: Diga, sr. Pathfinder!
Farook diz: Por favor, por favor, não me mande aquele arquivo com os smileys pulando, eu tenho que reiniciar a máquina para me livrar deles!!!!
Badboy.128 diz: Esses, você quer dizer? ☺ ☺ ☺ ☺ ☺ ☺ ☺

Ela leu a mensagem repetidamente, sem realmente entendê-la.

Rebecca,
Eu e minha família não temos nada a dizer a você.
Pernilla

Nilla tinha respondido a seu e-mail. E a estava desprezando, bem como ela esperava. Mas havia apenas um problema. Ela nunca tinha enviado o e-mail, só tinha salvado na pasta de rascunhos para pensar sobre ele. Mas, quando verificou se o e-mail tinha ido, ela o encontrou na pasta dos enviados, disparado na tarde de ontem, aparentemente, pouco antes do treinamento de tiro.

Nilla,
Tem uma coisa que eu gostaria de falar com você, algo que estou adiando há muito tempo.
Podemos nos encontrar para um bate-papo rápido em uma hora e lugar que sejam bons pra você?
Atenciosamente,
Rebecca Normén (ex-Pettersson)

Suas próprias palavras, exatamente como se lembrava delas, até a última vírgula.

Como diabos aquilo tinha acontecido?

Ela se lembrava que tinha ligado o computador ontem, mas um e-mail poderia realmente enviar a si mesmo? Haveria algum tipo de função automatizada que enviava os rascunhos depois de um dia?

Ela achava que não, mas por outro lado nunca dava para saber com o sistema de computadores da polícia.

Então, o que deveria fazer agora? Ela não tinha muita escolha, na verdade. Os bilhetes eram muito claros. Se fosse resolver tudo, teria de conversar com Nilla, quer a Nilla quisesse, quer não.

Só para se assegurar, ligou para sua secretária eletrônica para explicar a si mesma por que não deveria apenas esquecer isso.

11 Nome do Jogo

Outro maldito dia pegando fogo! O aquecimento global deve estar fazendo hora extra, a julgar pela duração dessa onda de calor que vem rolando, pensou HP, enquanto desgrudava a camiseta do peito.

Um trem de passageiros em direção ao norte, mais algumas estações e em seguida um ônibus.

Mas e depois?

Ele tinha o nome do ponto de ônibus anotado num pedaço de papel; a instrução tinha sido *saia e espere*. No meio do nada, você não poderia encontrá-lo, mesmo no Google Maps. HP suspirou e esfregou o pescoço suado.

Do pouco que lhe tinha sido dito, o cara com que iria se encontrar parecia não ter um conjunto completo de talheres na gaveta, mas por outro lado era a melhor e, na verdade, a única chance que HP tinha de chegar a algum lugar para que toda aquela zona lhe fizesse sentido.

Desceu do trem e olhou cautelosamente ao longo da plataforma. Outros três passageiros saíram com ele. Um casal de idosos e um moleque de uns 15 anos, com o boné virado para trás e as calças caídas até o meio das pernas. Ele esperou num dos bancos até que todos saíssem e, dali, foi para a estação de ônibus.

Parou de propósito no ponto de ônibus errado, viu o ônibus chegar e só quando estava para sair que foi correndo em direção à rua, forçando um irado motorista a frear bruscamente para que ele pudesse entrar. Se alguém o estivesse seguindo, já teria sido despistado, ou naquele instante, ou quando ele fez o truque da plataforma na Estação Sul há uma hora e pouco. Mesmo assim, não conseguia deixar de sentir que estava sendo vigiado.

Depois de trinta e cinco minutos no ônibus, havia chegado. Mas, mesmo contando as paradas e, só para ter certeza, perguntando ao motorista, não tinha certeza se estava no lugar certo. Porque aquilo era realmente o completo meio do nada. Um ponto de ônibus isolado em uma estreita estrada de velocidade média de 70 km/h, campos abertos em todos os lados e nenhum prédio à vista.

Havia um cheiro de terra seca, palha e algo natural que HP não conseguia identificar. E claro que não havia ninguém o esperando...

Acendeu um cigarro e esperou por um instante, mas o sol estava queimando a nuca e de novo sua camiseta suja começou a grudar nas costas por causa do suor.

Ele devia ter se lembrado de pegar um calção.

Algumas vacas mugiam à distância, e no horizonte viu um pequeno avião indo em direção às copas das árvores. O avião estava puxando uma longa faixa, e HP não pôde segurar um sorriso.

Ele não via uma propaganda daquelas desde que era pequeno. Será que a internet e a TV mataram a propaganda feita com faixas de verdade? Mas, por outro lado, aquilo era um meio do nada em que qualquer coisa podia se passar por ali.

"*Feira de Fjärdhundra 28-31 Julho*", lia-se na faixa.

Ele riu de novo. Feira de Fjärdhundra! Vamos rumo a um monte de idiotas de macacão tentando acertar o peso de um porco, derrubar vacas ou sair com suas primas de 15 anos. Um solo de banjo, que tal? *Toin-dein-doin-dein-doin-dein-din-dein-din-doing...*

Não conseguia imaginar por que alguém havia escolhido viver daquele jeito em vez de morar numa cidade como um *Homo sapiens* normal.

"Irrá, Farthundra!", gritou, acenando para o avião enquanto este passava por sua cabeça. Mas, mesmo que o piloto o tivesse visto enquanto ele estava no meio da estrada entre campos recém-aparados, HP não teve nenhum tipo de resposta. Nem mesmo um balançar de asas.

"Então que se foda, seu merda", grunhiu. Com o cigarro pendurado na boca, começou a fazer gestos bem menos amigáveis enquanto o avião desaparecia de vista.

Quando o som do motor morreu a distância, ouviu outro som nervoso de motor vindo em sua direção. Era uma mobilete com uma carroceria, e o personagem que a pilotava parecia o irmão mais novo de Tim Burton.

Cabelo comprido, uma barba desgrenhada que combinava com o cabelo, ambos presos por um desses velhos capacetes de couro de piloto que já vêm com óculos. Um macacão azul que já deve ter visto dias melhores e um par de velhas botas do exército completavam o visual, e mais uma vez HP teve problemas em segurar sua gargalhada.

Bem incomum, né!

Porra, isso é uma pegadinha, fala sério!

O cara na mobilete parou exatamente na sua frente, atracado ao motor.

"Você é o HP?"

"Não, eu sou um turista que adora vaca e campo, que porra?", resmungou HP.

"Eaê!", o personagem na mobilete se aproximou.

"Sim, sou eu. Legal essas vacas e campos que você tem aqui", respondeu HP, mais alto dessa vez, de forma que o cara pudesse ouvir por sobre o ruído do motor de dois tempos.

"Erman", o sujeito confirmou em resposta. "Sobe aí!"

HP hesitou por um instante e então, ainda rindo, subiu na carroceria. Claro que uma carona numa mobilete de carga era tudo que ele precisava para reforçar seus preconceitos em relação ao campo. O dueto de banjos em sua cabeça ficou ainda mais alto e ele seguia cantando sem abrir a boca, seguro ao saber que seu motorista não conseguia ouvi-lo por sobre o barulho do motor.

Erman seguiu pela estrada alguns quilômetros, depois saiu, indo em direção ao campo num caminho de cascalhos quase invisível.

À medida que se aproximavam do percurso ladeado de árvores, o caminho ficou ainda mais acidentado, mas o chofer de HP não fazia nenhuma tentativa de reduzir, e, na hora em que eles pararam do lado de fora do pequeno chalé escondido no meio das árvores coníferas, todo o lance caipira quase tinha deixado de ser divertido.

Enquanto Erman estacionava a mobilete, HP se esticava e massageava as costas doídas.

Onde diabo ele tinha ido parar?

A casa era pequena, talvez cinquenta ou sessenta metros quadrados, não maior do que o chalé que sua tia Berit tinha num loteamento. A fachada já havia sido vermelha, mas agora as tábuas tendiam ao cinza, com algumas manchas de rosa onde o sol e a chuva não haviam conseguido chegar. O baixo teto de fibra de concreto estava verde de lodo e algas, e o chalé está cercado por urtigas com um metro de altura. Tudo parecia que ia desabar a qualquer instante.

"Entra", resmungou Erman, movendo a cabeça em direção à entrada, enquanto fechava o portão do alpendre. HP fez o que lhe foi dito e descobriu que dentro do barraco as coisas pareciam consideravelmente melhores do que o lado de fora fazia parecer.

A cozinha e a pequena sala de estar estavam limpas e arrumadas, havia um cheiro de detergente e num dos cantos ouvia-se o crepitante som acolhedor de um fogão de ferro fundido. Dentro da casa estava mais fresco, provavelmente por causa das sombras das coníferas ao redor.

"Você seguiu as instruções, espero", Erman disse logo que apareceu abruptamente na cozinha segundos depois. "Sim", disse HP. "Sem celular, paguei todas as passagens com dinheiro e dei uma de James Bond antes de pegar o trem, seu pequeno paraíso está seguro de ser descoberto."

Erman grunhiu e jogou o capacete de aviador numa cadeira da cozinha.

Para sua surpresa, HP percebeu que seu anfitrião não era um velho como ele havia pensado a princípio, mas talvez tivesse apenas alguns anos a mais que ele mesmo.

Erman gesticulou para que ele se sentasse no sofá da cozinha e então pegou uma velha chaleira do fogão e começou a preparar umas xícaras.

"Então você é alérgico a eletricidade. Como é que se pega isso?", HP começou com um tom exageradamente amigável, mas recebeu uma bufada curta como resposta.

"Vinte e cinco anos com computadores, campos magnéticos, ondas de rádio e outras merdas voando pelo ar ao redor. E aí você acorda um dia coberto de brotoejas sem conseguir respirar."

Ele despejou café para os dois e HP tomou um gole escaldante rápido. Café coado, não tomava aquilo desde que sua avó morreu, percebeu que enquanto engolia o líquido quente deixava uma lágrima rolar de seu olho. Fora a temperatura, o gosto era muito bom.

A xícara de porcelana era fina como água e era feita de forma tão delicada que ele tinha de segurar do mesmo jeito que os bacanas da ilha de Lidingö, com seus dedos anelar e mindinho esticados para fora. O conjunto de louça parecia ter a idade daquela casa, se não fosse mais velho.

Ele mexeu o café, soprou nele e depois tomou outro gole cuidadoso, enquanto observava seu anfitrião.

"Então você quer saber mais sobre o servidor que instalei?", disse Erman, olhando para ele de forma suspeitosamente ameaçadora por sobre a mesa. "Normalmente, não converso com quem não conheço — ou com qualquer outra pessoa, ultimamente."

Ah vá!, pensou HP, rindo para a xícara de café.

"Mas um velho amigo disse que você era legal e eu devia uma pra ele, uma grande, pra falar a verdade. Se ele diz que com você tudo bem, então tudo bem pra mim. Mas o que é que você quer saber e por quê?"

HP havia trabalhado nessa estratégia enquanto estava no ônibus e esforçou-se para não soar indiferente.

"Quem instalou o servidor e onde ele está. Sou diretor de arte de uma pequena agência de publicidade e eles têm um material visual que me interessa."

Erman deu-lhe uma boa olhada e HP fez o melhor para parecer como ele achava que um diretor de arte esforçado deveria parecer.

Foi quando seu anfitrião riu e abriu os braços.

"Essa é nova, diretor de arte!"

HP sorriu e concordou.

"E eu aqui pensando que você era um jogador que se fodeu e agora estava desesperado para descobrir a identidade da jamanta que te atropelou — e por quê."

Erman explodiu numa gargalhada alta e HP teve de tossir algumas vezes para fazer o café escaldante sair de sua traqueia.

Mais um dia pegando fogo! Um dia no escritório, o que queria dizer trabalhar um pouco a papelada, ler as atuais análises sobre ameaças e o programa preliminar para a nova rodada da presidência da União Europeia. Tempo de sobra para limpar as coisas em sua mesa.

Ela bebeu um copo d'água na cozinha, tomou fôlego e tentou aliviar a tensão entre o pescoço e a mandíbula.

Mesmo tão cedo no dia, sua camisa já estava úmida sob os braços. O prédio pode ter ar-condicionado, mas cada reorganização da força policial parece requerer novas paredes e divisórias de escritório, portanto praticamente todo o ar gelado ficava apenas em poucos cômodos na parte distante do final do corredor. Para pelo menos ter uma ilusão de frescor, Rebecca havia sido forçada a comprar o ventilador que agora espalhava o ar quente pelo escritório que ela dividia com outros três guarda-costas. Ela se acomodava atrás de sua escrivaninha e fechava os olhos, deixando a rajada de ar vir de encontro ao rosto por algumas vezes enquanto tentava organizar seus pensamentos.

Demorou um bom tempo para desenterrar o número de telefone. Nilla não estava na agenda nem na internet.

Havia saído da lista telefônica, claro, como a maioria dos empregados da polícia, mesmo que isso não fosse necessário. Mas havia formas de contornar aquilo, claro. Bastou ligar para uma menina que conhecia do departamento pessoal. Uma mentirinha sobre ela e Nilla dividirem uma carona para um curso e de repente ela tinha os percursos que ela fazia para o trabalho e seus telefones fixo e celular. Quem disse que as redes de mulheres não funcionam?

Mas agora ela começava a hesitar de novo.

Como ela começaria, o que deveria esperar que saísse daquela conversa? *Ponha tudo às claras, de uma vez só*, repetia para si mesma. *Vire finalmente a página e ponha um fim a todas aquelas malditas notas...*

Não era exatamente um objetivo definido, talvez nem mesmo possível. Há apenas alguns dias ela não se importaria com nada daquilo. Afinal, havia passado mais de uma década sem precisar chafurdar no passado. Mas, após o que acontecera em Lindhagensplan, tudo havia mudado.

Ver Kruse no hospital com tubos e fios para todos os lados deixou as coisas realmente mais claras para começar e a fez pensar diferentes linhas de raciocínio. Podia ser tranquilamente ela que pudesse estar ali. Poderia ter sido, talvez, como a anotação sugeria: tinha sido um erro dela.

Era por isso que pensava em entrar em contato de verdade dessa vez. Dissipar a tensão, dizer o que deveria ter dito há mais tempo e tentar algum tipo de conclusão. Primeiro, com a família dele; depois, com Henke, de algum jeito... Se é que isso fosse possível de verdade.

A conversa que haviam tido outro dia não chegou exatamente a lhe dar esperança. Pensou em ligar para ele, mas seu novo número dizia que a linha havia sido desligada. Típico Henke.

Mas o que ela diria de verdade?

"A verdade!", sussurrava uma voz em sua cabeça.

Tremeu-se toda, mesmo com o calor.

"Então me diga o que você faz e não se preocupe com a regra número um. Na floresta, ninguém pode te ouvir guinchar."

Erman deixou escapar outra sonora gargalhada enquanto enchia as xícaras de novo.

"Pra começar, qual era o seu número?'

HP foi pego de surpresa, para dizer o mínimo. O esquisitão cabeludo havia lhe enganado, fazendo o papel do idiota da aldeia, mesmo sabendo exatamente de tudo. *Brilhante pra caralho, que figura, yippikayee*[1] *filho da puta!*

Mas que porra, ele só tinha de morder a maçã para saber o que iria sair dali.

"Cento e vinte e oito", resmungou, e pela terceira vez em poucos dias contou toda a sua história, desde o início, tirando alguns poucos trechos.

Quando terminou, Erman concordava, pensativo.

"Bem, certamente entendo por que você está aqui. Tem muitos motivos para estar furioso, posso ver. Mas agora vou te dizer por que você deve pensar seriamente antes de entrar no segundo round com o Mestre do Jogo, se é que é isso que você tem em mente."

De repente, ele se levantou de sua cadeira e andou um pouco pela casa, encurvando-se para olhar para fora das janelas baixas. Evidentemente satisfeito, voltou à mesa da cozinha.

"Agora escute com atenção, rapaz, porque você não parece estar levando isso a sério... a não ser que seja meio maluco. Você não mexe com o Jogo, se é que ainda não entendeu isso. Eu trabalhava pra eles, então sei um tanto mais do que a maioria das pessoas, mas podemos falar disso mais tarde. Pra começar, quem você acha que estava deixando comentários na sua página?"

"Hm... Gente que estava vendo os vídeos?"

HP nunca havia pensado nisso direito. A resposta era óbvia, no fim das contas.

"Bem, deviam ser as pessoas que gostam de ver filmes legais e não ligam de pagar pra assistir aos clipes. Porque, se não fosse isso, o Jogo não funcionaria, né?", acrescentou, com alguma incerteza.

Erman sacudiu a cabeça.

"Então você acha que tem um monte de gente por aí sem nada melhor pra fazer do que assistir a um monte de trotes e que se encheram de assistir à mesma coisa de graça pelo YouTube ou pela MTV?"

1 Antiga expressão sem significado, provavelmente originada de canções e filmes B de caubói, usada por Bruce Willis nos filmes da série *Duro de Matar*, quando ele está prestes a matar o vilão.

"Hum... Sim?", HP conseguiu falar, principalmente por não ter pensado em nada mais sensato que isso.

"E as missões? Tudo aquilo que você e outros jogadores fazem aparece por acidente, talvez porque é divertido, suponho?", Erman lhe disse, enquanto o encarava.

"Hum, bem... Não havia pensado nisso direito", disse HP, sentindo-se como se estivesse usando um chapéu de idiota.

Erman suspirou.

"Não, temo que você não seja um dos grandes pensadores da vida, HP. Acho que é o tipo do cara que segue seus impulsos e faz o que quer que lhe agrade, tô certo ou tô certo?"

"Ahn... que... como assim?", HP tinha certeza que havia sido insultado e rapidamente assumiu uma expressão de ofensa.

"Como assim é que você é o tipo de cara que só cuida de si mesmo e não se importa com mais ninguém."

"O que tem de errado em querer ser o número um?", HP cruzou os braços sobre o peito e reclinou-se.

Erman suspirou outra vez.

"Nada, na verdade é uma bela vantagem quando o assunto é o Jogo. Não nos conhecemos, mas deixa eu dar uns chutes."

Ele começou a contar seus dedos.

"Você não tem emprego fixo, não se importa em passar por cima dos outros se for preciso e dessa forma tem uma ficha de antecedentes criminais com algumas ofensas menores. Tem poucos ou não tem parentes e não tem muitos amigos próximos. Me interrompa caso eu esteja saindo muito da descrição..."

Ele olhou rapidamente para HP antes de continuar, usando os dedos da outra mão.

"Você também está desesperado por aprovação e/ou seriamente sem dinheiro. Como estou indo até agora?"

HP estava mudo.

Como raios esse palhaço sabia de tudo isso?

Ele havia pesquisado ou alguém havia tagarelado?

"Calma, meu amigo", riu Erman. "Eu não sei ler mentes. As qualidades que listei são aquelas que tornam um Jogador valioso — em outras palavras, alguém como você geralmente é um bom Jogador."

Ele assentiu para enfatizar aquilo que estava dizendo, como se HP estivesse sendo resistente, o que o irritou ainda mais do que a rápida devassa em sua personalidade.

"Nada no Jogo é coincidência, você deve sempre se lembrar disso!", continuou Erman. "Você encontrou aquele celular porque queriam que você o encontrasse. Eles te escolheram porque viram que você já tinha o que era necessário. Primeiro te deram algumas missões fáceis para que todos pudessem ver como você era, mais ou menos da mesma forma que aquecem os cavalos no hipódromo de Solvalla: façam suas apostas, senhoras e senhores, o jogo está pra começar!"

A cabeça de HP havia se esvaziado.

"Você... Você tá dizendo que eles apostam em mim como se eu fosse um cavalo?", ele finalmente conseguiu falar algo.

"Parabéns, Einstein, sua ficha finalmente caiu", riu Erman. "O Jogo nada mais é do que um sistema de apostas melhorado, só que muito mais excitante do que futebol ou corridas de cavalo. Eles o jogam há anos, muito antes da internet. Aqueles que fazem as apostas chamam-se de O Círculo e estão espalhados pelo mundo. Você pode fazer apostas de curto prazo, de missão em missão, ou pode fazer uma aposta de logo prazo ao apostar no Jogo Final."

"Jogo final?", a máquina de secar roupa na cabeça de HP de repente começou a se mover.

"Boa pergunta. Talvez você não seja tão lento quanto parece!"

Erman levantou-se e começou a gesticular seus braços.

"Jogadores que atingem certo nível podem participar de enredos maiores, e todas as suas missões os conduzem para uma espécie de *grand finale*, o teste definitivo. O Círculo pode apostar no resultado final, o Jogo Final. Será que um Jogador vai conseguir lidar com a pressão ou vai amarelar, entendeu?"

HP concordou sem muita certeza. Seu radar de maluquices começou a apitar. Isso tudo era muita loucura...

"O melhor de tudo é que os Jogadores não percebem como tudo se encaixa, mas agem puramente por impulso, o que faz o Jogo parecer ainda mais autêntico. *Uma demonstração de caráter de verdade*, podemos dizer."

Erman deu outra volta pelo chalé antes que voltasse à mesa da cozinha.

Ele olhou HP por muito tempo, como se procurasse algo, e parecia estar medindo algo bem sério antes de continuar.

"Ok. Como eu disse, normalmente não falo com ninguém e, mais do que isso, nunca falo sobre o Jogo, mas você tem um padrinho bem bom que me garantiu que você é legal. Além do que parece meio bobo para estar blefando..."

Erman sacou um pedaço de papel e uma caneta de uma gaveta da cozinha e desenhou uma pirâmide.

"Funciona assim. Bem na base há vários jogadores de baixo escalão que estão felizes com um mínimo de excitação e uma fonte confiável de dinheiro extra. Eles são chamados de Formigas. As Formigas são usadas para fazer trabalhos pequenos, arrumar coisas ou informações, o preparo e a entrega de ferramentas para realizar várias missões ou filmá-las. As Formigas nunca miram o topo, nunca se tornarão Jogadores de verdade. Elas jogam pela segurança, se você me entende."

HP concordou rapidamente. Ele não havia deixado passar o fato de que Erman havia acabado de lhe chamar de bobo, mas aquilo era interessante pra caralho!

"Aposto que foi uma Formiga que deixou o celular no trem pra você e filmou sua provação. O cara com o guarda-chuva pode ter sido uma Formiga, a menos que ele apenas estivesse lá, o que é bem difícil de prever", continuou Erman.

"Mas todas as outras coisas: o cartão, as ferramentas da Ferrari, a granada, o armário na Estação Central, a chave sob a mesa...?"

"Provavelmente tudo colocado pelas Formigas!", confirmou Erman. "Todo o Jogo é construído pelas Formigas. Sem elas, nada funcionaria, e elas estão sempre recrutando mais. Há Formigas em toda a parte: na polícia, na previdência social, na Telia,[2] na Microsoft, no Google, onde for. Então, pode ter certeza de que elas sabem tudo que precisavam saber sobre vocês para que o deixassem encontrar o celular."

Erman desenhou outra camada no meio da pirâmide.

"As Formigas também ajudam a encontrar os Jogadores, gente como você. A Formiga que te encontrou ganha um bônus pra cada missão que você completa — e, quanto mais longe você vai, mas dinheiro você dá pra ela."

HP ergueu a mão. Ele tinha de parar para digerir o que tinha acabado de ouvir.

Então alguém o tinha indicado para o Jogo?

Erman parecia estar lendo sua mente.

"Você deve inclusive conhecer a sua Formiga. Pode ser qualquer um que tenha acesso aos seus documentos, um patrão, alguém do serviço social ou que lidava com seu seguro-desemprego."

Por algum motivo, aquela explicação não fez HP se sentir melhor.

Para ele, tudo era só um jogo, uma forma de passar o tempo com algo mais. Mas isso...

"Os Jogadores pertencem a uma categoria diferente da das Formigas e são usados para missões mais arrojadas e arriscadas. Percebe a diferença?"

Ah, claro, HP entendia. O incêndio em seu apartamento e na loja não era uma coisa que uma Formiga faria, precisava de mais colhão.

"Como você já sabe, cada Jogador recebe uma série de missões", seguiu Erman, enquanto desenhava a camada do topo da pirâmide.

"Eles são projetados para saber o quanto podem ser forçados, e obviamente o Círculo aposta em quais são esses limites. Com o tempo, a maioria de vocês cai pelo caminho, mas o Jogo leva isso em consideração. Jogadores são basicamente nada mais do que bens perecíveis, e só uns poucos têm

2 Empresa de telecomunicações da Suécia.

o que precisam para continuar no Jogo. Quando você desembuchou tudo para aquele policial, independentemente de ele ser de verdade ou não, em algum lugar do ciberespaço havia uma turma de almas felizes porque apostou que você iria pedir arrego, bem como um monte de outros que foram seriamente desapontados por você E você pode ficar tranquilo que alguém já pegou seu espaço no holofote."

Ele desenhou uma flecha por toda a pirâmide.

"O Jogo sempre continua — *você sempre está jogando o jogo*, entendeu?"

"E a lista de pontuações, os clipes e tudo mais? Quer dizer, eu fui o primeiro vice-campeão, isso não devia significar alguma coisa?"

Ele conseguia ouvir o quanto soava desesperado, mas não fazia nenhum esforço para esconder isso.

Erman soltou uma risada lenta.

"HP, HP, HP... Você ainda não entendeu, né? Nada do que você esteve metido é real. Tudo é um jogo, um aplicativo de telefone que tranquilamente integra a verdade e a ilusão tão bem que, em retrospecto, era praticamente impossível saber quais eram os limites. Procure pelo significado da palavra *Jogo* e você vai entender o que estou querendo dizer!"

O ar de incompreensão na cara de HP fez Erman suspirar de novo.

"Tudo bem, vou soletrar pra você: eles estão mentindo pra você, HP! O Jogo mostra pra você algumas coisas que são de verdade, e algumas delas foram costuradas juntas apenas pra você. As motivações mudam de jogador pra jogador. Tem gente que se liga em esporte — outros em garotas e música.

E se você evidentemente gosta de filmes e jogos de computador, o Jogo então te dá seu próprio papel de protagonista, completo, com fã-clube e tudo mais..."

Erman engoliu o resto de seu café antes de continuar.

"De repente, você é o ator principal, em vez de um espectador. De Ninguém a VIP no espaço de alguns dias. Os fãs lá no ciberespaço querem cada vez mais de você, e logo, logo você vai querer mais e mais deles. E tudo que o Jogo pede em troca dessa viagem gigantesca é que você faça umas pequenas missões."

Ele estava olhando para HP, cuja cara havia ficado completamente branca.

"Basicamente funciona como qualquer tipo de vício", seguiu. "Drogas, jogo e, no seu caso, atenção e afirmação — tudo isso liga os mesmos mecanismos dentro da sua cabeça. E, à medida que seu vício cresce, o cérebro perde a habilidade de fazer análises críticas. Você se tornou um *viciado em reconhecimento*! Tudo que não lhe ajuda nem faz aumentar o buchicho é filtrado para fora, e sua imaginação preenche as lacunas. Você acredita porque quer acreditar e, portanto, ajuda o Jogo a encobrir as falhas no aplicativo. Verdadeiro ou falso, certo ou errado — tudo isso interessa cada vez menos. Doses maiores e mais longas são tudo que importa — e cada vez mais delas."

"Mas é só um jogo — *é tudo a porra de um Jogo, compreende?*"

Ele olhou com expectativa para HP mais uma vez.

"Então, voltando pra minha pergunta, meu amigo. A lista que eles te mostraram pode até ser real, mas também pode ser algo que eles fizeram só pra você saber. Porque é isso que faz você se mover. Eles estão brincando com você, HP, da mesma forma como brincam com os pobres-coitados no final das outras missões, o que me leva à parte menos atraente do Jogo."

Menos atraente, pensou HP. Como essa porra conseguiria ficar menos atraente ainda?

Ele estava de repente se sentindo como um idiota que ganhou um prêmio, uma porra duma marionete com que eles vinham brincando só porque podiam brincar. Puxando suas cordas pra ver o que poderia acontecer — e apostando no resultado.

Minhas senhoras e meus senhores, adivinhe o que acontecerá quando puxarmos as cordas do número 4! Será que o 128 aguenta ou não a pressão? Ele jogou uma pedra no carro de polícia em que sua irmã estava para ganhar alguma afirmação — será que ela vai sobreviver? Ele não aguentará a pressão e chorará como um bebê? Senhoras e senhores, façam suas apostas e fiquem ligados...!

Sua cabeça girava com pressa, e levou alguns segundos antes que percebesse que Erman estava falando de novo.

"...as missões realmente vêm? Apostar é uma das fontes de renda do Jogo. E como tenho certeza de que você entenderá, custa muito dinheiro pra manter algo assim em funcionamento. As pessoas estão jogando em diferentes continentes, então o financiamento é muito importante."

Ele parou para reabastecer suas xícaras de café e deu um terceiro giro pela casa. Uma vez que teve certeza de que tudo estava ok, voltou à mesa da cozinha.

"Sabe...", Erman disse com uma voz baixa, inclinando-se para HP, tão perto que podia sentir o cheiro do coquetel de cafeína em seu hálito, "...é aqui que as coisas ficam feias!"

Ela aproveitou para fazer isso, enquanto os outros no grupo estavam jogando hóquei indoor e o corredor estava vazio. Preferiu não ir, desculpando-se com o fato de que ainda se sentia mal depois do acidente, e como eles conseguiram reunir duas equipes, não tentaram mais persuadi-la.

De acordo com sua escala de serviço, Nilla não precisaria trabalhar hoje, então começou pelo número de sua casa. Tocou duas, três, quatro vezes. A secretária eletrônica entrou e ela estava prestes a desligar quando ouviu o barulho de alguém pegando o gancho.

"Alô-é-a-Nilla!"

Sua voz era mais ou menos como ela lembrava.

Tomou um longo fôlego.

“Oi Nilla, aqui é a Rebecca Nor... quer dizer, Pettersson. Você tem tempo para conversar durante alguns minutos? Eu realmente apreciaria.”

Mais barulho do outro lado da linha, então:

“Desculpe-me, tinha acabado de ligar a secretária eletrônica. Como você disse que se chama?”

“Rebecca. Rebecca Pettersson.”

Houve um silêncio na linha.

O coração de Rebecca batia tão forte que ela imaginava que daria para vê-lo batendo sob a sua camiseta.

ANDERS DE LA MOTTE THE GAME

12 Sendo a caça

"Olha, é assim, meu amigo. O Jogo requer uma porrada de dinheiro pra funcionar."

Erman contou rapidamente nos dedos.

"As Formigas, os telefones, as fazendas de servidores e, por último, mas não menos importante, os funcionários, as pessoas que são contratadas para manter a coisa toda nos trilhos. Depois, tem todo o dinheiro que está sempre sendo pago aos Jogadores, e os prêmios para quem se sai particularmente bem. Há alguns custos fixos por mês, mas eu fiz alguns cálculos e eles cobrem praticamente todos eles com o que tiram das apostas ao vivo. A grande vaca leiteira, a galinha dos ovos de ouro que dá aos proprietários seu lucro são as pessoas que pagam as missões."

HP assentiu como se entendesse, mas na verdade estava se sentindo completamente perdido.

"Basicamente, vários clientes chegam até o jogo para conseguir que alguma coisa seja feita, se é que você me entende."

HP ainda parecia perdido.

"Coisas que não podem ser feitas de outra maneira", continuou Erman, quase um maníaco agora. "Coisas ilegais, entendeu?"

Ele batia o dedo indicador com impaciência sobre a mesa.

Sim, HP achou que estava começando a entender...

"Quer dizer que você pode ligar e pedir para que algo seja feito, e o Jogo resolve o problema?" ele disse com cautela.

"Algo assim", assentiu Erman, ansioso.

"Essa parte é ultrassecreta, e quem lida com isso é só o círculo mais próximo do Mestre do Jogo. Eu não sei todos os detalhes, mas acho que é algo assim: um cliente quer que algo seja feito, mas sem que haja qualquer pista que possa ser ligada a ele. Podem ser informações, segredos comerciais ou alguma coisa mais medieval, como mexer com alguém com quem você teve uma discussão. O Jogo tem a capacidade de fazer tudo isso, embora, obviamente, isso tenha um preço. Talvez haja uma Formiga que possa desenterrar o que é preciso, ou eles podem enviar um Jogador para fazer o trabalho, se for alguma coisa mais arriscada. O Jogo pode ser usado para absolutamente qualquer coisa."

Seu rosto foi ficando cada vez mais vermelho, e em algum lugar no fundo da mente de HP um sinal de alarme começou a tocar.

"Então, por exemplo, o advogado que você me falou. Eu diria que ele conseguiu perturbar seriamente alguém, mas, em vez de entrar em contato com a Ordem dos Advogados, essa pessoa falou com o Jogo. E num piscar de olhos o Mestre do Jogo arrumou uma chave de roda e um Jogador desesperado por atenção que odeia os advogados de Stureplan. O cliente consegue sua vingança documentada em vídeo, e, se você fodesse com tudo e fosse pego e fosse estúpido o suficiente para quebrar a regra número um, não teria muito o que dizer — pelo menos nada em que alguém acreditaria. É como Verbal diz em *Os Suspeitos*:[1] '*O maior truque já realizado pelo diabo foi convencer o mundo de que ele não existe*'. Você é apenas um joão-ninguém, sem qualquer ligação com a pessoa que na realidade encomendou a missão. A porra do Lee Harvey Oswald, cara! Você tem que admitir, é um golpe de gênio, mas ao mesmo tempo é assustador pra caralho!"

Erman se levantou e começou a andar pela pequena cozinha com impaciência.

"Erm... certeza!", concordou HP, enquanto tentava espremer as novas informações em seu cérebro já sobrecarregado. Isso tudo parecia muito estranho, o que provavelmente era a expressão mais fraca do ano...

"Então, você quer dizer...?", começou, muito mais por educação.

Erman lançou-lhe um olhar impaciente e sentou-se novamente à mesa. Evidentemente, não estava completamente feliz com a resposta hesitante de HP.

"Obviamente, o problema é que não há qualquer limite. Ok, o Mestre do Jogo não pode realmente forçar um Jogador a fazer alguma coisa, esse é um dos principais pontos do Jogo. O Jogador deve sempre ter uma escolha, você mesmo sabe disso. Vermelho ou azul, certo ou errado, no final cabe a vocês Jogadores decidirem, e esse é o jeito que deve ser. Mesmo que o Jogo naturalmente preferisse determinado resultado, tem que haver diferentes alternativas, tem que haver uma chance para o inesperado, para surpresas. Caso contrário, não haveria nada para apostar e, portanto, não haveria Jogo!"

A voz de Erman começou a afinar.

"Mas o que o Jogo faz é sempre mudar o limite de até onde um Jogador está preparado para ir. Basta olhar o que aconteceu com você! Estamos falando de incêndio, sabotagem, lesões corporais graves, até mesmo assassinato! Você só precisa olhar o jornal para ver o que acontece todos os dias!"

I *The Usual Suspects* (1995), filme dirigido por Bryan Singer.

HP foi ficando cada vez mais convencido de que Erman estava ficando completamente louco. Você só tinha de olhar para a cor de seu rosto para perceber que o Eyjafjallajökull estava prestes a entrar em erupção.

Isso sem falar naquele olhar fixo assustador...

"Você pode procurar em qualquer meio de comunicação que quiser e vai ser capaz de encontrar o Jogo em um instante. Tudo que precisa fazer é manter-se atento para frases como *inexplicável, razões desconhecidas* e *nenhum motivo óbvio*, e vai ter encontrado o Jogo..."

Erman se levantou de repente e correu para uma das janelas. Olhou ansiosamente para as árvores, como se tivesse ouvido alguém vindo.

Quando não conseguiu ver qualquer perigo, deu dois passos rápidos de volta para a mesa da cozinha e se inclinou na direção de HP.

"Eles vão aceitar praticamente qualquer trabalho, desde que você possa pagar!", rosnou para o rosto de HP, mostrando uma fileira de dentes amarelados. "Tem sempre algum idiota de merda preparado pra fazer o que for preciso. Um bode expiatório disposto que já passou dos limites. Acontece o tempo todo, em diferentes lugares por todo o mundo. Confira você mesmo se não acreditar em mim!"

A voz de Erman afinou novamente, e HP suspirou, desapontado. Que merda, isso parecia tão promissor no começo... Até uns cinco minutos atrás, seu anfitrião estranho parecia mais ou menos legal. Afinal, quem não seria um pouco estranho, aqui no meio do nada. Mas agora *ele* passou dos limites, muito.

A organização do mal, a conspiração global por trás de toda a merda que já aconteceu no mundo! A CIA, Opus Dei, os judeus ou os maçons, só depende do lunático a quem você perguntar. Um cartaz em seu peito e um lugar fixo na praça da cidade.

Eu sou a única pessoa que descobriu a verdade! Yippikayee, filho da puta! Fim do jogo, obrigado pelo café, é hora de ir embora agora...

"Bem, muito obrigado, Erman, toda essa informação é muito boa, mas agora eu provavelmente devo...", murmurou, levantando-se.

"...um cigarro, sem problema, mas você vai ter que ir lá fora. Eu vou filar um seu."

Parecendo confuso, como se o comentário tivesse interrompido sua linha de pensamento e feito com que ele se perdesse, Erman o levou para a escada da frente antes que o espantado HP tivesse tempo de protestar.

Era bom respirar um pouco de ar fresco, pelo menos, pensou, enquanto puxava o maço de cigarros.

Ofereceu um a Erman e acendeu os dois com seu fiel e velho Zippo. Deu algumas tragadas profundas e tentou fazer sua cabeça parar de girar.

Ok, então Erman pode ter alguns parafusos soltos, mas por outro lado claramente tinha um monte de informações úteis sobre o Jogo. Mesmo se estivesse seriamente confuso com suas próprias ideias, não podia negar que muito do que Erman tinha dito realmente fazia sentido, e até parecia lógico, se essa palavra pudesse ser realmente aplicada nesse contexto.

Mas a teoria da conspiração global era um pouco difícil de digerir. Coisas de revistas de ficção baratas, tudo o que faltava eram alguns assassinos em série e um policial desequilibrado. Mas qual era a fronteira entre a dura realidade e a fantasia selvagem?

Ficaram ali fumando em silêncio, enquanto HP tentava planejar o próximo passo.

Ele realmente queria ir embora. Tinha ficado assustado com aquele olhar louco que Erman tinha lhe dado um tempo atrás e de repente se lembrou de que estavam completamente sozinhos ali no mato, sem nenhuma maneira de pedir socorro.

Mas Erman parecia ter se acalmado novamente agora. O olhar louco tinha ido embora e a parte visível de seu rosto por trás da barba havia retomado a cor normal. Provavelmente, não seria arriscado ficar um pouco mais.

Além disso, tinha a sensação de que havia mais coisas que precisava descobrir.

"Então, como é que você foi parar nisso, Erman?", HP começou timidamente.

Erman deu uma longa tragada final e, em seguida, jogou a bituca nas urtigas.

"Fui quem instalou a fazenda deles aqui."

Ele olhou rapidamente para HP e descobriu que ele parecia perdido de novo.

"Fazenda de servidores", explicou lentamente, como se estivesse falando com uma criança.

"O jogo tem cinco no total, ou pelo menos eles tinham quando eu saí."

Contou nos dedos novamente:

"América do Norte, América do Sul, África, Ásia e Europa/Oriente Médio. Fazendas gigantescas, que tratam de todos os dados do Jogo. Os servidores de lá controlam todos os telefones celulares, arquivos de imagem, enviam as missões, juntam tudo, guardam as informações e gerenciam o fluxo de caixa. Também controlam toda a comunicação entre os Jogadores, o Mestre do Jogo e o Círculo. Sem fazendas, não há Jogo, entendeu?"

HP assentiu ansiosamente, ele entendeu e, mais importante: essas informações eram realmente úteis!

"Então você instalou o da Europa?"

"Europa e Oriente Médio", corrigiu Erman.

"Deve ser uma fazenda muito grande, então?"

HP estava tentando parecer impressionado. Evidentemente, funcionou, porque Erman de repente parecia um pouco mais feliz.

"Eu tive praticamente carta branca. Uma conta-corrente recheada e algumas especificações básicas, e então me deixaram trabalhar. Foram quase seis meses de trabalho, sessenta horas por semana. Tudo com a mais recente tecnologia, bem como algumas coisas que ainda não chegaram ao mercado e talvez nunca cheguem. Coisas da NASA, sabe? O Jogo poderia conseguir qualquer coisa, e eu quero dizer *qualquer coisa*! Eu só tinha que dizer o que precisava e eles arrumavam."

Ele suspirou, feliz.

"Parece demais!", bajulou HP. "Mas como é que eles te encontraram? Quero dizer... por que você em particular?"

"Porque eu era o melhor, não era?", Erman deu outro olhar condescendente, mas HP deixou passar.

"Você não entendeu o que eu disse agora? O Jogo faz o seu dever de casa, eles têm informantes em todos os lugares, e não demorou muito tempo para que montassem uma lista de pessoas que poderiam fazer o que eles queriam que fosse feito. "

Ele acenou com dois dedos para HP, que terminou rapidamente seu cigarro, tirou o maço do bolso e acendeu dois novos Marlboros para si mesmo e seu anfitrião.

"Primeiro, um e-mail anônimo para ver se eu estava interessado, temperado com perguntas e desafios suficientes para eu me empolgar. Muito parecido com você e suas primeiras missões.

Demorou um pouco até eu perceber que eles não estavam falando apenas teoricamente, realmente estavam planejando montar uma instalação como aquela por aqui. Quando finalmente percebi que era sério, não podia dizer não. Essa era uma oportunidade única na vida, o tipo de coisa com que a maioria das pessoas na minha área de trabalho só poderia sonhar. O único problema era que os executivos faziam questão de que eu nunca recebesse qualquer tipo de crédito por isso."

Ele limpou a garganta e cuspiu saliva nas urtigas.

"Eu tive que assinar um monte de documentos, que eram basicamente variações sobre a regra número um: *Nunca fale sobre o Jogo!* Quando tudo acabou, os executivos voltaram para verificar, e quando aprovaram tudo eu tive que entregar minhas chaves, cartão de acesso e tudo mais. *Muito obrigado, nós continuamos agora.* Eu me ofereci para continuar, me tornar o administrador de sistemas da fazenda. Quase teria feito isso por nada, apenas para continuar trabalhando lá. E do que eu tinha visto do Jogo em si, tudo parecia muito atraente..."

"Mas...?"

"*Obrigado, mas não, obrigado, nós temos nossa própria equipe*. E foi isso! Cortado, desse jeito, depois de todo o meu trabalho. O cartão de acesso que entreguei provavelmente foi cancelado antes mesmo de eu deixar o prédio, e então fui abandonado. Tentei acessar remotamente o sistema algumas vezes, mas todas as portas tinham sido fechadas. Então recebi uma mensagem de aviso do Mestre do Jogo e, assim como você, infelizmente não fui esperto o suficiente para acreditar nela..."

Ele deu algumas tragadas profundas e lentamente expeliu a fumaça, enquanto balançava a cabeça.

"Eu estava tendo sérios problemas em me desligar de tudo, era minha *magnum opus*. O melhor trabalho que já tinha feito, o tipo de coisa que apenas algumas poucas pessoas no mundo poderiam ter feito sozinhas e num espaço de tempo tão curto. Mas não recebi qualquer reconhecimento por isso, só um obrigado pelo café e adeus. Eu era tão idiota que continuei tentando encontrar um caminho para o sistema. Talvez estivesse pensando que, se encontrasse algum tipo de problema, algo que tinha dado errado que eu pudesse consertar, fazendo com que tudo funcionasse ainda melhor, então eles perceberiam que precisavam de mim e me deixariam voltar novamente. Que eu era uma força a ser considerada! Mas os retornos não existem. Quando você está fora, eles nunca o deixam voltar!"

HP engoliu em seco.

Essa não era a mensagem que ele estava esperando ouvir.

"Então, o que aconteceu?", perguntou, mesmo que já adivinhasse a resposta.

"De repente, eu comecei a ter problemas. Instalações que eu tinha feito em outros lugares começaram a falhar, programas foram infectados por vírus e meus clientes enlouqueceram.

Então, minha conta bancária foi bloqueada, e meu telefone e as conexões de internet foram cortados sem qualquer aviso, e mais um monte de outros problemas. Trabalhei dia e noite para arrumar tudo, mas depois de um ano mais ou menos meu negócio estava arruinado. A mesma coisa aconteceu comigo, foi então que fiquei doente."

Erman subitamente pareceu cansado.

"Então, deixei tudo pra trás e desapareci do mapa. Você não vai me encontrar em nenhum banco de dados de qualquer lugar", acrescentou alegremente. "Eu realmente não existo. Sem número de identidade, sem conta bancária, cartões de fidelidade ou contas de telefone, energia elétrica e água. Completamente fora da vista do Big Brother!"

"Mas como é que você consegue que tudo funcione, quero dizer, você ainda deve precisar de dinheiro?"

"Você consegue qualquer coisa se realmente quiser. É preciso planejamento e trabalho, mas é possível. Não se esqueça, não faz muito tempo que a internet era pura ficção científica! Eu só faço tudo como antigamente, só uso dinheiro e pouca tecnologia. Funciona muito melhor do que você imagina!"

HP balançou a cabeça, em dúvida. Ele preferia respirar profundamente no escapamento da mobilete que viver o resto de sua vida assim. Sem TV, sem internet, nem sequer eletricidade! Sozinho no escuro no meio do nada.

Com tudo o que o Jogo tinha feito com ele, não era tão estranho que o pobre geek parecesse estar à beira do abismo.

"Essa fazenda", disse ele com cautela. "Onde fica exatamente?"

Erman bufou.

"Onde diabos você acha? Onde você coloca uma fazenda de servidores desse tamanho? Onde estão as melhores conexões, as transferências mais estáveis e o melhor ambiente para tráfego de computadores? Pense! Onde estão todas as grandes empresas aqui? No Vale do Silício do norte da Europa!"

HP demorou alguns segundos para fazer a conexão.

"Kista", ele sussurrou, quase com devoção.

"Bingo!", Erman respondeu com um sorriso. "Você não é completamente burro, afinal!"

"Nilla, tem uma coisa que eu gostaria de resolver com você, algo importante, e eu realmente ficaria feliz se você pudesse conversar alguns minutos."

Bom discurso, totalmente alinhado com seu roteiro pré-preparado.

Ainda o silêncio, mas pelo menos Nilla não tinha desligado. Ela podia ouvir a outra mulher respirando do outro lado da linha. Respiração pesada, como se tivesse corrido para atender o telefone a tempo. Rebecca interpretou o silêncio como uma espécie de incentivo.

"Eu gostaria de te explicar o que aconteceu naquela noite, e por quê. Como tudo acabou do jeito que foi. Mas eu prefiro não fazer isso por telefone. Existe alguma chance de a gente se encontrar para uma conversa em algum lugar?"

Ela estava tentando o melhor que podia soar calma e serena. Como se o que estava pedindo não fosse grande coisa, apenas uma conversa entre duas adultas para resolver algumas coisas.

"Eu pensei que tivesse sido clara em meu e-mail, Rebecca."

A voz de Nilla era fria como gelo.

"Nem eu nem ninguém na minha família temos nada para te dizer. Por favor, não me ligue de novo!"

"M-mas...", ela começou, antes de perceber que a conversa estava encerrada.

"Então, se você fosse eu, um cara relativamente *low-tech* que quisesse causar um pouco de problemas para o Jogo e o Mestre do Jogo. Uma pequena vingança por toda a merda que eles fizeram com nós dois. O que você faria?"

Erman assentiu, pensativo.

"É uma pergunta interessante, hmm..."

Pensou em silêncio por alguns segundos.

"Obviamente, a melhor coisa seria explodir tudo pelos ares, mas talvez isso seja um pouco exagerado..."

"Sério, você acha isso?", HP deixou escapar, mas Erman não pareceu notar.

"Se eu fosse você, provavelmente me concentraria no dinheiro", continuou.

"O que você quer dizer?"

"Bem, você já sabe como os prêmios funcionam, um cartão de banco estrangeiro ligado a uma conta anônima. Praticamente como o cartão para celular pré-pago. Você saca o dinheiro e é impossível rastrear quem pegou qual cartão."

HP balançou a cabeça com impaciência. *Vá direto ao ponto, FDP!*

"Todos os pagamentos deles funcionam da mesma maneira, a princípio. Salários dos funcionários, as Formigas e os subcontratados, tudo é feito por cartões, que são carregados a partir de uma conta anônima num banco em algum lugar do Caribe. A conta-mãe está sempre carregada com dinheiro para manter a coisa toda funcionando. Se eu quisesse de verdade foder com o Mestre do Jogo, ia tentar conseguir o número da conta e fazer alguns saques. Isso iria paralisar o jogo inteiro por semanas, talvez meses, e você teria dinheiro suficiente para se esconder muito bem em algum lugar distante, mas agradável."

"Será que realmente funcionaria?"

"Sim, provavelmente." Erman deu de ombros. "O fato é que o Jogo é tão cuidadoso em manter tudo anônimo que não há indivíduos ligados à conta. Tudo que você precisa é a combinação numérica que está sendo utilizada atualmente. Acho que eles mudam o número o tempo todo, então você teria que ser muito esperto, e muito rápido. Eu mesmo nunca cheguei a ver qualquer um dos números, só organizei como funcionaria. Os caras que eles levavam lá costumavam digitá-los sempre que era necessário. Mas está tudo dentro da fazenda. Tenho certeza disso."

"É possível hackear?"

"Não. Como eu disse, tentei isso, e se eu, que configurei a coisa toda, não consegui entrar, então garanto que ninguém mais seria capaz de fazer isso. Estamos falando de segurança de TI melhor do que eles têm no Pentágono..."

Claro, HP pensou, com ceticismo, mas, de qualquer forma, hackear não parecia uma opção. "Então, como é que você conseguiria o número da conta?"

Ele já tinha adivinhado a resposta.

"Você teria que entrar na fazenda. Existe uma sala de controle, e uma vez lá dentro seria possível extrair tudo o que fosse necessário, desde que soubesse onde procurar. Se eles apenas desconfiarem de que a conta foi descoberta, vão alterar o código imediatamente."

HP assentiu, enquanto apagava o cigarro no sapato.

Isso tudo soava um pouco como *Missão Impossível*.

Mas, e daí, ele não tinha vindo até aqui só para voltar para casa de mãos vazias. Informação demais era melhor do que de menos.

"Você pode me dizer o que eu teria que fazer?", disse, jogando a bituca em direção à árvore mais próxima.

Erman riu.

"Claro, 007, sem problema!"

Virou-se e voltou para dentro da casa.

HP aproveitou para acender outro cigarro. Essa coisa toda estava começando a soar como um maldito filme de sucesso. Perdeu alguns minutos tentando descobrir o que mais parecia. *Teoria da Conspiração* talvez, ou *Inimigo do Estado*? Era como uma mistura de todos eles, algum tipo de tributo. Deu duas tragadas profundas. Lá do alto podia ouvir um zumbido familiar.

Voo da tarde da Farthundra Airlines, sorriu para si mesmo.

Erman voltou para a varanda com um pedaço de papel dobrado na mão.

"Isso é tudo de que você precisa: o endereço da fazenda e alguns nomes de usuários antigos, que talvez ainda funcionem. Anotei também o site do banco, no caso de você chegar tão longe. Agora só tem que descobrir uma maneira de entrar no prédio, porque infelizmente não posso te ajudar com isso."

HP pegou o pedaço de papel, mas Erman não soltou.

"Me promete uma coisa, HP."

"O quê?"

"Você viu como eu vivo, o que o Jogo fez comigo." Seu olhar estava de volta, o que chamou a atenção de HP. "Me promete que você vai usar essa informação para dar a eles um puta chute no saco, só me promete isso!" O rosto de Erman estava começando a mudar de cor novamente.

"Claro, cara, não tem problema, fique tranquilo!", HP pediu sem jeito, puxando o bilhete.

Ele conseguiu o que queria, e já era hora de sair de lá.

O endereço era a única coisa que realmente queria, o resto era mais ou menos sem sentido. Não importa o que tinha prometido para esse caipira, não iria invadir a porra de uma fazenda de servidores, tudo o que precisava era uma maneira de chegar ao Mestre do Jogo, e agora ele tinha. Um endereço de visita, nada menos. Tudo o que precisava fazer era ir até lá e bater na porta, se ainda tivesse vontade de fazer isso depois de tudo o que tinha ouvido.

O zumbido acima deles voltou e Erman estremeceu. Olhou ansiosamente para as copas das árvores, tentando ver o avião.

"Fique calmo, Erman, é apenas a companhia aérea de Farthundra fazendo seu voo diário", HP sorriu, nervoso. "Não precisa cagar de medo."

"O que-você-disse?!", Erman girou em direção a ele, e o olhar louco voltou com tudo.

"Eu disse que não precisa ficar nervoso, é apenas um avião levando uma faixa de propaganda de alguma duma porra de feira em Fjärdhundra."

Ele falava devagar e deliberadamente, como Erman tinha feito com ele há menos de meia hora, mas estava preocupado e soava assim.

"Você viu o avião antes?"

O rosto de Erman tinha ficado completamente branco.

"S-sim, ele passou um pouco antes de você me pegar com sua limusine sertaneja, fique calmo, ok!"

Erman não pareceu ouvi-lo. Ficou completamente paralisado por alguns segundos.

"Vá!", finalmente conseguiu dizer por entre os dentes.

"O quê?", HP não entendeu nada.

"Vá, suma, vá se foder, você é burro ou o quê?"

Ele girou os braços e deu um passo em direção a HP.

HP recuou instintivamente e ergueu as mãos.

"Ok, ok, se acalme, eu estou indo, eu estou indo!"

Jesus, o cara realmente tinha enlouquecido dessa vez.

"É só uma porra de avião de propaganda, Erman."

Era o fim do plano tão brilhante.

Nilla ainda a odiava, ela entendeu essa parte. O que não era realmente tão surpreendente, já que tinha sido seu adorado irmão mais velho que tinha passado pela grade da varanda.

Nilla e Dag sempre tinham sido próximos, e ela nunca tinha aceitado a conclusão do inquérito de que sua morte tinha sido, pelo menos em parte, um acidente. A empresa que a construtora contratou para renovar a fachada tinha economizado quando estavam recolocando as grades nas varandas, e vários parafusos evidentemente haviam desaparecido.

"Uma coincidência circunstancial infeliz", dizia o veredicto.

Para Henke, isso significou dez meses por causar a morte de outra pessoa, em vez de homicídio culposo. Se a grade da varanda tivesse sido instalada corretamente, com todos os parafusos no lugar, Dag provavelmente estaria bem.

Mas era difícil ter certeza. O empurrão tinha sido muito forte, talvez forte o suficiente para ele cair da grade? Isso não podia ser descartado, de maneira nenhuma, ou assim o tribunal havia estabelecido.

De sua parte, ela duvidava dessa conclusão. Dag era grande e pesado, quase noventa quilos de músculo, e ele tinha bom equilíbrio. Se a grade não tivesse cedido, ele não teria caído, e suas vidas teriam sido muito diferentes. Henke nunca teria acabado na prisão e ela nunca teria sido libertada da sua. A prisão dele e a liberdade dela — uma dependia da outra.

O problema só era que não deveria ter sido assim. Era isso o que ela queria dizer a Nilla. O que tinha realmente acontecido naquela noite. E por quê...

"Só um avião? Só um avião!" Pequenas gotas de saliva se penduravam na barba amarelada ao redor da boca de Erman.

"Você não entende, não é, seu idiota do caralho?! Eles têm ouvidos em toda parte, em absolutamente todo-maldito-lugar! Será que você não entendeu o que eu disse sobre as Formigas? Com quem você falou em seu caminho até aqui, com o motorista do ônibus, uma senhora de idade simpática no trem? Por acaso você mencionou no telefone para algum amigo, ou você foi estúpido o suficiente para escrever a rota no seu computador?"

Sua voz tinha afinado novamente. Punhos cerrados, ele veio para cima com alguns passos.

"Nada disso, eu prometo...", assegurou HP.

HP ia lentamente para trás, na direção dos trilhos que levavam para a civilização. Isso estava ficando muito assustador agora. Ele tinha de ficar longe desse psicopata, imediatamente. Só Deus sabia o que poderia acontecer se não fizesse isso. *Na floresta ninguém pode ouvir você gritar.*

Erman apontou o dedo indicador direito para HP. "Google!", ele conseguiu cuspir. "Você procurou o endereço no Google Maps, admita!"

"Não, eu não fiz isso!", HP respondeu instintivamente, mas percebeu na mesma hora que era exatamente isso o que tinha feito.

Erman deve ter notado a mudança em seu rosto, ou então achou que HP estava mentindo.

De qualquer forma, deu dois rápidos passos em direção a HP.

"Seu idiota de merda!", Erman rugiu. "Eu te dei uma simples instrução. Não fale com ninguém, não use nada eletrônico. E você vai e me procura no Google Maps! Você pode muito bem estar trabalhando diretamente para o Mestre do Jogo, Deus, eu deveria te matar agora mesmo!"

"Desculpe!", murmurou HP, agora apavorado demais para sequer tentar mentir.

Por um momento, pensou que ia acabar enterrado como a porra do Homem de Bocksten. Desenterrado depois de duzentos anos para ter sua bunda perfeitamente preservada colocada em exibição em uma caixa de vidro no museu de história local de Farthundra. O pensamento quase o fez cagar nas calças.

Erman de repente parou, como se tivesse sido desligado.

Ficou parado por alguns segundos, aparentemente pensando. Então, sem uma palavra, virou-se e desapareceu dentro da casa.

HP não ficou para descobrir se ele ia voltar com uma espingarda. Ao contrário, virou-se e fugiu o mais rápido que podia pelo caminho de volta para a estrada. Acima, ainda podia ouvir o zumbido do avião. Parecia que estava voando em círculos.

Depois de algumas centenas de metros, chegou à beira da floresta. Havia cerca de um quilômetro de pista de cascalho pelos campos abertos antes de chegar à relativa segurança da estrada. Olhou ansiosamente por cima do ombro. Merda, ele devia obviamente ter roubado a mobilete de carga, ou, pelo menos, tirado a vela de ignição ou algo. Agora ele seria apenas um alvo fácil.

Ah, bem, não adiantava se preocupar com isso agora.

Não conseguia ouvir nada parecido com um motor de mobilete, mas isso era principalmente por causa do maldito avião, que ainda estava circulando lá em cima. Percebeu que a faixa de propaganda não estava mais lá. O que o idiota estava fazendo lá em cima, então?

Deixou a sombra da floresta e partiu em direção à estrada. A cada dez metros, mais ou menos, ele olhava para trás. Ainda nada. Estava começando a controlar o medo. Que psicopata era aquele cara. Muito obrigado, Manga, foi uma dica brilhante!

Outra olhada. Nenhum sinal de Erman. Ótimo!

Somente quando estava na metade do campo, notou uma mudança no som do motor do avião. Antes, era principalmente um zumbido monótono, uma nota maior ou menor dependendo de onde em seu circuito ele estava. Mas de repente o som foi ficando mais alto, tanto em volume quanto em tom, e, quando ele olhou por sobre o ombro mais uma vez para ter certeza de que Erman não estava vindo atrás dele, descobriu que o avião estava mergulhando diretamente em sua direção, como se ele fosse o maldito Cary Grant! Ele não podia acreditar em seus olhos.

E foi somente quando o avião enchia mais ou menos seu campo de visão que ele sentiu que estava realmente ficando com medo. Mesmo assim, o barulho do motor e o som do vento nas asas abafavam todos os seus pensamentos. Ele viu a hélice zumbindo em sua direção e, pior, logo abaixo dela o cabo de metal do trem de pouso, mas ficou paralisado e ainda não conseguia entender o que estava acontecendo.

Merda! foi a única contribuição que seu cérebro conseguiu dar, então tropeçou nos próprios pés e caiu no chão.

Sentiu a rajada de vento quando o trem de pouso por pouco não acertou sua cabeça antes de se ligar que sua boca estava cheia de cascalho.

O barulho do motor começou a diminuir, e HP levantou o rosto arranhado apenas o suficiente para ver o avião subir em uma lenta volta à esquerda. Levou alguns segundos para perceber que o piloto estava subindo para ganhar altura suficiente para fazer uma segunda tentativa.

Porra!, pensou em pânico, quase caindo e cuspindo cascalho, e forçou as pernas paralisadas a agir. Abandonou a pista e seguiu pelo campo na direção do ponto de ônibus. Poeira e terra subiam pelos seus pés, e o mato batia violentamente nas pernas de suas calças.

Scratch-bang-scratch-bang-scratch-bang.

HP corria como nunca tinha corrido antes, isso era certeza.

Pelo menos quinhentos metros até a salvação. O avião estava quase na metade de seu círculo. Seu coração batia tão forte que pensou que fosse explodir no peito. Podia sentir o gosto de sangue na boca e a pulsação nas têmporas.

Então ouviu o barulho do motor ficar mais alto novamente, enquanto o avião mergulhava em direção a ele no estilo Alfred Hitchcock, e agora o barulho era ainda mais ensurdecedor, como se fosse possível. Continuou correndo em pânico, tentando fazer zigue-zagues para se tornar um alvo mais difícil, como se faz no *Counterstrike*. Mas isso era a vida real, e não a porra de um jogo de computador! O avião estava chegando cada vez mais perto, e nada parecia fazê-lo desviar.

De repente, ele avistou algo no mato a poucos metros à sua frente. Parecia algum tipo de vara de plástico, com cerca de dois metros de comprimento.

Realmente, não sabia de onde veio a ideia, mas, pouco antes que o avião estivesse em cima dele, ele se jogou na vara, agarrou-a com as duas mãos e com uma das pontas presa debaixo da axila, como a lança de um cavaleiro, rolou de costas.

Só prestava atenção no avião, o ronco do motor era ensurdecedor. Enquanto a corrente de ar tirava seu fôlego, sentiu a vara acertar algo sólido e ser arrancada de suas mãos.

Então, o avião desapareceu. HP virou com o estômago para baixo novamente. Os restos da vara desfiada estavam espalhados a poucos metros de distância.

Deve ter batido na hélice, pensou, enquanto se esforçava para ficar de pé novamente.

O avião tinha recomeçado a subir. Mas dessa vez o motor não soava tão nervoso. Foi subindo e descendo como se o motor estivesse funcionando de forma irregular, e HP podia ouvir claramente um assobio, que devia ser da hélice danificada.

O piloto estava claramente tendo problemas, mas HP não esperou para ver como iria lidar com aquilo.

Em vez disso, partiu a toda velocidade para o ponto de ônibus, que agora era visível à frente. Ao se aproximar, viu um ônibus passando pelo ponto e mudou de direção, numa tentativa de interceptá-lo. Ele até podia conseguir...

Então, avistou uma coisa com o canto do olho e percebeu que o piloto havia mudado de tática. Em vez de mergulhar de algumas centenas de metros acima, o avião veio voando pouco acima do campo, e HP podia ver o trem de pouso quase tocando o mato.

Dessa vez, não adiantava mergulhar, seu crânio seria esmagado ou pelas rodas, ou pela barra entre elas.

Aterrorizado, acelerou ainda mais. Correu em direção à estrada, vendo o ônibus se aproximar, e usou até a última gota de força para chegar antes dele. O ruído do avião ficando cada vez mais alto o estimulava.

Colocou um pé num buraco que o fez perder o equilíbrio, mas estava correndo tanto que continuou, tropeçando na beira da estrada, em frente ao ônibus barulhento.

Depois, um som agudo de freios, um chiado de pneus e o barulho do avião lá em cima.

Um instante depois, foi derrubado e tudo escureceu.

"Ei, cara, você está bem?"

A voz vinha de longe, e HP se sentou de uma vez. Por um momento de pânico, pensou que tinha ficado cego, que tinha tido danos cerebrais ou algo parecido, e que estava condenado a uma vida de escuridão eterna. Mas gradualmente seus sentidos voltaram e ele conseguiu abrir os olhos.

"Você está bem, cara?" Um jovem num uniforme que era grande demais para ele se inclinava sobre ele, e ao lado viu os rostos de duas ansiosas velhinhas.

"Você veio do nada, cara, eu quase não tive tempo de frear, mas acho que você só ficou com um galo."

HP não respondeu, só tentar se levantar já era um esforço.

O motorista, um imigrante de cerca de 30 anos, lhe estendeu a mão.

Ele fez uma rápida verificação de seus membros, com resultados satisfatórios.

"Temos que chamar uma ambulância", uma das velhinhas vibrou. Ela devia estar no ônibus, ele adivinhou.

"...e a polícia", a outra entrou na conversa. "Aquele avião..."

"Sem ambulância!", interrompeu HP. "Eu estou bem!"

Ele estava mesmo. Além dos arranhões no rosto e nas mãos e o fato de que tinha ficado sem fôlego, sentia-se bem. A última coisa de que precisava agora era um bando de policiais intrometidos.

"Desculpe", murmurou para o motorista. "Eu calculei mal, foi mal!", conseguiu dizer, quando sua voz começou a funcionar novamente. "Eu estou bem, sério!"

"Ótimo!", o piloto disse, aliviado. "Talvez devêssemos continuar?"

Ele gritou em voz alta para as pessoas que ainda estavam no ônibus: "Nenhum estrago, senhoras e senhores." E acrescentou, "Todos a bordo!", embora houvesse apenas as duas ansiosas senhoras em pé ao lado dele.

Enquanto batia a terra das costas de HP, sussurrou: "Você não vai fazer uma queixa, né, cara? Eu já recebi uma multa por excesso de velocidade e preciso deste emprego, sabe?"

"Não se preocupe!", respondeu HP, começando a se controlar de novo. "Não se preocupe, me deixa sair sem pagar e eu esqueço de tudo."

"Sem problema, amigo!" O motorista sorriu aliviado e fez um gesto convidativo para a porta do ônibus.

"Você vai conseguir pegar o trem, mas vai ser em cima."

HP concordou e desabou no banco mais próximo.

"Você viu aquele avião, cara? Deus, ele estava voando baixo!"

13 Jogos mentais

Ele mal conseguia se lembrar da viagem de volta para casa. HP tinha ficado completamente esgotado com a corrida pelo campo, e se se acrescentar a isso seu encontro com o ônibus, não era tão surpreendente que estivesse quebrado. Realmente, tentou ficar acordado para verificar se estava sendo seguido, mas foi impossível. Suas pálpebras ficavam fechando e ele cochilou. Acabou em Älvsjö e teve de pegar o trem de volta para casa.

Quando finalmente conseguiu voltar para Slussen, estava desperto o suficiente para fazer o truque de agente secreto e despistar alguém que o estivesse seguindo. Mas, quando chegou à casinha no loteamento, estava bem acordado.

Seu coração estava disparado e adrenalina corria através de seu corpo; era como se estivesse revivendo a coisa toda novamente. Por alguns minutos, realmente acreditou que estava prestes a ter um ataque cardíaco, que ia morrer ali no chalé e seu cadáver devorado por formigas não seria encontrado até a titia aparecer para fechar o lugar para o inverno.

Mas então seu pulso galopante finalmente se acalmou e o nevoeiro em sua cabeça começou a levantar.

Que porra do caralho tinha acabado de acontecer?

Aquilo tinha *realmente* acontecido, na vida real, ou ele tinha apenas sonhado?

Só bastou dar uma rápida olhada no espelho para descartar a teoria do sonho. Imundo, coberto de arranhões e a parte inferior da calça jeans rasgada e parecendo um trapo pelo mato afiado no campo. Ainda bem que não estava de bermuda!

O piloto do avião realmente estava tentando atropelá-lo e provavelmente teria conseguido se não tivesse alcançado o ônibus. Seu pulso começou a acelerar novamente e ele se sentiu mal, demorando alguns minutos e vários litros de água até que sentisse que estava ao controle.

Seus pensamentos rodavam descontroladamente em sua cabeça, a secadora de roupas ali parecia ter chegado a algum tipo de hipervelocidade.

O Jogo, as missões, tudo o que tinha acontecido com ele — tudo era apenas um jogo de apostas para malditos ricos cansados?

Eles haviam apertado todos os seus botões, ultrapassado todos os limites e fizeram com que ele jogasse alegremente. Ele era realmente tão fácil de enganar, porra?

A alternativa era, obviamente, que Erman tivesse mentido e só tinha falado um monte de merda.

Ok, ele era claramente um maluco, mas não parecia ser um mentiroso. O caipira obviamente acreditava cem por cento no que havia dito, e a maior parte batia com as próprias experiências de HP. O problema era só que ele não conseguia digerir tudo, era demais.

Mas, se dividisse a história em duas, funcionava melhor. Se mordesse a maçã podre e aceitasse que tinha sido apenas um fantoche louco pulando alegremente para a ação sempre que o Mestre do Jogo puxasse as cordas certas, e se acreditasse em toda aquela coisa sobre apostas e a forma como o Jogo tinha sido construído...

Se fizesse isso, então a primeira parte do que Erman tinha lhe dito explicava praticamente tudo pelo que tinha passado.

Mesmo que doesse muito aceitar que ele tinha sido uma espécie de bobo da corte em um cassino virtual, a explicação fazia sentido, ao contrário do resto da história. Pelo menos ficava mais ou menos do lado certo da loucura.

Mas ele ainda estava tendo problemas em acreditar na teoria da conspiração.

A ideia de que o jogo abrangia o mundo todo, assumia todo tipo de trabalho sujo e também tinha olhos e ouvidos em todos os lugares — isso era impossível de acreditar!

O próprio Erman tinha dito que ele tinha chegado àquelas conclusões por conta própria, não com base em alguma coisa que tinha visto ou experimentado diretamente. Possivelmente, resultado de muitas horas solitárias gastas no chalé sem nenhum contato com o mundo civilizado. Era para sentir pena do pobre-coitado. Mesmo que Erman o tivesse praticamente matado de susto lá na floresta, HP ainda sentia algum tipo de conexão estranha com ele. Eles tinham muito em comum, na verdade. O Mestre do Jogo não tinha sido exatamente leniente com nenhum deles. Ele os rastreou, fez com que se sentissem especiais e depois, quando o Jogo já estava cansado de seus talentos, os descartou, como se fossem o jornal de ontem.

Então, e daí que Erman tinha perdido um pouco da razão? Para ser honesto, ele estava genuinamente grato pra caralho que o pobre recluso maldito havia lhe ajudado. Abrindo seus olhos, e, possivelmente, até mesmo lhe dando uma maneira de acessar o Jogo.

Não importava, estava se sentindo muito mais calmo agora. A náusea havia quase desaparecido e ele estava começando a sentir fome. Alguns feijões cozidos Heinz foi tudo o que conseguiu encontrar, e ele os comeu direto da lata.

E o avião, então, tentando derrubá-lo? Como diabos poderia explicar isso?

Ninguém o tinha seguido até lá, ele tinha certeza absoluta disso, então, o que diabos aconteceu?

Ok, na teoria tudo *poderia* ter sido um erro. Ele e Erman tinham aproximadamente a mesma altura e a mesma cor e comprimento de cabelo. De longe você pode até confundi-los, e de uma altura de algumas centenas de metros provavelmente era impossível ver a diferença.

O maluco vivia lá sozinho, então talvez por isso o piloto simplesmente tivesse assumido que a pessoa que emergiu das árvores tinha de ser Erman — a descrição teria batido.

Isso é o que deve ter acontecido!

Quem quer que fosse naquele avião, deve ter tido algum problema com Erman, não com ele.

Talvez algum vizinho bravo ou caipira local que tivesse encontrado o psicótico no supermercado? E decidiu assustar o louco filho da puta, no estilo Alfred Hitchcock, quando a oportunidade surgiu de repente. Coisas assim aconteciam às vezes, você só tinha de dar uma olhada na TV3.[1] Deus, existia uma porra de um seriado inteiro sobre gente que fazia merdas assim...!

Quanto mais pensava sobre isso, mais provável tudo soava. Algum tipo de disputa doente entre vizinhos que tinha saído do controle. Isso era consideravelmente mais fácil de aceitar do que a explicação alternativa.

"Conspiração global, o caralho", ele murmurou para si mesmo. "Até parece!"

Ele nunca nem esteve perto de cair nessa.

Aliviado, recostou-se no sofá da cozinha e ligou seu laptop. Não havia nada como um pouco de televisão para fazer você esquecer seus problemas. Lá, você ia sempre encontrar um pobre-coitado que estava num estado pior que o seu e que ia fazer você se sentir melhor sobre as coisas. Quando tudo tivesse se acalmado um pouco, pensaria no que fazer a seguir.

Antes mesmo de ouvir a voz que saía do alto-falante, percebeu o que tinha acontecido. As imagens do noticiário da televisão local eram suficientes para que ele entendesse — a casa em chamas, luzes azuis piscando e caminhões de bombeiro estacionados entre as urtigas.

"...os bombeiros foram chamados para uma propriedade isolada, a oeste de Sigtuna. Não se sabe se havia alguém na casa quando o fogo começou. A propriedade está registrada como desabitada desde a morte de seu último ocupante, mas segundo testemunhas alguém estava vivendo na casa nos últimos meses. A polícia gostaria de entrar em contato com um homem de cerca de 30 anos

1 Canal de TV sueco.

que se envolveu em uma pequena colisão com um ônibus local perto de uma parada de ônibus hoje mais cedo..."

Feijões meio digeridos por toda a pia da tia. HP vomitava como um campeão.

Ele levou vários dias para se recuperar. Deve ter pego algum tipo de vírus ou alguma outra merda, tinha tido febre e o projétil de vômito não parou até que não houvesse nada mais que bile.

Como sempre, foi Manga quem veio em seu socorro, quando ele apareceu para saber por que não tinha entrado em contato e o encontrou desacordado no sofá da tia. Embaraçoso pra caralho, mas Manga tinha mostrado que era um verdadeiro amigo. Ele o levou para a piscina Eriksdal para que pudesse se limpar, então arrumou algumas roupas limpas e sopa de rosa mosqueta, e ele não tinha sequer se importado de limpar a cozinha nojenta.

Sim, Manga era um verdadeiro amigo, um BFF na verdade. E de agora em diante HP iria realmente tratá-lo assim. Para começar, iria chamá-lo de Farook. Se o nome era importante para Manga, então iria usá-lo a partir de agora e parar de encher o saco.

Teve um monte de sonhos enquanto estava doente, sonhos febris sobre todos os tipos de coisas. Estava muito acostumado a ter sonhos esquisitos de qualquer jeito, eles eram quase um padrão alguns dias ou uma semana depois de uma boa viagem. Tinha lido que o THC na maconha ficava armazenado no tecido adiposo do cérebro e podia fazer sua presença ser sentida algum tempo depois, meio como uma bomba em um detonador cronometrado. Muitas vezes, seus sonhos pareciam viagens do *Senhor dos Anéis*, com borboletas gigantes e árvores falantes, o que era muito legal.

Mas esses sonhos eram diferentes, muito mais sombrios e menos agradáveis do que suas fantasias com a srta. Maria Joana.

Lembrou-se de um sonho particularmente vívido que o envolvia correndo nu pelo túnel Klara. O cadáver carbonizado e enegrecido de Erman o perseguia na mobilete de carga, à frente de centenas de cavalos galopando sem cavaleiros.

A saída do túnel em Sveavägen ia ficando cada vez mais e mais perto, mas seus perseguidores se aproximavam. Seus passos foram ficando cada vez mais pesados, enquanto a pista ficava cada vez mais íngreme, e ele percebeu que não ia conseguir. O motor da mobilete começou a fazer um barulho mais agudo, junto com o barulho dos cascos.

Eles estão em todos os lugares!! É tudo uma merda de Jogo!! A boca carbonizada do cadáver uivou, mas a última palavra foi distorcida e quicou ao redor dele como um eco nas paredes do túnel.

Jog
Jog
Jog

Acordou com o coração batendo acelerado no peito bem quando a mobilete estava prestes a bater na parte de trás de seus joelhos.

Mas agora ele se sentia melhor.

Sem febre, limpo novamente, e tinha comido até encher. Talvez suas pernas parecessem um pouco duras, mas isso iria passar.

A pergunta era: o que ia fazer agora?

Ele não poderia voltar para seu apartamento por mais uma semana, mais ou menos, evidentemente houve algum tipo de atraso com a nova porta. De certa forma, estava quase feliz. Não havia por que negar, realmente, que não queria voltar para casa. O fato é que depois do que tinha acontecido perto de Sigtuna ele estava... assustado.

Sim, admitiu. Henrik HP Pettersson, o homem, o mito, a lenda — estava com medo.

Então, o Jogo não era apenas uma espécie de enganação anarquista de baixo nível paga, copiada do YouTube, como ele tinha pensado originalmente, mas algo completamente diferente, algo consideravelmente mais desagradável. Todo o aspecto das apostas era pior do que ele tinha pensado a princípio, percebia agora. Sistematicamente, empurrar as pessoas a mudar seus limites do que estava tudo bem, conscientemente procurando pessoas que fossem facilmente manipuladas, e depois empurrá-las apenas para ver o quão longe estavam preparadas para ir.

E tudo isso só porque era legal!

Mas a segunda parte ainda parecia incrível demais para ser verdade. Que as missões não eram só pensadas aleatoriamente, mas conscientemente concebidas para satisfazer alguns clientes anônimos? Se isso fosse verdade, e ele enfatizou a palavra *se*, então isso significava que ele e todos os outros jogadores estavam sendo fodidos duas vezes. Eles não eram apenas idiotas tomando anfetaminas, ou viciados em internet se prostituindo por alguns comentários e joinhas virtuais. Também eram fantoches, porra!

Assassinos inconscientes, que não sabiam de nada e por isso eram fáceis de ser eliminados se a merda fosse jogada no ventilador. Um monte de bodes expiatórios, fantoches para quem ninguém dava a mínima, mesmo que tentassem dizer a verdade. Pois quem iria acreditar neles?

O pensamento o deixou irritado e mais do que um pouco inseguro.

As implicações de um cenário como esse eram tão grandes que ele mal conseguia imaginá-las. Não era mais provável que fosse o cérebro paranoico de Erman finalmente cruzando a linha entre o excêntrico pitoresco rural e o totalmente maluco da porra?

Até o momento em que viu a casa de Erman se desfazendo em chamas, e sem dúvida Erman junto com ela, ele estava preparado para acreditar nisso, mas agora estava vendo tudo por um prisma muito diferente...

Só havia uma maneira de descobrir com certeza, então decidiu começar com um pouco de pesquisa.

Um dos muitos cursos do Serviço de Desemprego que ele tinha feito de tudo para esquecer tinha sido sobre o mesmo assunto que precisava lembrar agora. Com um bom motor de busca, você podia pegar o mundo de surpresa, ele lembrava pelo menos isso...

Farook o ajudou a configurar o laptop com um roteamento por diferentes servidores anônimos que tinham aparecido dias antes da lei IPRED entrar em vigor.[2] De agora em diante, ele seria invisível na rede, um motociclista fantasma.

Abriu um dos motores de busca e começou a trabalhar. O bilhete de Erman não o havia deixado mais entendido.

Torshamnsgatan, 142 era tudo o que dizia, além de algumas senhas nerds que só poderiam, ou não, funcionar se ele conseguisse entrar. O pobre e maldito grelhado não podia ter acrescentado um pouco mais de informações, como o nome da empresa ou o andar em que estava? Isso era realmente pedir demais?

O endereço certamente era de uma rua em Kista, mas não lhe dava, na verdade, muito mais do que isso. Era um prédio de escritórios perfeitamente normal perto da autoestrada E4, mas isso era tudo o que as imagens de satélite tinham a oferecer. Ele encontrou uma lista de pequenas empresas de telecomunicações que ou tinham tido, ou ainda tinham a sede no prédio, mas nenhuma deles parecia ter a menor ligação com jogos ou computadores.

Ele realmente não sabia o que estava esperando. Uma espécie de fortaleza murada, talvez, ou um endereço secreto que não podia ser encontrado em nenhum mapa? Um pouco como o Instituto de Defesa Nacional do Rádio,[3] em Lovön? Mas isso parecia completamente *halal*, sem o menor sinal de uma misteriosa organização ou uma fazenda de servidores secreta. Assim, ou Erman decidiu lhe dar um endereço falso por algum motivo, ou, mais provável, o Jogo levantou acampamento e se mudou para outro lugar.

2 Sigla em inglês para a "Diretriz Europeia sobre o Respeito aos Direitos de Propriedade Intelectual", entrou em vigor na Suécia em 1º.04.2009, e permite ao governo invadir contas de e-mail e o histórico de internet de alguémsuspeito de pirataria e tem sido duramente criticada até hoje tanto por organizações de liberdade civil como pela indústria das telecomunicações, mesmo com mudanças substanciais no texto original.

3 Agência do governo sueco responsável por supervisionar a comunicação eletrônica.

Decepcionado e sem grandes expectativas, decidiu continuar investigando o resto das teorias de Erman, de qualquer maneira.

Tentou digitar algumas palavras de busca, como "inexplicável", "caso sem solução", "desconhecido" e recebeu alguns milhares de links imediatamente. Descartou tudo o que tivesse a ver com OVNIs, o que reduziu o número para cerca de trezentos, depois acrescentou "agressor" como opção, o que levou o total para uma quantidade mais gerenciável. Mais alguns cliques espertos e tinha um acervo considerável de incidentes listados na tela à sua frente.

Rolou rapidamente por eles.

O resultado foi uma mistura certa de coisas, e por alguns segundos ele se sentiu quase aliviado. Mas então começou a olhar com mais cuidado. E aos poucos algumas coisas começaram a aparecer, e elas eram, para dizer o mínimo, desconcertantes...

Para começar, encontrou um número de ocorrências menores de que nunca tinha ouvido falar, mas que pareciam suspeitas: carros cujos freios pararam de funcionar, sistemas de computação que pifaram no meio do cálculo da folha de pagamento, cortes de energia inexplicáveis e políticos recebendo merda em suas caixas de correio.

Mas havia uma série de outros eventos, consideravelmente mais familiares, que apareceram na pesquisa.

Ele leu todos uma vez, e depois mais uma vez, e, lentamente, uma sensação muito desconfortável começou a se espalhar nele.

O primeiro item era quase em seu próprio quintal:

> *Na noite de 17 de maio de 1990, a igreja Katarina, em Södermalm, Estocolmo, foi destruída em um incêndio.*
>
> *A torre da igreja desabou na nave, deixando apenas as paredes externas de pé. No entanto, vários tecidos valiosos e a prataria da igreja foram salvos. Apesar de um grande inquérito, nenhuma explicação para o fogo foi encontrada, o que levou à especulação de que foi causado por qualquer coisa, desde uma falha elétrica até um incêndio criminoso.*
>
> *Se o incêndio foi realmente criminoso, nenhum motivo jamais foi identificado.*

Ele também se lembrava muito bem do segundo:

> *No domingo 3 de setembro de 2006, às 20h41min51s, a Unidade Nacional de Polícia de Estocolmo recebeu um relatório da Polícia de Segurança informando que a rede interna de computadores do Partido Social Democrático, a PSD-net, tinha sido hackeada.*

Os criminosos naquele momento ainda eram desconhecidos. Mais tarde, naquela mesma noite, os social-democratas convocaram uma coletiva de imprensa para anunciar que haviam denunciado membros do Partido Popular para a polícia pela invasão do sistema. O relatório afirmou que computadores, que a julgar por seus endereços IP *pertenciam ao Partido Popular, foram usados para obter acesso ilegal às áreas mais restritas da rede do* PSD, *às quais apenas 26 funcionários do alto escalão do partido tinham acesso. Esse acesso supostamente teria sido conseguido com a ajuda de informações de cadastro que vazaram inexplicavelmente e deu a seus adversários políticos acesso ilimitado às informações mais confidenciais da rede interna de computadores dos social-democratas.*

Isso era coisa grande! Ambos por conta própria eram exóticos o suficiente para uma aposta séria.

Era possível convencer alguém a colocar fogo em uma igreja, um lugar sagrado? Quais eram as chances disso?

Claro que era possível, sem dúvida. Mas, e quanto ao próximo passo, se você fosse acreditar nas teorias de Erman?

Quem teria encomendado um trabalho como esse?

Alguém que teria adorado ter a honra de reconstruir um famoso marco de Estocolmo? Um político, uma empresa ou um rico empresário com má reputação para limpar?

Uma rápida olhada na fundação que foi responsável pela restauração listava uma série de pesos-pesados que haviam aberto suas carteiras. Eles até chegaram a convencer parlamentares a colocar algum dinheiro, embora essa fosse uma questão estritamente local de Estocolmo. De qualquer forma, a Igreja sueca não tinha dinheiro mais que suficiente guardado para ela mesma pagar por tudo?

Uma conspiração?

Bem, não era possível descartar isso. Era plausível, em outras palavras. Um pouco improvável, mas certamente possível, se você tivesse um pouco de imaginação e se atrevesse a pensar fora da caixa. Um pouco como *O Código Da Vinci*, basicamente.

Mas e o pequeno Watergate particular dos social-democratas e do Partido Popular, então?

Isso precisava de um pouco mais de reflexão.

Uma Formiga bem infiltrada nos social-democratas poderia facilmente conseguir as informações de cadastro. A maioria das pessoas eram burras o suficiente para rabiscá-las em um post-it preso sob sua mesa para que pudessem entrar novamente no sistema depois de suas férias de verão.

Mas quem iria querer que isso acontecesse?

Quem se beneficiaria?

A curto prazo, obviamente, o Partido Popular; então eles eram clientes potenciais.

Mas, certamente, a coisa toda favoreceria os social-democratas a longo prazo?

Alguns cliques a mais parecia apoiar esse ângulo. O Partido Popular foi reduzido quase pela metade na eleição parlamentar algumas semanas depois, e seu colapso quase reverteu toda a mudança de poder da esquerda para a direita. Assim, havia pelo menos duas possíveis opções de conspiração aqui.

Alguém do lado azul queria conseguir informações confidenciais, e alguém no vermelho queria pegar os azuis em flagrante, por assim dizer.

O resultado?

Plausível, certamente, e, no fim, menos rebuscado do que o primeiro. Deus, que história isso estava virando!

O pior de tudo foi o último item em que ele tropeçou. Leu algumas vezes antes de se aprofundar de verdade. Quando fez isso, chegou perto de se cagar todo.

> *A descrição do agressor apresentada no inquérito 1994 concluiu que o assassinato foi cometido por uma pessoa agindo sozinha, um indivíduo com um distúrbio de personalidade, impulsionado por ódio ou raiva. Ele provavelmente tinha tido problemas de relacionamento ao longo de sua vida, e particularmente com qualquer forma de autoridade. Era introvertido, isolado e narcisista, mas não psicótico, e provavelmente não tinha família nem amigos próximos. Sua condição tinha ligação com uma sensação de ter "falhado" na vida, a percepção de ser "um estranho" cujos talentos nunca tinham sido reconhecidos ou permitido que atingissem todo o seu potencial.*

O perfil poderia perfeitamente ter sido escrito para descrevê-lo!

Ok, isso não era exatamente fácil de admitir, e olhar para o próprio umbigo não era um de seus passatempos favoritos. Mas, depois de tudo que tinha acontecido, sua experiência de quase morte no apartamento e toda a história no campo, tinha começado a se olhar no espelho de uma nova maneira.

E o que encontrou não era exatamente uma visão atraente...

Se fosse honesto, sua vida não era realmente muito excitante. Em termos gerais, ele estava bem à altura dessa descrição. Agindo sozinho, estranho, poucos relacionamentos próximos, egocêntrico, tudo se encaixava muito bem.

Bem demais, para falar a verdade...

Mas não era realmente culpa dele que tudo tinha dado errado. Ele tinha tido oportunidades, perspectivas, igual a todo mundo. Poderia ter sido alguém, alguém importante!

Um maldito candidato!

Tinha feito uma coisa genuinamente altruísta em sua vida, e o que ganhou com isso? Como o mundo o havia agradecido, o recompensado por seu heroísmo? Sim, dez meses na prisão, direto para a cadeia, sem passe livre, muitíssimo obrigado, porra! Porque, na terra do leite semidesnatado, obviamente, nenhuma boa ação deve ficar impune.

E, depois de seu período encarcerado, já era, todas as oportunidades tinham ido embora. As portas estavam todas fechadas, e o futuro, regiamente fodido. Trambiqueiro de quinta ou alguma merda de McEmprego eram praticamente as únicas opções. Então, talvez não fosse tão estranho que você não desse a mínima após esse tipo de decepção e se concentrasse apenas no número um. E, segundo Erman, pessoas como ele eram exatamente o tipo que o Jogo mandava as Formigas procurarem. Irresponsáveis que se encaixavam na lista de pré-requisitos. Ou, para ser mais preciso, o perfil...

"Eles o jogam há anos, muito antes da internet", Erman tinha dito.

E se já estivessem jogando em fevereiro de 1986, quando certo primeiro-ministro foi assassinado? Arrumaram um três-cinco-sete, o esconderam em um lugar conveniente e em seguida enviaram alguém. Um Jogador, um ninguém como ele, que já tinha deslocado tanto seus limites que eles não eram mais visíveis. Uma ligação aparentemente inocente de uma Formiga bem-posicionada seria o suficiente.

A sessão das nove horas, Grand Cinema!

Então: luzes, câmera, ação!

Os pelos atrás do pescoço de HP se levantaram. O chalé de repente parecia muito pequeno, o teto estava muito baixo, ameaçando sufocá-lo. Ele precisava de ar. Tinha de sair!

É tudo uma merda de jogo!, gritava o cadáver carbonizado em sua cabeça, enquanto ele se atirou sobre o canteiro.

Ok, ela estava realmente preocupada agora. Depois de vários dias pensando tolamente que ele iria entrar em contato, finalmente foi até o apartamento dele. Mas a porta estava coberta com madeira compensada e sob o cheiro de tinta ela ainda podia detectar um leve cheiro de fumaça.

O vizinho do lado — *dreadlocks*, um cavanhaque, obviamente dopado — lhe havia dito sobre o incêndio, que alguém tinha derramado fluido de isqueiro através da caixa de correio de Henke e jogou fogo nele.

Mas, claramente, Henke havia sobrevivido, um dia no hospital e ele estava bem.

Isso, pelo menos, foi um alívio.

Então, onde ele estava agora?

O rasta não pôde ajudá-la, e nesse momento da conversa o cérebro apodrecido dele pareceu ter finalmente percebido a energia policial e rapidamente bateu a porta na cara dela.

Depois de pensar um pouco, ela pelo menos conseguiu descobrir quem provavelmente saberia mais. Manga Sandström, claro, o melhor amigo de Henke desde a escola primária.

Ele não tinha uma loja de informática em algum lugar perto de Skanstull?

Uma ligação rápida para o Centro de Comunicação Regional e ela conseguiu o endereço e estava a caminho.

Fora da loja, ela percebeu que as coisas não estavam bem. Um pedaço do cordão policial azul e branco estava pendurado em um poste, e a janela ao lado da porta estava quebrada, o buraco remendado, de um jeito bem inadequado, por uma fita da empresa de segurança. Não havia dúvida sobre o cheiro de fumaça aqui também, quando ela abriu a porta e o tema de *Star Wars* começou a tocar. A julgar pelo caos do lado de dentro, eles ainda tinham muita coisa para arrumar depois do incêndio. Ela quase tropeçou em um balde cheio de água suja que estava ao lado da porta. Havia caixas em todos os lugares, e metade das prateleiras e suportes na parte da frente da loja estavam vazios.

A segunda bagunça completa suspeita em meia hora, dificilmente uma coincidência, pelo menos não se Henke estivesse envolvido. A pergunta era: no que ele tinha se metido dessa vez?

Talvez Manga fosse capaz de lhe dar uma resposta?

"Olá, Rebecca!", ele disse em tom surpreso de voz de trás de algumas prateleiras.

"Oi, Manga, há quanto tempo. Você recebeu visitas ou está se mudando?"

Eles trocaram um abraço desajeitado. Uma camisola e um colete bordado, seu gosto para roupas, pelo menos, tinha mudado drasticamente desde a última vez que se encontraram.

"Apenas uns moleques", ele murmurou, e ela soube na hora que ele estava mentindo. "Pó de extintor em todo lugar, então a companhia de seguros está criando caso..."

Mas não era apenas sua explicação fraca que o estava fazendo corar.

Manga sempre teve uma pequena queda por ela, o que era quase uma desvantagem, dada a razão de sua visita hoje.

"Meu nome é Farook Al-Hassan hoje em dia", acrescentou, animando-se um pouco. "Eu me converti quando me casei dois anos atrás."

"Ah, você está casado? E eu sempre achei que íamos acabar juntos", ela riu e o viu ficando com uma atraente cor vermelho brilhante.

Então isso explicava as roupas um pouco estranhas. Manga tinha se convertido.

Talvez não fosse tão estranho, pensando bem sobre isso, ele sempre pareceu estar procurando alguma coisa.

A última vez que o tinha visto, ele era um militante vegano, e antes disso um político local, ou foi o contrário...?

Manga era um rapaz inteligente, mas sempre pareceu ter perdido alguma coisa. Ela só esperava que ele tivesse encontrado algo que funcionasse para ele agora.

"Você tem filhos também?", perguntou ela, mais por educação.

"Um menino, oito meses, Mohammed."

Ele pegou a carteira e ela admirou o milagre pelos dez segundos que o protocolo exigia.

"Ele se parece com você, Ma... Quero dizer, Farook", disse, com o que esperava ser seu sorriso mais amigável. Vá direto ao ponto, já, Normén!

"Escuta, eu queria perguntar se você tem alguma ideia de onde Henke está?

"Er... o que você quer dizer?", outra mentira fraca.

"Bem, eu tenho tentado ligar pra ele, mas nenhum dos números que tenho parece funcionar, então pensei que talvez você pudesse saber onde ele está?"

Ele balançou a cabeça e fez o que podia para não cruzar com os olhos dela.

"Desculpe, eu não o vejo faz tempo..."

Ela franziu a testa. Dois incêndios, Henke desaparecido e agora o superdigno Manga mentia olhando na sua cara. Alguma coisa estava acontecendo, e estava na hora de ela descobrir o que era.

Mas, quando ela estava prestes a abrir a boca, Manga a interrompeu.

"Escute, Rebecca, agora que você está aqui, tem uma coisa que eu quero te dizer há muito tempo."

"Ok", ela disse com cautela.

Ela realmente não tinha tempo para quaisquer declarações de amor do passado, mas por outro lado precisava da ajuda dele agora. Paciência, Normén!

"Bem, Rebecca... Eu sempre... Quero dizer... ah, inferno..."

Ele respirou fundo e pareceu se recompor.

"Você e Dag, tudo aquilo que aconteceu com HP... bem, sabe?"

"Mmm", ela respondeu de forma neutra.

"Bem... Eu sempre... quis te pedir desculpas. Dag e eu éramos primos, é claro, e, bem, você o conheceu através de mim, e..."

Ele olhou para o balcão. Ela de repente se sentiu mal. Provavelmente o calor.

"Quero dizer", ele suspirou, fazendo uma última tentativa: "Eu-eu sempre me senti um p-pouco culpado por tudo isso", gaguejou. "Que foi um pouco culpa minha, você entende o que quero dizer?"

Ele lhe lançou um olhar suplicante, e ela não tinha absolutamente nenhuma ideia de como responder.

"Dag era mais velho do que eu, é claro, e não éramos exatamente próximos, m-mas eu sabia muito bem que tipo de pessoa ele era. Havia rumores sobre ele, que ele podia ser violento e... que o pai dele saiu de casa porque Dag bateu nele. Quero dizer, houve muita conversa, mas eu nunca ousei dizer nada... para você, quero dizer."

Ele estava olhando para o balcão novamente.

Rebecca respirou fundo.

O que ele esperava que ela dissesse?

A sensação de náusea foi piorando. O ar na loja estava abafado, e sua blusa estava começando a grudar nela. Precisava pôr um fim nessa discussão e colocar a conversa nos trilhos novamente, e rápido.

"Escute, Manga", disse ela, com toda a calma que podia. "Nós todos tomamos nossas próprias decisões, você, eu, Henke e Dag. Certo ou errado, fizemos nossas escolhas e, no final, cada um de nós tem que arcar com as consequências. Fui eu quem se apaixonou por Dag, foi minha a decisão de ir morar com ele, e eu fui quem não o denunciou quando as coisas começaram a dar errado. Era minha responsabilidade."

A verdade, toda a verdade e nada mais que a merda da dolorosa verdade, ela pensou amargamente. Ok, chega disso!

"Voltando ao Henke, eu estava pensando..."

"Mas você não está entendendo!", ele interrompeu com uma voz trêmula. "HP me disse que estava pensando em matá-lo. Que ele estava pensando em matar Dag! Ele me disse o que o filho da puta tinha feito com você e o quanto ele o odiava. E eu, eu não fiz nada. Eu não tentei detê-lo, não contei a ninguém, e então tudo foi para o inferno. Dag morto, HP na prisão, e você..."

Ele parou e olhou para ela com tristeza.

"Você não saiu impune também, Rebecca."

Ele ficou em silêncio e ela lhe deu alguns segundos para se recompor. Preste atenção, ela mesma precisava tanto quanto da pausa. Ondas de náusea quebravam nela com toda a força, e ela teve de fechar os olhos por alguns segundos para controlar o refluxo.

"A única pessoa que saiu inteira fui eu", ele continuou. "Para mim, a vida simplesmente continuou como se nada tivesse acontecido. Se eu tivesse aberto minha boca, contado para a-alguém o que HP estava pensando, então talvez tudo tivesse sido diferente? Eu poderia pelo menos ter dito a ele para se acalmar. Mas não fiz isso. Eu realmente não sei por que não. Tudo o que sei é que eu poderia ter feito mais para impedir que acontecesse. Muito mais!"

Ele ficou em silêncio novamente e parecia estar examinando um pedaço aleatório do piso de cortiça.

Caramba, essa conversa não estava indo como ela esperava.

De repente, os sons de todos os computadores e aparelhos se juntaram numa única enervante nota perfurante que parecia penetrar a cabeça dela e pregar seu cérebro na parte interna do crânio.

Ela apertou os olhos, engoliu algumas vezes e, quando recuperou o controle do corpo, abriu caminho por detrás de Manga e entrou no pequeno cubículo que tinha visto atrás da cortina de miçangas.

Água morna num copo sujo. Longos goles restauradores que lavavam todos os pensamentos indesejados. Recomponha-se, pelo amor de Deus, Normén!

Embora Manga parecesse estar desesperadamente precisando de um confessionário, ela com certeza não tinha vindo aqui para qualquer coisa assim. Repassar e chafurdar no passado. A coisa mais doente era que ela só tinha de dizer algumas palavras e poderia absolvê-lo de alguns de seus pecados. Dizer a ele quem era o verdadeiro assassino. Mas algo lhe dizia que a verdade não iria libertar nenhum deles, e certamente não ela.

Melhor voltar para o presente, concentrar-se na tarefa atual e sair daqui. Se ela conseguisse apenas falar com Henke, as coisas iriam se ajeitar, estava convencida disso, sem saber muito bem por quê.

Encheu o copo novamente e o colocou sobre o balcão ao lado de Manga. Ele parecia ter usado sua ausência para se recompor. Seus olhos ainda pareciam um pouco vermelhos, mas seu rosto estava mais ou menos de volta à cor normal.

Ele bebeu em silêncio.

"Eu consigo entender o jeito que você está pensando, Manga, mas sinceramente não acho que alguém poderia ter impedido as coisas de acontecerem", disse ela, lentamente. "As coisas simplesmente aconteceram, e todos nós temos que tentar seguir em frente. Pelo menos foi isso o que eu tentei fazer."

Ela podia ouvir quão falsas soavam suas palavras, mas Manga concordou com a cabeça.

"Claro, você está certa", disse ele, secamente. "Mas eu me sinto melhor por ter colocado tudo pra fora, de qualquer maneira, depois de todo esse tempo. Desculpe pelas lágrimas."

Ele sorriu tristemente e limpou o nariz com a manga da camisa.

"Não se preocupe, isso vai ficar entre nós."

Ele sorriu de novo, mais relaxado dessa vez, e ela aproveitou a oportunidade para mudar de assunto.

"Olha, você tem realmente certeza de que não viu Henke?"

Outro aceno de cabeça.

"Não, não realmente..."

Ela o encarou com seu olhar de policial, com relutância, e funcionou instantaneamente.

"O que você quer dizer com *não realmente*, Manga? Você viu ou não viu ele?"

Sua voz de repente perdeu toda a suavidade anterior. Ela se sentiu um pouco má por aplicar táticas de interrogatório agora, especialmente depois de sua explosão emocional, mas não teve qualquer escolha, na verdade. Tinha de encontrar Henke e não tinha tempo para mais distrações.

"Não por alguns dias", ele murmurou melancolicamente, olhando para o chão, e, até onde ela sabia, era provavelmente a verdade. Ela olhou em volta e inalou o cheiro de fumaça.

"Escute, aqueles moleques que atearam fogo em sua loja..."

Ela falou muito lentamente, paralisando-o com o olhar. Ele tremia como uma minhoca no anzol, mas ela não tinha a intenção de deixá-lo fugir.

"São os mesmos garotos que atearam fogo ao apartamento de Henke?"

"Sim... er, quero dizer não, ou melhor..."

Seus olhos se moviam apressados, e de repente ele parecia não saber o que fazer com as mãos.

"Oh, Magnus...", ela disse com sua voz mais suave e se debruçou sobre o balcão.

Ela esperou até que seus olhos se encontrassem novamente:

"Para o que o idiota do meu irmão te arrastou dessa vez?"

Urso branco 14

Tudo bem, ele tinha de aceitar a verdade — havia entendido tudo.

Mel Gibson em *Teoria da Conspiração*, Brill, o personagem de Gene Hackman, em *Inimigo do Estado* — era nisso em que ele estava se transformando. O maluco da conspiração, obsessivo, lunático solitário que vivia sua vida em fóruns de discussão e via intrigas em qualquer merda de canto. Ele bem poderia ter sua própria página na internet, um chalé na floresta e uma parede coberta de recortes de jornal, assim tudo seria perfeito!

Tá certo que essa ideia em relação ao assassinato de Palme[1] pode ser um tanto forçada, mas, por outro lado, como teoria, não era mais maluca ou pior do que qualquer uma das outras linhas de investigação. Os curdos, o esquadrão policial "do beisebol", sua esposa Lisbet ou um bêbado agindo por conta própria?

Todos a bordo do Trem Doido!

As portas estão fechando, próxima parada Birutolândia!

Havia uma vasta revoada de teorias amalucadas espalhadas pelo ciberespaço, como harpias gritando, cada uma mais doida que a anterior. Por que essa também não era?

Pensa direito!

Como você poderia foder com a maior investigação policial do mundo de forma tão espetacular? Esquecendo todo o senso comum policial, quebrando qualquer número de leis e regras ao apontar um amador para liderar tanto o trabalho da polícia quanto as investigações legais preliminares? E, como se não fosse suficiente, apontar um político palhaço social-democrata com sua própria minipolícia para conduzir uma investigação paralela diretamente sancionada pelo ministro da Justiça...

Havia uma cascata de peculiaridades, e o caso levantou uma quantidade de perguntas para as quais não havia soluções lógicas, exatamente como Erman lhe avisara. Não havia nenhuma explicação boa — ou pelo menos nenhuma melhor do que aquela que ele estava começando a aceitar cada vez mais.

1 Olof Palme, primeiro-ministro sueco assassinado em 1986, quando saía do cinema.

Além disso, ele começava a se lembrar de outros assassinatos políticos em que, mesmo quando o assassino tinha sido pego, sempre caía no perfil "criminoso solitário sem nenhum motivo específico". Sem contar o chamado Homem Laser no começo dos anos 1990. Havia algo metódico na evolução de sua carreira criminosa que lhe lembrava jogos de computador. Como se estivesse atravessando diferentes estágios de dificuldade, assumindo riscos cada vez maiores. Quase como se estivesse em uma espécie de liga...

De acordo com os clipes que HP encontrou no site da TV Sueca, o acusado havia gasto todo o dinheiro que tomou de suas vítimas num cassino alemão, o que tornava evidente que ele gostava de jogar. Era um jogador de verdade, nos dois sentidos do termo? Fazia todo sentido, mas ao mesmo tempo era completamente insano! E o assassinato de Kennedy? O naufrágio do *Estonia*? O 11 de Setembro?

Sim, ele havia entendido tudo.

Tudo!

Vasculhava vários sites de notícias por hora, e mesmo que eles estivessem interessados apenas na presidência sueca da União Europeia, ele encontrava sinais do Jogo em todo lugar.

Um financeiro bem conhecido que se desmaterializou no ar, um monte de dinamite que desapareceu de uma loja segura, um pequeno criminoso de Portugal que de repente teve vontade de explodir um iate de luxo vazio, com ele mesmo a bordo...

Estava tudo aí, se você soubesse o que estava procurando. As coisas não poderiam ser explicadas, não importa a forma como você se aproximava delas. Quer dizer, isso se a explicação não era o fato de que Erman tinha razão. Tudo era uma porra de um Jogo gigantesco!

Abri seus olhos e agora você pode ver...

A coisa mais estranha era que ele podia ver como tudo soava maluquice. Mas era algo que não passava. "A consciência da doença não te deixa bem", como uma das amigas alcoólatras de sua mãe costumava dizer.

Era muita coisa! Mas, diferente dos idiotas por aí, ele entendeu que havia se envolvido naquilo. Um cara de dentro, como Brill. Ele sabia que o Jogo existia, tinha visto com os próprios olhos o que eram capazes de fazer ou — mais precisamente — de mandar pessoas fazerem...

Na verdade, era a manipulação que mais doía.

A forma como apertaram botões e o fizeram jogar por conta própria. Humilhando-o apenas pela diversão e depois jogando-o fora mais rápido que um frasco de tálio russo. Mas também havia o fato de que ele gostava mesmo de ser o centro das atenções, ganhando reconhecimento às pencas.

Pela primeira vez na vida, era um jogador de um time, parte de algo maior do que si próprio, até mesmo uma das estrelas do time.

Cristo, como ele gostava daquela sensação! Gostava tanto que num nível ele ainda não conseguia parar de sonhar, apesar de toda aquela merda que vinha acontecendo, que poderia voltar aos holofotes... Ele faria tudo direitinho. Como um cachorro sarnento que estava tão desesperado por aprovação que, mesmo depois de ter apanhado de seu dono, queria cruzar com outras pernas — quaisquer pernas — só para ganhar outro afago na cabeça. Uma questão lhe coçava como uma casca de ferida gigante, e, não importa o quanto tentasse, não conseguia esquecê-la: se soubesse que Becca estava naquele carro policial naquela noite, que ela pudesse ou talvez fosse ser atingida pela pedra que ele iria jogar da ponte, faria alguma diferença?

Ele não sabia, honestamente.

Mesmo agora, depois de pensar nisso por tantas horas, não conseguia responder à porra da pergunta com um simples Sim ou Não.

Aquilo era doentio pra caralho!

Levou um dia ou outro para pensar em como lidar com o ataque ao cortejo da cavalaria com a granada de luz. Quem teria algum prazer em ver uns cavalos à solta e um par de realezas de segunda? Obviamente, poderia ser apenas que eles quisessem testá-lo ou tirar umas boas fotos. Mas ele leu depois sobre uma invasão em uma loja de roupas masculina em Östermalm e como ela foi precedida por uma falsa ameaça de bomba. Uma maleta com a palavra BOMBA pintada com tinta branca na lateral, deixada ao lado da Embaixada do Irã e de repente metade da força policial estava sobre Lidingö e, dessa forma, fora do jogo. E foi quando ele entendeu.

Depois de checar no site da própria polícia, achou o que estava procurando. Ao mesmo tempo que o Kungsträdgården estava cheio de cavalos a galope e todas as unidades policiais, incluindo um helicóptero que foi mandado para rondar por sobre o centro da cidade, alguém estava roubando a carga de um contêiner cheio de Viagra de uma empresa nos subúrbios do oeste. Eles passaram tranquilamente pelos seguranças com um caminhão, acenando o que parecia ser a documentação correta, calmamente engancharam o contêiner e saíram dali, sem se preocupar se estavam sendo perseguidos pelo helicóptero da polícia antes que tivessem tempo para descarregar as pílulas, porque HP havia dado um jeito.

Então, ele foi só um chamariz, enviado para fazer os cachorros farejarem no lugar errado?

"Procure pelo significado da palavra *Jogo* e você vai entender o que estou querendo dizer!", Erman havia dito, e lá pela metade da página no Wikitionário algo confirmava sua teoria:

— Distração ou desvio

Ele poderia perfeitamente ter sido ambos! E de repente todas aquelas estranhas coincidências ganharam uma dimensão ainda mais biruta. Táticas diversionistas, armadilhas e cortinas de fumaça, tudo para fazer as autoridades e o público em geral olhar para a direção errada?

Nesse caso, o que era o grande evento, o que eram as coisas que eles não queriam mostrar e quem estava por trás de tudo?

Os maçons?

A OMS?

O Clube de Bilderberg?

Ou ele estava indo longe demais...? Será que seu cérebro estava lhe confundindo, mostrando coisas que não existiam de verdade só porque ele queria ver?

O Jogo era tão evoluído como Erman dizia ou era só de brincadeira? Algo que eles faziam só porque podiam? Um jogo, basicamente? Só uma porra de um jeito de passar o tempo!

Todas essas perguntas o estavam enlouquecendo. Sua cabeça doía como se fosse explodir com tanta merda voando dentro dela. Ele não podia nem tomar um paracetamol, depois de ter procurado por todas as cômodas e gavetas da tia.

Acendeu um cigarro, um dos últimos. Um profundo trago e ele deixou as tensões saírem flutuando com a fumaça.

Ufa...!

Meditação Marlboro.

Quase sempre funcionava.

O que iria fazer agora?

Eis a pergunta de um milhão de dólares. Ele não havia saído do chalé por alguns dias e mal tinha comido alguma coisa. Estava só fumando, fuçando na internet e cutucando aquela enorme casca de ferida mental. Manga deu as caras rapidamente e lhe entupiu de cigarros e latas de sopa de feijão e todo tipo de ração do exército, mas ele teve a sensatez de não fazer nenhuma pergunta, o que dava no mesmo, já que não tinha nenhuma resposta.

HP poderia matar por um baseado, mas seu estoque tinha acabado faz tempo. Desde o fim da maconha, vinha tentando outras formas de acalmar sua ansiedade. Tinha batido tanta punheta que tinha queimaduras de fricção no pau, e no final ele estava dando cuidadosos passeios pelo loteamento para que seu cérebro ligasse de novo com um pouco de ar fresco.

Foi quando viu a van.

O carro rodava em câmera lenta, girando em seu próprio eixo antes de sua dianteira acertar o chão. Depois, voou mais uma vez, com a traseira apontando para o céu, deu um giro completo antes de cair de teto para baixo e desaparecer de vista.

Outra sequência de filme mostrava uma destruição esfumaçada, mas àquela altura ela já estava deitada sobre a pequena privada nojenta de Manga.

"Fodeu, fodeu, fodeu", gritava uma vozinha em sua cabeça latejante, enquanto vomitava a maior parte de uma salada de frango indigesta.

Que porra estava acontecendo?

Uma van branca com um logotipo azul, estacionada meio longe da estreita trilha. ACME Serviços de Telecomunicações Ltda.

Sério?

ACME — como toda empresa picareta na história do cinema, a mesma do Coiote e do Papaléguas! Era *muito* óbvio.

Tudo bem, então havia uma caixa de distribuição de linhas telefônicas e um bueiro ao lado da van, mas até agora ele não tinha visto uma alma sequer ali perto. E ali não parecia haver nenhum tipo de trabalho em andamento, então o que a van estava fazendo lá, estacionada no meio da Tantolunden?

Voltou para o chalé e procurou pelo número da placa, mas tudo que encontrou foi uma empresa de aluguel de carros em Solna.

A ACME Serviços de Telecomunicação tinha seu próprio *site*, um número de telefone e um e-mail para contato. *ACME Serviços de Telecomunicação — Membro orgulhoso do PayTag Group.*

Por outro lado, não havia nenhum endereço de rua, mas isso não era tão incomum, muitas empresas faziam o mesmo. *Sinta-se à vontade para entrar em contato conosco por e-mail ou por telefone.* Uma boa forma de evitar clientes difíceis.

Ele saiu mais uma vez para olhar a van mais de perto. Ainda não havia ninguém por ali, mas o motor estava razoavelmente quente, então ela não deveria ter parado por muito tempo.

Onde estava o motorista?

Deu uma volta ao redor do carro, mas nada adiantou. As janelas da traseira eram escuras, e mesmo se fechasse suas mãos ao redor dos olhos não conseguia ver nada ali dentro. Na cabine do motorista foi mais fácil.

Uma jaqueta no banco da frente, amarelo néon com um monte de bolsos, e quando ele olhou mais de perto viu que havia algo saindo de debaixo dela. Um objeto prateado comprido. Foi quando percebeu o que era! Um telefone, claro, igualzinho ao que havia deixado na loja de computadores. O que poderia indicar que os filhos da puta o haviam encontrado!

Deu uma volta para ter uma visão melhor do celular, mas ele estava quase todo coberto pela jaqueta. Tinha de ter certeza e puxou com força a maçaneta.

Trancado, óbvio.

Olhou rapidamente ao redor e pegou uma pedra de um canteiro próximo. Ergueu o braço para arremessá-la.

"Ei, o que você acha que está fazendo?"

O homem apareceu do nada, um sujeito atarracado com seus 50 e poucos anos usando um macacão e um capacete laranja tipo o do Bob, o Construtor.

Operário braçal, modelo 1A.

"Nada", resmungou HP, deixando a pedra escorregar por sua perna. "Só estava pensando por que é que você estacionou aqui."

O homem olhou para ele, desconfiado.

"Trabalho para a Telia, cabo quebrado. A banda larga ficou fora do ar para metade de Södermalm, não ouviu falar?"

"Não", balbuciou HP, afastando-se lentamente da van.

"Tudo bem, até mais!"

O homem encolheu-se ao despedir-se, deu a volta na van e destravou a porta de trás.

Depois de mexer por um minuto e pouco, saiu de lá com uma caixa de ferramentas, deu uma rápida olhada na direção de HP e então cuidadosamente trancou a porta depois de desaparecer entre dois chalés.

HP suspirou de alívio. O sujeito parecia de verdade; em outras palavras, alarme falso.

Ele estava delirando à luz do dia.

Finalmente, ao ar livre! Ainda estava pegando fogo, mas qualquer coisa era melhor do que uma claustrofóbica lojinha de computadores.

Ela prosseguiu em sua bicicleta, respirando pesadamente, pedalando com força com o vento contra o rosto ela sentiu a náusea gradualmente baixar à medida que o sangue oxigenado voltava a circular no seu corpo. Após algumas centenas de metros, já se sentia bem melhor.

Não se sentia tão esperta depois de ter conversado com Manga.

Uma vez que ele finalmente desistiu de suas frágeis tentativas de desculpas e concordou em contar a verdade, começou trancando a porta da loja, ligando o sinal de Fechado e então, só para ter certeza, a puxou para a parte de trás do recinto.

Manga nunca foi um dos amigos mais corajosos de Henke e certamente não era um dos mais legais, mas ao contrário dos outros ele era um dos poucos que havia sobrado da velha turma.

Vesa decidiu subir em cima de uns vagões de trem em Älvsjö quando estava doidaço e acabou morrendo frito. Ela também se lembrava bem de Jesus, ele não tinha ganho uma baita grana e desapareceu na Tailândia? Sim, era ele. Henke falava de ir com ele, mas como sempre ele nunca foi além da conversa fiada. O resto da turma se afastou. E Henke não era exatamente o tipo de pessoa cuja companhia ou confiabilidade faria falta a alguém.

Mas por algum motivo Manga sempre havia estado ali, mesmo na pior. Ele foi o único da turma que apareceu no julgamento e, até onde Rebecca sabia, a única pessoa além dela mesma a visitar Henke na cadeia. Um dos poucos que se importava.

Manga era legal, de verdade, um sujeito decente, que só queria o bem, e ela sentiu uma aflição em sua consciência ao se ver forçada a usar táticas de interrogatório para conseguir que ele falasse. Pelo menos funcionou, e depois de ter certeza não só uma vez, mas duas, de que eles estavam realmente a sós, ele finalmente contou tudo para ela, pelo menos tudo que sabia.

Ele a deixou pensando no que havia contado a ela.

Toda a história sobre um celular que passava missões e um sigiloso jogo de verdade com recompensas e punições parecia maluquice, e sua reação inicial foi que Manga havia caído em mais um papo furado de Henke. Então ele mostrou a ela os clipes de vídeo no computador, e tudo ressurgiu numa luz completamente diferente.

O lance na porta, as rodas do carro e o cortejo real já haviam sido demais pra ela, mas quando viu o próprio carro dela saindo lentamente para fora da estrada Drottningholm, aí já era demais.

Evidentemente que Manga não sabia que era ela quem estava no Volvo, mas ele estacionou do lado de fora do banheiro preocupado ansiosamente em saber se ela estava bem. Ela deu um jeito em si mesma, jogou uma água no rosto e culpou o calor, e ele não estranhou nem fez nenhum comentário.

Uma vez que havia se recomposto, pediu para ver o celular de Henke, e quando ele, contrariado o tirou de dentro de uma cômoda trancada, ela rapidamente o inspecionou e o pôs em sua bolsa. Por um instante, pareceu que Manga iria protestar, mas ele pensou melhor e deixou que ela o levasse, sem falar nada.

Antes que ela saísse, ele também lhe deu o endereço do chalé no loteamento da tia Berit, e ela queria ter uma conversa mais franca e detalhada com seu irmão em alguns minutos.

Iria torcer o braço daquele maldito moleque até que ele contasse a verdade sobre o que estava realmente acontecendo!

Ela atravessou o trânsito, cruzou a Ringvägen e logo estava entre as árvores do parque. Sentia-se mais leve sob a sombra fresca. Manga havia dito que era uma caminhada de quinze minutos a partir da loja, mas cinco minutos e pouco de bicicleta pareciam o suficiente.

Quando voltou à estrada, teve de desviar para evitar uma van que estava saindo com pressa e rugiu ao passar rapidamente por ela.

"Maldito idiota!", pensou, enquanto lutava para manter o equilíbrio. Por um instante, pensou em anotar a placa, pois o limite de velocidade ali era apenas 30. Mas não se incomodou, estava muito quente para fazer algum esforço e, além disso, não tinha visto todo o número. Era uma van de alguma empresa com logotipo azul nas laterais.

Foi quando avistou o chalé da tia Berit.

Bateu três vezes na porta, mas não teve resposta. Talvez ele estivesse dormindo? Ainda era de tarde, mas não a surpreenderia se Henke estivesse tirando uma pequena sesta.

Pegou a maçaneta e descobriu que a porta estava destravada, mas por algum motivo parou à entrada. Ela realmente não sabia por quê, mas algo lhe parecia estranho. Examinou a porta com mais cuidado e logo encontrou o que procurava. Uma pequena, quase invisível, marca na madeira logo acima da fechadura. Ela certamente poderia ser velha, mas bastou checar direito para ver que algumas farpas tinham a cor original da pintura.

Alguém havia tentado invadir o chalé há pouco tempo. A pergunta era: eles ainda estão lá?

Rebecca prendeu o fôlego e ouviu algum som que vinha lá de dentro.

Quieto como um túmulo.

Atravessou silenciosamente em direção a um pequeno corredor. O fedor de fumaça de cigarro quase fez seus olhos lacrimejarem. Pôs a mão na entrada da cozinha e inclinou-se para dar uma rápida olhada ali dentro.

O movimento era muito rápido para que qualquer agressor pudesse reagir, mas firme o suficiente para que ela registrasse o que havia dentro do cômodo. Repetiu o procedimento no pequeno quarto à direita do corredor.

Os resultados não deixavam dúvida de que o chalé estava vazio.

Quem quer que tivesse entrado já tinha ido embora, e não parecia que nada havia sido roubado. Um laptop, com o protetor de tela ligado, estava intacto na pequena mesa da cozinha. Tinham algumas canecas e copos sujos aqui e ali, a maior parte deles com bitucas de cigarro, e a pequena pia estava sobrecarregada de louça pronta para ser lavada e latas de comida vazias.

Havia um velho saco de dormir verde numa pilha numa das pontas do sofá, uma camisa imunda e um par de jeans esfarrapados da Cheap Monday pendurados descuidadamente numa das duas cadeiras da cozinha.

Esfumaçado, sujo e desarrumado: bem diferente de como era quando a tia Berit morava ali.

Parecia que Manga estava contando a verdade, que todos os sinais demonstravam que Henke estava morando ali...

E agora, onde ele está e quanto tempo ficaria fora? A melhor coisa que ela poderia fazer é sentar-se no pequeno sofá e esperar.

Que porr...?

O plano era passar em Ringvägen para arrumar cigarros e tortas Gorby. Ele acabou pegando também falafel e sorvete, porque não tinha tanta pressa. Eestava quase de volta à casa quando viu as luzes azuis piscando.

Dois carros de patrulha e uma van com um trailer sem identificação, todas alinhadas em frente ao pequeno chalé da tia. O trailer era estranho, como um galão de leite desproporcional com sua tampa aberta. Um dos policiais parecia estar numa baita pressa para passar a fita de isolamento no fim da rua, mas por sorte HP o viu antes.

Ele parou abruptamente e virou numa das pequenas trilhas laterais para achar um bom posto de observação.

Alguns minutos depois, estava sentado no topo de um afloramento de pedras cercado por um mato lilás.

Que diabo estava acontecendo lá embaixo?

Por algum motivo, ela não se sentou.

Mais tarde, não conseguiria explicar por quê, mas o sentimento de que algo estava errado não lhe deixava.

Demorou alguns segundos para entender o que estava lhe incomodando. O sofá estava levemente em outra posição. Ela conseguia claramente ver as marcas na esteira de cortiça onde normalmente ficava o pé do sofá, mas que agora estava a alguns centímetros de distância. Tudo bem, o sofá era bem velho, mas era de madeira de pinho pesada e, a julgar pela marca que havia feito no chão, devia ter exigido um belo esforço para alguém movê-lo. Mas por que alguém faria isso?

Em vez de sentar-se, ajoelhou-se e olhou para baixo.

Ele podia ver alguns policiais conversando com expressões sérias, até que outro sujeito apareceu usando um traje de proteção e um capacete que lhe fazia parecer um astronauta verde.

O homem das estrelas oscilou para dentro do chalé e os policiais rapidamente moveram-se para trás dos carros, como se estivessem tomando cobertura. Alguns minutos depois o homem espacial saiu de lá com uma espécie de objeto nas mãos.

Ele chegou mais perto do trailer e largou dentro o que quer que estava segurando.

Mesmo que estivesse vendo tudo a certa distância, HP não teve dificuldades ao ver como os policiais ficaram aliviados quando o trailer foi fechado.

Ela não sabia o que esperava encontrar. Mas era claro que o objeto ali embaixo não estava entre as dez coisas que mais queria achar, se alguém lhe pedisse para fazer tal lista.

Um chaveiro, moedas, talvez um celular que alguém tivesse deixado cair...

Mas não isso...

Levou alguns segundos para que percebesse o que estava observando e por que estaria ali, então lentamente ficou de pé, pegou o computador e saiu do chalé.

Deixou a porta aberta.

Só depois de alguns minutos sentado ali que ele reconheceu um dos policiais. Para começar, achou que era apenas outro policial à paisana. Usando camisa de manga curta pra fora da bermuda cáqui com um monte de bolsos, boné de beisebol, tênis e outras coisas que os ajudavam a se misturar.

Mas a postura de polícia e o jeito que eles movem suas cabeças quase sempre os entregavam.

Ele estava concentrando-se nos caras ao redor do trailer e só quando a tampa foi fechada que conseguiu ver mais de perto o resto do grupo, percebendo que o policial à paisana era, na verdade, Becca. Que agora estava ali conversando com o cara na roupa de astronauta.

Que merda que ela estava fazendo ali?

"Definitivamente, em boas condições", disse o especialista em bombas. De acordo com a etiqueta em seu traje, seu nome era Selander, e ele claramente gostava de falar frases pela metade.

"Dois bastões de dynamex. Gatilho de pressão montado sob o sofá. Era só alguém se sentar. Mais do que o suficiente para explodir o chalé pelos ares. Maldita sorte que você tem esse talento, Normén..."

Ele parou para pegar mais um pedaço de tabaco para mascar.

"Não dá para saber se funcionaria até que a gente chegue ao laboratório para desmantelá-la", continuou, dessa vez com um pouco mais de expressão. "Eu volto a falar contigo. Presumo que a Unidade Criminal de Södermalm irá assumir isso? Você disse que esse chalé era do seu irmão?"

"Algo do tipo", balbuciou.

A cabeça dela estava girando. Granadas de luz, pedras que caem sobre carros de polícia e agora a porra de uma bomba!

Em que diabos Henke se meteu?

"Imagino que nossos amigos da divisão de crimes estarão bem animados para ter uma conversa com ele", concluiu Selander, enquanto limpava seus dedos no traje antibombas, sujando-o com pedaços de tabaco.

Rebecca apenas concordou com a cabeça.

Bem-vinda ao clube!, pensou.

ANDERS DE LA MOTTE THE GAME

Você tem certeza de que quer ir? 15

Rebecca estava exausta ao chegar à sua casa. Passara a maior parte da tarde com a Unidade de Crimes de Södermalm contando o que tinha acontecido em Tantolunden. Ou pelo menos as partes que ela considerava adequadas de ser reveladas.

Não mencionou sua visita ao Manga ou os vídeos que tinha visto na loja. Era muito provável que os vídeos tivessem a ver com os eventos que aconteceram no chalé, mas antes que ela tivesse uma chance de falar com Henke não queria entregá-lo para seus colegas. Ela não tinha deixado de notar o silêncio que pairou quando a ficha criminal de Henke foi mencionada.

Então vieram as perguntas obrigatórias: seu irmão tinha algum inimigo? Ela sabia do que ele vivia? Ela sabia do ataque incendiário a seu apartamento há uma semana?

Ela respondeu não a cada uma das perguntas, o que era verdade. Bem, quase, pelo menos.

Trancou a bicicleta no porão e subiu pelas escadas, como sempre.

Talvez por estar muito cansada ou por estar absorta em seus pensamentos, não percebeu que alguém a esperava.

"Becca!"

Ela girou e automaticamente estendeu as mãos para a frente.

"Calma, sou só eu, Henke!"

Claro que era só ele.

Ela devia ter percebido. Para onde mais ele poderia ir?

Ela resmungou alguma coisa, virou de costas e destravou a porta do apartamento antes de abrir o caminho para ele entrar. Ela parou depois de fechar a porta por alguns segundos e depois trancou as quatro fechaduras.

Mas, apenas uma vez, mesmo que parte dela ainda protestasse selvagemente, aquilo teria de ser resolvido. Ela não tinha intenção de lhe dar uma demonstração de seu comportamento compulsivo.

No corredor, o telefone estava piscando para indicar outra chamada perdida. Número bloqueado, como sempre. Henke já se sentia em casa no sofá na sala de estar.

"Tem café?"

Ela resistiu, com algum esforço, ao ímpeto de pegar o objeto pesado mais próximo e esmagar seu crânio. Maldito moleque idiota, folgando desse jeito! Ela nem sabia que ele sabia onde ela morava. Esteve procurando por ele pela cidade toda e aí estava ele, de repente, sentado em seu sofá.

E como diabos ele estava?

Ainda mais gasto que da última vez, com enormes olheiras sob os olhos, a pele amarelada de nicotina. Unhas comidas quase inteiras, o cabelo todo bagunçado e completamente imundo.

Um cheiro de fumaça nas entranhas e de sujeira de homem saía de seu sofá, fazendo-a torcer o nariz.

Ele olhava para ela de forma inquisitiva, e ela percebeu que não estava respondendo à sua questão.

"Tem", respondeu e foi para a cozinha.

"Você pode se lavar enquanto isso, o banheiro é no corredor", ela gritou da cozinha, enquanto arrumava a cafeteira.

Mas, quando voltou minutos depois com a bandeja do café, ele estava dormindo.

Ela suspirou, serviu-se uma xícara e decidiu, depois de pensar um pouco, deixá-lo dormir. Ele parecia precisar daquilo.

Um sentimento de ternura lhe pegou de surpresa e ela não conseguiu deixar de afagá-lo na bochecha. Ele ainda era seu irmão caçula, afinal, seu pequeno Henke. Tudo bem, ele era um idiota imaturo e um ímã de problemas de primeira grandeza, mas nem sempre ele tinha sido assim. Já tinha sido os dois contra o mundo. E, no meio de toda a merda, eles sempre tiveram um ao outro.

Mas isso foi há muito tempo. As coisas mudaram, gostassem ou não.

Ela bebeu o fim de sua xícara, inclinou a cabeça para trás no sofá e fechou os olhos.

Ela se deu conta pelo barulho que ele fez no hall quando chegou. O jeito como bateu a porta da frente, o balançar as chaves e como chutou seus sapatos. Tentou avisar Henke, mas ele estava de costas para ela, sentado numa cadeira dobrável na varanda, fumando. Henke e Dag normalmente dividiam um cigarro aqui e ali, mesmo com Dag dizendo que havia parado. Fumar não combinava com aquele papo de exercício, regime e toda aquela merda. E ainda assim ele se pendurava ali de vez em quando, inclinando-se sobre a grade, e não só quando Henke os visitava. Da varanda, ele conseguia ver o quintal e o estacionamento onde deixava sua BMW.

Nos bons dias, eles se davam superbem, Dag e Henke. Podiam se suportar e até conversar, quase como se fossem amigos. Ela gostava dos dias assim, fazia-a imaginar que tinha uma família de verdade.

Mas aquele definitivamente não iria ser um daqueles dias, ela percebeu no momento em que a porta da frente bateu.

"Alô!"

A voz era fria como gelo, quase sem emoção, mas ela não teve dificuldades em perceber a raiva que borbulhava por baixo.

"Tudo bem?", ela disse do jeito mais calmo e quieto que pôde.

Ele bufou como resposta.

"Tem comida?"

"Gratinado de peixe, no forno. Henke e eu já comemos."

Outra bufada. Isso não ia acabar bem, ela sabia por experiência. Chutando, algo havia dado errado no trabalho, um cliente problemático, um pedido que se perdeu ou seu chefe apertando a barra. Não era preciso muita coisa.

"Por quanto tempo o inútil do seu irmão vai explorar a minha hospitalidade dessa vez?", resmungou entre os dentes mais tarde, acenando em direção a Henke, que ainda estava na varada.

"Só alguns dias", ela disse da forma mais neutra que pôde. "As coisas tão meio enroladas em casa com a mamãe e tudo mais. Ele precisou sair por alguns dias."

Uma terceira bufada, dessa vez com desdém.

"Enroladas...", balbuciou, enquanto enfiava uma colher cheia de gratinado na boca. "Sua mãe é uma alcoólatra patética", disse, enquanto mastigava. "Coloca ela num asilo para que você tenha um pouco de paz e sossego, e aí a gente não precisa ter esse bandidinho aparecendo por aqui o tempo todo."

Ela começou a ficar brava e ele percebeu. Um sorriso feliz espalhou-se em seu rosto.

"Ah, você ficou assim porque eu disse algo ruim sobre o pobre e inocente Henke?", ele ainda fez a voz de criança paternalista que ela odiava. Foi direto ao ponto fraco dela, e ela não fez o menor esforço para não cair na isca.

"Henke é meio azarado", ela disse com uma calma forçada. "Nem tudo é fácil pra ele e, além do mais, ele é meu irmão caçula."

"Fácil?", Dag ficou vermelho de repente e saiu de uma vez de sua cadeira. Era a deixa que ele esperava desde que abriu a porta e agora tinha o que queria.

"Você fala em 'fácil', mas quais foram os problemas que esse inútil desse seu irmão já teve, hein? Meu pai não era um santo. Ele costumava me surrar todo dia, até que eu aprendi a bater de volta. O puto me deixou quando eu tinha 15 anos, e agora olha pra mim!" Ele apontava para o peito com seu polegar. "Eu não virei uma merda de um marginal! Eu trabalhei desde os 16 anos, me arrastei pra cima da escada, paguei meus impostos, cuidei de mim, e pra quê? Pra sustentar alguém que nem ele?"

Sua boca estava cuspindo pedaços de saliva e comida, mas ele não parecia perceber.

"E aí?"

Henke estava observando na varanda. Ela tentou sinalizar para ele pegar mais leve, para não provocar Dag, deixá-lo explodir e depois tudo se acalmaria. Mas ele não parecia entender. De qualquer forma, Dag parecia que não ia deixar ele se safar numa boa dessa vez.

"Olha, eu e sua irmã estávamos discutindo se fazia sentido colocar a mãe alcoólatra de vocês num asilo pra que a gente não tenha que ficar te recebendo aqui a cada cinco minutos."

O tom de sua voz era tão arrogante e provocador que ela já tinha uma ideia do que iria acontecer. Tentou mais uma vez chamar a atenção de Henke para que ele entendesse. Não cai nessa que ele está jogando na sua cara. Mas ele não parecia entender, ou a estava apenas ignorando.

"É mesmo, Dagge?", ele disse, por sua vez, em tom jocoso, enfatizando o apelido que ele sabia que Dag odiava. "Não seria melhor enterrá-la no mesmo buraco na floresta em que está seu pai 'desaparecido'? Assim a gente poderia manter a violência em família. Afinal, você é bem bom com isso!"

Dag se atirou na direção da mesa, e Henke não teve tempo de dar mais do que alguns passos para trás antes que ele estivesse em cima dele. Tentou resistir, mas seu oponente era consideravelmente maior e mais agressivo. Depois de alguns segundos, Henke estava no chão, encolhendo as mãos sobre seu rosto para se proteger. Dag estava sobre ele, com o braço ao redor do pescoço dele e puxando-o para cima. Rebecca podia ver o rosto de Henke ficando branco.

"Pare com isso, Dag!", ela gritou. "Pare com isso, puta merda, você está estrangulando ele!"

Ela tentou soltar o braço que dava volta no pescoço de Henke.

O soco veio do nada, ele deve ter deixado Henke se soltar com a outra mão, porque ela de repente estava voando para trás por cima da mesa da cozinha.

"Sua puta!", ela o ouviu rugir, enquanto suas costas caíam no chão. Talheres, pratos e comida por todos os lados. Sua bochecha estava queimando, seu rosto estava dormente e ela estava vendo estrelas.

Em algum lugar a distância, ela ouviu Henke gemer e tentou se levantar.

Por algum motivo, a porta para fora estava aberta, a menos que Henke nunca a tivesse fechado, porque de repente a briga foi para a sacada. Dag segurou mais uma vez a cabeça de Henke, e ela pôde ver que seu irmão caçula estava quase no fim. Suas pernas de repente pararam de se mover e ele parou de se defender, mas Dag parecia não ter percebido.

"Você não é tão valentão agora, não é, seu merda?!", urrou, com o rosto reluzindo vermelho, enquanto ele apertava com força.

E de repente ela percebeu que Henke iria morrer. Que Dag iria matar seu irmão caçula ali mesmo, na sacada deles.

"*Pare!*", ela gritou o mais alto que pôde. Sua voz soava terrível, como se viesse do peito em vez da garganta.

Será que foi o tom incomum da voz dela que trouxe Dag de volta e o fez perceber que estava indo longe demais? Pois foi só ela se jogar em sua direção com toda força que conseguiu reunir que ele largou Henke. Deixou-o cair no chão como um boneco de pano e deu um passo vacilante para trás. Em direção à grade da varanda.

Ela acertou Dag bem no peito. Mesmo que pesando quase setenta quilos, a colisão não o balançaria normalmente, no máximo o faria oscilar um pouco.

Mas dessa vez ela deve ter tirado o equilíbrio dele, ou então a força em seu golpe foi mais forte do que ela percebera. De qualquer forma, ele caiu para trás em direção à varanda com seus braços buscando algo em que pudesse segurar, algo que pudesse manter seu corpo reto e impedi-lo de cair.

E então suas costas acertaram a grade de metal...

Ela nunca iria esquecer aquele som. Um som agudo de metal quebrando misturado com um suspiro do concreto que relutantemente perdia a firmeza nos poucos parafusos de metal que possuía.

E de repente a grade já era.

Ela estava deitada no chão da varanda, Dag só a um metro de distância, equilibrando-se exatamente na borda. Em seus olhos havia um olhar acusador, como se tivesse entendido como tudo iria acabar. Que ela não ergueria um dedo para salvá-lo. Nem sequer tentaria. Porque no fundo ela já estava começando a celebrar, começando a regozijar que seu amor por ele, como ele mesmo, logo estaria morto.

E ela finalmente estaria livre!

"É culpa sua!", diziam aqueles olhos num adeus antes que eles — e ele — desaparecessem para além da borda.

E ela sabia que eles tinham razão.

É inverno, está escuro e nesse sonho Henke está esperando do lado de uma vitrine de loja iluminada. Ele não sabe por quem ou por quê. Apenas sabe que tem de esperar. Alguém chegar. Alguém importante.

A rua tem uma fila de árvores peladas e irregulares, enquanto os carros passam quase sem som na rodovia branca. Modelos antigos, ele percebe, como se tivesse voltado no tempo.

Enfia seus pés no chão coberto de neve para manter o calor.

É quando ouve um relógio de igreja badalar por toda a rua e percebe onde está. Sveavägen, numa diagonal que atravessa a igreja Adolf Fredrik.

No entroncamento com a Tunnelgatan.

E de repente os vê vindo em sua direção. Um casal andando de braços dados. O cara com um casaco de inverno e um chapéu de pele, a mulher num casaco e uma espécie de xale. Ele os reconhece imediatamente.

O primeiro-ministro e sua esposa. Ele passa as mãos pela jaqueta e sente o objeto no bolso, e então se vira em direção à vitrine da loja e os deixa passar.

Então gira e dá alguns passos mais largos para chegar perto dos dois.

Ele sabe o que deve fazer.

Haviam se passado por volta de dez minutos desde que Dag caiu da varanda, mas ela não se lembrava de nada que havia acontecido durante esse tempo. Está sentada na cozinha com uma oficial de polícia que devia ter seus 40 anos. Parece ser uma boa pessoa, Rebecca se pega imaginando isso. Lá embaixo, luzes azuis piscavam, iluminando todo o pátio. Ela não estava chorando, não havia chorado nem choraria depois, já sabia.

"Você pode me dizer o que aconteceu?", pergunta a oficial de polícia, e quando ela abre a boca para falar, ouve a voz do Henke vindo da sala de estar.

"Fui eu que fiz isso!", diz alto e claro. "Estávamos brigando e eu o empurrei, aí tudo começou a desabar e ele atravessou a grade. É culpa minha."

Ele está com a arma em mãos, um revólver grande e prateado com mira laser. O ponto vermelho está no meio das costas do homem.

É só apertar e...

Mas eles parecem ter percebido, porque pararam.

O homem vira-se. Seu corpo havia mudado, tornando-se muito maior e mais intimidante. Quando seus olhos se encontram, ele percebe que o homem está sorrindo.

"Então, seu criminosinho de merda, agora você vai me matar olhando na minha cara, vai?", disse o primeiro-ministro com a voz de Dag.

De repente, toda a determinação que era tão forte num momento começara a se dissolver.

Ela queria gritar para ele calar a boca, gritar para os policiais não acreditarem nele, ainda que os policiais não estivessem lá para acreditar nele, e falar para a mulher à sua frente que o irmão caçula estava mentindo. Que era ela quem deveria ir presa, não Henke. Que ela era o assassino que deveria ser punido.

Mas nada disso aconteceu.

Sua cabeça estava completamente vazia, seu corpo, incapaz de qualquer movimento, mesmo um milímetro, o que fez sua boca também manter-se vazia.

"Foi isso?", a policial à sua frente lhe perguntou. "Foi ele quem empurrou seu marido para fora da varanda?"

Mas ela não conseguia responder.

E ela não estava chorando.

"Vai logo, então!", zombava o homem à sua frente.

Seu hálito era como uma pilastra de fumaça que saía da boca que não parava de desdenhar.

"Puxe o gatilho, se tem coragem!"

A marca vermelha da mira laser tremia no amplo tórax do cara. Tudo que ele precisava fazer era apertar o gatilho e a bala terminaria o trabalho.

Mas ele hesitou. Ao fundo, os sinos da igreja soavam cada vez mais altos. Ele parecia ter encolhido de alguma forma, ficado mais baixo, menor, como se estivesse se transformando em uma criança. A pistola ia se tornando mais e mais pesada, e logo ele não conseguiria mais segurá-la.

"Henrik", disse a mulher ao lado do homem, calmamente, enquanto ela se inclinava para conseguir colocar os olhos nele.

"Você não precisa fazer isso. Vai dar tudo certo no final das contas."

A voz dela é calma e amistosa, tão familiar e reconfortante. E então ela sorri para ele, aquele sorriso gentil que ele amava desde que conseguia se lembrar, e há um caroço em sua garganta. Está forçando o caminho entre sua laringe e sua boca. Lágrimas queimam atravessando suas pálpebras e ele ouve o homem rir.

"Sabia que você não teria coragem", zombou. "Um pedaço de merda inútil como você não é capaz de porra nenhuma. Nem de tomar conta de sua família."

Ele botou seus braços ao redor dos ombros da mulher e a puxou em sua direção. Ela não faz nada para impedi-lo e se deixa ser abraçada. Fica ali, parada, presa a seu lado.

A seu alcance.

"Eu ficarei bem de qualquer jeito", sua voz sussurra dentro da cabeça, mas ele sabe que ela está errada.

E o olhar dela concorda com ele.

O homem é outra pessoa. Muda de novo, bem em frente a seus olhos. Em alguém mais velho, mais perigoso. E de repente ele sente seu pinto de menino murchar e quase desaparecer dentro das calças.

Mas foi só ele ver o cinto na mão livre do homem, naquele exato momento ele vê como tudo se encaixa e seu dedo indicador aperta o gatilho, que o acerta e manda o puto de uma vez por todas pro inferno — a arma torna-se outra coisa.

Os sinos viraram um trovão em sua cabeça.

Afogando em som e engolindo o mundo todo.

Era como se todas as igrejas de Estocolmo de repente tivessem se juntado e começassem a fazer o chão tremer sob seus pés. É dia 28 de fevereiro de 1986, o primeiro-ministro da Suécia acabou de ser assassinado. E o mundo nunca mais será o mesmo...

"Fogo! Fogo!", ele escuta alguém gritar, enquanto apressa os passos rumo a Malmskillnadsgatan alguns segundos depois.

Em sua jaqueta, consegue sentir a velha chave inglesa balançando.

HP acordou vagarosamente. Abriu os olhos lentamente e reconheceu na hora pelo cheiro que não estava em casa. Havia cheiro de comida. Comida quente, no fogão, não comprada num quiosque ou nesses lugares de levar para casa, mas comida caseira cozinhada. Maravilha!

"Ah, então você acordou!", ela enfiou sua cabeça na sala de estar e pareceu quase feliz por tê-lo visto.

"A comida estará pronta em alguns minutos, se quiser passar no banheiro antes pra se refrescar."

Ele concordou e vagou rumo ao banheiro.

Quando voltou, ela estava servindo uma porção de purê com linguiça pra ele.

Purê de verdade, feito com batatas de verdade, não em pó. Ele tinha de admitir que... bem, não se lembrava da última vez em que havia comido isso.

Estava ótimo e ele comeu com fome. Ela esperou até que ele acabasse a primeira porção e não estivesse mais completamente esfomeado.

"Eu estive no chalé", disse naturalmente.

"Eu sei!", disse, enquanto mastigava. "Te vi de longe, mas não acho que seria uma boa me apresentar pros seus colegas", explicou, quando viu o olhar de interrogação na cara dela. "Era uma bomba mesmo?"

Ela olhou para ele em busca de algo por alguns segundos. Você podia falar muitas coisas sobre Henke, coisas pra caralho na verdade, mas não que ele fosse burro. E esse era realmente o principal problema.

Esperto, mas preguiçoso. Sagaz, mas indolente. Brilhante, mas sem ambição.

Ela devia ter percebido que não seria fácil pegá-lo de surpresa.

"Parece que sim", ela disse brevemente. "De acordo com os forenses, havia dynamex suficiente para transformar o chalé da tia em pedaços. Estava sob o sofá, por falar nisso, com um detonador sensível à pressão, mas talvez você já soubesse disso, não?"

Ele balançou a cabeça e enfiou outra garfada na boca. Dynamex, aquilo que eles usam em locais de construção. A boa e velha dinamite com uma nova cara.

O mesmo material sobre o qual ele havia lido na internet, que havia sumido de uma loja de armas em Fiskätra. A parte sobre um detonador sensível à pressão também lhe parecia familiar, embora ele não soubesse localizá-la. Parecia algo que tinha visto no cinema. Como quase tudo que estava acontecendo.

Como se toda a sua vida tivesse se transformado num filme bizarro.

"Eu falei com o Manga", disse, mudando de tática.

Aquilo teve mais efeito.

Ele parou de mastigar e olhou para ela ansiosamente.

"E?"

"Ele me contou tudo", ela disse, segurando o olhar.

A mudança foi imediata, do caçula arrogante a um coelho assustado no espaço de poucos segundos.

"E ele também me mostrou alguns vídeos que estavam num telefone que você deixou com ele."

Seu rosto ficou branco e ele deixou o garfo cair no prato, fazendo barulho.

"Becca, eu..."

"Sim?"

Ela olhou para ele com expectativa, esperando que ele continuasse.

Mas não veio nada.

Em vez disso, ele enterrou a cabeça nas mãos e deixo-a cair sobre a mesa. Realmente, parecia que estava chorando. E de repente ela não sabia o que fazer. Não havia cogitado essa situação em particular. Não o ouvia chorar desde...

Bem, desde aquela noite, quando a polícia apareceu. Naquela época, ele a havia abalado, tentado tirá-la de seu estado de choque e conversado com ela. Lágrimas de frustração, então. Raiva, talvez impotência, mas não medo.

Não como agora. Ele parecia tão vulnerável, tão pequeno.

Cuidadosamente, ela colocou os braços nos ombros dele.

"Pronto, pronto, Henke, não se preocupe", disse com sua voz mais afável, como ela fazia quando eles eram crianças e ele acordava assustado com o barulho do outro lado da porta do quarto.

"Tudo vai dar certo", sussurrou, afagando seu cabelo.

Henke tomou banho e usou a lâmina de depilação da irmã para se livrar da barba por fazer e agora vestia roupas de ginástica dela, enquanto as suas estavam afundadas em detergente Y3 na pia da cozinha.

Era surpreendente o que comida, uma higiene básica e um pouco de afeto poderiam fazer, ela pensou, enquanto os dois se sentaram juntos no sofá. Depois que a raiva inicial passou, parecia realmente legal tê-lo ali, ouvir sua voz e saber que ele estava bem.

Ele preencheu as lacunas da história de Manga. Como ele encontrou o celular, as missões, a prisão de mentira e tudo que havia acontecido depois que ele foi expulso daquele Jogo peculiar.

Eles conseguiram progredir lentamente a princípio, mas, à medida que o tempo passou, ele foi aumentando a velocidade, de forma que no final as palavras estavam sendo disparadas por sua boca quase rápido demais para que ela conseguisse acompanhá-las.

Tudo parecia muito estranho, o que provavelmente era o eufemismo do ano...

Polícia de mentira, malucos na floresta, aviões, incêndios, bombas — era um pouco difícil de digerir, para colocar de uma maneira moderada. E, além disso tudo, havia uma armação secreta de apostas em que as pessoas poderiam dar seus lances e encomendar assassinatos ao mesmo tempo.

Quando ele começou a falar sobre o assassinato de Palme, do 11 de Setembro e do incêndio na igreja Katarina, ela teve de fazê-lo parar.

Aquilo tudo era demais!

Todas as suas histórias furadas não eram nada comparadas com aquela. Será que ele conseguia se ouvir para saber o quanto soava maluco? Mas, por outro lado, ela mal poderia ignorar as provas tangíveis que certificavam que pelo menos algo daquilo que ele estava falando realmente havia acontecido.

O telefone, os vídeos, os incêndios e a bomba eram claramente de verdade. Ela mesma tinha visto provas daquilo tudo.

Era bem óbvio que ele estava enrascado e era inegável que alguém estava tentando atingi-lo. Mas onde estava a linha entre fantasia e realidade?

Ele parecia aqueles malucos obcecados que ligavam para a polícia no meio da noite.

Gente querendo dizer que a NASA estava usando aparelhos de TV para vigiar o mundo todo e que o rei era um robô que trabalhava para a CIA.

A única semelhança com a situação que Henke havia se metido era a questão da culpa. Nada era sua culpa, óbvio, ele era só uma vítima infeliz das circunstâncias. Ele se meteu em um tanto de problemas, foi isso. De algum jeito, aquela pedra em Lindhagensplan seria atirada da ponte...

"Então, o que você está pensando em fazer agora?", disse ela, tentando manter a voz neutra.

Ele tomou fôlego e então suspirou.

"Não tenho muitas opções sobrando, na verdade. O apartamento vai ficar pronto logo, mas vai saber se eu vou ter coragem de viver ali de novo. O chalé está grampeado e eu não posso ficar com o Manga. Então, estava pensando em ir embora, deixar tudo pra trás e ir pra outro lugar. Algum lugar onde eles não pudessem me encontrar. Talvez na Tailândia, Jesus já foi pra lá, claro, você se lembra dele, né?"

Rebecca concordou sem falar uma palavra.

"Eu posso provavelmente achar um jeito de ganhar dinheiro quando chegar lá, e dá pra levantar uma graninha com o apartamento se eu o vender."

Ela deu aquele olhar de irmã mais velha e inclinou a cabeça para um lado. Há tempos ela já tinha entendido para onde aquela conversa estava indo.

"Preciso arrumar algum dinheiro pra ver como me viro..."

Lá vamos nós, ela pensou.

A solução patenteada para seus problemas. Dessa vez, a bagunça em que ele havia se metido era pior do que as de sempre, mas o bordão era sempre o mesmo.

Ele precisava de dinheiro, e como sempre era ela que deveria arrumar para ele. O pequeno Henke se meteu em problemas e uns caras malvados estavam tentando pegá-lo, agora ele precisava de dinheiro para fugir e se esconder.

O pior era que, não importa como visse aquilo, ela não encontrava uma solução melhor. Obviamente, poderia sugerir que eles fossem juntos à polícia, mas ele deveria assumir a responsabilidade pelo que havia feito e ajudar a resolver tudo aquilo. Mas ela já sabia qual seria a resposta, e, mesmo que ele seguisse seu conselho, contra todas as expectativas, ela já duvidava se seus colegas o ajudariam. Claro, eles rapidamente o prenderiam e lhe acusariam do que aconteceu em Lindhagensplan e Kungsträdgården, de forma que pudessem dizer que resolveram os crimes mais falados daquele verão. Mas qualquer investigação mais aprofundada de ambos os casos poderia ser descartada a partir do momento em que ele começasse a falar naquelas coisas de maluco. Seria culpado por tudo — seria o criminoso solitário, mesmo que não fosse inteiramente injusto, ela poderia assisti-lo enquanto ele iria mais uma vez para a cadeia.

A solução que ele propunha era, naquelas circunstâncias, a melhor que teria.

"Quanto?", ela suspirou.

Obviamente, ele não deveria ter contado para ela. Parcialmente, porque estava quebrando a regra maldita de novo, mas aquele motivo específico era tranquilamente fácil de ser racionalizado. Na prática, já tinha sido punido por ter contado para ela quando incendiaram seu apartamento e naquela vez não havia feito isso.

Em outras palavras, eles lhe deviam uma. *Quid pro quo*, por assim dizer.

O motivo mais sério para permanecer quieto era que poderia ouvir como soava maluco quando estava contando aquilo para alguém. As conclusões a que havia chegado no chalé, que pareciam sólidas quando as imaginou sozinho, agora soavam como algo saído do *Arquivo X*, e quando ele terminou de falar sua irmã não era a única pessoa ali a duvidar de sua sanidade.

Devia ter ficado quieto, falado sobre as coisas que ela já sabia e mantido o resto das coisas consigo mesmo.

O resultado final seria o mesmo, afinal.

Ele estava enrascado e precisava fugir, dessa vez para mais longe do que Tantolunden. Desaparecer do mapa, basicamente, para algum lugar em que ninguém pudesse encontrá-lo e onde ele pudesse levar uma vida decente.

Mas um ato de desaparecimento daqueles custava dinheiro, e ele não tinha nada. Então, era o que lhe restava fazer, mostrar o chapéu, como sempre. Sua irmã teria grana, ela sempre tinha. Eles até brincavam sobre isso, às vezes: *Lá vem a cavalaria para o resgate!*

Mas, por algum motivo, não parecia ser fácil falar sobre dinheiro com ela dessa vez.

Não estava certo, de alguma forma...

Mas mesmo assim ele falou. Passou a noite no sofá dela e depois foram para o banco no dia seguinte.

Uma boa noite de sono e mais comida decente haviam lhe feito bem, e ele se sentia melhor do que durante a erupção de choro da noite passada.

Era um tanto constrangedor, mas que porra...

Seguranças deviam ser bem pagos, se ela tinha todo aquele dinheiro na conta...

Ele pegou 27 mil em dinheiro e ficou com 23 mil depois que comprou umas roupas e um celular pré-pago numa das lojas ao redor de Hötorfet. E então ligou para a Lufthansa.

Ein return ticket to Frankfurt for an Andreas Pettersson? Kein problem, mein herr!

Ao ver que seu passaporte muito convenientemente não dizia quais primeiros nomes ele usaria, não teria muito problema em pegar o bilhete em Arlanda.

Foi a primeira vez que encontrou um uso para seu nome do meio. Qualquer um que procurasse pela lista de passageiros não o encontraria, pelo menos não de cara. Eles provavelmente procurariam por passagens compradas por pessoas sozinhas no nome que usava, então Andreas não seria escolhido na primeira vez.

Aí então ele já estaria em Frankfurt com todo um mundo de linhas aéreas e destinos a seu dispor. E se quisesse podia até mesmo pular o voo e pegar algum trem para outro aeroporto em vez disso. Cruzar a fronteira da Holanda ou da Bélgica, talvez. Os alemães eram fodas pra caralho em trens, e dinheiro nunca deixava pistas.

Você tem certeza de que quer ir?

Claro, porra!

Ele estava sentado no ônibus do aeroporto com sua mala novinha a seus pés. Tirando o laptop, ela continha um par de jeans, umas roupas de baixo e produtos de higiene pessoal e era mais ou menos isso. Ele queria viajar leve, só com o essencial, para que pudesse retomar o resto quando chegasse.

Era uma pena em relação às suas coisas em casa em Maria Trappgränd, mas Becca tinha se voluntariado, como sempre. Ela havia prometido colocar tudo num depósito e escolher um corretor de imóveis para colocar o apartamento de dois quartos no mercado. Ele ligaria para ela em um mês mais ou menos para resolver como fariam com o dinheiro.

Metade do apartamento, na verdade, era dela, mas mesmo assim ainda teria muito dinheiro.

Transferir o dinheiro seria mais complicado, mas deveria haver outras formas. Uma conta anônima na Western Union, por exemplo?

A maior parte das coisas no apartamento era lixo, coisas que ele herdou da mamãe e não havia se importado de se livrar delas. Tirando a TV e o computador, não tinha nada que tivesse algum valor, já que já tinha vendido tudo que poderia ser vendido.

Eles se livraram das coisas do papai depois que ele morreu, quando se mudaram de cidade.

O Exército da Salvação pegou tudo, todas as coisas. Ele definitivamente não precisava de nenhuma lembrança daquele bastardo e do que ele havia feito.

Olhar no espelho era mais que suficiente...

Não, havia apenas uma coisa no apartamento com que ele poderia se preocupar, que ele preferia que Becca não ficasse xeretando. Mas não tinha muita escolha. Mesmo se ela encontrasse a caixa, talvez não percebesse — ou era isso que ele esperava.

Ela era legal, Becca, do jeito que as irmãs podem ser. Mais do que legal, na verdade... Mesmo que ela pegasse no seu pé, sempre estava ali quando ele precisava.

Cuidando dele...

Ela sempre fez isso, desde que eles eram pequenos, e ele... bem... ele a amava por isso.

Era obviamente isso, mesmo que ele relutasse em admitir. Ela era a única família que ele tinha, na verdade a única pessoa que agiu como um familiar deveria agir. O único ponto fixo em sua vida. Na verdade, ele faria tudo por ela se ela pedisse...

Nossa, isso soou brega!

Ele nunca havia sonhado em dizer algo como isso na cara dela. Na verdade, sentia-se desconfortável ao pensar em coisas assim, mas talvez não fosse tão estranho que ficasse um pouco emotivo na hora de deixar sua terra natal para sempre.

A cidade de Sollentuna passava rápido em sua lateral e ele se encolhia na poltrona para tentar ficar confortável. Já tinha dado uma sacada nos passageiros a seu lado algumas vezes e nenhum deles parecia suspeito. Para ter mais segurança, fez o mesmo truque 007 que fizera quando chegou à Estação Central e deixou para pegar o ônibus para o aeroporto no último minuto. Ninguém o estava seguindo, tinha certeza.

Mas, por outro lado, talvez eles não precisassem ficar em sua cola. De acordo com Erman, eles estavam em todo lugar. Centenas, talvez milhares de olhos de pequenas Formigas o vigiando, passando seus celulares sobre as pessoas até que um software de reconhecimento facial encontrasse um equivalente. E de repente ele era um ponto vermelho no mapa! Será que o motorista do ônibus não tinha dado um olhar estranho quando ele subiu? E aquela executiva baixinha atrás dele, sentada ali cutucando seu Blackberry? Ele podia sentir sua pulsação disparar e fechou os olhos por alguns segundos.

Acalme-se, HP, você está lidando com essa merda há muito tempo! Seu cérebro vê só o que quer ver, então deixe de *querer* ver essas merdas e cai fora!

Ele respirou profundamente duas vezes e então abriu os olhos.

Tudo estava bem. Não havia com o que se preocupar. Estava rumo à saída do Jogo, deixando toda aquela merda para trás e começando um novo capítulo. Desaparecer do radar e se tornar um fantasma. Então por que não conseguia fazer a cabeça descansar? Provavelmente, porque ainda havia algo em toda aquela merda que poderia dar errado, algo que ele não tivesse deixado direito.

Quando estava perto de Bredden, entendeu o que era. Uma rápida ligação para Becca de seu novo celular valeria o risco. Ele iria trocar quando chegasse à Tailândia, de toda forma. Tinha de saber, tinha de ter certeza. De que ela ficaria bem. Ou fora de perigo.

Ela atendeu o telefone na hora.

"Rebecca Normén."

"Sou eu. Pergunta rápida."

"Tá, mas tem que ser rápida mesmo, estou trabalhando e as coisas estão meio..."

"O celular. Aquele que você pegou no Manga. O que você fez com ele?"

Ele prendeu o fôlego.

"Deixei com o pessoal de artigos perdidos, pode ser que eles encontrem o dono..."

"Ótimo!", soltou a respiração.

Tudo estava ótimo, hora de terminar tudo. Agora ele podia ir embora com a consciência limpa.

"Estava preocupado que talvez você tivesse ficado com ele..."

"Não, ficou lá. Aparentemente, foi dado como roubado por uma empresa do Distrito Oeste, de acordo com o número IMEI. Uma empresa telecom, acho que era isso. Mas achei que você estivesse saindo do país!"

Ele se endireitou na poltrona, de repente.

"Estou, sim. Você não se lembra qual era o nome da empresa?"

"Não, não lembro, algo curto... Escrevi no meu bloco, mas está lá no meu armário..."

Ele podia ouvir vozes ao fundo.

"Olha, vou entrar no elevador e acho que a ligação vai cair. Posso te mandar o nome por SMS num instante, se for importante."

"Claro, sem problema, você tem meu número...", resmungou, enquanto pensamentos voavam por sua mente.

"Então tchau, Becca!"

"Tchau, Henke, se cuida!"

A ligação foi cortada abruptamente. Os pensamentos dessa vez começaram novamente antes do celular bipar. Ele não precisava abrir a mensagem para saber o endereço do lugar. O bilhete amassado que recebeu de Erman outro dia era suficiente:

```
Torshamnsgatan, 142, Kista.
Acme Serviços de Telecomunicação Ltda.
```

E, de repente, ele já não sabia se queria mesmo parar.

ANDERS DE LA MOTTE THE GAME

16 Quem está jogando com quem?

Ela tinha chegado à terceira curva quando aconteceu. Estava a uns cem por hora e tinha acabado de passar o obstáculo quando o pneu da frente estourou e o volante começou a tremer desesperadamente em suas mãos.

Mesmo que estivesse esperando por isso, seu pulso acelerava enquanto ela lutava para recuperar o controle do veículo. Freando com força, o choque no pedal lhe dizia que o ABS estava funcionando.

"Pare de derrapar, coloque o volante na direção em que quer ir e não lute contra ele", disse o instrutor a seu lado.

Quando o carro parou na beira da estrada, ela percebeu que estava molhada de suor.

"Boa! Sem nenhum problema, Normén!", resumiu o instrutor.

Ela concordou com a cabeça e tentou parecer calma e composta.

Aulas de direção no campo de aviação de Tullinge eram obrigatórias, então ela só tinha de cerrar os dentes e passar por isso mesmo que seu coração começasse a dar cambalhotas de pânico no peito no momento em que se sentava no banco do motorista.

O estouro do pneu em alta velocidade foi a última tarefa do dia, e ela iria para casa imediatamente após fazer o relatório. O que era ótimo.

Kruse estava melhor, bem melhor, na verdade. Parecia que iria se recuperar completamente.

Era um grande alívio, e fez com que tudo ficasse um pouco mais fácil de lidar, agora que sabia quem tinha jogado a pedra no para-brisas e, possivelmente, até mesmo por quê. Mas, obviamente, não podia contar a ninguém toda aquela história sobre o Jogo. Nem mesmo Anderberg conseguiria ficar quieto sobre algo assim, ela tinha certeza disso.

Então, teria de lidar com seus demônios do jeito que sempre tinha feito. Com uma terapia de choque.

O que não o mata o faz mais forte, e toda aquela besteira machista... Se você tivesse medo, deveria se juntar à polícia. Se se sentisse insegura, deveria se tornar uma guarda-costas, e se sofresse um acidente de carro, deveria apenas voltar para o banco do motorista assim que pudesse. Pegar o touro pelos chifres e pisar com força no pedal.

Yippikayee!, como Henke teria dito.

Ela se perguntou o que ele estaria fazendo agora?

Ele já deveria ter chegado à Tailândia por agora, mas ela não tinha tido notícias.

Não que isso fosse uma grande surpresa.

Eles tinham se escondido muito bem, ele tinha de lhes dar crédito por isso. O edifício parecia completamente normal à primeira vista. Um prédio de escritórios comum de tijolos, padrão sueco de design, nada demais. Assim como todos os outros da mesma rua. Dois andares, uma entrada principal, garagem subterrânea e uma pequena portaria envidraçada. Duas bandeiras surradas penduradas em frente à entrada, seus cabos balançando no ritmo da brisa de verão.

Bang-bang bang-bang.

Uma jogada inteligente pra caralho, na verdade, se esconder em plena vista assim, onde todos podiam ver, mas ninguém via. Muito melhor do que alguma fortaleza secreta que só provocaria um monte de perguntas.

O maior truque já realizado pelo diabo...

Conseguir um carro não tinha sido um problema. Um Saab 900 do estacionamento de longa permanência em Arlanda. Você consegue ligar um desses com um palito de pirulito, se souber o que está fazendo. A cancela do estacionamento foi tão fácil quanto. O sr. Sensato havia naturalmente deixado o ticket no cinzeiro para ter certeza de que não o perderia enquanto ficava bêbado em Mallorca. Ele só tinha de pagar um pouco de dinheiro para a máquina e depois sair dirigindo na total legalidade. Duzentas e cinquenta coroas por um carro com o tanque cheio que não seria reportado como roubado por pelo menos seis dias. E esse era um preço bem bom, muito menor do que na Hertz, e com menos burocracia, principalmente para alguém que não queria ser visto. E que também não tinha carteira de motorista...

Sua consciência não lhe deu muito problema também. Na Suécia, o roubo de carros não aparece no Código de Leis sob esse título. "Aquisição ilícita de transporte" era uma ofensa sem importância, praticamente em pé de igualdade com atravessar a rua com o homenzinho vermelho ainda aceso. Não era o tipo de coisa com que o Big Brother realmente se importava. Então HP também não.

Ele passou dirigindo pelo lugar um total de três vezes, tirando fotos com seu celular novo a cada vez que passava. Depois, parou para esperar a alguns quarteirões de distância, vigiando o edifício por algumas horas.

Assim que parou, conectou o cabo USB no laptop e abriu o Media Player.

E roda o filme!

Se você pudesse se sentar e se concentrar em paz e silêncio, era muito mais fácil captar qualquer coisa incomum. As câmeras discretas cobrindo todos os ângulos do edifício, a porta de aço na rampa que descia até a garagem subterrânea. O guarda responsável pela cancela, em vez de Lisa-a--recepcionista-de-Bredäng. Tudo isso eram pequenos indícios de que estava no lugar certo.

Não notou a coisa mais importante por um bom tempo. Não era uma coisa, na verdade, mas sim o contrário.

Além do orc de guarda que ocasionalmente dava uma volta em torno do edifício, nada estava acontecendo dentro ou perto de Torshamnsgatan, 142.

Zippo, nada, *niente*!

Não havia clientes, visitantes, nem mesmo um bando de funcionários sedentos por nicotina amontoados ao lado da porta lateral.

Zero tráfego, nenhuma entrega e nem um único carro dentro ou fora da garagem, embora ele estivesse observando tanto às quatro como às cinco horas.

Em outras palavras, não havia ninguém trabalhando no interior do edifício. Nem uma alma, além do guarda. Mas provavelmente uma fazenda de servidores praticamente funcionava sozinha? Tudo podia ser feito remotamente. A não ser que houvesse pessoas que morassem lá para cuidar da sala de controle? Técnicos branquelos que nunca viam a luz do dia?

De qualquer forma, ele tinha cada vez mais certeza. Esse era *o lugar*!

Era a partir daqui que tudo era controlado: as Formigas, os funcionários, os Jogadores e as missões. Um jogo de realidade, e a realidade do Jogo, tudo em um único e perfeito app. Escondido atrás daquelas paredes anônimas estava o Controle da Missão, e tinha sido ele, Henrik HP Pettersson, quem o havia encontrado.

A Houston da Porra do Ciberespaço!

E ele tinha certeza de mais uma coisa.

Tinha de entrar.

Rebecca abriu a porta da frente e aspirou com cuidado pela sala, mas o único cheiro que podia detectar era o de tinta. Ela tinha pegado a chave na associação dos moradores, onde ouviu um discurso de dez minutos sobre "como eles levavam esse incidente a sério". Como se Henke fosse de algum modo responsável por alguém tentar atear fogo a seu apartamento.

Essa não era uma conclusão totalmente irracional, mas não era algo que ela gostaria de discutir com um completo estranho. Pelo menos, o velho pareceu aliviado quando ela disse que estava lá para esvaziar o apartamento antes de vendê-lo, e se apressou em deixá-la ir antes que ela tivesse tempo de mudar de ideia. Maria Trappgränd era consideravelmente mais valorizada agora do que quando eles tinham comprado o apartamento no meio dos anos 1990.

A rua na verdade era completamente inadequada para mamãe, com suas pedras e degraus estreitos.

Mas, assim que ela viu o apartamento e a área, teve a sensação de estar em um sonho romântico baseado em um antigo filme sueco, *Anderssonskans Kalle*, e não quis acordar. O seguro de vida de papai tinha sido apenas o suficiente para a entrada e uns poucos móveis novos.

Pessoalmente, Rebecca achava que a área estava mais para *O Terceiro Homem* que qualquer outra coisa. Como se algum perigo desconhecido estivesse à espreita por entre os becos sombrios e os quintais escuros. Ela nunca tinha gostado de vir aqui, e hoje não era nenhuma exceção.

A porta era nova, a sala tinha sido pintada, e o carpete de madeira, consertado, mas fora isso tudo no apartamento parecia igual sempre. A mesma velha bagunça de Henke. E, como sempre, ela estava brincando de ser a cavalaria, o ajudando a resolver tudo.

Manobrou as caixas de mudança dobradas para a cozinha e começou a montá-las. Levou apenas meia hora mais ou menos para esvaziar a cozinha. A maioria das coisas tinha evidentemente se quebrado durante o incêndio, o que, pelo menos, a livrou de ter de lavar a louça. A geladeira e o freezer estavam praticamente vazios, com exceção de um pouco de queijo mofado e um pacote de tortas congeladas, então foi para a sala de estar. Os equipamentos tecnológicos, no fim, eram coisas bem simples. As caixas estavam todas no canto, provavelmente porque Henke não podia ter o incômodo de levá-las para as lixeiras lá embaixo. Não conseguiu deixar de se perguntar de onde tinha vindo o dinheiro para todos esses brinquedos. Computador, TV de tela plana, home theater e videogames: juntos, deviam custar pelo menos uns 40 mil. Mas claro que Henke provavelmente não os tinha comprado numa loja...

Além dos eletrônicos, a mobília do apartamento não era nada demais. Um sofá-cama molengo, duas frágeis estantes Billy e uma pequena mesa de centro. Tudo coisas que eles tinham comprado quando se mudaram.

O quarto ainda tinha a velha cama de pinheiro que rangia da mamãe. A colcha e os lençóis estavam no chão. Ela não podia acreditar que ele tinha guardado. Ok, a mamãe tinha morrido na clínica Ersta, mas ainda assim...

Um cartaz velho de uma feira de jogos de computador era o único enfeite nas paredes nuas.

"Dreamhack-07, a Maior Feira de Jogos do Mundo", murmurou, enquanto reunia os montes de roupas e os enfiava em vários sacos. Até mesmo sua boa vontade tinha limites, por isso a maior parte dessas coisas poderia ir para a caixa de doações mais próxima.

As estantes tinham um monte de DVDs, muitos deles claramente cópias piratas.

Correu os dedos ao longo de suas caixas empoeiradas. Parecia haver uma preponderância de filmes de gângster, seguidos de perto por filmes de ação americanos, com uma impressionante coleção de filmes adultos em um fácil terceiro lugar. Mas havia também um grande número de clássicos antigos, e por um momento ela pensou em levar alguns para casa. Mas quando iria encontrar tempo para assisti-los?

Havia alguns livros nas prateleiras também, o que realmente não a surpreendeu. Henke gostava de ler desde que era pequeno.

Ela o ajudou a começar, mas ele logo pegou o jeito e já lia tão bem quanto ela quando tinha 6 anos. Papai tinha um monte de clássicos antigos ilustrados numa caixa em casa, e Henke os devorou mais de uma vez. As versões em quadrinhos de *Robinson Crusoé* e *Moby Dick* haviam ajudado suas notas de sueco praticamente durante todos os anos da escola. Dez minutos com a versão ilustrada do *Reader's Digest* e ele parecia superculto.

Tão absolutamente típico de Henke!

O mestre em criar atalhos.

Rebecca não pôde deixar de sorrir. Apesar de seus erros óbvios, pelo menos ninguém nunca teve um momento de tédio na companhia de seu irmão mais novo. Ela costumava levá-lo para a biblioteca quando eles ficaram um pouco mais velhos. Ficavam por lá, em vez de ir para casa. Ela costumava suborná-lo para fazer a lição de casa antes que ele pudesse olhar os quadrinhos. A biblioteca tinha sido um refúgio, um porto seguro onde eles podiam sonhar por algumas horas, especialmente depois que a mamãe ficou doente e tudo começou a piorar. Ela ainda associava o cheiro de livros a segurança.

Muitas vezes, eles se sentavam lá até a biblioteca fechar e os bibliotecários simpáticos os enxotarem.

Parecia que fazia cem anos.

O álbum de fotografias estava na prateleira de baixo. Folhas de plástico amarronzadas, com páginas grudadas. Ela tinha visto as fotos amareladas muitas vezes antes, mas mesmo assim não podia deixar de folheá-las. Não tinha sido de todo ruim. Às vezes, a vida tinha sido quase normal. Como o acampamento de férias em Rättvik, com ela, mamãe e Henke vestindo tamancos de madeira tradicionais e apertando os olhos para a câmera. Os outros dois eram loiros e felizes, enquanto ela tinha o cabelo escuro como o pai, e uma atitude mais séria. Obviamente, papai estava por trás da câmera, a longa sombra era a única coisa que traía sua presença. Ela tinha certeza de que isso era o mais próximo de ele aparecer em qualquer uma das fotos no álbum de Henke.

Percebeu que aquela fotografia de verão do início dos anos 1980 em especial dizia muito sobre sua família, na verdade. Henke e mamãe sempre foram muito próximos, enquanto ela era mais a garota do papai. Como mamãe, tinha feito tudo o que podia para mantê-lo feliz, mesmo que ele geralmente a ignorasse. Papai era um homem sério, que pensava muito, e normalmente preferia a própria companhia. Raramente sorria, quase nunca ria, pelo menos não como ela lembrava. O trabalho era provavelmente a única coisa que realmente lhe interessava, algum tipo de trabalho com vendas de que ela não conseguia se lembrar muito bem, exceto que ele viajava um bocado. Às vezes, eles recebiam um cartão-postal, e muito ocasionalmente as sacolas dele do *free shop* traziam algo além de garrafas de bebidas. Doces, perfume, ou talvez um brinquedo de plástico barato da loja de suvenires do aeroporto, se a viagem tivesse ido muito bem e ele estivesse de bom humor.

Nos raros dias em que papai estava em casa, ele nunca queria ser incomodado. Geralmente, trancava-se em seu cubículo com um livro e uma garrafa de alguma coisa. O resto da família simplesmente não lhe interessava. Uma distração necessária que ele era obrigado a tolerar, principalmente pelas aparências. Durante seus últimos anos, foi ficando cada vez mais amargurado com o jeito que sua vida tinha se tornado. Como nunca tinha sido respeitado da maneira que achava que deveria ter sido.

Tinha começado algum projeto de memórias que deveria provar que ele estava certo, mas, em vez disso, só parecia fazê-lo se sentir ainda mais maltratado, especialmente quando ninguém se interessou em publicá-lo. Eles queimaram a coisa toda quando ele morreu. Dirigiram até Lida e jogaram o grande saco de papéis em uma das churrasqueiras de lá.

Levou apenas alguns minutos para que todas as detalhadas páginas queimassem.

Nenhum deles — nem mesmo mamãe — tinha lido uma única palavra.

Mas não importava o que Henke pensasse, papai não era realmente uma pessoa ruim — longe disso! Somente quando ela cresceu que percebeu que seu comportamento era uma espécie de muleta. Que algumas pessoas simplesmente não têm empatia e são, portanto, incapazes de demonstrar amor.

Pobre mamãe, que provavelmente tinha dado o seu melhor. Obedecendo a seu menor comando e andando na ponta dos pés em volta dele num esforço para mantê-lo de bom humor. Depois, a doença e o conforto da bebida tomaram conta do mundo de mamãe e de repente ela ficou responsável por fazer com que a casa funcionasse da maneira que papai queria.

Realmente, não era tão estranho que ela tenha se apaixonado por Dag. No final, ele não passava de uma versão mais jovem de seu pai. Um pouco de interesse pelo lado dele foi tudo o que foi preciso. Ao contrário de papai, Dag podia ser extremamente sensível quando estava de bom humor.

Aparecia com flores e presentes, dizendo ao mundo inteiro o quão maravilhosa ela era, se saindo muito bem no papel de namorado dedicado. Obviamente, ela se apaixonou cegamente, e ele a pediu em casamento depois de apenas alguns meses. E então ela tinha arrumado uma nova figura autoritária a que se juntar, alguém cujo amor ela teria mais uma vez de tentar conquistar pelo autossacrifício.

Como se houvesse realmente algo errado com ela.

Caramba, era fácil ser sábia olhando para trás...

Henke, por outro lado, tinha sido bastante barulhento e animado quando era pequeno. Gostava de brincadeiras arriscadas que, às vezes, acabavam estragando os móveis, e esse tipo de coisa não pegava bem com papai, especialmente não se ele já tivesse tomado sua bebida depois do trabalho... Às vezes, o cinto aparecia, e papai não era do tipo que se continha. Batia sem parar, mesmo que ela e mamãe implorassem. Até que uma das duas se colocasse entre ele e Henke, para protegê-lo, para colocar um fim em tudo aquilo.

Ela se lembrava muito bem do hospital. O olhar dos médicos e enfermeiros, e como ela apertava a mão de papai.

A falsa calma dele:

"Não, doutor, Henrik só caiu da escada. Nosso rapazinho é muito propenso a acidentes..."

Ela mordeu o lábio inferior, inconscientemente.

Você tinha de ser rápida, tirar Henke do caminho antes que a situação saísse de controle. Manter papai e seu irmãozinho de bom humor para que tudo em casa corresse sem problemas. Embora mamãe tivesse dado seu melhor, pelo menos inicialmente, a doença passou a exigir mais de sua atenção, e ela não tinha mais condições de tentar, ou talvez nem quisesse. Papai tinha finalmente começado a enxergá-la. Por mais estranho que parecesse, talvez tivesse sido a bebida e a autopiedade o que finalmente aproximou mamãe e papai. Deram-lhes um interesse comum, algo que podiam compartilhar? Com o passar do tempo, foi ficando cada vez mais com Rebecca a responsabilidade de manter o equilíbrio em casa. Estar sempre alerta, constantemente pronta para entrar em cena, quase como no trabalho. No início, tentando proteger Henke de papai; depois, mais tarde, para protegê-lo de si mesmo.

Henke. A vadiagem, sua turma, a maconha, tudo isso deve ter sido algum tipo de vingança, pelo menos no começo. Mais tarde, era provavelmente apenas uma desculpa para não dar a mínima para o resto do mundo...

Rebecca não se preocupou em tentar separar as páginas que estavam grudadas, por isso, na próxima página que olhou, mais de dez anos tinham se passado. Tinha acabado de se formar no ensino médio e estava sentada a uma mesa muito pesada em seu apartamento antigo.

Ela e Dag estavam sorrindo para a câmera, com o frescor do amor adolescente. Ele estava com o braço em volta dos ombros dela e ela estava se inclinando sem jeito, e talvez muito de perto, no peito largo dele. Quase parecia que ele a mantinha presa.

Ela parecia feliz, alegre mesmo, em seu boné de estudante e vestido de verão branco. Embora fizesse apenas seis meses mais ou menos desde que haviam se conhecido, o anel de noivado brilhava em seu dedo. Poderia ser uma construção retrospectiva, mas, se ela olhasse perto o suficiente, imaginou que podia ver que seu sorriso não chegava a seus olhos. Como se a felicidade naquela imagem fosse apenas uma fachada.

A próxima fotografia mostrava as outras pessoas na mesa. Mamãe, com olhos fundos e magra, como sempre. Henke e Manga, a mãe de Dag e Nilla, e alguns amigos seus de cujos nomes ela mal conseguia se lembrar agora. Eles estavam todos sorrindo e acenando para a câmera, que ela devia estar segurando. A saudação alegre de um passado aparentemente feliz.

"Agora vamos todos sorrir e acenar. Olá, Rebecca!"

"Olá", ela se pegou resmungando, sentindo-se triste de repente.

Quando aquela foto foi tirada, não poderia fazer mais de um ano desde que papai tinha ido para a Espanha para uma conferência e voltou para casa num caixão. E dez meses depois o câncer teria matado mamãe e ela se juntaria a ele no Jardim da Lembrança. Mas antes disso Dag estaria morto e Henke iria terminar na prisão.

E ela?

Bem, como Manga tinha dito, ela não escapou ilesa também...

Mas nada disso era visível na fotografia do álbum. Naquele momento congelado, o futuro ainda era brilhante. Somente seus próprios olhos de 19 anos de idade pareciam sugerir algo diferente.

Ela fechou o álbum com força e jogou-o numa das caixas de livros; em seguida, tentou sacudir o inquietante sentimento. Só faltava o closet com as roupas agora, depois poderia chamar a empresa de mudanças e se livrar de tudo. O corretor de imóveis viria na semana seguinte para avaliar o apartamento, e em umas duas semanas mais ou menos ele teria sido vendido, sem dúvida, e a cavalaria poderia finalmente descansar.

Ela abriu a porta e viu, para seu alívio, que o quartinho estava quase vazio.

Isso não era tão surpreendente, já que a maior parte das roupas parecia estar em vários montes pelo apartamento.

Havia algumas caixas numa prateleira na parte de trás do quarto, e ela deu alguns passos para a frente para pegá-las. No caminho, seu pé pisou num pedaço de pano listrado no chão. Ela o pegou e estava prestes a jogá-lo no saco de lixo quando percebeu o que era.

O velho saco de ginástica de Henke, aquele que ele fez na aula de costura. Ainda estava bem marcado com seu nome e número de telefone, mas o interior do saco estava pegajoso, com algum tipo de óleo. Ela se perguntou o que ele tinha guardado ali.

Pensou por alguns segundos e o colocou num dos sacos de roupas que tinha decidido manter. Henke provavelmente tinha algum tipo de ligação sentimental com o saco, então teria um indulto de alguns meses. Ela, na verdade, duvidava que ele voltaria, e mesmo se voltasse era pouco provável que iria querer suas coisas antigas. Ela iria dar seis meses a ele, então deixaria todo o lote ir para leilão, incluindo o álbum de fotografias.

Quando pegou a última caixa, algo caiu em cima de seu pé. Era bastante pesado e ela teve de fazer uma dança de guerra em uma perna só até o quarto antes que a dor diminuísse o suficiente para que pudesse voltar para o closet.

Era uma caixinha de madeira, provavelmente feita na aula de marcenaria de Henke. Suas iniciais tinham sido perfeitamente gravadas na parte superior com tinta preta. Não havia fechadura, mas a madeira devia ter inchado, porque ela não conseguia abri-la.

Balançou seu achado e ouviu um chocalho metálico em resposta, mas o som não era intrigante o suficiente para fazê-la ir pegar algo para abri-la. Colocou-a ao lado do álbum de fotografias em uma das caixas.

Quando tinha terminado e estava lavando as mãos na pia da cozinha, seu celular tocou.

"Oi, é o Micke!"

"Olá!"

Ela percebeu que sua voz parecia mais feliz do que pretendia.

"Como... como estão as coisas?"

"Bem."

Ela provavelmente deveria estar brava.

Ele disse que ligaria, mas isso foi na semana passada. Muito para sua indignação, ela notou que estava, na verdade, esperando que ele ligasse. Mas agora que ele tinha telefonado, não conseguia manter seu tom de voz tão calmo como tinha planejado. Porque estava realmente feliz de ouvir sua voz.

"Você quer me encontrar?"

Ele parecia feliz, quase eufórico.

"Em algum lugar na cidade?", acrescentou antes que ela tivesse tempo de responder.

"Claro", disse ela de forma neutra.

"Bom, há algo que preciso falar com você. Sturekatten às cinco, tudo bem?"

"Claro", ela repetiu. "Cinco está bom."

"Ok, te vejo depois, tchau!"

"Tchau", disse e clicou para desligar a ligação.

O que foi aquilo?

Algo que eu preciso falar com você...? Soava tão inocente. Como se não fosse nada importante. Mas eles não compartilhavam conversinhas ou qualquer outra coisa do tipo além de seu relacionamento físico. Então, era disso que ele provavelmente queria falar. Queria terminar com ela. Ela já tinha imaginado que ele tinha outra pessoa. Talvez tivesse decidido de uma vez por todas ficar com a outra mulher? Dar o fora em quem só aparecia quando queria transar? Isso soava lógico. Realmente, ela não deveria se preocupar.

Mas havia outra coisa que estava começando a intrigá-la. Alguém tinha começado a ligar pra ela de um telefone fixo com o número bloqueado, deixavam o telefone tocar, mas sempre desligavam sem deixar uma mensagem quando a secretária eletrônica atendia. Durante algum tempo, tinha pensado que era Micke ligando e não tinha tido a moral de deixar uma mensagem. Tinha quase começado a ficar irritada com ele, até que se lembrou de que nunca tinha lhe dado seu telefone de casa, apenas o celular.

As ligações tinham sido esporádicas no início, mas nos últimos dias estavam acontecendo com mais frequência. Como se alguém realmente quisesse se comunicar com ela para lhe dizer algo importante. A menos que houvesse algum outro motivo.

O que mais a incomodava era que quem ligava sempre conseguia escolher os horários em que ela estava no trabalho.

Primeiro, pensou que era coincidência, mas como as ligações aumentaram, percebeu que havia um padrão. Como se sua ausência fosse uma condição prévia para os telefonemas, e que a falta de mensagens era uma mensagem em si.

Mas, quando pensou sobre isso um pouco mais, realmente não era tão estranho. Ela na verdade sabia perfeitamente bem quem estava por trás disso. E que a outra mulher não tinha intenção nenhuma de deixá-la escapar.

Ele precisava de ajuda, isso estava claro. A questão era só que tipo de ajuda?

Ok, então conhecia alguns rapazes no ramo de assaltos a residências, mas havia uma grande diferença entre usar um pé de cabra para abrir a porta da varanda de alguém e fazer uma visita desapercebida para o Jogo. Câmeras de segurança, um sistema de cartão de acesso, um guarda em tempo integral e com certeza havia alarmes em todo o edifício.

Coisa séria!

Então, quem poderia ajudar com algo assim?

Bem, ele poderia atravessar essa ponte um pouco mais tarde.

Para começar, tinha de fazer algumas pesquisas, desenterrar as plantas e quaisquer outras informações úteis que pudessem estar escondidas em diferentes documentos e bancos de dados. E, para um trabalho como esse, havia realmente apenas um candidato óbvio.

Manga, o Vendedor de Tapetes, é claro. Quem mais?

Entrar em contato com ele não oferecia nenhum risco. Manga era totalmente paranoico em relação à segurança de internet.

Ele havia escrito cartas e convocações contra a FRA[I] e a IPRED, e tinha até se envolvido com aquele partido político imbecil. Todos os clichês sobre integridade pareciam um pouco fracos vindo de um bando de liberais café com leite que passavam o dia todo no Google, em blogues, no Twitter ou no Facebook para depois passar seus cartões de fidelidade de supermercados para que não perdessem um desconto de 5 coroas em macarrão orgânico ou no papel higiênico sem alvejantes.

Esta oferta foi especialmente selecionada para você! Até parece!

Então era isso que valia toda aquela integridade.

Por que não dizer o que realmente era?

Tudo deveria ser de graça — tudo se resume à porra do dinheiro!

Ele não teria nenhuma dificuldade em votar em um partido com um slogan de campanha como esse! Mas a principal vantagem era que a comunicação eletrônica do Manga, assim como sua própria nos dias de hoje, tinha a garantia de ser livre de Big Brothers, independentemente de que família eles viessem.

Ele saiu do posto de gasolina e partiu em direção a Tensta. Após dirigir por alguns minutos com seu laptop nos joelhos, encontrou o que estava procurando. Uma rede sem fio desprotegida com um sinal decente. Basta estacionar e entrar, muito obrigado.

Badboy.128 diz: Oi Manga, tá online?

Esperou um minuto mais ou menos e estava pensando em acender um cigarro quando a tela piscou.

Farook diz: Salaam-Aleikum, irmão HP sdds ☺ não está mais no chalé?
Badboy.128 diz: Não, a aldeia modelo ficou um pouco apertada, pensando em deixar a cidade por um tempo,

I Sigla em sueco para Estabelecimento para a Defesa Nacional do Rádio, agência do governo vinculada ao Ministério da Defesa e responsável pela coleta de informações através da interceptação de comunicação entre pessoas ou máquinas e pelo apoio às autoridades governamentais e empresas estatais em relação a segurança computacional.

mas descobri uma coisa que tenho que fazer primeiro preciso de uma ajuda...??
Farook diz: a qualquer hora irmão, você sabe disso. Como posso ajudar?
Badboy.128 diz: Preciso de algumas plantas e informações gerais sobre um lugar em Kista Torshamnsgatan, 142, qualquer coisa que você encontrar na real.
Farook diz: Ok ??
Badboy.128 diz: Você tem que pisar leve, tá?
Badboy.128 diz: Não deixar nenhum rastro, não acordar os cães de guarda, certo? :-x
Farook diz: Afirmativo entendido! :-x
Farook diz: É sobre aquilo que conversamos antes ??
Badboy.128 diz: isso...
Farook diz: ok então você encontrou as pessoas que iam incendiar a minha loja?
Badboy.128 diz: isso...
Farook diz: Me dá umas duas horas !!
Badboy.128 diz: Obg!
Farook diz: O prazer é meu, irmão, promete dar uma neles por mim. }:)
Badboy.128 diz: Afirmativo!
Farook diz: Ah recebi uma visita da sua irmã outro dia...
Badboy.128 diz: eu fiquei sabendo...
Farook diz: Ela não parecia muito bem, vc não meteu ela nisto neh??
Badboy.128 diz: Sem chance...
Farook diz: Ok, só queria saber. Sempre gostei da Becca!
Badboy.128 diz: Jura???!!1
Farook diz: Tá na cara??
Badboy.128 diz: Só um pouco... ;-)
Farook diz: *suspiro!*
Badboy.128 diz: Desencana, td certo! Obg por ajudar!
Farook diz: Sem problema irmão Ma'a Salama!
Badboy.128 diz: até, sr M!

Sturekatten, um clássico café antigo cheio de salas pequenas e móveis antigos. Mais café caseiro e bolos de amêndoa da vovó que biscoitos americanos gigantes e café com leite em copos de papelão.

Velhinhas de cabelo roxo, famílias com crianças, professores nas mesas, e, claro, o obrigatório viciado em Twitter com o nariz afundado em seu melhor amigo eletrônico. Obviamente, seus amigos precisavam saber como estava o café, em tempo real, como o mundo poderia viver sem isso...

Mas a localização não importava muito, melhor apenas acabar logo com isso e seguir em frente.

Olá, dois beijinhos e tudo aquilo quando ele apareceu com três minutos de atraso. Por alguma razão, de repente eles pareciam quase tímidos um com o outro. Talvez porque fizesse tanto tempo desde a última vez que tinham dormido juntos?

E fazia mesmo?

Duas ou três semanas, talvez. Ela não teve tempo de pensar nisso depois dos cumprimentos e antes que a garçonete voltasse com seu pedido. Salada de macarrão e água mineral para ela, um sanduíche de camarão e cerveja de baixo teor alcoólico para ele. Algumas mordidas para matar a fome e depois, bang, direto ao assunto.

Ele estava ansioso, quase agitado.

Provavelmente, apenas queria acabar logo com aquilo também.

"Tem uma coisa que eu queria falar com você, Rebecca."

"Mmh, sim, você disse..."

Ela podia adivinhar para onde isso ia.

"Eu não tenho sido totalmente honesto com você", disse ele, contorcendo-se em sua cadeira.

Ela não disse nada e esperou que ele continuasse.

"Não é que eu menti ou nada...", acrescentou rapidamente para antecipar-se a ela. "Mas nós nunca falamos de verdade sobre relacionamentos ou qualquer coisa."

Ela concordou com a cabeça, tanto para si como para ele.

Aqui vamos nós...

"É só", ele começou, contorcendo-se como se o assento estivesse pinicando. "É só que eu tenho... ou melhor... Eu tinha..."

"Você já tem uma namorada!", ela interrompeu, para colocar um fim naquilo.

"Sim!" Ele pareceu aliviado por alguns segundos, mas logo sua expressão mudou. "Quero dizer, não!"

De repente, ela ficou confusa.

"Eu não estou te entendendo agora, Micke, você tem ou não tem uma namorada? Não pode ser tão difícil?"

Ele respirou fundo e pareceu se recompor.

"Para ser preciso, eu tinha uma namorada até segunda-feira. A gente estava saindo desde que me mudei para cá, mas nunca moramos juntos, pelo menos não de forma permanente."

Ele olhou suplicante para Rebecca, como se esperasse um sinal para continuar.

"Então... O que isso tem a ver comigo? Nós nunca prometemos qualquer coisa um para o outro, não é?"

Ela estava se esforçando para manter a voz neutra. O que ele quis dizer com... *tinha uma namorada até segunda-feira*? O que ele estava tentando dizer?

"Não, é só isso!", ele disse, aliviado. "Nós nunca conversamos sobre qualquer coisa assim, e é por isso que eu não disse nada, mas... Ah, eu não sei!"

Ele esfregou a testa.

"Ela e eu tínhamos nos distanciado, mas nenhum de nós fez nada a respeito. Eu realmente deveria ter terminado um tempão atrás, antes que você e eu nos conhecêssemos, mas nunca parecia acontecer."

Ele suspirou de novo.

"O que realmente estou tentando dizer...", começou, imitando a pergunta não formulada dela, "...é que na segunda-feira eu finalmente falei, e acabou. Não foi tão ruim, no fim ela já estava saindo com outras pessoas, e conseguimos terminar e ficar amigos."

Por alguma razão, o pulso dela estava acelerado, e ela realmente não estava gostando disso. A menos que ela na verdade gostasse?

Ele limpou a garganta e começou de novo.

"O que estou tentando dizer, não muito bem, é que sou solteiro, mesmo, quero dizer, e queria saber se poderíamos talvez nos ver um pouco mais... normalmente, se você entende o que quero dizer?"

Ele sorriu, e, de repente, ela não pôde deixar de fazer o mesmo.

HP precisava de um lugar para dormir. Algum lugar para deitar a cabeça e pensar em seus planos. O carro não era uma opção; para pensar com clareza é preciso dormir, comer e cagar como um devido ser humano.

Um hotel barato em Solna teria de servir. Dinheiro adiantado, acesso wi-fi, sem câmeras de segurança e — até mais importante — sem perguntas.

Manga tinha encontrado problemas. Evidentemente, as plantas do edifício não eram acessíveis ao público, embora houvesse formas de contornar isso, é claro. Seria preciso somente um pouco mais de tempo. Sempre havia alguém com acesso a coisas assim. Se a prefeitura não quisesse ajudar, então você poderia tentar com os construtores, os eletricistas, os encanadores, ou mais alguém. Em algum lugar da Suécia de acesso público você poderia sempre encontrar o que estava procurando, mais cedo ou mais tarde, desde que cavasse fundo o suficiente. E Manga conhecia as pessoas mais fodas da escavação.

Quase como se ele tivesse sua própria fazendinha de Formigas no ciberespaço.

Então, até que seu BFF viesse com algo, ele só tinha de ficar quieto e lapidar seu plano.

Para começar, tinha de decidir exatamente o que iria fazer quando estivesse lá dentro.

O encontro não tinha sido nada como ela estava esperando. Mas que diabos, isso era muito melhor. Por um momento ela estava quase... feliz.

Eles ficaram sentados ali, sorrindo um para o outro. Nonsense clichê, o tipo de coisa que ela normalmente odiava. Sem responder à pergunta dele diretamente, tinha conseguido fazer isso apenas sorrindo.

Então, o que exatamente isso significava?

Que eles estavam em um relacionamento, um relacionamento sério?

Ela achava que sim, mas não tinha certeza. Parecia ao mesmo tempo agradável e preocupante.

E, falando em coisas que eram preocupantes...

Quando a conta chegou, ele teve de esvaziar os bolsos da jaqueta para encontrar sua carteira.

Por alguns momentos confusos, mas bem divertidos, ele pensou que a tinha perdido, mas é claro que ela apareceu no último bolso em que procurou.

Foi quando ela viu o celular: prata, brilhante, sem botões, e se lembrou que já o tinha visto uma vez antes, na mesa dele, há algumas semanas. E de repente ela percebeu outra coisa — que a fez lembrar de outro telefone que ela tinha encontrado recentemente, um que estava agora no setor de achados e perdidos da polícia.

O design deles era muito semelhante, possivelmente até mesmo idêntico. Mas, quando ela estava prestes a colocar a mão e virá-lo para ver se havia um número na parte de trás, ele o pegou e colocou de volta no bolso. Ela não conseguia decidir se ele tinha feito isso de propósito ou apenas como parte de voltar tudo ao normal.

Mas a coisa toda tinha deixado nela uma sensação desconfortável.

E depois a história com o bilhete mais recente...

VOCÊ NÃO MERECE ISSO!!!!

ele gritava de dentro de seu armário, e mais uma vez ela não conseguiu realmente discordar dele.

Voltando 17

Ela estava com raiva. Não, raiva não era a palavra certa, ela estava furiosa. Apesar de suas tentativas de ser honesta, de tomar a responsabilidade por aquilo que realmente tinha acontecido naquela noite, os bilhetes continuavam chegando. Os mesmos post-its brancos com o logotipo da força policial, a mesma caligrafia familiar em tinta vermelha.

Nada menos do que quatro pontos de exclamação acusatórios dessa vez, como se a própria mensagem já não estivesse clara como cristal. Ok, chega dessa merda agora!

Então, o que ela deveria fazer?

A única coisa em que conseguia pensar era tentar resolver essa maldita confusão mais uma vez. Tentar colocar tudo para fora, de uma vez por todas, sem desculpas ou evasivas.

Tentou algumas vezes, discava o número, mas sempre dava para trás na última hora, quando a secretária eletrônica atendia.

Mas isso teria de esperar até depois do trabalho.

Eles passavam a maior parte do tempo esses dias em um constante vaivém entre Arlanda e o centro da cidade. Na maioria das vezes, eram figurões da UE indo e vindo, enquanto a presidência da UE se agitava. Agricultura e Pesca já estavam definidas, os ministros do Meio Ambiente circulando a toda hora, e dentro de alguns dias o nível de ameaça aumentaria significativamente, quando os chanceleres se encontrassem.

Vahtola já havia sinalizado que alguém muito importante viria, provavelmente dos EUA ou da Rússia. Talvez dos dois?

Estacionou do lado de fora do Grand Hotel, saiu rapidamente do carro, varreu o cais através dos óculos de sol, depois deu um rápido aceno para a equipe fixa que estava à espera na entrada.

Tudo calmo, entrou com os VIPs, depois uma marcha rápida para a próxima entrega. Sem tempo a perder e com pouco tempo para pensar. Convinha-lhe perfeitamente!

Farook diz: Ei mano, taí?

HP ouviu o ping de seu laptop e voou da cama.

Badboy.128 diz: Claro, o que você descobriu?
Farook diz: Um monte de coisas diferentes. Parece que vc está certo sobre o edifício, tem algo de estranho com ele. A câmara municipal caracterizou as plantas como confidenciais, a construtora disse que houve um arrombamento e um monte de coisas foi levada de seus arquivos. A empresa que fez o cabeamento foi à falência e nosso amigo em comum que instalou os computadores parece ter virado fumaça…

"Você não tem ideia de como você está certo, Manga", HP murmurou com os dentes cerrados.

Badboy.128 diz: Mas ??
Farook diz: Então vc se ligou que tem um "mas" ☺?
Farook diz: Bem, com um pouco de mágica nós conseguimos pegar uma planta, não pergunte como. :-x E eu acho que conheço um cara que pode te ajudar.
Badboy.128 diz: Boa ☺ cara :-s
Badboy.128 diz: Da última vez que você apareceu com um pequeno ajudante de Papai Noel, eu acabei no meio de uma porra do Alfred Hitchcock, por isso fico um pouco preocupado…
Farook diz: Eis a diferença. Rehyman é um irmão, eu conheço ele da mesquita. Vem com a minha recomendação pessoal, um amigo nosso, capisce?
Badboy.128 diz: Ok, estou ouvindo….
Farook diz: Ele é um especialista em sistemas de segurança, com certeza um dos melhores do país, talvez do mundo. Bom de verdade! Faz isso como trabalho, ganha uma fortuna. Projeta sistemas para a polícia, a defesa, o que você imaginar!!
Badboy.128 diz: Por que eu sinto que tem um grande **Mas** chegando???
Farook diz: ele eh um pouco exótico… ;-)
Badboy.128 diz: Lá vamos nós… a última vez que você falou isso eu quase tive meu crânio esmagado por um Cessna. Obrigado, mas não, obrigado, só me manda as plantas, se não for problema…
Farook diz: Não é tão ruim quanto parece, ele só tem péssimas habilidades sociais. Problemas com interação interpessoal.

Badboy.128 diz: Linguagem simples, por favor, Doutor Sandström...!
Farook diz: Pode-se dizer que é um pouco autista. Brilhante em sua área de especialização, mas não é bom de papo. Um pouco como você, apenas o oposto ☺
Badboy.128 diz: Engraçado, Manga |:-)
Farook diz: Sim, não foi, você e Rehyman são como gêmeos do mal, um cruzamento entre vocês dois daria um gênio falastrão 8-)) !!
Farook diz: Para mim, ele é a única pessoa que pode te colocar lá dentro, porque eu acho que você quer entrar. Eu vi as plantas e não existe um pingo de esperança que vc consiga fazer isso sozinho, irmão, e digo isso como um amigo preocupado. Rehyman é sua melhor aposta!
Badboy.128 diz: *suspiro*
Badboy.128 diz: ok manda o celular dele com as plantas...
Farook diz: boa garoto!
Badboy.128 diz: Algo me diz que eu vou me arrepender disso... :-/

Cinco dias, e ainda nem um pio de Henke. Ele prometeu que entraria em contato assim que chegasse lá. Ok, disse algo sobre não pegar o caminho mais curto, mas cinco dias sem uma palavra? Claramente, um motivo de preocupação.

Outra coisa que a preocupava quanto mais ela pensava eram os telefones celulares. Não havia dúvida de que eles eram muito parecidos. Então, o que isso queria dizer?

Na melhor das hipóteses, nada. Talvez você pudesse comprar celulares como aqueles nas lojas, e Micke só tinha comprado um. Ou talvez ela tivesse visto errado.

O telefone não precisava significar qualquer coisa. Micke e Henke nunca tinham se encontrado e um não sabia da existência do outro. Até onde ela sabia, eles não tinham uma única coisa em comum.

Então, com o que ela realmente deveria se preocupar?

Manga realmente tinha razão em um ponto, sem dúvida, ele pensou depois de dar uma olhada nas plantas.

Torshamnsgatan, 142 era um Forte Knox. Ele não tinha certeza, mas, se tivesse interpretado corretamente todas as abreviaturas, o edifício era equipado com praticamente todo tipo de segurança que existe. Câmeras ativadas por movimento com visão noturna, detectores de alarme infravermelhos, sensores que captavam som e vibração, e leitores biométricos em todas as portas. Você precisava das impressões digitais certas para entrar, então sua ideia de conseguir de alguma maneira um cartão de acesso tinha ido por água abaixo.

Merda!

Ele só tinha a esperança de que esse tal de Rehyman soubesse o que estava fazendo, porque ele não tinha ideia.

Deixou as plantas de lado e suprimiu o desejo de sair para a escada de incêndio para dar umas tragadas de fim de noite. Em vez disso, abriu outra Jolt e pegou seu caderno. Alguns dias rabiscando o haviam deixado a meio caminho de uma ideia decente do que queria conseguir com sua visita em Kista.

Era, na verdade, bastante simples.

Mas seus sentimentos sobre o Jogo ainda eram ambivalentes, para dizer o mínimo. Por um lado, ele estava realmente puto com a maneira como o haviam tratado. A armadilha em Lindhagensplan com sua irmã, a pedra, o falso Bolin e todo o resto. Eles tinham colocado fogo em seu apartamento e haviam mandado dois idiotas fazerem o mesmo com a loja do Manga. Sem falar no pesadelo com o Erman, o avião e o inferno lá no mato. Não conseguia parar de se perguntar se a polícia já tinha conseguido juntar os restos bem passados do pobre maluco.

A gota d'água tinha sido a bomba que tinham plantado sob o sofá da tia, que era, obviamente, destinada a ele, mas poderia facilmente ter explodido sua irmã em átomos. Vingança era uma motivação muito forte.

Forte pra caralho, na verdade!

Ele deu alguns goles profundos da lata de refrigerante.

Por outro lado — essa parte não chegava a ser tão clara, na verdade, estava quase beirando a doença.

Mas os fatos não podem ser ignorados.

Se ele conseguisse entrar no santíssimo sagrado edifício do Jogo, passar por todos os sistemas avançados de segurança e alarmes, e se apossar de informações que eles tinham feito de tudo para proteger — isso não iria provar que talento notável ele tinha? Que ninguém poderia detê-lo, nem mesmo o próprio Jogo, e que era digno de outra chance?

Ele estava realmente tão desesperado pela porra de uma aprovação que estava preparado para voltar à ação novamente, mesmo que tivesse começado a descobrir quão megadesagradável a viagem poderia ser?

Mas alguns dias com os teóricos de conspiração da internet como sua única companhia haviam lhe dado muito no que pensar. Isso podia ser incrivelmente enorme!

Havia vários sites que pareciam sugerir, com toda a seriedade, que a gripe suína veio de um laboratório. Que alguém tinha pegado um pouco de gripe espanhola, alguma doença suína e diluído com a mesma quantidade de gripe aviária, e tudo para iniciar uma pandemia global.

Era uma ideia interessante. De acordo com essa teoria, a indústria farmacêutica estava por trás de tudo, e o Jogo poderia muito bem ter feito isso acontecer.

Por 200 pontos, injete-se com esta seringa e passe a próxima semana em transportes públicos, sem cobrir a boca quando espirrar. Toque o máximo de superfícies que conseguir e certifique-se de não lavar as mãos mais do que o necessário.

Algumas centenas de missões como essa em cidades cuidadosamente selecionadas, e de repente as vendas de Pandemrix, Tamiflu e álcool gel subiria em cerca de um milhão por cento...

Havia outras pessoas no ciberespaço que duvidavam que a doença existisse de verdade e pensavam que a coisa toda era uma farsa para dar mais dinheiro aos epidemiologistas, ou assustar as pessoas para ficar em casa e assistir a mais televisão.

E o que realmente estava por trás do Climagate?

Quem desenterrou os e-mails em que os cientistas da mudança climática decidiram, com uma unanimidade comovente, exagerar a ameaça do aquecimento global? Eles eram mesmo autênticos e, em caso afirmativo, quem se beneficiou?

Como é que a princesa Diana morreu, quem fez o espião Litvinenko brilhar com radiação,[I] quem apagou as luzes sobre o Rei do Pop, assumindo que Jacko estava realmente morto e não apenas fingindo...?

Quantos pontos valiam algo assim?

E isso estava longe de ser tudo...

Por agora, ele tinha um laptop cheio de eventos e interpretações que, de uma forma ou de outra, se encaixavam na clara conclusão que seu cérebro sobrecarregado eventualmente cuspiu.

Independentemente de os malucos da conspiração culparem a CIA, a OMS, a KGB ou alguma outra excitante combinação de letras, um fato permanecia e todos pareciam querer ignorá-lo.

Apesar dos orçamentos de bilhões e proteção política das mais altas autoridades, a lista de encobrimentos fracassados ainda era terrivelmente longa: Watergate, o caso IB, Echelon, Lillehammer, Irã-Contras e Abu Ghraib eram apenas alguns exemplos. Quanto maior a organização, mais

I Alexander Valterovich Litvinenko (1962-2006), tenente-coronel e espião russo da FSB (antiga KGB) que desertou para o Reino Unido em serviço, onde perseguido pelos serviços secretos russos até a sua misteriosa morte por envenenamento com polônio. Litvinenko era opositor do governo russo e do presidente de Vladimir Putin, principal acusado de ser o mandante de sua morte. Outra motivação seria a investigação paralela que Litvinenko conduzia sobre a morte da jornalista Anna Politkovskaia (1958-2006), outra opositora de Putin, assassinada sob circustâncias não esclarecidas um mês antes de sua morte.

vazamentos e azar pareciam estar sempre à espreita virando a esquina. Não era apenas uma questão de arrumar alguém para fazer o trabalho, mas, provavelmente mais importante, conseguir manter uma cobertura sobre isso depois, agora e para sempre.

E quem poderia garantir qualquer coisa do tipo? Veja só o que aconteceu com a Stasi,[2] e isso foi antes da legislação de delação e a Wikileaks.[3] Os riscos das conspirações globais pareciam ser maiores do que os benefícios na maioria dos casos — por uma margem clara!

Mas, e se houvesse um operador obscuro disfarçado como uma distração exclusivamente social que estivesse preparado para assumir praticamente qualquer tarefa? Um esquema que, por sua vez, empregasse ainda mais figuras anônimas para fazer o trabalho sujo, um Sirhan ou um Mark ou um Lee Harvey? Bodes expiatórios ansiosos que dificilmente seriam capazes de explicar o que estavam fazendo, mesmo que fossem pegos? Enfim, quem no mundo acreditaria neles?

Sim, realmente tudo fazia sentido, as peças do quebra-cabeça se encaixavam e a cadeia lógica se mantinha!

Não havia necessidade de qualquer conspiração global, organização formada por acrônimo ou um disfarce gigantesco! Apenas uma ideia, dinheiro suficiente para colocá-la em ação e a aprovação do Mestre do Jogo.

Então as rodas começavam a girar.

Começa o jogo!

Mesmo que ele examinasse sua conclusão de todos os ângulos por esse ponto, isso ainda fazia os pelos na parte de trás de seu pescoço se levantarem.

2 Principal organização de polícia secreta e inteligência da Alemanha Oriental, criada em 1950 e dissolvida em 1989 após a queda do Muro de Berlim.

3 WikiLeaks é uma organização transnacional sem fins lucrativos, sediada na Suécia, que publica em seu site, de forma anônima, documentos, fotos e informações confidenciais, vazadas de governos ou empresas, sobre assuntos sensíveis. A partir de 2010, a Wiki Leaks publicou grandes quantidades de documentos confidenciais do governo dos EUA, com forte repercussão mundial, entre os quais, um vídeo de 2007, que mostra o ata que de um helicóptero Apache norte-americano que matou pelo menos doze pessoas - entre elas dois jornalistas da agência de notícias Reuters - em Bagdá, no contexto da ocupação do Iraque; a cópia de um manual de instruções para tratamento de prisioneiros na prisão militar norte-americana de Guantánamo, em Cuba; uma gran de quantidade de documentos secretos do exército dos EUA, reportando a morte de milhares de civis na guerra do Afeganistão em decorrência da ação de seus militares; uma série de telegramas secretos enviados pelas embaixadas dos EUA ao governo do país. Seu principal editor e porta-voz é o australiano Julian Assange, jornalista asilado na embaixada do Equador em Londres desde 2012. Em 2011, a organização foi indicada ao Prêmio Nobel da Paz, pelo parlamentar norueguês Snorre Valen, segundo quem o WikiLeaks é "uma das contribuições mais importantes para a liberdade de expressão e transparência no século XXI ao divulgar informações sobre corrupção, violações dos direitos humanos e crimes de guerra".

Vai se foder, que esquema!

Fazia todo sentido, mas ao mesmo tempo era além do inacreditável!

Será que ele estava pensando seriamente, mesmo por um segundo, em voltar para algo assim, ou isso, na verdade, tornava o Jogo ainda mais atraente agora que ele tinha descoberto o verdadeiro papel dele? E, por consequência, seu próprio?

Esvaziou a lata, jogou-a alegremente em direção ao lixo e imediatamente abriu outra.

Sem tempo para dormir, precisava ficar alerta e pensar um pouco mais a sério!

A melhor coisa sobre seu plano de ataque era que não precisava decidir nada ainda. Os pré-requisitos básicos permaneciam os mesmos, e ele os havia listado cuidadosamente em seu caderno.

```
Entrar no prédio, de preferência sem ser visto.
Descobrir o que está acontecendo, quem ainda está
jogando e qual é a Fase Final.
Tentar conseguir o número da conta com todo o dinheiro.
Sair inteiro.
```

O resto iria se resolver por si só.

Se falhasse, poderia fazer algumas denúncias anônimas para os jornais da noite ou um programa policial da TV antes de deixar o país. Ele já tinha o e-mail em sua pasta de Rascunhos, um rápido clique em Enviar e estava feito.

Infelizmente, as ferramentas que tinha disponíveis para a missão não eram exatamente as melhores.

Um gênio antissocial, seu próprio conhecimento variável sobre o Jogo, detalhes de registros antigos de Erman e, sendo otimista, um pouco de boa sorte à moda antiga. As chances de sucesso não eram exatamente animadoras.

Mas que diabos...

Sem coragem, sem glória!

ANDERS DE LA MOTTE THE GAME

18 Você tem certeza de que quer voltar a jogar?

A lista era curta.

Roupas pretas — ok

Balaclava — ok

Detalhes para login — ok

Ajudante idiota — ok também, infelizmente.

Tinha acabado de dar dez horas da noite e eles ainda estavam sentados no carro.

Torshamnsgatan, 142, a algumas centenas de metros rua abaixo.

HP realmente preferiria esperar até a manhã seguinte, mas, de acordo com seu novo amigo, na calada da noite era melhor se você quisesse evitar problemas com a polícia. Algo sobre mudanças de turnos e vários Svesson comuns espatifando seus carros, praticando boxe uns com os outros em casa ou perdendo as chaves do carro depois de ficarem bêbados.

Aparentemente, os policiais estavam mais alertas de manhã cedo, mais dispostos a procurar ladrões em escuros terrenos de fábrica.

Estatisticamente falando.

Se ele ganhasse 5 coroas para cada vez que um parceiro de crime usasse essas palavras...

Nesse sentido, todos os seus medos começaram a se tornar verdade no momento em que pegou Rehyman na estação.

Óculos de aro grosso, cabelo partido ao meio e uma sacola esportiva da Puma do início dos anos 1970. Suas calças tinham um centímetro a menos, Stan Smiths desbotadas, e sua jaqueta vermelhaça era a cereja do bolo. Por um momento, HP achou que alguém estivesse tirando onda com ele. Que o Manga tinha pedido pro cara dar uma zoada só pra garantir umas risadas.

Mas ele não teria tanta sorte...

Além de sua saudação inicial e sua apresentação estatística, Rehyman não havia falado mais nada, mal respondendo às tentativas de HP de deixar o clima mais leve ou tentar algum tipo de conexão. O cara sentou ali com sua maldita bolsa no colo, olhando pelo para-brisa.

Eles já estavam ali por uma hora e meia e HP não estava mais aguentando. Tentou fazer outra virada de bateria na direção no carro na esperança de chamar alguma reação do cara no banco do passageiro.

"Então, Rehyman... Manga... Quero dizer, Farook me disse que você trabalha com isso diariamente?"

Sem resposta, acrescentou:

"Instalando sistemas de segurança e tal...? Um mercado bem intenso, pelo que ouvi falar..."

Nenhuma resposta, nada mais que um olhar.

Meio incomum, disse Manga. Tá certo! O cara era um muppet completo, isso era bem óbvio, HP suspirou. Não havia como aquilo terminar bem.

Com a sorte que tinha, já havia comprado um bilhete aéreo em aberto. Poderia estar fora na primeira hora da manhã, se precisassem.

Auf wiedersehen, seus putos!

Um guarda grande como um orc saiu pela porta exatamente uma hora depois de seu turno anterior. Ele olhou para cima e para baixo e então, satisfeito, pegou uma lanterna de bolso do cinto, virou à esquerda e foi até a esquina. Em poucos minutos, reapareceria na outra esquina do prédio, entrou pela entrada de funcionários e presumidamente seguiu sua ronda dentro do prédio.

HP estava prestes a soltar outro suspiro de chateação quando percebeu que Rehyman havia começado a se mover de repente. Ele puxou um pequeno laptop de sua sacola esportiva e plugou um modem em uma das entradas USB. A luz da tela acendeu e os dedos de Rehyman começaram uma leve e ágil dança sobre as teclas, produzindo um tamborilar rítmico de som. HP era bem ágil com o teclado, mas isso...

Era como chuva num teto de plástico. Ele teve tempo de pensar, mas depois a curiosidade o venceu.

"O que você está fazendo, Rehyman?"

Ele tentou parecer educadamente interessado.

"Dando um jeito nas câmeras."

"Como assim?"

HP ficou olhando seu passageiro.

Nenhuma resposta.

Mais batidas nas teclas e de repente parou de chover no leste de Svealand.

Rehyman virou o laptop para que HP pudesse ver a tela.

Uma janela aberta mostrava o que parecia ser a imagem vista por uma câmera.

No canto superior, dava para ver um carro estacionado, talvez um Saab. Levou alguns segundos para que ele percebesse que essa era vista de uma das câmeras na fachada a uns cento e poucos metros de distância.

"Mas que porra...?"

"Câmeras IP", respondeu Rehyman, de forma enfadonha, "todas as câmeras usam a internet para se comunicar com o servidor. Muito melhor e mais barato do que cabos analógicos. Se você sabe o endereço de IP, é fácil craqueá-las. Você só precisa de conexão e um leitor de web".

Ele digitou alguns comandos e moveu o mouse pela tela.

"E agora, o que acontece?"

HP de repente sentia-se completamente perdido.

"Cada câmera tem sua própria memória flash. Normalmente, as imagens são gravadas direto no servidor, mas a câmera também tem como armazenar material visual nela mesma."

"E...?"

"Eu disse para a câmera gravar uma sequência e então transmiti-la em loop para o servidor, em vez de mandar imagens ao vivo. Mais ou menos como nos velhos filmes em que eles colocavam uma foto Polaroid na frente das lentes das câmeras."

"Então quer dizer que o servidor não percebe que está assistindo a uma velha gravação, em vez de a imagens de verdade?"

Rehyman olhou para HP por alguns segundos, como se ele fosse uma espécie específica de sapo retardado que ele estava prestes a dissecar.

"Não", disse de forma seca e voltou a digitar.

O guarda deu a volta na esquina, voltou para a entrada lateral e pressionou uma mão sobre o leitor. Segundos depois, desapareceu dentro do prédio.

Rehyman abriu a porta do carro e sem falar uma palavra começou a andar rapidamente em direção ao prédio.

HP teve de correr para acompanhá-lo. O sujeito obviamente não era tudo isso, mas ao mesmo tempo meio que era.

"E agora?", cochichou HP, enquanto estavam em frente à entrada lateral.

Na parede, havia um leitor biométrico, uma caixa de metal com tela de vidro em que o guarda havia recém-pressionado sua mão para conseguir entrar.

Sem se preocupar em responder, puxou uma lata de aerossol de sua bolsa e borrifou rapidamente a tela de vidro com o spray. Depois, pegou um pequeno frasco de metal do qual tirou uma espécie de massa de modelar transparente. E rolou isso no leitor.

A tela de vidro ganhou vida e começou a brilhar.

HP não conseguia ficar quieto por muito tempo

"Que porra você está fazendo?"

Rehyman lhe deu outro olhar minucioso.

HP decidiu refazer a pergunta.

"Você pode me explicar o que está fazendo, Rehyman?"

"O spray faz a impressão da palma do guarda se destacar, e então eu cubro a tela com um gel balístico que tem a mesma consistência e temperatura que a pele humana. O leitor detecta o calor, a textura e o padrão do objeto apresentado, e se bater com alguma coisa no banco de dados a porta se abre."

O mesmo tom de voz sem emoção, sem a menor demonstração de nervosismo ou excitação. O cara era obviamente um retardado completo! Isso nunca iria funcionar!

Um clique alto vindo da tranca o fez rapidamente mudar de ideia.

"Vai se foder, você é um gênio, Rehyman", sorriu HP, enquanto eles atravessavam a porta.

Outra câmera os estava vigiando, e HP ergueu uma inquisidora sobrancelha rumo a seu gênio domado. Óbvio que o gênio não pescou um gesto tão sutil, mas HP também não se preocupou em perguntar. Essa também deve estar girando em playback. Mandando imagens velhas de uma velha escada vazia, várias vezes.

Diga o que quiser — Rain Man talvez tenha consciência zero sobre esmeros sociais, mas quando o assunto era tecnologia ele era a porra do Harry Potter.

Enquanto eles se aproximavam de Lindhagensplan, ela podia sentir seu pulso acelerar. Os VIPS já tinham ido pra Bromma uma época dessas, então a ida foi como rever uma viagem favorita.

Ou não...

Quando chegaram à ponte Traneberg, ela já estava caçando os viadutos à frente que estivessem mais longe da água. Tentava ver, apertando os olhos, se havia alguém ali de pé. Mas a distância e a escuridão tornavam impossível dizer se havia algum perigo os esperando.

Quando chegaram perto, ela a viu. Uma figura solitária ali na mesma ponte em que Henke estivera.

E de repente sua pulsação começou a galopar de pânico.

"Tem alguém ali na ponte", ela conseguiu dizer com uma voz extraordinariamente calma.

"Hmmm", seu motorista, Wikström, concordou e diminuiu a velocidade.

"Alfa 101, desacelere. Há alguém na ponte", ela disse ao microfone.

Ainda estava surpresa que sua voz poderia soar tão serena. Por dentro, ela estava em frangalhos. Queria gritar para Wikström que não conseguia respirar, que ele tinha de parar e deixá-la sair, pelo menos uma vez!

"Alfa 102, entendido", disse o carro VIP atrás deles, reduzindo. "Tenha cuidado, 101."

O viaduto estava chegando perto.

A pessoa estava se inclinando sobre a grade, completamente imóvel. À medida que chegaram perto, ela conseguiu ver alguns detalhes. Como que parecia que ela estava segurando algo em suas mãos.

Eles passaram por outra porta e outra câmera e de repente se viram num longo corredor. Chão de linóleo cinza e uma fraca faixa de luz fluorescente era tudo que conseguiam ver. Nada de alarmes berrando, luzes que piscam ou o som pesado do andar de tropas de guardas. Tudo estava funcionando como um relógio. HP não conseguiu se segurar e abriu uma das portas marrons idênticas nas duas laterais do corredor.

Só para ver o que vinha!

A pessoa no alto ergueu os braços sobre a grade, os dedos segurando um objeto preto.

Uma arma!, ela pensou, tomada pelo pânico, e aproximou sua mão da coronha de sua pistola do lado direito do quadril.

Agora eles estavam perto e ela viu Wikström apertar o volante com mais força. Rebecca ainda tinha o microfone em sua mão esquerda, as juntas embranquecidas contra o plástico preto.

Decida-se, Normén!, gritava a voz dentro de sua cabeça.

Mas ela estava completamente paralisada.

Logo que passaram sob a ponte, Wikström desviou levemente para a esquerda. Ela se inclinou inconscientemente na mesma direção para evitar um projétil.

Eles passaram e segundos depois o carro que vinha atrás deles fez uma manobra parecida.

Mas nada aconteceu.

E de repente Rebecca percebeu o que era aquilo que a pessoa estava segurando. Era um celular.

O cômodo estava vazio, sem nenhum objeto à vista. A julgar pela camada de poeira no peitoral da janela, ninguém havia limpado aquele lugar há meses, talvez anos. Um rápido olhar por outras lojas causava a mesma impressão.

Todo o andar parecia abandonado, sem mais coisas como uma caixa de papelão ou saco de lixo ou coisas deixadas para trás. A única coisa que entregava que o lugar já havia sido habitado era um cartaz estranho que ele encontrou pregado na parede do último escritório. Parecia familiar, um cara numa capa preta e chapéu-coco com seu rosto escondido por uma maçã verde. Atrás dele, nuvens escuras se acumulavam no horizonte, como se uma tempestade viesse se aproximando.

Por algum motivo, a imagem lhe causou calafrios.

Esse lugar era bem assustador mesmo!

Rehyman parou na porta no final do corredor e puxou mais uma vez seu laptop. Ele o segurou contra a parede e digitou alguns comandos com a mão livre.

"A recepção está do outro lado desta escada", disse para HP, que estava fechando cuidadosamente a porta às suas costas.

"O guarda logo vai terminar sua ronda, por isso precisamos ir antes que ele volte de frente para as telas. O sistema listava quais leitores haviam sido ativados e por quem. Com alguma sorte, ele não iria checar cuidadosamente quando voltar da sua ronda, mas, mesmo se ele perceber, vai parecer que abriu a mesma porta duas vezes. Pode ser tranquilamente o sistema brincando com ele, esse tipo de coisa acontece às vezes. Mas, se ele voltar antes de nós entrarmos, já era. Não importa o quão burro ele seja, irá perceber que não poderá estar sentado na cabine e abrindo portas em algum lugar ao mesmo tempo. Entendeu?"

HP confirmou, tentando se livrar da sensação de desconforto. É agora!

A entrega na Central aconteceu sem nenhum problema. Uma parada rápida, descarregar e depois voltar à sede da polícia.

Mas, mesmo assim, a camiseta que ela usava sob o colete à prova de balas estava ensopada de suor. O pânico ainda estava lá, borbulhando sob a superfície, e ela tinha de usar toda a força para reprimi-lo.

Por que raios alguém ficaria na ponte tirando fotos a essa hora da noite? Bem ali, exatamente no mesmo lugar em que Henke havia estado?

Por um momento maluco, ela pensou que pudesse ser ele ali de pé. Que por algum motivo maldito ele tivesse decidido continuar com o Jogo e tivessem lhe mandado repetir um número clássico.

Então, quando percebeu que não era Henke que estava na grade, seu agitado cérebro mudou de pistas. E se o Jogo estivesse continuando sem ele e agora ela fosse quem estivesse jogando com eles?

E se Micke estivesse envolvido de alguma forma?

Todas aquelas pontas soltas a estavam enlouquecendo. Os bilhetes e os telefonemas.

Tudo parecia completamente louco, surreal, insano!

Eles passaram por um lance de degraus de concreto em poucas passadas e então, depois de vencer mais um leitor de mãos, estavam de frente para um novo corredor. No decorrer da esquerda, havia a mesma fileira de portas marrons anônimas do andar de baixo, mas a parede da direita era completamente diferente. Para começar, era mais nova que sua equivalente e continha apenas uma única porta, uma que parecia bem firme.

O leitor também parecia diferente. Como se fosse uma cabine de olho mágico à altura do rosto.

"Leitor de retina", disse Rehyman. "Lê o padrão da córnea com o auxílio de um laser", explicou. "Mais seguro que palmas ou impressões digitais. Basicamente, não pode ser enganado."

"Como assim, não pode ser enganado?", chiou HP. "Chegamos até aqui para desistir?"

Ele olhou para Rehyman, que estava fuçando em sua bolsa, completamente imóvel. Depois de alguns segundos, sacou o que parecia ser um par de óculos ainda mais grosso com lentes extremamente finas. Ele o pôs e depois enfiou sua cabeça na caixa na parede.

HP observava, enquanto uma luz ali dentro começou a piscar.

Segurou seu fôlego e sentiu a pulsação batendo em suas têmporas. O Rain Man realmente não sabia o que era a sensação de medo. Um par de óculos de loja de piada e depois enfia a cabeça para confrontar um laser. O gênio nunca iria sair bem dessa, ele ia sair com os olhos derretidos, e aí HP estaria frito.

Foi o bilhete que finalmente explodiu sua cabeça. Ela tinha certeza de que o tinha arrancado, amassado e enfiado no fundo de seu armário antes de ter começado seu turno. E lá estava ele ali de novo.

Encontrado, alisado e de volta onde estava, gritava sua mensagem e de repente foi como se todo o seu mundo entrasse em colapso. O caos em sua cabeça tomou conta.

Chega dessa merda!

Era o único pensamento coerente que conseguia exprimir no meio daquele turbilhão.

Bateu a porta do armário e deu alguns passos largos até sair do vestiário. Quando já estava longe demais no corredor escuro, sacou seu celular e desceu até achar o número.

A secretária eletrônica atendeu do outro lado.

"Você tem de parar!", gritou para a máquina do outro lado. "Tudo bem, eu sou uma piranha assassina, você está certa! Fui eu quem empurrou Dag. Eu, não Henke! Ele assumiu a culpa, se sacrificou por mim. Mas fui eu quem matou por ele! Se não fosse por mim, Dag ainda estaria vivo hoje. Eu mesma podia tê-lo salvo. Havia uma chance, uma pequena chance. Mas eu não o salvei, e você sabe por quê! Porque eu nunca teria me salvado! Eu era prisioneira dele. Até a que a morte nos separasse."

Ela se recompôs por um momento antes de continuar.

"Ele sempre chorava depois, isso era o pior. Soluçava, dizendo que estava arrependido e o quanto me amava. Mas o amor entre nós era tão forte que às vezes ele não sabia como lidar. E era por isso que ele perdia o controle. Como se o amor tivesse alguma coisa a ver com isso.

Mas eu o perdoava, mesmo que às vezes estivesse tão machucada que mal conseguia ficar de pé; o confortava e prometia que nunca o deixaria tão nervoso de novo. Pelo que eu o havia deixado fazer comigo!"

Ela parou e retomou controle de sua voz.

"Ele me mudou, me transformou — em alguém que eu reconhecia cada vez menos. Uma estranha sem vontade própria, sem o menor controle. Uma maldita vítima passiva!"

Ela tomou um fôlego profundo e estremecido, fechou os olhos — e depois soltou a respiração.

"Aquela foi a pior noite da minha vida", disse lentamente. "Mas ao mesmo tempo foi a melhor. Dag não era o único na beirada da varanda, ao menos como eu vejo. Ele levou a velha Rebecca com ele, aquela que ele criou. E é por isso que eu o deixei cair com ela, os dois caírem! Autodefesa, instinto de sobrevivência, chame do que quiser. Eles morreram lá embaixo — para que eu pudesse sobreviver! Como você ousa ficar me amedrontando agora "

De repente, a luz vermelha se apagou, Rehyman tirou sua cabeça do buraco e num instante depois o mecanismo da porta começou a zumbir.

"C-como diabos você fez isso?", engasgou HP.

"Isso não é nada, se você sabe como a base de dados é construída. Um modelo plástico em 3D da córnea de alguém, dá pra pedir uma dessas pela internet. Junte-as a um par de óculos vagabundos e pronto."

Rehyman baixou a alavanca da porta e a abriu, deslizando-a em silêncio.

"M-mas, espera aí..."

HP estava tentando em vão encaixar tudo em sua cabeça. Não fazia sentido, havia algo faltando.

"Como diabos você sabia quais olhos estavam na base de dados, quero dizer... Como você sabe que córnea copiar?", disse lentamente, de forma que o muppet pudesse entender a natureza da pergunta.

"Fácil", disse Rehyman, encolhendo os ombros. "Eu peguei uma cópia da base de dados quando instalei o sistema."

Antes que HP pudesse se recuperar, Rehyman abriu a porta de uma vez.

19 Infiltrado

Ele definitivamente esperava mais do que isso. Uma sala enorme cheia de estações de trabalho com uma tela gigante pra caralho na frente. Tipo *"Controle em Terra para Major Tom... Houston, nós temos um problema..."*, algo assim.

Ok, sua investigação prévia não tinha exatamente apoiado essa teoria, mas isso?

Uma salinha sem janelas, com uma única mesa no fundo, à direita. Paredes brancas, piso plástico cinza, nem mesmo uma porra de uma máquina de café. Havia uma porta dupla que parecia pesada do lado oposto com uma janelinha que mostrava fileiras de gabinetes de computador. Um zumbido distante dos servidores lá dentro, misturado com o barulho do ar-condicionado.

E era praticamente isso.

O lugar até cheirava a antisséptico...

"Por que diabos você não falou que instalou o sistema de segurança?", ele sussurrou para seu pequeno robozinho.

Rehyman encolheu os ombros.

"Você não perguntou", respondeu ele, enquanto pegava seu laptop novamente.

Você não perguntou!! Claro, eu devia ter perguntado... Recado pra mim mesmo: lembrar de estrangular esse retardado premiado assim que sair daqui intacto!, pensou HP, enquanto se aproximava da pequena estação de trabalho.

Considerando que este era o Controle em Terra, realmente não era nada de mais. Uma tela dupla, um teclado e um mouse.

E era isso.

Demorou um pouco antes que ele entendesse. Erman nunca tinha realmente dito que o Jogo era fisicamente administrado daqui, essa tinha sido sua própria conclusão mal pensada. Quem quer que estivesse no comando do trabalho puramente físico, enviando as missões, editando os clipes, gerenciando a fazenda de Formigas e todo o resto, poderia, obviamente, fazer isso de qualquer lugar do mundo. Tudo o que era preciso eram servidores estrategicamente posicionados como este para manter a coisa toda funcionando. E, se houvesse um Controle de Missão em qualquer lugar, seria muito idiota colocá-lo na velha e boa Suécia, e ele sentiu quase vergonha de ser estúpido o suficiente para ter pensado de outra forma.

Este era um posto avançado, um parceiro silencioso que tomava conta de si mesmo, e a salinha em que ele estava era não mais do que uma estação de serviço comum, no caso de precisarem arrumar os servidores.

De qualquer maneira, ainda significava um caminho para entrar no Jogo, Erman tinha sido muito claro sobre esse ponto.

Hora de ir. Ele lançou um olhar ansioso sobre o ombro, mas para seu alívio seu amigo inteligente não parecia ligar para nada além de seu próprio laptop. O cara merecia um pouco de crédito por sua discrição, pelo menos...

Ele tocou o mouse com a mão e as telas acenderam de uma só vez.

Infelizmente, o que elas mostravam era basicamente tão interessante quanto o resto da sala. A janela de login do Windows NT perfeitamente normal — Usuário e Senha.

Ele pegou o bilhete de Erman em seu bolso de trás.

Agora, para ver se alguma das antigas contas de administrador ainda funcionavam.

Ela mal conseguia se lembrar de como tinha chegado à sua casa. Mas tinha feito isso de alguma forma. Porque agora estava em pé no corredor escuro, com as chaves na mão. A luz da secretária eletrônica era a única fonte de iluminação. Mas não quis perder tempo ouvindo aquilo. Ela sabia perfeitamente o que estava na fita

Silêncio...

Apenas um leve ruído de tráfego da autoestrada Essinge. Ela certamente poderia aproveitar um pouco de paz e tranquilidade, mas não assim. Uma cacofonia de pensamentos que batiam em sua cabeça fazendo tanto barulho que ela mal podia suportar. Como uma partida de pingue-pongue mental do inferno.

Mas ela sabia como fazer toda essa merda ficar quieta. No armário do banheiro, um pequeno envelope branco. Quatro comprimidos para dormir, escovar os dentes, fazer xixi, boa noite!

Tudo deveria ficar mais claro de manhã, ela murmurou para si mesma, enquanto seu quarto desaparecia em uma névoa cinza.

Ele tinha três diferentes conjuntos de nomes de usuários e senhas para escolher. Eles podiam ter sido agrupados em pares, mas em teoria tinha nove combinações possíveis.

Imaginou que o sistema não lhe daria muitas tentativas. Três no máximo, provavelmente menos.

Em outras palavras, era importante acertar de primeira.

Olhou para o bilhete, mas nenhuma das combinações se ofereceu como voluntária. Logins típicos de nerd de computador: Prince$4L3iA, Andro!dsDnGn, PrtcmnT1nof3n$1v4.

As senhas eram mais ou menos a mesma coisa. Poderia muito bem ter sido o Manga quem as tivesse criado.

Então, qual escolher?

Ele apostou na com Android no meio. Geralmente, digitava bem rápido, mas dessa vez foi com muita atenção, para que todos os caracteres saíssem certos.

Apertou *enter* e a ampulheta apareceu.

Isso parecia promissor.

Então:

O login e a senha estão incorretos. Você tem mais uma tentativa antes que esta máquina seja bloqueada.

Merda! Só mais uma chance, então o que deveria tentar agora?

A princesa Jedi ou a porra do Guia do Mochileiro das Galáxias?

Seus instintos disseram para ficar com a garota, mas, por outro lado, tinha sido em parte por causa de uma garota que ele estava nessa confusão. A MILF Mia, de Märsta, tinha parte da culpa disso. Era culpa dela que ele estivesse nessa maldita viagem. Então, isso o deixava com a bíblia dos nerds.

Digitou as palavras, pressionou *enter* e prendeu a respiração.

A ampulheta girou algumas vezes.

Então Alice de repente voltou ao País das Maravilhas...

O momento antes de ela adormecer — logo que a névoa cinza estava começando a escurecer —, a sensação chegou de repente. De que Henke de alguma forma precisava de sua ajuda, que ele estava em perigo e que só ela poderia salvá-lo.

Se ela apenas pudesse ficar acordada um pouco mais, descobriria mais coisas, uma vozinha dentro de sua cabeça sussurrou. A salvação estava a apenas alguns segundos de distância, disse uma voz diferente.

E ela realmente tentou resistir. Lutou contra suas pálpebras, tentou sair da cama. Mas suas pernas não pareciam querer lhe obedecer. A cortina química em sua cabeça caía incessantemente, silenciando todas as vozes. Em pouco tempo, ela estava dormindo.

Nunca ouviu o telefone tocar.

A tela do lado esquerdo mostrava um mapa mundial interativo. Cada país estava marcado com uma de quatro cores, e levou apenas alguns segundos para ele descobrir como funcionava. Mais da metade dos países eram cinza, e, de acordo com a legenda em um canto, isso significava *sem atividade*.

Um quarto mais ou menos estava marcado de verde, o que, evidentemente, significava que o recrutamento estava em andamento.

Quase todos os demais países, com exceção de apenas dois, eram amarelos. Isso significava que o Jogo estava em curso, se você acreditasse no que a legenda dizia, o que HP não tinha nenhum problema em fazer.

Mas o mais interessante eram os países marcados em vermelho, apenas dois no momento. Vermelho significava Fase Final. Uma nos EUA e outra, surpresa das surpresas, na Suécia. Sua Fase Final, ou o que deveria ter sido sua...

Ele moveu o cursor para a Escandinávia e ele se transformou num dedo. Clicou duas vezes a velha e querida Suécia, e então...

A outra tela de repente ganhou vida, fazendo com que ele pulasse.

Uma lista, uma lista de pontuação que lhe lembrava a que tinha visto em seu telefone. Mas o design era diferente, mais profissional. Menos brilho e banners chamativos, mais sóbria e direta ao assunto.

Ela também continha apenas cinco jogadores. O número no topo era um velho conhecido...

O bom e velho 58 ainda estava na liderança, e já tinha juntado até agora 12 mil pontos, quase 2 mil a mais que as pessoas atrás dele. HP teve de clicar seu perfil. Quem era ele e que grandes feitos tinha conquistado para chegar ao número um?

Talvez eles até se conhecessem?

Quando as imagens apareceram, ele ficou surpreso. O cara parecia completamente normal, com a mesma idade que HP, um pequeno cavanhaque, um começo de queixo duplo e o contorno do couro cabeludo definitivamente indo em direção ao norte.

Era essa a imagem de um campeão, o sr. Rei-da-Montanha-Um-Número-Um? O cara parecia um completo ninguém! E seu nome era Hasselqvist!

Hasselqvist, com um Q e um V — como um gerente punheteiro e ambicioso, ou algo do tipo. Tudo o que faltava era o crocs verde-menta e um pack de cerveja de teor alcoólico médio.

Que decepção!

HP balançou a cabeça enquanto percorria o perfil do 58. Apartamento perto de Hornstull, McEmprego comum em alguma empresa de TI, gostava de pôquer on-line e de passar o tempo no Cosmopol e outros clubes de jogos.

Que saco...!

Mas, um pouco mais para baixo, as coisas começaram a ficar consideravelmente mais interessantes.

Havia pequenas imagens indicando videoclipes, umas vinte no total, chutando, as obras completas de Hasselqvist 58.

A primeira imagem que chamou sua atenção foi a de uma ponte da autoestrada, e ele começou a suspeitar de algo. Um clique duplo depois e suas suspeitas foram confirmadas. A autoestrada Essinge, o viaduto em Lindhagens. Então, o 58 estava realmente envolvido com sua armadilha, exatamente como ele pensava!

Mas as imagens não se encaixam perfeitamente, a luz no clipe era diferente; as cores, mais escuras. A ponte era a mesma, assim como a vista para Traneberg. O trânsito, as luzes azuis piscando, os carros de polícia correndo em alta velocidade em direção à câmera, tudo se parecia com seu próprio cenário desastroso. Mas, quando o cortejo chegou à ponte, nada aconteceu. Ele viu os carros desviarem no último minuto, provavelmente porque tinham visto o cinegrafista em cima. Mas, então, eles simplesmente passaram pela ponte, pegaram a rotatória e continuaram em direção à cidade. Quando o clipe parou, ele encontrou uma explicação.

De acordo com a data e a hora, ele tinha sido filmado naquele mesmo dia, apenas uma hora antes. Por que diabos eles enviariam um jogador tão bom como o 58 para filmar um comboio policial, especialmente no mesmo lugar em que outro jogador já havia filmado uma missão muito mais arriscada? Não fazia nenhum sentido.

Ele olhou rapidamente alguns outros clipes e percebeu que poderia classificá-los em ordem de data com alguns cliques.

Antes de *Lindhagensplan — A Missão* havia outro clipe gravado há apenas um dia, mais ou menos. Ele o abriu. O 58 estava parado numa loja, uma garagem ou empresa de aluguel de carros, pela aparência. A câmera devia estar na altura de seu peito, pelo ângulo. O cara entrou pela porta, virou à esquerda e foi até um balcão escrito oficina.

"Olá, Stigsson, do Distrito Ocidental!", Hasselqvist com um Q e um V disse à vagabunda gostosona atrás do balcão, mostrando uma pastinha preta.

"Estou aqui para pegar o 1710, me disseram que está pronto?", disse o 58 sem a menor hesitação em sua voz, e foi recompensado com um sorriso.

Pouco depois ele recebeu uma chave e partiu para a cabine de segurança, ainda com a câmera filmando.

O 1710 era uma van da polícia, um desses carros da VW que os policiais pareciam gostar de dirigir. O 58 entrou nele, ligou e o clipe terminou alguns segundos depois de ele ter passado pelos portões.

Então, Hasselqvist tinha roubado uma van da polícia! O 58 deve ter recebido um monte de informações internas. Tudo o que teve de fazer foi aparecer numa garagem, fingir que era um policial por alguns minutos e depois ir embora dirigindo.

Um macaco treinado poderia ter feito isso...

Mas uma vez mais ele tinha de tirar o chapéu para o Jogo. Evidentemente, eles tinham Formigas infiltradas na polícia, bem como Erman tinha dito.

E agora tinham pelo menos um veículo da polícia...

"Aham...!"

HP deu um pulo quando Rehyman pigarreou em algum lugar atrás de suas costas.

"O quê?", ele rosnou por cima do ombro.

"O guarda começou sua próxima ronda. De acordo com seus últimos circuitos, temos quatro minutos antes dele chegar aqui."

"Ok, ok", murmurou HP, passando o olho rapidamente pelo resto dos clipes.

Ele sabia mais ou menos tudo o que precisava saber sobre o 58. Tinha o suficiente para denunciar à imprensa, se escolhesse seguir por esse caminho, o que parecia cada vez mais lógico.

Certamente, poderia lhes dar uma van de polícia roubada e um suspeito principal, e, como era o auge do verão, os tabloides noturnos adorariam qualquer coisa que fizesse com que não precisassem colocar uma nova dieta na primeira página. Se ele apenas conseguisse descobrir o número da conta bancária, teria alcançado seu objetivo. E o Jogo podia ir se foder!

Ele descobriu uma guia chamada *Transações* e moveu o cursor em direção a ela.

Mas, quando estava prestes a levantar o dedo e clicar, do canto do olho viu uma miniatura com outra imagem familiar — e, por um segundo ou dois, foi como se tivesse se transformado em gelo.

"Você deve ter visto errado", uma voz suave sussurrou dentro de sua cabeça. "Clique e pegue o dinheiro, querido! Tailândia, aqui vamos nós!"

Seu dedo indicador ainda estava parado sobre o botão. Um rápido clique e ele estaria a meio caminho de Arlanda. Deveria haver algum voo noturno, não importava para onde.

Hasta la vista, baby!

Mas ele sabia que a voz estava mentindo para ele. Ele não tinha visto errado.

E, embora parte dele protestasse violentamente, moveu o cursor e abriu o clipe.

"Oi, Micke!", sua irmã disse antes que algo cobrisse a lente e tudo ficasse escuro.

"Merda, merda, merda", foi o único pensamento coerente que sua cabeça conseguiu apresentar. Mas, depois de alguns segundos, conseguiu reiniciar seu sistema e recuperou o controle.

Como, em nome da puta merda do caralho, o 58 poderia ter filmado a sua irmã?

Quando ele tinha filmado isso?

E, mais importante — por quê?

O clipe não dava nenhuma resposta. Tinha apenas alguns segundos de duração e nenhuma informação sobre data e hora. Provavelmente, não era mesmo uma missão de verdade, porque se fosse seria consideravelmente mais longo e teria mais informações.

Então o que era?

Será que ele apenas deixou o celular ligado, ou apertou o botão por engano e acabou filmando alguém que ele nem conhecia?

Difícil!

Quais eram as chances de o 58, entre todas as pessoas na cidade inteira, simplesmente encontrar sua irmã sem querer, a mesma pessoa que poucas semanas antes tinha sido involuntariamente envolvida no Jogo? Além disso, pelo seu tom de voz eles já se conheciam. "Oi, Micke", ela havia dito.

Será que o primeiro nome de Hasselqvist era realmente Micke?

Quando ele estava rolando a tela para cima para verificar novamente, Rehyman colocou a mão em seu ombro.

"O guarda está subindo as escadas", disse ele, e seu tom de voz neutro estava tremendo um pouco.

"Merda!", HP rosnou entre dentes.

O que ia fazer agora?

Depois de pensar por alguns segundos, percebeu que teria de priorizar sua missão.

Ele podia falar com sua irmã amanhã, mas a conta bancária só estava disponível agora. Só teria uma chance de acertar na loteria.

Relutantemente, clicou em *Transações*.

"Nós temos que ir agora!", disse Rehyman, logo que as informações começaram a aparecer na tela.

As informações caíam em cascata sobre ele, e HP as escaneava o mais rápido que podia. Pagamentos, contas de destinatários, datas, valores — mas onde diabos estava a conta do remetente?

"Nós temos que ir AGORA!", implorou Rehyman, puxando o ombro de HP.

Ele empurrou a mão.

"Só mais uns segundos."

Lá estava!

Logo no final da página, em sua própria caixinha. A conta numerada a partir da qual todo o dinheiro era filtrado para o Jogo.

O pote de ouro.

Uma bolada!

Doze números, tudo que era necessário para começar a sacar o dinheiro.

HP tinha verificado duas vezes on-line. Realmente, existiam contas em que você só precisa informar o número, bem como Erman tinha dito. Sem identificação, sem senhas secretas, só a porra do número da conta.

E aqui estava!

Ele precisava de algo para escrever.

Merda!

HP procurou nas roupas com as mãos.

"Uma caneta!", quase gritou para Rehyman, que tinha começado a puxar seu ombro novamente.

"Desencana disso, nós temos que sair!"

"Eu preciso de uma caneta, pelo amor de Deus, você tem uma caneta?!"

Rehyman apenas balançou a cabeça.

"Você pode escrever os números em seu laptop?"

Nenhuma resposta.

Porra! Ele estava tão perto e tudo estava desmoronando porque ele não tinha a porra de uma caneta!

Se você os dividisse em quatro grupos de três dígitos, era quase como uma pequena rima. Tentou cantarolar para si mesmo. 397 461 212 035, 397 461 212 035. Isso poderia realmente funcionar!

De repente, sentiu alguém o levantando da cadeira e demorou alguns segundos para perceber que não era o guarda, mas Rehyman levando-o em direção à porta da sala do servidor.

"Nós... temos... que... sair... agora!", ele gemeu sob o peso antes de derrubar HP na porta.

"Que porra é essa que você está fazendo!", gritou HP, mas Rehyman tinha virado as costas para ele e estava mexendo no leitor.

De repente, HP ouviu a fechadura da porta externa começar a zumbir. O guarda estava entrando! Olhou rapidamente ao redor da sala e viu imediatamente o que estava errado.

Em dois passos rápidos, chegou ao computador e apertou a pequena meia-lua no canto superior direito do teclado. Virou-se e correu pela porta aberta da sala dos servidores. Assim que a fechadura mecânica da porta exterior parou de zumbir, ele a fechou atrás dele.

Por um curto período, eles ficaram deitados no chão, sem fazer barulho.

Seu silêncio era realmente desnecessário, já que a sala inteira era coberta por um tapete grosso de som, ventiladores zumbindo e discos rígidos rangendo, o que tornava impossível ouvir qualquer coisa, a não ser ruídos muito altos.

Depois de esperar alguns segundos, Rehyman cuidadosamente rastejou ao redor da primeira fila de servidores, e HP o seguiu.

Assim que estavam longe da janela, sentaram-se e encostaram-se em gabinetes de servidores separados. Agora, só tinham de esperar e torcer para que o guarda não fosse dar uma volta pelas estantes, porque, se o fizesse...

O coração de HP estava pulando no peito. O que aconteceria se o Jogo os encontrasse aqui? Dois invasores num escritório escuro e à prova de som? Por um momento, não pôde deixar de pensar em Erman.

No ciberespaço ninguém pode ouvir você gritar...

Um clique metálico atravessou o tapete de ruídos. O guarda tinha aberto a porta. HP prendeu a respiração.

Mais zumbidos.

Ele olhou para onde o guarda poderia aparecer a qualquer momento e se encolheu inconscientemente, pronto para lutar ou fugir.

Em seguida, outro clique da porta, seguido por um baque surdo.

HP ficou sentado, paralisado. Mas Rehyman começou a se mover na hora.

"Vamos", disse ele no ouvido de HP. "O guarda continuou e precisamos segui-lo. Temos que sair antes que ele volte para trás de sua tela, caso contrário, vai perceber que algo está errado."

Rehyman olhou cuidadosamente através da janela na porta, e depois de alguns seguidos eles estavam de volta à sala de controle. Ambas as telas de computador estavam desligadas, exatamente como quando eles entraram na sala pela primeira vez.

"Esperto!", Rehyman balançou a cabeça. "O guarda teria percebido que algo estava errado se as telas estivessem ligadas."

HP realmente queria mexer no teclado mais uma vez, mas não havia tempo.

Agora, eles só precisavam sair. Além disso, pensou que ainda conseguia se lembrar da rima.

Como era? 397 461, então... 212?

"Vamos, vamos!"

Rehyman estava com seu laptop e evidentemente sabia onde o guarda estava, já que se atreveu a abrir a porta para o corredor. De forma rápida e silenciosa, desceram as escadas.

Outra checada no laptop e, em seguida, mais um trecho pelo corredor do piso térreo. Um minuto ou pouco depois eles estavam de volta à rua.

Uma chuva fina e suave tinha começado a cair.

Missão cumprida!, pensou HP com alívio, virando seu rosto para o céu. Deus, era bom estar aqui fora no frio!

Mas foi só quando eles já tinham ligado o carro e começado a dirigir que ele percebeu que não conseguia mais se lembrar do número da conta.

Troco 20

Primeiros dez segundos de um toque prolongado, triiiiiiiiiiiiiiiiiiiiiiiiimm mmmmmmmmmmmmmmmmmmmmmmm!

E então dez segundos de pausa.

Então, de novo, triiiiiiiiiiiiiiiiiiiiiiiiimmmmmmmmmmmmmmmmmmmm!

Isso a estava enlouquecendo.

No fim, ela não tinha outra opção a não ser se levantar e abrir a porta, mesmo que sua cabeça ainda estivesse lenta e embaçada.

Mesmo que o olho mágico estivesse vazio, já tinha uma boa ideia de quem fosse, mesmo antes de abrir a porta. Como sempre, deixou a corrente de segurança ainda presa. Assim, sua tentativa de escancarar a porta não deu em nada.

"Oi, Henke", ela balbuciou pela fresta. "Você não devia estar na Tailândia agora?"

"Depois, me deixa entrar, temos que falar!", disse num fôlego só, e ela relutantemente fez o que ele pediu.

"Você conhece alguém chamado Micke, ele é seu namorado ou coisa do tipo?", ele praticamente gritava logo que entrou na sala.

"Que... Hmm... Er... Por quê?"

Sentiu como se sua cabeça estivesse cheia de gosma.

"Cabelo liso, barbinha, apartamento perto de Hornstull?"

"Hmmm...", confirmou sonolenta, enquanto tentava ligar o cérebro no tranco.

Henke parecia completamente ensandecido, com um olhar louco em seus olhos vermelhos, os cabelos despenteados. O que diabos ele estava fazendo? Ele devia ter deixado o país de vez.

"Puto bastardo!", ele rosnava entre os dentes.

"Vem aqui na cozinha...", ela conseguiu dizer.

"Não tenho tempo, preciso ir!", interrompeu, "mas escute com atenção isso, porra!"

Ele a segurou pelos braços.

"Não chegue perto desse maldito Micke, tá?"

Ele a estava olhando nos olhos. Ela ainda não estava conseguindo entrar em foco. Aquelas pílulas tinham sido desconcertantemente eficazes, e quatro delas tinha sido duas além da conta.

"Micke está no Jogo, tudo leva a ele. Ele é o 58, o líder, o cara do topo, e não importa no que ele te envolveu, você não vai querer ser pega com isso, tá bom?"

Ela balançou a cabeça devagar.

Do que diabos ele estava falando?

As palavras que ele estava disparando nela não grudavam em sua mente, mas bastava olhar para ele para saber que algo estava errado. Era como se ele estivesse em uma *bad trip* ou coisa do tipo. E, afinal de contas, por que ele não estava na Tailândia?

Henke continuava falando, e aos poucos algumas das coisas que ele dizia começaram a penetrar o estofamento de sua cabeça.

"...é tudo um Jogo, tá? Micke só está com você porque essa é a missão. Você é a missão dele, um meio para chegar aos fins, e quem é que sabe quais são. Eles estão planejando algo grande, uma espécie de Fase Final, é tudo que eu sei. Ele roubou uma van da polícia e deve estar planejando usá-la em algo. Mas eu vou pará-lo! Eles foram longe demais dessa vez! Eles estão nos usando como peões, os putos. Agora é a hora do troco, irmã, agora é a hora da porra do troco!"

Ele concluiu seu esporro chacoalhando-a, o que fez sua cabeça mexer-se para frente e para trás. Mas a névoa dentro dela se recusava a ir embora.

"Olha, tudo isso é tão..."

"Louco, eu sei!", ele a cortou. "É completamente louco pra caralho! Mas seu irmãozinho entrou no caso, não se preocupe. Eu vou descobrir isso, e aquele puto do Micke vai pagar! Ninguém mexe com a minha irmã! Olha o que aconteceu com o outro, valeu pegar dez meses em cana!"

De repente, ela acordou!

"De que diabos você está falando, Henke?"

Ela empurrou suas mãos e deu um passo para trás.

HP mordeu a língua. Merda, ele nunca fica quieto! Às vezes, eu podia jurar que tenho Tourette...

"Nada", resmungou rapidamente, "esqueça essa última parte."

"Olha", ela disse — e ele podia ver que a havia deixado seriamente nervosa. — "Eu sei perfeitamente a merda que você fez pra mim naquela época. Assumir a culpa de tudo pra que eu escapasse."

Sua voz estava furiosa e gélida ao mesmo tempo.

"E eu fui burra o suficiente pra deixá-lo fazer isso — deixar meu irmãozinho jogar toda a sua vida fora daquele jeito. E isso ainda me atormenta de formas que você não pode nem começar a imaginar. Eu nunca me perdoarei por ter feito isso contigo! Nunca, entende?", gritava ela.

Ela parou para pegar fôlego e lentamente recobrou o controle de si mesma. Ele estava de pé sem se mexer, sem dizer uma palavra.

E então ela sorriu aquele sorriso e foi como se algo tivesse quebrado dentro dele.

"A chave do depósito", pediu ele. "Quero pegar minhas coisas. Só isso."

Ela abriu a pequena cômoda na parede atrás dele e lhe deu uma chave sem dizer nada.

"Obrigado", disse abruptamente e virou-se para ir.

"Escute, Henke...!", ela disse.

Ele virou-se à porta e os dois se observaram por instantes.

E então ele sorriu de forma triste e esticou a mão para acariciar sua bochecha.

"Não se preocupe, maninha, eu vou dar um jeito. Não precisa se preocupar. Vou dar um jeito neles!"

E girou de volta antes de começar a correr escada abaixo.

"E, por falar nisso!", ele voltou a falar para ela no seu tom de voz confiante. "Fique de olho em uma van policial de número 1710, foi essa que roubaram!"

E então ele se foi.

Ele empurrou a porta do pequeno depósito e tentou pegar o que achava importante entre seus pertences. Considerando que aquilo era toda a sua vida, não havia muito do que se gabar. Dez caixas e sacos de lixo, alguns móveis velhos que sua irmã achou que eram bons demais para serem jogados fora.

Encontrou o primeiro objeto quase de primeira, uma pequena lata de spray que um amigo havia lhe dado e que ele escondia entre as meias.

"T-Spray", dizia, e o resto do texto vinha escrito em alemão.

O segundo item lhe tomou mais tempo, e por alguns momentos de pânico achou que ela pudesse ter encontrado o que procurava e jogado fora.

Mas então encontrou a caixa de madeira no meio de um monte de papéis e colocou no bolso aliviado.

Tudo pronto para irmos!

Ele tinha algumas coisas mais a fazer, e então estava pronto para encontrar com Micke Hasselqvist, vulgo A Porra do Número Cinquenta e Oito.

Aquilo com os números da conta tinha sido uma merda gigante.. Como é que ele não se lembrou de carregar uma caneta?

Brigou e esbravejou por todo o caminho de volta até Skärholmen, onde deixou Rehyman.

O mestre-ladrão não havia dito nada. Apenas se sentou com a porra de sua sacola no colo. Segurando-a como se fosse um bebezinho.

Que porra de jogador!

O sujeito tinha instalado toda a merda e certamente se entupiu de grana pra fazer aquilo e depois ajudou HP, um estranho completo, a entrar no lugar!

Maluco é pouco!

Ele não tinha nem a noção de ser pago por seus serviços, mesmo que HP, com dor na consciência, lhe oferecesse dinheiro depois que eles se separaram. Apenas balbuciou algo sobre fazer um favor a um irmão e nem mesmo disse adeus enquanto desaparecia sob a chuva pesada.

Depois de alguns metros, era como se ele nunca estivesse estado ali.

Manga realmente sabia escolher aqueles caras...

Era quase à tarde quando ela acordou. Um rápido café da manhã seguido de um banho para clarear o resto da névoa em sua cabeça. Seu turno começava às sete e naquele eles trabalhariam em alerta constante.

Ela tinha apenas uma vaga lembrança da visita de Henke. Um monte de bobagens sem sentido sobre Micke e aquele Jogo de que ele não parecia largar mão.

Aquilo deveria perturbá-la, mas o que Micke e Henke tinham em comum além de celulares parecidos? Depois daquele encontro em Sturekatten, ela fez algumas buscas discretas pela base de dados. Micke parecia ser imaculado, tudo o que dizia parecia ser verdade, e ela se sentiu reconfortada com aquilo.

Mas aí, de repente, o Henke estava em sua sala de estar, falando um monte de abobrinhas. O mais estranho — e mais preocupante — é que ele parecia conhecer um tanto do Micke. Será que a estava seguindo, fazendo as vezes de anjo da guarda?

Henke havia dito que Micke estava só jogando com ela, que havia uma motivação oculta por trás de seu interesse. Mas ela não conseguia lembrar do Micke nunca ter feito nenhuma pergunta estranha ou agido de forma incomum, com a possível exceção daquela vez que ela quis dar uma olhada mais de perto em seu celular.

Tudo era uma enorme bagunça dos infernos, era impossível achar algum sentido naquilo tudo. Ela não conseguia nem se preocupar em ficar pensando naquilo. Hoje, mais do que em outros dias, o mais importante era ter foco em seu trabalho.

Ela se trocou, guardou suas roupas de ginástica. Uma rápida ida à academia antes de começar seu turno era a garantia que precisava para estar mais alerta e conseguir arejar a cabeça.

Ao sair, checou a secretária eletrônica.

Duas mensagens.

A primeira era dela mesma, e ela passou por ela rapidamente assim que ouviu as primeiras palavras.

A segunda era de Micke.

"Oi, sou eu, me liga, só quero ouvir sua voz, vou tentar no seu celular. Beijão."

Ela não tinha tanta certeza se gostava de mensagens com *beijão* em sua secretária eletrônica.

Era um pouco íntimo demais pro seu gosto. Mas, por outro lado, foi ela quem decidiu lhe dar o número de casa. Checou o celular. Sim, ele havia ligado quando ela tinha deixado o aparelho desligado.

Uma mensagem parecida no celular.

Talvez ela ligasse para ele depois da academia — se encontrasse tempo, claro.

Também tinha outra mensagem em seu celular.

"Oi, aqui é o Selander do Esquadrão Antibombas. Só queria que você soubesse que o dispositivo que encontramos em Tanto estava funcionando, mas o detonador não estava carregado. Perigoso, sim, mas inofensivo de certa forma. Quem queria pegar seu irmão não estava querendo matá-lo, em outras palavras. Só achei que você quisesse saber disso. Tchau!"

Perigoso, mas inofensivo...

O que aquilo tinha a ver com a história de Henke?

Ela realmente não sabia.

Bergsundsgatan com Hornstull, HP estava montado na mobilete, como um *paparazzi*. O Bode não era do tipo de guardar rancor, ao menos que o idiota chapado tivesse esquecido que HP tinha dado perda total na última vez. De qualquer forma, pegar a mobilete emprestado não foi um problema. O Saab estava chegando a seus últimos dias, e as duas rodas eram melhores para se mover pela cidade. Sem problemas para estacionar, fuga por todas as ruas abertas.

A lata de spray estava num bolso da jaqueta, uma meia com uma bola de bilhar, no outro. Ele estava pronto para um pequeno encontro com o sr. 58!

Hasselqvist com Q e V tinha chegado há poucos minutos e estacionado sua lata velha em frente à porta. Em poucos minutos, HP planejava lhe fazer uma pequena visita... Mas, bem quando ele estava saindo da mobilete, percebeu que o 58 estava saindo de volta.

Entrou em seu carro e saiu dali rapidamente.

HP não encontrou dificuldades em acompanhá-lo. A mobilete conseguia fazer oitenta por hora, e não era possível desenvolver mais do que isso na cidade, mesmo com o trânsito tranquilo como o daquela noite.

O 58 foi em direção ao norte pela ponte Oeste, virou na Lindhagensplan e HP não conseguiu segurar o calafrio quando passou sob o viaduto onde ele e Hasselqvist completaram suas missões.

Sinistro pra caralho!

Depois, veio a ponte Tranenberg, depois a Ulvsundavägen e depois vinha a Bromma. Ainda assim não era um problema acompanhá-lo, o 58 estava dirigindo bem e com firmeza. Provavelmente, não queria ser pego e tinha um cronograma para cumprir. Talvez uma reunião importante?

HP sentiu sua pulsação acelerando-se gradualmente.

Enquanto eles iam em direção aos prédios industriais decadentes nos arredores do aeroporto, sua confiança aumentava cada vez mais. Algo grande estava para acontecer!

"Entrar em formação, Alfa Um e Dois."

Vahtola fez sua costumeira e rápida entrada e a sala caiu em silêncio de uma vez.

"As coisas vão ser sérias esta noite. A secretária de Estado dos EUA vem fazer uma visita surpresa para seus equivalentes da UE. O conflito no Afeganistão e o programa nuclear iraniano estão claramente em discussão. O tempo estimado de chegada é às 2h do horário sueco, com uma margem de atraso de dez minutos. Vocês não se surpreenderão ao ouvir que o nível de ameaças é considerado alto, então precisamos estar prontos para qualquer coisa."

Ela observou todos os policiais medindo seus humores. Acenos de concordância, ninguém foi particularmente surpreendido por seu anúncio. Na última semana, havia rumores de que algo grande vinha por aí.

"Nossos colegas da força-padrão tomarão conta de fechar as rodovias", continuou. "Eles irão parar o trânsito entre Arland e Grand logo que começarmos a nos mover. Todo o trânsito será interrompido em ambas as direções, além de ser proibido estacionar na Sveavägen, Hamngatan e Kungsträdgårdsgatan. Também teremos reforços da Unidade Nacional de Resposta Rápida, dois mais oito em grande estilo."

Risos espalhados pelo grupo.

A predileção da Unidade de Resposta Rápida (URR) por jogos de guerra dava muita munição para piadas. Uniformes especialmente desenhados, armamento pesado e outros apetrechos que não faziam parte do equipamento-padrão policial. Eles pareciam nunca sofrer da economia de gastos imposta às outras unidades. Mas, fora seu fetiche por acessórios, a URR era um reforço bem-vindo para um trabalho como esse.

"Runeberg já está em posição com Alfa Três para coordenar os caras do Serviço Secreto. E, como vocês sabem, Alfa Quatro estará dando cobertura na Grand. Sairemos daqui às 22h, seis veículos, divididos da seguinte forma..."

Pelo portal de um prédio de tijolos em ruínas para um pátio fechado. HP não se atrevia a segui-lo. Depois de ter certeza de que não havia outra saída do quintal, parou para esperar a uma pequena distância, perto da rodovia.

Quatro minutos depois a van da polícia número 1710 saiu pelo portal.

E, atrás dela, rumo ao norte, balançava a mobilete do Bode.

A rodovia estava quase inteira deserta. Mesmo que os obstáculos na estrada ainda não estivessem funcionando, o trânsito parecia leve de forma incomum. Eles levaram apenas trinta minutos para chegar ao Arland. Seis veículos: dois Volvos, dois Suburbans e dois BMWs blindados que iriam escoltar a comitiva da secretária de Estado.

Ela e Wikström liderariam o comboio, de acordo com as instruções. A polícia convencional proveria carros e motocicletas de patrulha adicionais, mais por questões de formação. E então viriam duas vans com os soldados da URR

Nada mal para uma carreata, como diziam os caras do Serviço Secreto.

Eles pareciam profissionais, isso não tinha como negar. Em forma, de poucas palavras, todos em ternos bem-passados e com o fone de ouvido obrigatório numa das orelhas. Dois deles ainda usavam óculos escuros, mesmo que a noite já tivesse caído.

Olhares que mediam, acenos curtos de reconhecimento entre colegas. Não havia tempo para conversa fiada, tudo já estava planejado, checado e acordado.

A transferência deveria acontecer na pista de pouso, de onde sairiam pelo Portão 1 e pegariam a 273 rumo à rodovia E4. Entrariam em Estocolmo pela Norrtull, passando pelas praças Sveavägen e Sergels, à esquerda na Hamngatan e à direita na Kungsträdgårdsgatan até o final na Grand, onde o Alfa Quatro e um outro grupo da URR assumiriam o controle.

Quase todos os arredores de Blasieholmen perto do Grand Hotel haviam sido isolados nas últimas poucas horas, e os cachorros do esquadrão antibombas devem ter feito duas rondas de horas extra para garantir que a área estivesse segura a tempo.

De acordo com Vahtola, a visita tinha sido confirmada há alguns dias, mas a informação tinha se mantido em sigilo num círculo reduzido por razões de segurança.

A polícia de Estocolmo, bem como os tabloides noturnos, foi mantida fora em cima da hora.

É claro que o chefe da polícia regional não estava feliz, mas o que ele poderia fazer? Só podia fazer seu melhor e abrir os cofres. Só os obstáculos de rodovia daquela noite iriam requerer algo em torno de duzentos oficiais da polícia. A dúvida era: isso seria o suficiente?

Eles estavam pegando a grande volta oeste ao redor de Solvalla, indo rumo a Rissne. HP viu o indicador de combustível. Havia meio tanque, e ele imaginou exatamente o quão longe aquela quantidade lhe levaria.

Estava começando a ter problemas em manter a velocidade, e a van da polícia agora estava a algumas centenas de metros à sua frente. Ele tinha de se dobrar quase inteiro pela metade por sobre o guidão para espremer os últimos restos de velocidade da mobilete. O entroncamento com a Rissne vinha adiante. Se Hasselqvist virasse à direita para a rodovia E18, provavelmente já era.

Que merda, ele devia ter vindo de carro, porra!

Eles tinham de esperar trinta minutos, e ela aproveitou a oportunidade para ir ao banheiro. Quando terminou, passou alguns minutos com seu celular.

Tentou falar com Henke em seu novo número uma hora e pouco depois que ele partiu. Estava pensando em pedir desculpas pelo ataque que teve, uma tentativa de consertar da melhor forma que conseguisse. Mas claro que ele não responderia. Agora que teve tempo para pensar nisso, ela não tinha tanta certeza se queria falar com ele, no fim das contas. Se ele já havia parecido maluco antes, não era nada se comparado à pequena performance de hoje. Ele claramente ainda estava com aquele jogo maldito no cérebro, afinal certamente não estava na Tailândia. Mas por que diabos sabia sobre Micke e que papo era aquele sobre uma van policial roubada?

Não, ela já tinha sua cota de loucuras variadas por um dia e tinha de focar o trabalho. Decidiu mandar uma respeitosa mensagem de texto, em vez de fazer uma ligação.

`Desculpe por antes, sei que você só quer o bem / Becca`

Pronto, ela havia feito seu trabalho como irmã mais velha. Bom para tirar aquilo do caminho, de qualquer forma.

Tentou ligar para Micke, mas ele não atendeu ao telefone em casa. Ela teria de tentar seu celular.

Eles não viraram na E18, apenas seguiram em frente, antes de fazer uma parada inesperada no posto de gasolina abaixo do conjunto habitacional que se alinhava ao alto de Rinkeby.

Hasselqvist abasteceu a van da polícia e HP teve a oportunidade de fazer o mesmo com a mobilete. E agora?

Nada, pareceu. Cinquenta e oito comprou um jornal e acomodou-se, esperando no estacionamento.

HP cogitou a ideia de chegar de repente e pegar o puto. Empurrar-lhe uma rodada de vinte perguntas, como a que ele vinha planejando fazer no apartamento dele. Mas não era o lugar certo. Muitas pessoas e muito iluminado. Além disso, se alguém os visse brigando numa van da polícia, o lugar estaria repleto de policiais em minutos, e esse não era exatamente um cenário dos sonhos.

Ele teria de esperar sentado.

Ela tentou ligar para Micke várias vezes e mandou uma mensagem para que ele ligasse para ela, mas não teve nenhuma resposta. Pela primeira vez.

Micke era o tipo de pessoa que sempre estava com seu celular, como se tivesse uma espécie de necessidade obsessiva de ser encontrado a qualquer hora. Por que então não estava mais respondendo?

Claro que podiam ter inúmeras razões. Sinal fraco, bateria vazia, talvez estivesse no cinema...

Então, por que não deixar pra lá?

Tudo bem, era difícil admitir, mas, mesmo que ela já tivesse rejeitado toda a ideia, não conseguia tirar da cabeça que Micke talvez pudesse estar envolvido no Jogo.

Será que eram os bilhetes? A mensagem era bem clara — alguém como ela não merecia ser feliz. E se talvez tivessem razão?

A história de Henke não tinha exatamente nenhuma prova firme, mas havia pelo menos uma coisa que ela poderia checar. Ligou para o número da Estação de Polícia de Norrmalm e dessa vez teve sorte. Quem atendeu foi Mulle.

"Você diz 1710?", ele balbuciou depois que ela explicou por que estava ligando.

Ele folheou uns papéis, depois o gancho do telefone fez um barulho e ela o ouviu chamando alguém corredor abaixo.

"Windahl, sabe onde está a 1710?", ela não conseguiu ouvir a resposta, mas então o gancho fez barulho de novo e Mulle estava de volta:

"O pessoal está dizendo que ela está na oficina, mas parece que as chaves desapareceram do armário."

21 Fase Final

Isso era uma grande merda. Eles tinham passado quase duas horas ali. Já era mais de meia-noite e ele estava começando a ficar puto com esse jogo em particular.

A tensão que havia sentido mais cedo já tinha evaporado há muito tempo e ele estava ficando com frio de ficar sentado por tanto tempo sem se mexer no ar úmido da noite.

Então, o que devia fazer agora?

Ou desistir de tudo e voltar, esperar até amanhã e fazer outra visita para Hasselqvist. Ou continuar esperando até que sua bunda criasse raízes no banco da mobilete.

Ele daria mais trinta minutos e depois tentaria pensar numa nova estratégia.

O Boeing 757 pousou cinco minutos mais cedo e taxiou para a área particular do aeroporto. Alguns minutos mais tarde, o avião parou e os veículos de cor escura foram buscar seus eminentes passageiros.

Rebecca e a maior parte da escolta esperavam fora do Portão 1.

Eles assistiram ao avião aterrissar e um dos seus colegas os manteve informados sobre o progresso na transferência para os carros. Mas, apesar da expectativa em torno dela, ela não conseguia sacudir a sensação de desconforto. Precisava falar com Micke, descobrir o que realmente estava acontecendo.

"Alfa Um-zero-dois, carregado e pronto. Estamos indo."

"Entendido, Alfa Um", respondeu o operador na sede da polícia.

"Ok, vamos", disse Wikström, colocando o carro em movimento e saindo atrás do carro de polícia marcado que iria liderar o comboio.

Cinco minutos até seu prazo final. Ele tinha acabado de começar a esticar as pernas, preparando-se para partir, quando as luzes da van da polícia de repente apareceram. Segundos depois, ela saiu novamente e HP se apressou em ligar a mobilete.

Ela pegou a via de ligação de Kymlinge na direção a Kista, e por um momento HP se perguntou se o 58 tinha recebido ordens de voltar para a nave-mãe em Torshamnsgatan. Mas ele passou direto pela estrada de acesso e continuou em direção à E4.

"Merda", HP murmurou dentro do capacete quando percebeu para onde eles estavam indo.

Quando a van da polícia entrasse na autoestrada, ele estaria fodido. Uma noite inteira completamente desperdiçada.

Eles já tinham chegado a Märsta. Nem um único carro em qualquer lugar, podiam correr juntos. Cento e trinta era a velocidade acordada, e o carro de patrulha em frente a eles seguia as ordens à risca.

Wikström aliviou um pouco o pé do acelerador para deixar o carro marcado ficar uma centena de metros à sua frente. Isso lhe daria espaço suficiente para manobrar e seria mais fácil para Rebecca, no banco do passageiro, ficar de olho na estrada à frente sem ser constantemente cega pelas luzes azuis piscando do carro de patrulha.

Stora Wäsby, depois Upplands Väsby.

À medida que avançavam, ela podia ver a luz das chamas que a polícia havia acendido nos acessos à autoestrada para parar o trânsito. O carro de patrulha, em seguida, Rebecca e Wikström, depois uma van cheia de tropas da URR. Atrás dela, um Suburban e ambos os BMWs, e, em seguida, o resto do comboio, que mal dava para ver pelo espelho retrovisor.

Bredden, Rotebro, não faltava muito para eles chegarem aos arredores de Sollentuna.

Quando ele viu as chamas, ficou confuso. Coisas vermelhas cintilantes que lembravam fogos de artifício espalhadas por todas as pistas. E, no meio de tudo aquilo, havia um carro policial estacionado com as luzes azuis piscando.

Será que tinha acontecido um acidente?

Mas o 58 não deixou que aquilo o desencorajasse, foi até o bloqueio da estrada, piscou as luzes e foi liberado para passar pelos policiais.

HP chegou o mais perto que ousava e freou bruscamente, num esforço para ver, pelo menos, para qual direção Hasselqvist estava pensando em ir. Mas, para sua surpresa, o 1710 fez uma curva acentuada à esquerda e desceu pelo acesso de saída da via sul da E4. Que diabos o idiota filho da puta estava fazendo?

Ele estava indo para o lado errado, contra o fluxo do tráfego!

A van continuou lentamente pelo acesso em direção à autoestrada, mas, assim que estava quase desaparecendo de vista, pareceu parar.

HP esperou por cerca de um minuto, mas como a van ficou parada lá, ele rapidamente tomou uma decisão. Alguma coisa estava acontecendo, estava convencido disso agora.

A autoestrada parecia que tinha sido bloqueada, e não apenas nesse cruzamento. Ele não tinha visto um único veículo passar na E4 no minuto ou mais que ficou parado acima dela. O 58 nem chegou a cutucar o freio quando viu os policiais e o bloqueio, então evidentemente estava esperando por eles.

O que quer que o Jogo tinha em mente para o 58 e aquela van da polícia, estava obviamente ligado a o que quer que estava acontecendo na autoestrada, e a única maneira de HP descobrir o que estava acontecendo era descendo lá.

Virou a mobilete e voltou no sentido de Kista. Depois de cerca de uma centena de metros, desligou o farol e parou no acostamento. Uma rápida olhada para trás para verificar se os policiais na barreira não estavam olhando para ele. Em seguida, caminhou para dentro da floresta escura.

Norrviken passou pelo lado direito, e não havia cruzamentos há um bom tempo. A autoestrada estava completamente vazia, não havia nenhum sinal de movimento em qualquer lugar, além dos reflexos das luzes azuis piscando, e ela de repente se pegou pensando nas palavras de uma canção que costumava ouvir anos antes.

Transforme meu mundo novamente, o rádio está tocando a nossa música
Estocolmo encontra-se deserta e o mundo prende a respiração

Os galhos batiam em seu rosto enquanto ele tropeçava pelas árvores.

"Ideia brilhante pra caralho, esta, HP, dar uma volta na floresta no meio da noite", murmurou para si mesmo, pouco antes de cair de cara no chão sobre uma raiz saliente.

Ele se levantou, limpou a terra e as folhas dos pinheiros de suas roupas e continuou, xingando baixinho, em direção à E4. De repente, a floresta se abriu num corredor para algumas linhas de energia, e, do outro lado, através da estreita faixa de árvores remanescentes, ele podia ver as luzes da autoestrada.

Quase lá, só tinha de apertar os dentes e seguir em frente.

Encontrou uma trilha e seguiu-a através da clareira, depois se abaixou entre as árvores novamente para olhar as luzes azuis que tinha acabado de ver à sua esquerda. Não poderia estar a mais de cinquenta, no máximo setenta e cinco metros da E4 agora. Mas, fora o chiado dos seus tênis ensopados, era um silêncio quase total.

O tráfego tinha sido interrompido completamente, então, o que quer que estivesse acontecendo, era algo grande pra caralho.

As árvores diminuíram e ele foi ficando cada vez mais perto do 1710. A van tinha descido quase para o final da estrada de acesso e parecia estar estacionada perto da borda da pista da autoestrada. Ele conseguia ver o 58 sentado do lado de dentro, inclinado para a frente e olhando para um objeto brilhante que segurava acima do volante.

HP percebeu na hora o que era.

O telefone celular dele.

Transforme meu mundo novamente, por tudo o que uma vez sonhamos
Tudo que você faz tornam-se gotas de suor em minha testa

ela cantarolava para si mesma. Que porra de música boa aquela! O que ela tinha feito com o CD?

Ele saiu da vala em três passos rápidos. A lata de spray na mão direita, a mão esquerda sobre a maçaneta da porta.

Um puxão rápido, a porta se abriu, então ele soltou um forte esguicho de gás lacrimogêneo na cara do desavisado senhor-número-um-do-caralho.

Diga oi para o meu amiguinho!

O spray se espalhou por todo lado e uma nuvem atingiu seu próprio rosto. Ele fechou os olhos por reflexo.

Que merda, isso arde! Seus olhos queimavam, devia ser mil vezes pior para o 58 Hasselqvist. O cara gritava como um porco, esfregando o rosto em pânico com os braços inferiores.

Mesmo que seus olhos estivessem ardendo, não foi nenhum problema agarrar as roupas do 58 e puxá-lo do banco para o asfalto e, em seguida, para a vala. HP piscava como um louco, seus olhos ainda ardiam, mas se lembrou de uma coisa que tinha aprendido numa demonstração do Reclaim the Streets alguns anos antes.

Pelo fato de o gás lacrimogêneo não ser de verdade um gás, mas sim um pó, a última coisa que você não deve fazer é esfregar os olhos, porque isso só vai piorar as coisas. Em vez disso, ele virou a cabeça em direção ao vento, piscou rapidamente algumas vezes e recuperou o suficiente de sua visão para ser capaz de dar um belo chute na barriga do 58, enquanto ele estava deitado no chão.

"Agora nós vamos ter uma conversinha", murmurou com os dentes cerrados, puxando a meia com a bola de bilhar dentro.

"Eu reconheço essa", sorriu Wikström. "Isso é Kent, não é?"

"Mmm...", ela murmurou concordando, embora não tivesse sido realmente capaz de pensar no nome da banda até que ele disse isso.

Kent — sim, é claro que era!

"Kent!"

"S-sim", bufou o 58.

"Você está me dizendo que seu nome é Kent?"

Outro gemido de confirmação.

Isso não estava certo.

"Então, quem é Micke?", rugiu HP.

"O quê?"

Hasselqvist, cujo primeiro nome era aparentemente Kent, piscava feito louco, enquanto vários fluidos corporais jorravam de seu rosto.

HP respirou fundo. Ele tinha vontade de esmagar a cabeça do babaca, mas isso teria de esperar. Tinha mais perguntas para as quais queria respostas antes de acabar com o patético Menino de Ouro do Mestre do Jogo.

"A garota naquele seu clipe, ela te chama de Micke?"

Hasselqvist olhou sem entender nada, enquanto continuava deitado e chorando.

"Alta, morena, em boa forma. Parecia ter sido filmado em um café, não te lembra alguma coisa?"

Finalmente, um sinal de vida.

"Não era eu, ela estava falando com o namorado. Eu só tinha que filmá-los, foi uma missão muito fác..."

De repente o Cinco Oito pareceu ter se lembrado da regra número um, e sua mandíbula se fechou como uma ratoeira.

HP deu de ombros, e em seguida deu um chute no saco dele. Depois de esperar alguns segundos para que Hasselqvist se recuperasse, inclinou-se sobre ele.

"Eu sei tudo sobre o Jogo, meu querido 58, incluindo a regra número um. Mas, se eu fosse você, estaria consideravelmente mais preocupado em sobreviver aos próximos minutos do que com o nosso amigo em comum, o Mestre do Jogo, ficar puto com você abrindo o bico, certo?"

Hasselqvist apenas balançou a cabeça com firmeza, enquanto segurava as joias da coroa.

"Bom! Então estou certo em pensar que sua missão era filmar a garota e seu namorado?"

Hasselqvist balançou a cabeça novamente.

"Então você o conhece, esse Micke?"

Hasselqvist negou com a cabeça, mas não foi muito convincente.

"Você está mentindo!"

HP ergueu o pé e mirou para chutar outra vez.

"Espere!", choramingou Hasselqvist, colocando uma das mãos para cima para se defender.

Limpou a garganta e continuou.

"Eu não o *conheço*, mas eu o *reconheci*. Ele mora a algumas quadras de mim. Eu já o vi no ônibus, acho."

"Ele está metido no Jogo?"

Outro aceno de cabeça, consideravelmente mais convincente dessa vez.

HP expirou.

O Micke e o 58 não eram a mesma pessoa!

Eles só moravam na mesma área e se pareciam um pouco, mas era isso. Becca não estava envolvida no Jogo. Ela estava a salvo!

Eles tinham acabado de começar a fazer a curva à esquerda em Sollentuna. O comboio estava bem espaçado, a estrada à frente estava completamente vazia.

Isso estava indo como um relógio.

"Então, qual é essa missão?", perguntou HP, balançando a bola de bilhar na meia na frente do rosto do Kent cinquenta-e-oito-maldito Hasselqvist. Mais fungadas. O gás lacrimogêneo já devia ter acabado, mas o cara parecia o maior bebê chorão do mundo. Que maldito fracassado eles tinham escolhido! Esse pentelho com pinto de camarão era realmente o melhor que eles conseguiram encontrar?

Alguém que tinha o que era necessário para uma Fase Final?

HP balançou a cabeça em exasperação e deu uma batida fraca em Hasselqvist com a bola de bilhar.

"Ok, você quer fazer isso da maneira mais fácil, ou prefere uma bola oito no seu cu?"

Ele balançou a meia em volta de sua cabeça algumas vezes, fazendo um barulho de assobio aterrorizante.

"Era só estacionar a van aqui e esperar as instruções", Hasselqvist bufou. "Isso é tudo, eu prometo!", gritou, quando HP lhe lançou um olhar cético. "Era apenas um Jogo, uma coisa legal, sabe? Eu sou um ninguém, só um cara comum", disse, enquanto tentava agarrar os pés de HP, suplicando. "Por favor, não me mate", ele chorou sobre os tênis já encharcados de HP.

HP girou a meia mais algumas vezes, então a abaixou.

"Cai fora!"

"O quê?"

Hasselqvist olhou para cima, com o rosto vermelho, coberto de lágrimas.

"Você ouviu, vaza!", rosnou, balançando a cabeça em direção às árvores. "Se você não tiver desaparecido em cinco segundos eu vou esmagar seu crânio, entendeu?"

Ele não precisou de mais explicações. Hasselqvist se precipitou para o mato e, a julgar pela velocidade que estava indo, provavelmente não iria desacelerar até ter chegado ao centro de Kista.

O que fazer agora?

De repente, ouviu um celular tocando. Bateu no bolso da camisa e estava quase pegando seu novo Sony quando percebeu que era o toque errado. O barulho estava vindo de dentro da van da polícia.

Claro, o celular do 58!

Estava no chão, Hasselqvist deve ter deixado cair quando recebeu o jato de gás lacrimogêneo na cara.

A tela estava acesa e uma mensagem curta dizia que uma chamada estava esperando.

Por alguma razão, ele realmente não sabia por quê, apertou o ícone de "atender" e lentamente levantou o telefone até a orelha.

"Alô?"

"Boa noite, meu caro HP, aqui é o Mestre do Jogo falando", disse a voz do outro lado.

"Alfa 101 passando por Sollentuna", ela relatou ao Controle.

"Entendido, Alfa 101", respondeu o operador.

Olhou para Wikström. As mãos no volante, quinze para as três, olhos fixos bem à frente. Velocímetro travado no 120.

Ele era um bom colega, um verdadeiro profissional, pensou.

HP abriu a boca, mas era como se estivesse mastigando ar fino e as palavras não saíram.

"Você realmente trabalhou duro esta noite, meu amigo. Mas infelizmente terá mais um pouco de trabalho antes de poder ter seu bem merecido descanso."

A voz era suave, quase terna. Sueco, com uma pitada de sotaque. Uma nota metálica fraca sugeria que a pessoa do outro lado da linha estava usando algum tipo de dispositivo de distorção de voz, ou talvez um daqueles aparelhos de tradução? Ele sempre havia assumido que o Mestre do Jogo era do sexo masculino, mas essa voz poderia muito bem pertencer a uma mulher.

"A missão desta noite vale 25 mil pontos. Se você conseguir, terá acumulado 33.200 no total, e, porque chegamos ao final desta rodada, isso significa que você será nosso vencedor e que o prêmio será, portanto, seu."

"Q-q-quê!?", balbuciou HP, tentando absorver essa nova informação.

“Entããão, se eu fizer isso, se eu te ajudar, você vai me deixar voltar? Quero dizer... vai me deixar voltar para o Jogo?”, disse ele depois de alguns segundos de pensamentos confusos.

“HP, HP, HP”, riu o Mestre do Jogo, e por alguma razão o riso fez os pelos de trás do pescoço de HP se levantarem.

“O que faz você pensar que nos deixou?”

Tudo estava indo bem, o comboio ainda estava perfeitamente agrupado atrás deles. Distância de segurança quase perfeita. Logo o cruzamento de Kymlinge, depois a Academia de Polícia, Järva Krog, e eles praticamente estariam na cidade.

Dez minutos, no máximo.

“Olhe a seu redor, meu amigo. Olhe para onde você está! Bem no meio dos acontecimentos.

O cenário para o ponto culminante do drama. E por quê? Bem, porque você se colocou aqui. Totalmente por sua própria vontade! Uma conquista bastante excepcional, como todos nós que temos seguido suas aventuras concordamos. E, obviamente, você deve ser recompensado!”

A voz era suave como mel, e HP não podia deixar de acreditar na mensagem.

“O papel principal é seu, HP, você foi *até o fim*, como você, sem dúvida, colocaria. Esta é a *sua* Fase Final, *sua* chance merecida de escrever seu nome na história do Jogo, para não mencionar na da própria humanidade.”

O Mestre do Jogo fez uma pausa, e HP tentou em vão digerir o que ele tinha acabado de ouvir e o que aquilo significava. Mas não conseguia administrar isso, era uma supersobrecarga de informação!

“Agora, ouça com atenção, HP, porque esta é a sua última missão. É isso o que vai transformá-lo numa lenda viva”, continuou o Mestre do Jogo. “Por 25 mil pontos você deve estacionar o carro da polícia o mais próximo possível da pista da autoestrada. Você vai abrir a porta traseira e lá vai encontrar um cabo que deve ligar neste telefone. Quando tiver feito isso, sugiro que procure um lugar seguro. Nós cuidamos do resto. O tempo está começando a se esgotar, então é uma questão urgente, mas é claro que vamos esperar até que você tenha ido longe o suficiente. Sua segurança é nossa prioridade. Você entendeu a missão, HP?”

“S-sim”, murmurou, enquanto sua cabeça começou a girar em velocidade dupla e, em seguida, tripla.

Isso era totalmente absurdo!

A porra do *Além da Imaginação* tomando esteroides!

Mas, ao mesmo tempo, era tudo o que ele sempre quis — e muito mais!

Ele estava... sem palavras!

"Bom. Eu gostaria de concluir salientando que a escolha é sua. Assim como antes, você mesmo deve decidir se quer levar a cabo a missão ou não. A bola está com você, HP. Ganhar, ou desaparecer?

Em outras palavras, você tem uma decisão muito importante para fazer, e eu te desejo muito boa sorte!"

A linha ficou muda abruptamente.

Ele ficou onde estava por alguns segundos, depois deu alguns passos vacilantes em direção às portas de trás da van da polícia. Assim que viu as sacolas pretas, percebeu o que o Jogo realmente queria que ele fizesse.

Isso era uma merda louca da porra!

O viaduto do cruzamento de Kymlinge estava se aproximando, e ao longe ela podia distinguir as luzes azuis. Parecia que havia um veículo da polícia na parte inferior do acesso de saída da autoestrada. Um micro-ônibus, a julgar pelos faróis. De repente, e sem uma boa razão, ela começou a se sentir inquieta. Havia algo sobre aquela imagem que não fazia sentido, mas demorou alguns segundos antes de entender o que era.

Ele abriu o zíper de uma das sacolas e suas suspeitas foram confirmadas na hora. *Dynamex*, estava escrito em letras vermelhas nos pequenos pacotes. A sacola estava cheia até quase estourar, deveria haver pelo menos cinquenta quilos lá ao todo.

Fechou o zíper. Cinquenta quilos em cada sacola, um total de cem quilos, o que daria... bem, o quê? Um big-bang do inferno, isso era óbvio! Mas o que eles estavam tentando explodir?

Quando viu as luzes azuis se aproximando, de repente percebeu o quão profunda a toca do coelho realmente era...

Déjà-vu!

O controle de velocidade da secadora tinha entrado na zona vermelha.

Uma van da polícia voltada em direção a eles. Dificilmente da maneira como ela teria estacionado num bloqueio-padrão de estradas. Mas era consideravelmente mais preocupante o fato de que não tinha nenhuma outra van estacionada desse jeito até agora, assim, na beira da autoestrada. Eles estavam muito longe para que ela fosse capaz de ver o número com o olho nu, mas se lembrou de que eles tinham binóculos no porta-luvas. Levou alguns segundos até localizar a *van* e ajustar o foco.

Havia um cabo saindo de uma das sacolas. Uma mini-USB, ele só tinha de plugá-la e dirigir a van alguns metros mais perto da pista, depois correr para a floresta. O Mestre do Jogo cuidaria do resto. Uma última ligação, trimmm-trimmm na sacola, então...

CA-BUUM!!

E depois disso?

"Ao vencedor pertencem os despojos", de acordo com o gorducho Bacala na *Família Soprano*. Todos os seus sonhos se tornariam realidade. Ele ia ser famoso pra caralho, pelo menos se acreditasse no Mestre do Jogo.

A única pergunta era: ele acreditava?

As luzes azuis estavam se aproximando.

Não tinha muito tempo.

A decisão era realmente muito simples. Tinha percebido alguns dias atrás, mas a ficha não tinha caído antes, que só havia uma alternativa. O botão azul ou o vermelho? Jogar com cautela ou apostar tudo? Ganhar ou desaparecer?

Senhoras e senhores, o tempo está passando; por favor, façam suas apostas...

Ele pegou seu novo Sony do bolso, plugou-o no cabo e fechou com força as portas traseiras.

Em seguida, correu de volta para o banco do motorista, engatou a marcha e pisou fundo no acelerador.

"Pare!", ela gritou de repente.

"O quê?", disse Wikström, torcendo a cabeça com um olhar questionador para ela.

"Pare, pelo amor de Deus, pare o carro!", ela gritou, pegando o microfone do rádio.

A estrada de acesso ia ficando cada vez mais perto, e agora era possível ler o número sem binóculos, 1710, a van que deveria estar na oficina. A que Henke alegava ter sido roubada. De qualquer maneira, a maldita não deveria estar aqui! Não agora!

Absolutamente, não!

"Parem todos os carros!", ela gritou no microfone, enquanto Wikström pisava com força no pedal do freio. À medida que o cinto de segurança travava e a segurava, ela viu a van da polícia começar a se mover em direção a eles.

Piscar é supostamente o movimento mais rápido que o corpo humano é fisicamente capaz de fazer.

Ainda assim, isso mal se compara às sinapses elétricas do cérebro.

"Agora não!" foi o pensamento que passou pela cabeça dele quando a luz o atingiu.

E, do seu ponto de vista, ele estava absolutamente certo. Deveria haver mais tempo, muito tempo — que era o que havia sido prometido. Afinal, ele tinha seguido as instruções ao pé da letra, tinha feito exatamente o que tinha sido pedido.

Então, isso não deveria estar acontecendo. Agora não! Absolutamente, não!

Então, quando a tela do telefone se iluminou de repente e o celular começou a tocar, ele ficou realmente espantado.

Mas não, contudo, particularmente surpreso!

"Ameaça à frente, retroceder e recuar!", ela ordenou, e tanto Wikström quanto os condutores dos outros veículos obedeceram imediatamente.

O comboio saiu em marcha a ré, andou algumas centenas de metros e, em seguida, quase como se alguém tivesse ordenado, os carros começaram a virar de uma só vez. Eles estavam indo tão rápido que nunca realmente pararam antes de continuar, agora voltando pelo caminho por que tinham vindo.

"Alfa 102, assuma a liderança", ela concluiu assim que a manobra estava completa e eles iam em direção ao norte novamente.

Ele virou o volante, fazendo um retorno brusco, depois correu até o acesso da autoestrada com o motor uivando. Uma curva acentuada para a direita com as chamas dançando em volta das rodas e ele estava de volta à estrada de acesso de Kymlinge.

Podia ver as luzes azuis da van piscando contra as árvores escuras. Poucos segundos depois, elas foram acompanhadas por outras.

Suas mãos tremiam, mas ela não estava tendo nenhum problema para controlá-las. Eles já tinham passado Sollentuna.

"Controle, temos uma van da polícia roubada, 1710, dirigindo pela estrada de Kymlinge em direção a Kista. Sugiro que você envie nossos colegas de farda, mas fale para eles manterem uma distância segura, câmbio!"

O carro de patrulha que escoltava o bloqueio já o estava seguindo, e logo haveria mais.

Mas ele não deu a mínima. O celular do 58 ainda estava tocando no banco do passageiro, e a luz fantasmagórica da tela iluminava toda a cabine. Ele pegou a saída para Kista em duas rodas, dirigindo furiosamente para evitar o monte de grama no centro da rotatória, finalmente recuperando o controle antes de colocar o pé no chão, seguindo em frente.

O celular ainda estava tocando.

Sem tirar os olhos da estrada, ele estendeu a mão para pegá-lo.

A voz do Mestre do Jogo era fria.

"Você está nos decepcionando, HP!"

"Quer dizer que você preferia ter me visto explodir em pequenos átomos crocantes por toda a E4?", retrucou. "Então, isso é problema seu, porra! Você disse que iria esperar até que eu estivesse longe, você prometeu. *Você realmente esperava que eu acreditasse nessa merda?* A realidade é um Jogo, alguém me disse uma vez. Um maldito app de celular em que você só me mostra coisas que quer que eu veja. Coisas que me levarão a pular quando você puxar as cordas. Mas agora é a minha vez de mostrar uma coisa a você. Agora é a minha vez de puxar as cordas. É hora de levar um pouco da porra da realidade ao Jogo, filho da puta! Diga ao segurança que ele tem trinta segundos para sair!"

"Ah, e mais uma coisa", acrescentou, concluindo.

"Sim...?"

"Yippikayee, filhos da puta!!!"

Ele enfiou o telefone no bolso, girou o volante e derrubou o portão, depois a grade que bloqueava a entrada da garagem da Torshamnsgatan, 142.

Na colisão, sua testa bateu no para-brisas.

O airbag explodiu e jogou-o de volta no assento, a van derrapou violentamente e a parte de trás bateu num pilar de concreto. HP foi novamente quase atirado de seu assento, salvo dessa vez pela alavanca saliente do câmbio.

A van deu uma guinada em outra direção, batendo em outro pilar antes de HP finalmente recuperar o controle do volante que girava descontroladamente. Ele pisou no freio e a van da polícia derrapou até parar dois andares abaixo do lugar mais sagrado do Jogo.

HP saiu cambaleando, passou as mãos pelo corpo e descobriu, para seu alívio, que não tinha nenhum osso saindo para fora, nem nenhuma fonte jorrando sangue.

Os policiais pareciam ter sido inteligentes o suficiente para ficar na estrada, porque ninguém o tinha seguido para a garagem. Ele olhou ao redor como um animal selvagem e descobriu uma saída de emergência de frente para o trecho de floresta atrás do edifício, e subiu correndo as escadas.

Quando estava seguro, pegou o celular do 58 e digitou um número. De dez metros dentro da floresta apertou o botão de ligar e a parte traseira da van da polícia de repente ganhou vida.

Trim-trim!

Essa é pra você, Erman!, só teve tempo de pensar antes que a onda de pressão o derrubasse e tudo ficasse preto.

ANDERS DE LA MOTTE THE GAME

22 Uma atividade de recreação

O pacote estava à sua espera quando ela abriu a porta do apartamento. Poucos envelopes e um panfleto de um supermercado local que havia ficado por cima, e somente ao reuni-los todos em uma pilha que percebeu que havia um mais grosso que o normal.

O envelope chato e marrom tinha o tamanho exato para encaixar-se numa caixa de correio. Considerando seu tamanho, também parecia bem pesado.

Ela reconheceu a caligrafia de cara, mas não teve pressa em abrir.

Quatro dias haviam se passado desde aquela noite na E4.

Quatro dias completamente malucos e tumultuados!

Havia escapado da mídia, graças a Deus. A assessoria de imprensa segurou todas as perguntas, e seu nome foi mantido fora da história.

A mídia, a começar pelos tabloides da noite, tinha enlouquecido.

"Ataque terrorista frustrado!", "Foi a Al-Qaeda", e sua manchete favorita: "A cinco segundos de um desastre!".

Mesmo que as informações de fato fossem relativamente escassas, para colocar de modo tranquilo, como sempre as redações competiam entre si para mostrar quem mais sabia. Mas dessa vez os especialistas estavam surpreendentemente unânimes.

Mesmo os repórteres que faziam turnos conduzindo entrevistas encenadas uns com os outros na TV estavam presos à mesma sinopse básica.

O fato de um ataque com consequências desastrosas em potencial ter sido frustrado no último minuto graças ao estado de alerta da Unidade de Proteção Pessoal não parecia ser questionado por ninguém — ou pelo menos não por enquanto. O atual debate parecia preso a discutir como os terroristas haviam conseguido pegar uma van da polícia sem ser descobertos e em seguida enchê-la com explosivos que poderiam derrubar um prédio de tijolos de dois andares. E, mais obviamente, de quem era a culpa.

Os que poderiam ter responsabilidade eram os de sempre culpando uns aos outros, consultores de relações públicas trabalhando horas extras, e enquanto isso ninguém descobria mais nada.

Porque o terrorista havia decidido, uma vez que a missão havia falhado, se enterrar sob um prédio de escritórios em Kista era uma incógnita. Os donos do prédio confirmaram que as dependências estavam vazias, e não foram avisados de nenhum tipo de ameaça — e assim terminava boa parte da discussão na mídia.

Rebecca sabia que os detetives da Polícia de Segurança não iriam muito além disso. Levariam mais alguns dias até que as escavadeiras limpassem o entulho da cratera para que uma investigação sobre a cena do crime começasse a ser feita de forma séria, mas a equipe forense não parecia soar muito otimista.

A mesma incerteza poderia ser aplicada, mesmo com a inabalável certeza da mídia, à identidade do criminoso. Uma vaga descrição de um homem sueco em seus 30 anos era tudo que eles tinham a dizer, e havia pouquíssimas outras pistas.

Ninguém havia pensado em duvidar de sua própria história meio verídica. Que ela havia visto a van 1710 no início da noite e por alguma razão havia pensado que algo não estava certo. E que tinha ligado para checar com Mulle e teve certeza, a partir de sua explicação sobre o carro estar sendo consertado, mas reagiu ao ver a van no acostamento, soando o alarme.

O incidente lhe garantiu um encontro pessoal com o chefe nacional da polícia, Runenberg e o chefe do Serviço Secreto europeu. Apertos de mão, congratulações e cumprimentos, tudo aquilo que ela tinha dificuldade em aceitar. Mas dessa vez foi surpreendentemente fácil lidar com os elogios.

No trabalho, ela agora era recebida com olhares respeitosos de seus colegas, até mesmo de Dejan. Era uma experiência estranha, mas bastante agradável.

Havia provado para o mundo que tinha o que era preciso — mas, mais importante ainda, o tinha provado para si mesma.

Aquela constatação era o que havia feito todos os louvores e medalhas consideravelmente mais fáceis de ser engolidos. Ela não havia dito nada ao Micke, não ainda. Mas ele parecia ter percebido de alguma forma.

"Você parece diferente", ele disse quando a encontrou alguns dias após o incidente. "Eu não sei o que é, mas gosto disso", acrescentou, apertando sua mão mais ainda.

E por um momento tudo parecia ótimo, como se tudo fosse ficar bem e ela agora poderia de fato ser feliz.

Foi quando começou a pensar em Henke, e ela sabia que finais felizes não eram para pessoas como ela.

Nenhum sinal de vida de Henke.

Até hoje. O pacote.

Mesmo assim, nunca teve dúvidas de que ele estava bem.

Gente como Henke estava sempre bem. Ela tinha certeza que, fosse quem fosse, não era ele quem estava na direção daquela van. Henke era muitas coisas, mas não um terrorista.

A dúvida agora era se ela queria ou não saber o que havia no envelope.

Ela o deixou a distância por uns minutos, depois não conseguiu se segurar e o examinou de perto. Tinha sido enviado de Frankfurt e obviamente não continha o endereço do remetente. E, quando o balançava, conseguia ouvir um chacoalhar seco.

Tomou a decisão, pegou fôlego e então abriu o envelope num só movimento, tão brusco que o conteúdo se espalhou pelo chão da cozinha com um ruído metálico.

Por alguns segundos, apenas observou os objetos no chão. Deixou que seu cérebro absorvesse o que era aquilo e, mais gradualmente, o que significavam.

E, quando entendeu, caiu de joelhos, esticou as mãos e, com lágrimas correndo nas bochechas, juntou-os, apertando-os contra o peito.

Seis parafusos.

Seis parafusos cor de ferrugem que um dia estiveram presos à cerca de uma varanda num subúrbio ao sul de Estocolmo.

Mesmo com os anos passados, dava para perceber marcas de ferramentas nas cabeças dos parafusos. Como se a pessoa que os tivesse removido não tivesse utilizado a ferramenta correta ou tenha sido forçada a trabalhar num ângulo desconfortável.

Quem os tirou o fez com muita determinação. Uma determinação de uma raiva dos infernos, talvez um ódio profundo, até que eles se soltassem.

Mas por algum motivo ela ainda estava convencida de que a força que finalmente permitiu que o concreto afrouxasse foi... amor.

Olhou para o piso preto e branco por um bom tempo, apenas chorando.

Suas lágrimas eram de cortar o coração, libertadoras e sem pressa.

Então, de repente, parou.

Levantou-se lentamente, abriu a lata de lixo e cuidadosamente deixou os parafusos caírem lá. Depois, limpou os olhos, lavou o rosto na pia da cozinha e voltou para o quarto. No caminho, parou na sala, puxou o fio da secretária eletrônica e viu a luzinha vermelha apagar-se.

Chega de mensagens, pensou com um sorriso torto enquanto andava em direção ao quarto.

No meio da escrivaninha, havia uma caneta vermelha e, a seu lado, perto dela à distância da própria mão, um bloco de post-its brancos com o logotipo da força policial.

A tinta tinha sido absorvida pelo papel, de forma que era possível ler partes das palavras que haviam sido escritas nas folhas acima.

Uma caligrafia familiar, uma letra redonda, quase infantil.

Merece, ela conseguiu ler, e interpretou aquilo como um sinal.

Pegou os bilhetes e abriu a janela do quarto, encheu seus pulmões de ar e então os atirou o mais longe que conseguiu.

A caneta desapareceu na escuridão de uma vez, mas os bilhetes se espalharam uns dos outros, transformando-se em pequenas velas contra o céu da noite. Eles giraram por um momento, como se estivessem dizendo adeus, e depois sumiram com o vento.

Livres.

Era exatamente como ele se sentia.

Livre.

Mesmo que tivesse dezenas de pessoas a seu redor, carros, canos de escape e uma cacofonia de diferentes ruídos, sentia-se libertado. Como se um fardo desconhecido tivesse sido removido, erguido de seus ombros, de forma que ele poderia de repente erguer sua coluna.

Um sentimento absolutamente incrível!

Tinha conseguido. Mostrou para aqueles putos, de uma vez por todas.

Henrik HP Pettersson tinha salvo a todos. Não só Becca e os policiais ou o bambambã americano. Porra, ele basicamente tinha conseguido salvar o mundo todo e sobreviver para contar a história.

Caiu fora do lado negro, mandou o imperador do mal tomar no cu e explodiu a Estrela da Morte em pedaços!

E, mesmo que seus feitos heroicos não fossem geralmente reconhecidos ou admirados, pouco importava. Comentários e pontuações eram completamente desnecessários.

Ele sabia quem era, e isso era mais do que suficiente!

O Mestre do Jogo na verdade tinha razão sobre uma coisa. Sua vida sempre estaria dividida em duas partes. Antes e depois do Jogo.

Se você não muda, então de que adianta qualquer coisa acontecer com você?

Merda, ele mesmo não poderia ter dito melhor!@

Mesmo que estivesse combalido e machucado, com o fuso horário desajustado e que sua audição não tivesse voltado a ser a mesma depois da explosão, a mudança era notável.

Ele era de fato uma pessoa completamente nova!

Um maldito super-herói autêntico da vida real, e o sentimento ia para além das palavras. E, como todos os super-heróis propriamente ditos, ele planejava manter-se preso à sua identidade secreta de agora em diante. Bruce Wayne, Peter Parker, Clark Kent e Henrik HP Pettersson.

Turma boa, nada mal!

A vida era boa.

A vida era extraordinariamente boa pra caralho!

Planejava dar um tempo ali por alguns outros dias, curtindo o finzinho daquela onda, até que recebesse seu passaporte. E então iria para uma viagem rápida pela Tailândia em seu novo papel de Nick Orton, mochileiro canadense. O Jesus vencedor da loteria o receberia de braços abertos, eles eram amigos de longa data. Ele pensava em como iria viver mais tarde.

Ainda lhe incomodava que não havia conseguido juntar dinheiro como tinha imaginado, mas que merda...

Seria extrafoda se não tivesse apenas explodido o Jogo para todo o sempre, mas também garfado sua grana ao mesmo tempo. Poderia pagar à sua irmã o que devia e dar àquele pobre policial que quase morreu em Lindhagens um troco pra aliviar sua dor. Mas algumas coisas não tinham sido feitas para acontecer...

Ainda tinha o notebook que Manga havia lhe dado, mas essa iria ser sua última missão. De agora em diante, iria manter-se afastado da tecnologia. Manter a cabeça abaixo do radar e deitar-se por alguns anos. Depois ele veria...

Virou numa rua paralela e entrou num dos dez ou mais cafés com acesso à internet que tinha na rua sem fazer escolhas. Minutos depois, já estava on-line.

Um pequeno cumprimento de adeus e alguns e-mails para os jornais da noite e então Henrik Pettersson se tornaria um fantasma, um mito, uma aparição, uma história que outras pessoas contavam.

E assim... puf! Já era!

Badboy.128 diz: Está aí, Farook?
Farook diz: Salaam-Aleikum, irmão HP, tudo bem?
Badboy.128 diz: Tudo sim, valeu, tive que me afastar por um tempo, você pode entender...
Farook diz: É, eu saquei. Uma festa demolidora em Kista, né?
Badboy.128 diz: Tipo isso!
Farook diz: Sabia!!!! Foda, você chutou o saco dos caras!
Farook diz: É isso aí! ;-) !!
Badboy.128 diz: Sem comentários! ;-)
Badboy.128 diz: Só queria que você soubesse que tá tudo bem, porque eu vou ficar fora por uns tempos. Vou desacelerar e diminuir a tecnologia por um tempo com nosso amigo em comum, o salvador...
Farook diz: Ok, entendido. Boca de siri! :-x
Badboy.128 diz: Valeu!
Badboy.128 diz: Obrigado por toda a ajuda, cara, você é um BFF de verdade! ↔
Farook diz: De nada! ☺
Badboy.128 diz: Não, tou falando sério!!! Valeuzaço! Sem você... Tudo isso, é... Isso me fez ver as coisas de outra forma, sabe.
Badboy.128 diz: Que eu tenho que me arrumar, né??? Você me ajudou mesmo!

Farook diz: Sei qualé, valeu irmão!
Badboy.128 diz: É isso então, tenho que ir, se cuida! Até!
Farook diz: Pega leve, HP!
Badboy.128 diz: Cê também, irmão!
Farook diz: Ah, mais uma coisa.
Badboy.128 diz: Manda ver! ☺
Farook diz: Vi Rehyman na mesquita dia desses.
Badboy.128: Sério, e como é que ele tá? ☺
Farook diz: Bem, ele me deu uma mensagem pra te entregar, me fez anotar, foi o que fiz.
Badboy.128 diz: Ah é??
Farook diz: Estranhei, mas ele falou que c sabia o que era.
Badboy.128 diz: Haja tensão! }:-s Mas o que era?
Farook diz: Que os números que você não conseguia lembrar são 397 461 212 035.
Farook diz: Vc tá aí????
Farook diz: HP??
Badboy.128 diz: CA-RA-LHO :-0 :-0 !!
Farook diz: Opa, achei que tinha te perdido. Não faço a mínima ideia do que o Rehyman quis dizer, mas você parece ter entendido… Prometo não me intrometer. E teve outra coisa que ele me pediu pra dizer.
Badboy.128 diz: ??
Farook diz: Que ele está te contando isso mesmo que você não tenha perguntado!

A tela se encheu de emoticons sorridentes pulando.

Farook balançou a cabeça antes de inclinar-se para a frente e reiniciar o computador. Um som de dois bipes da máquina ao lado lhe avisava que havia acabado de receber um e-mail.

Mudou de lugar, ativou a tela que estava parada e abriu a caixa de entrada. Um monte de mensagens diferentes, cada uma delas apontando para os endereços eletrônicos de contato de tabloides noturnos, emissoras de TV e alguns blogues.

Todas vinham do mesmo endereço — badboy.128@hotmail.com — e haviam sido enviadas a apenas um minuto.

Ele passou os olhos rapidamente pelas mensagens idênticas:

"Caro jornal/canal de tv/blogueiro,
Há quatro semanas, encontrei um celular num trem na cidade. Um celular de aço escovado e com uma tela de vidro sensível ao toque. Ele me arrastou

`por uma cadeia de eventos que atingiu seu ápice em Torshamnsgatan há alguns dias e eu gostaria de dividir isso com vocês agora…”`

Farook havia configurado o laptop de HP de tal forma que, não importa para onde HP escrevesse, o computador desviava todas as mensagens para uma da contas anônimas de e-mail criadas por ele. Uma política de segurança esperta, como ficou demonstrado.

Selecionou todos os e-mails e então apertou as teclas shift e delete.

“Você tem certeza de que quer deletar essas mensagens?”, perguntou o computador.

Ele clicou Sim.

E então fechou o programa, pegou sua jaqueta e estava pronto para ir para casa.

Betul já teria aprontado o jantar, e ele sabia que era melhor não se atrasar.

Aquela noite, os dois teriam algo para celebrar. O caminho que Deus havia lhe mostrado estava longe de ser uma linha reta. Mas sua penitência havia terminado, e sua dívida, finalmente paga.

Ma'assalama, irmão HP, você definitivamente mereceu seu Prêmio, pensou sorrindo, enquanto desligava as luzes da loja.

Um pouco antes de deixar as dependências escuras, pegou seu celular. Um modelo de aço escovado.

Num dos cantos, uma pequena luz vermelha piscava.

FIM DA PRIMEIRA FASE

Os meus sinceros agradecimentos a todas as Formigas por aí. Sem seus conselhos e conquistas, o Jogo nunca teria se tornado realidade.

O Autor

Anders de la Motte (1971) foi oficial de polícia e diretor de segurança de uma das maiores companhias de TI do planeta. Atualmente, trabalha como consultor de segurança internacional. E, assim como fez Stieg Larsson com sua trilogia Millenium, está trazendo de volta a atenção do mundo para a tradicional literatura da Suécia, que agora ganha status de referência em suspense. (Deve ser a Aquavit.) De La Motte escreve em ritmo acelerado, misturando humor, suspense e comentários sobre informática e mídias sociais. Seu texto é selvagem e repleto de referências à cultura pop. O premiado Volume 1 da *Trilogia The Game* é sua estreia na ficção.

ANDERS
DE LA
MOTTE

THE GAME ①

Todas as **Missões** são documentadas pelos próprios **Jogadores** com a ajuda do celular e, em casos específicos, também por **Funcionários** ou outros **Jogadores**.

Permaneceremos conectados no inverno.

DARKSIDEBOOKS.COM